Bibliografische Information der Deutschen Nationalbibliothek:
Die Deutsche Nationalbibliothek verzeichnet diese Publikation
in der Deutschen Nationalbibliografie; detaillierte bibliografische
Daten sind im Internet über http://dnb.dnb.de abrufbar.

© 2017 Christiane Döntgen
überarbeitete Neuauflage
(Erstauflage 2015 unter dem Titel „Rollenspiel")

Lektorat: Melanie Quade
Umschlaggestaltung: Nicole Schönbeck
Umschlagbild: Gianni Vitale, www.vitaleonline.de

ISBN 978-3-734-78767-6
Herstellung und Verlag:
BoD – Books on Demand, Norderstedt

Christiane Döntgen

Fast ein Mord in Flingern Nord
Roman

BUCH Vom Vorstandschef zum Aufsichtsratsvorsitzenden – das ist sein Plan. Doch eine Intrige zwingt Hans Sielka in den Ruhestand. Zu allem Unglück erhält er von seinem Arzt auch noch eine niederschmetternde Diagnose, er muss sein Leben sofort und radikal ändern. Das ist gar nicht so einfach, denn eigentlich möchte er, dass die Welt so bleibt, wie er sie kennt. Und wenn er schon Beruf und Status aufgeben muss, will er wenigstens weiterhin Erfolg bei den Frauen haben. Dieser Wunsch ist so groß, dass er dafür im Düsseldorfer In-Viertel Flingern sogar einen Job annimmt, von dem er überhaupt keine Ahnung hat. Zu allem Überfluss machen ihm ein paar Leute das Leben zusätzlich schwer: Ein aus der Zeit gefallener Ritter, ein echter falscher Grieche, eine gnadenlose Osteopathin, eine unattraktive Witwe und eine mellifizierte Leiche – all das zusammen lässt alte Gewissheiten und sein Bild von sich selbst ins Wanken geraten. Zu Fall bringt er sich jedoch selbst: Denn er hat große Schuld auf sich geladen.

AUTORIN Christiane Döntgen ist in Rheinhausen am linken Niederrhein geboren und aufgewachsen. Sie studierte in Aachen Neue Deutsche Literaturgeschichte, Deutsche Philologie und Politische Wissenschaft. Heute lebt sie in Düsseldorf. ›Fast ein Mord in Flingern Nord‹ ist ihr zweiter Roman, er erschien 2015 ursprünglich unter dem Titel ›Rollenspiel‹. Ende 2012 veröffentlichte sie ›Piraten in Port de Sóller‹, eine Geschichte, in der Hans Sielka bereits seinen ersten Auftritt hatte – wenn auch nur einen sehr kurzen.

Kapitel 1

in dem unser Held im Bordell nicht auf seine Kosten kommt, einen Verbrecher laufen lässt und dem Ritter eines aussterbenden Geschlechts begegnet.

Eines Tages steht jeder Mann, der ein gewisses Alter erreicht hat, vor einer wichtigen Entscheidung, die er nicht bewusst trifft. Ich glaube, der Körper entscheidet einfach selbst. Auf einem Zettel, den der Mann nicht sieht, mit einem Stift, den er nicht hält, macht er ein Kreuz an einer Stelle, die er nicht kennt. Zur Auswahl stehen Darm-, Prostata- und Lungenkrebs ebenso wie Erkrankungen, die ein Stocken des Blutes an ungünstigen Stellen bedeuten, hier insbesondere Herzinfarkt und Schlaganfall. Eines Tages trifft der Mann eine Wahl, die er nicht hat und merkt es erst dann, wenn es schon zu spät ist. Vorzugsweise, wenn er in den Ruhestand geht.

Nach der Feier, die mein Nachfolger als Vorstandsvorsitzender zu meinem Ausscheiden aus dem Unternehmen gegeben hatte, ging ich, wie es zu solchen Anlässen üblich war, mit einigen ehemaligen Mitstreitern in ein Edelbordell. Edel war es aufgrund seines hohen Preisniveaus, einer gewissen Hygiene und der völligen Diskretion der Damen und ihres Chefs. Ich habe nie verstanden, warum mancher Vorstandskollege oder Geschäftspartner davor zurückscheute, das Wort Bordell in den Mund zu nehmen und lieber vornehm von Etablissement sprach. Das gewählte Wort hielt jedoch niemanden davon ab, ein solches Haus zu besuchen und die dort angebotenen Dienstleistungen ohne jede Vornehmheit in Anspruch zu nehmen.

Der junge Hutzenbach war so ein Mann, der mit spitzem Mund geziert den Besuch ›gewisser‹ Etablissements erwähnte, und sich dort dann jedes Mal aufführte wie ein Rüde, der überall läufige Hündinnen roch. Wenigstens hatte er an diesem Abend so viel Taktgefühl besessen, nicht mitzukommen. Ich hätte ihn nicht mehr ertragen können. Dabei hatte seine Karriere bei mir mehr als vielversprechend begonnen.

Vor ein paar Jahren hatte mich sein Vater, ein Bundesbruder aus Studententagen, gebeten, seinem Sohn eine Chance zu geben. Es habe bei dessen letztem Arbeitgeber ein paar Unstimmigkeiten gegeben, und sein Sohn Reginald sei dem Ganzen ohne eigenes Verschulden zum Opfer gefallen. Ich sah mir den Mann an – er war Mitte 30 – und erkannte in ihm den alten Vertrauten vergangener Tage, war er doch seinem Vater Jakob in Statur und Aussehen sehr ähnlich: die gleichen hellblauen Augen, leicht rötliche Haare und die breite Nase. Seine helle Haut war voller Sommersprossen, seine Augenbrauen so licht, dass man sie erst auf den zweiten Blick wahrnahm. Wie mein alter Freund Jakob war Reginald ungewöhnlich groß, fast zwei Meter. Er begann seine Laufbahn in meinem Unternehmen als Produktmanager und stellte sich dabei so gut an, dass ich ihm bald die Leitung einer Abteilung übertrug und schließlich eine Referentenstelle in meinem Stab für ihn schuf. Als meinen persönlichen Assistenten bereitete ich ihn auf künftige, höhere Führungsaufgaben vor. Als Dank missbrauchte er mein Vertrauen, schnappte sich meinen Posten – und nun saß ich hier auf meiner eigenen Abschiedsfeier in einem Bordell.

Im Grunde hatte ich es nie nötig gehabt, für Sex zu bezahlen, da ich mich Zeit meines beruflichen Lebens immer auf die Attraktivität meiner Führungsposition verlassen konnte. Bordellbesuche waren trotzdem fester Bestandteil meines geschäftlichen Alltags gewesen. Sie hatten in den meisten Fällen der Besiegelung eines guten Abschlusses in männlichen Führungszirkeln gedient, waren aber in den letzten Jahren ein wenig aus der Mode gekommen. Wenn wir dies zu meinem Abschied noch einmal taten, so war es mehr eine Erinnerung an die guten alten Rituale, die mit dem wachsenden weiblichen Anteil im Top-Management bald in Vergessenheit geraten würden. Befand sich auch nur eine Frau im Führungskreis, so wirkte sie wie der eine Tropfen Öl, der die Reinheit von eintausend Litern Wasser zerstörte.

An diesem Abend waren wir sieben oder acht Männer, die einzelnen Teilnehmer aufzuzählen, ist überflüssig. Sie sind heute ebenso bedeutungslos für mich, wie mein damaliges Ich (es ist jetzt nur noch ein entfernter Bekannter, mit dem ich seit langem zu brechen versuche). Zwei Taxis fuhren uns bis zu dem Bordell, das in einem ganz normalen Wohngebiet lag. Im Erdgeschoss befand sich eine Bar und in den Stockwerken darüber die Zimmer. Die Bar war gut besucht. Wir bekamen trotzdem einen großen Tisch in einer Nische. Sogleich gesellten sich ein paar Damen zu uns, die wie üblich gerne zu einem Glas Champagner eingeladen werden wollten. Die Bedienung brachte zwei Flaschen und öffnete sie mit dem bekannten Ritual: Während sie die Flasche mit der linken Hand festhielt, schloss sie ihre rechte um deren Hals und bewegte sie ein paar Mal auf und ab. Schließlich öffnete sie die Flasche, es spritzte, halb geschlossene Augen, leicht geöffnete Lippen, ein kurzes Aufstöhnen, ein lasziaves Lächeln – dann schenkte sie ein.

In der Mitte des Raumes räkelte sich eine Frau, ihre Hände hinterließen matte Abdrücke an einer vormals wohl blank polierten Stange. Ab und zu fiel eines ihrer ohnehin spärlich vorhandenen Kleidungsstücke zu Boden. Ich langweilte mich.

Nach einiger Zeit bat ich die mir von früheren Besuchen bereits bekannte Dame zu meiner Linken, mit mir auf ein Zimmer im Obergeschoss zu gehen. Nur mühsam konnte ich mich aus dem tiefen Polster erheben, da meine Bandscheiben vom langen Stehen und Sitzen an diesem Tag wie eingerostet waren. Ein ziehender Schmerz in den Lendenwirbeln erinnerte mich an mein Alter.

Meine Begleiterin kannte ich seit langem. Auf ihren High Heels überragte sie mich um einen Kopf, was ich als anziehend empfand. Ich folgte ihr die Treppe hinauf und erfreute mich am Anblick ihres wohlgeformten Pos, der sich vor meinen Augen schwingend hin und her bewegte. Kurz stellte ich mir vor, was ich gleich mit ihr tun würde. Doch schon die Imagination der Bewegung ließ mich erneut mein Kreuz spüren. Unbedingt wollte ich die Vorfreude und erste Erregung heraufbeschwören, die ich früher bei diesem Bild empfunden hatte, konnte sie aber nicht finden. Irritiert, jedoch keineswegs beunruhigt, ging ich hinter ihr in das dunkle Zimmer. Sie schaltete das Licht ein. Augenblicklich wurde die Welt rot, wenn auch kaum heller.

Wir waren einander vertraut. Sie wusste um meine Vorlieben und handelte routiniert. Nichts geschah. Nach einer Weile schaute sie in mein Gesicht, in dem sie sowohl Ärger als auch Hilflosigkeit entdecken konnte. Sie wich zurück, doch streckte sie gleichzeitig die Hand nach meinem Kopf aus, als wolle sie mir tröstend übers Haar streichen. Ich war versucht, ihr dieses aus meiner Sicht unerträgliche Debakel anzulasten, unterließ es aber. Ich war es, mit dem etwas nicht in Ordnung war.

»Es ist nicht schlimm«, sagte sie und legte ihren Kopf an meine Brust.

»Nein, ist es nicht«, stimmte ich zu, »aber ärgerlich ist es schon. Und verstehen tue ich es auch nicht. Alles ist wie immer.«

»Warten wir einen Moment. Dann versuche ich es noch einmal.«

Ich schüttelte den Kopf. Wir blieben noch eine Zeit lang liegen. Dann wollte ich weg. Wie üblich gab ich ihr etwas Bargeld. Die eigentliche Zahlung hatte ich schon per Kreditkarte erledigt. Ohne die Bar noch einmal zu betreten, verließ ich das Haus und stieg in ein Taxi, das zu dieser späten Stunde auf einen zahlungskräftigen Freier aus dem Bordell wartete. Als ich dem Fahrer meine Adresse mitteilte, murrte er kurz, denn die Fahrt sollte nur fünf Minuten dauern und war ein schlechtes Geschäft für ihn. Erst als ich ihm nach der Ankunft ein die eigentliche Gebühr weit überschreitendes Trinkgeld gab, konnte er sich ein Lächeln abringen. Mir gelang es nicht.

Ich ging in die Villa, die mir leer erschien und die von nun an auch tagsüber mein bevorzugter Aufenthaltsort sein würde. Ich dachte tatsächlich das Wort ›Aufenthaltsort‹. ›Zuhause‹ kam mir nicht in den Sinn. Und das sollte für eine lange Zeit so bleiben. Ich hatte nichts mehr zu tun und würde mich für den Rest meines Lebens in einem riesigen Haus im Düsseldorfer Zooviertel aufhalten – der Vorstandschef und Unternehmenslenker war in Rente gegangen.

Außer mir lebte hier nur das Hausmeisterehepaar. Die beiden kümmerten sich seit über zwei Jahrzehnten um alles, was Haushalt und Garten betraf. Sie wohnten in einer großen Einliegerwohnung.

Es war bereits nach vier Uhr morgens. Vom Wohnzimmer aus sah ich hinaus auf die Straße. Sie lag ruhig da. Bald würde sie kurzzeitig zum Leben erwachen, dann, wenn ein paar wenige Hausdamen und Kindermädchen zur Arbeit kamen, Jogger aus den benachbarten Straßen auf dem Weg zum Park durch das Villenviertel liefen und all diejenigen, die einer hoch dotierten Beschäftigung nachgingen in ihre großen Autos stiegen. Manche fuhren selbst, nicht wenige wurden chauffiert. Wie mein Nachbar, Odin von Rehmsbrunn, der Seniorchef einer kleinen Privatbank, dessen Fahrer ihn jeden Morgen pünktlich um acht Uhr vor dem Haus erwartete. Ein schöner, junger Mann, noch keine 30 Jahre alt, von dem meine Frau immer behauptet hatte, er habe ein Auge auf die Gattin seines Arbeitgebers geworfen. Sie nahm tagsüber so manches Mal seine Dienste als Fahrer in Anspruch. Da sie schon knapp über 60 war und nicht besonders attraktiv, hatte ich diese Idee immer für abwegig gehalten.

Ich wollte fortan auf einen Firmenchauffeur verzichten, obwohl er mir noch eine Zeit lang zustehen würde. In Zukunft musste Werner, mein Hausmeister, mich fahren. Selbst setzte ich mich nur äußerst selten ans Steuer.

Mit meinem neuen Leben wusste ich nichts anzufangen. Vorerst ließ ich mich in den großen Ohrensessel am Fenster fallen. Er stand an dieser Stelle, weil meiner Frau die Vorstellung gefallen hatte, dort in Ruhe zu lesen. In all den Jahren hatte sie es vielleicht ein- oder zweimal getan. Jetzt lebte sie nicht mehr. Natürlich war mir Gesas Tod nicht gleichgültig. Wir hatten uns geliebt, wenngleich ich 25 Jahre älter war als sie. Doch einen tiefen Schmerz spürte ich nicht, einen kleinen Stich vielleicht. Ich war tieferer Regung nicht fähig und bin es bis heute wohl nur im Schlaf, wenn mein Bewusstsein unkontrollierter Erinnerung das Feld überlassen muss.

Um nicht ständig mit diesen, wenn auch nicht schmerzlichen, so doch unangenehmen Erinnerungen konfrontiert zu werden, wäre es wohl besser, die Einrichtung zu verändern. Alles hier war als schöne Vorstellung vom perfekten Ambiente gekauft und an seinen Platz gestellt worden. Selbst die schlichten silbernen Rahmen der Fotos auf dem Kaminsims. Sie würden als erste dran glauben. Warum nicht Inneneinrichter im eigenen Haus werden? Auch eine hübsche Beschäftigung im Ruhestand. Einzig das Gemälde einer vormals aufstrebenden und heute international geachteten Künstlerin würde an der großen Wand über dem Sofa seinen Platz behalten. Es zeigte auf zwei mal drei Metern Kopf und Schultern eines jungen Mannes als eine Art überdimensionales Passfoto. Der Junge trug einen Anzug, der ihm zu groß war und eine Krawatte, die durch den unruhigen Duktus der Pinselstriche zerschlissen wirkte. Er schaute seltsam unbeteiligt und tief ernst im Halbprofil am Betrachter vorbei. Das Bild war in dunklen Brauntönen gehalten, der Farbauftrag der Ölfarbe wirkte durch die starke Verdünnung mit Leinöl fast aquarellhaft. Es war augenscheinlich rasch entstanden. Die Künstlerin musste ihr Werk in wenigen Stunden geschaffen haben. Vielleicht war die Liebe zur Kunst das einzige, was mir blieb.

Nun, da ich alle Zeit der Welt hatte, wäre es vielleicht sinnvoll, mich verstärkt um die Kultur in der Stadt zu kümmern. Aber taten das nicht schon zu viele? Ich war Mitglied im Kuratorium der Kunststiftung und hätte mein Engagement ohne weiteres ausbauen können. Doch was sollte ich schon machen? Bei Benefizveranstaltungen Spenden für notleidende Museen sammeln? Die Stiftung war eine Public-Private-Partnership, die die beteiligten Unternehmen mit Mitgliedern ihrer PR- und Marketingabteilungen bestückten. Schon deshalb kam eine intensivere Mitarbeit für mich nicht in Frage. Mochten die Damen und Herren auch noch so kunstinteressiert sein; sie hatten in Wirklichkeit keine Ahnung und wussten allenfalls, wie der ›Markt‹ funktionierte und wie sie ihr Unternehmen im Glanz der Kunst zum Funkeln bringen konnten. Was Kunst für das Leben bedeutete, blieb ihnen verschlossen. Eine kurze Affäre mit der Kulturreferentin einer großen Zeitarbeitsfirma, die neu ins Kuratorium entsandt worden war, hatte mir die Augen für die Unfähigkeit dieser Leute einmal mehr geöffnet. Während eines Tête-à-Tête hatte ich versucht, mit ihr ein Gespräch über Kunst zu führen, ich glaube, es ging um etwas so Lapidares wie den Einfluss des Expressionismus auf das Bauhaus. Nach ein paar Sätzen waren wir beim monetären Wert der bedeutendsten Werke angekommen, und ich sah mich veranlasst, nur noch mit ihr zu essen, zu trinken und zu schlafen. Sie war recht hübsch und durchaus intelligent, aber Kunst hatte für sie nur dann einen Sinn, wenn sie sich auszahlte – für ihr Unternehmen oder für den eigenen Profit.

Mein Unternehmen hatte immer junge – und in meinen Augen talentierte – Künstler gefördert, niemals die Institution Museum. Ich hatte die Entscheidungen über die Förderung stets persönlich getroffen und mich selten getäuscht, wenn auch nicht jeder Protegé so ein kommerzieller Erfolg wurde, wie jene Malerin, deren groß- formatiges Bild mein Wohnzimmer zierte. Aber das war schließlich nicht mein Ziel gewesen. Ich wollte vielmehr jenen eine Chance geben, die der Wirklichkeit mit ihrem Schaffen eine unentdeckte Dimension hinzufügten und unsere Sicht auf die Welt veränderten. Die Mittel hierfür fehlten mir nun, denn die Talente bedurften nicht alleine monetärer Unterstützung, sondern profitierten vor allem von der Stärke der hohen gesellschaftlichen Position ihrer Förderer. Meinen besonderen Status hatte ich nun wohl verloren. Und als Teil einer Gruppe wie des Kuratoriums, an deren demokratische Ent- scheidungen ich gebunden wäre und der ich nicht vorstand, wollte ich mich nicht sehen.

Also schaute ich einstweilen aus dem Fenster. Die Straßenlater- nen verbreiteten ein sanftes Licht. Alles war unbewegt. Kein Lüft- chen regte sich. Die Bäume wirkten wie erstarrt. Die Straße lag im Dunkeln, darüber der Himmel, der verhalten einen sonnigen Mor- gen ankündigte, nicht Tag, nicht Nacht. Im Zwielicht erkannte ich plötzlich eine Gestalt, die sich schnell dem Haus meines Nachbarn näherte. Sie trug eine dunkle Kapuzenjacke und eine weite, schwar- ze Hose. Sie war nicht sehr groß, vielleicht so groß wie ich, und hielt ein unförmiges, ballartiges Gebilde in ihren Händen, das ich zunächst nicht näher zu identifizieren vermochte. Erst als die Ge- stalt weit ausholte und es mit voller Wucht gegen die weiße Wand des Nachbarhauses schleuderte, wusste ich, worum es sich dabei handeln musste.

Kein Schlag oder lauter Knall war zu hören, nur ein feuchtes Klatschen. Zum ersten Mal war ich Zeuge eines jener Attentate geworden, denen das Haus des Bankiers seit Monaten ausgesetzt war und deren Urheber bislang nicht dingfest gemacht werden konnte. Da mein Nachbar sich nicht dazu hatte entschließen können, auf die Finanzierung von Rüstungsgeschäften zu verzichten, hatten seine Gegner diesen Weg des Protests gewählt. Mir erschien die Idee deutlich besser, als unschuldige Menschen durch Bombenattentate in Mitleidenschaft zu ziehen. Das soll nicht heißen, dass ich mit diesen Spinnern sympathisierte. Ich analysierte von meinem Sessel aus nur die für ihre Zwecke eingesetzten Mittel. Und das Mittel ihrer Wahl war zurzeit eben, die Villa des Bankers in regelmäßigen Abständen mit Farbbeuteln zu bewerfen.

In diesem Moment hätte ich eigentlich die Polizei rufen sollen. Unter normalen Umständen hätte ich es auch getan, denn von Chaoten, die das Eigentum anderer beschädigten, habe ich noch nie viel gehalten. Doch befand ich mich jetzt ganz und gar im Ruhestand und konnte meine Lethargie nicht so plötzlich aufgeben. Ein Farbklecks mehr oder weniger. Was machte das schon?

Außerdem war der Attentäter gleich nach dem Anschlag davongelaufen. Natürlich in Richtung Flingern! Woher sollten solche Leute auch sonst kommen!? Längst hatten bärtige Hipster und wohlhabende Kleinfamilien damit begonnen, den nördlichen Teil des ehemaligen Arbeiterviertels zu okkupieren. Die alternative Szene, Künstler und kleine Start-ups hatten den Stadtteil für diese Übernahme rund 30 Jahre lang ungewollt vorbereitet. Ein Miniatur-Prenzlauer-Berg rheinischer Prägung, dessen weniger betuchte Einwohner die Mieten in ein paar Jahren nicht mehr würden bezahlen können. Spätestens dann wäre es mit solchen Übergriffen vorbei.

Morgen würde die Polizei wieder versuchen, die Videoaufzeichnungen der zwei Kameras auszuwerten, die am Nachbarhaus rechts und links unterhalb des Dachs angebracht waren. Jedoch dürfte das

Zwielicht der Morgendämmerung nicht stark genug gewesen sein, die Gestalt zu erkennen, zumal sie gut vermummt gewesen war.

Jetzt, nachdem der Täter geflüchtet war, fing der Dobermann im Nachbarhaus an zu bellen. Dieses Kläffen hielt er etwa eine Minute durch und verstummte dann wieder. Warum von Rehmsbrunn einen Hund hielt, der, wenn überhaupt, nur verzögert reagierte, war mir unverständlich. Wann immer ich dem Tier draußen begegnet war, hatte es mich eher an einen verspielten Mischling erinnert als an einen gut trainierten, Angst einflößenden Wachhund.

Trotz der Trägheit, die mich davon abgehalten hatte, etwas zu unternehmen, war ich nicht müde. Erstaunlich nach einem langen Tag und einer schlaflosen Nacht. Draußen ging die Sonne auf und kündigte einen weiteren warmen Spätsommertag an. In einer Stunde würde meine Haushälterin damit beginnen, das Frühstück vorzubereiten, dann wäre ich nicht mehr allein. Die Aussicht darauf gefiel mir nicht. Ich wollte niemanden sehen, zumindest keinen, mit dem ich hätte reden müssen. Ich hörte ihre Frage schon: »Na, Herr Sielka, wie schmeckt der Ruhestand?« Sie fragte ständig solche unsinnigen Dinge: »Na, Herr Sielka, wie fühlt sich der 70ste an?« – Was sollte ich darauf antworten? Dass einem der Ruhestand nicht auf der Zunge liegt, man ihn folglich nicht schmecken kann? Dass sie meine Gefühle nichts angingen? Die Vorstellung einer solch sinnlosen Unterhaltung ließ mich aus dem Sessel hochschießen, der stechende Schmerz im Rücken wieder zurückfallen. Mein rechtes Bein fühlte sich an, als würden tausend Ameisen darauf herumkrabbeln. Ich ignorierte es. Ich wollte unbedingt weg und stand ganz vorsichtig wieder auf. Der Schmerz war nicht ganz weg, aber zu ertragen.

Zum ersten Mal, seitdem wir das Haus vor mehr als 20 Jahren bezogen hatten, wollte ich nun, von einem spontanen Impuls getrieben, in den Park gehen. Er war keine fünf Minuten zu Fuß entfernt, doch hatte ich ihn bisher nur im Vorbeifahren aus dem Auto heraus wahrgenommen. Ich kann nicht sagen, warum ich gerade jetzt dorthin wollte. Mich hatte keinesfalls die Entdeckerlust gepackt. Bei einem angelegten Park von wohl gut zehn Hektar wäre das auch albern gewesen. Umgeben von mehr oder weniger großen Straßen und dichter Wohnbebauung wirkte dieses Fleckchen Erde wie eine Insel oder besser: wie ein Fremdkörper. Er trennte das kleine Villenviertel, das an den südlichen Rand des Parks stieß, vom übrigen Teil des Stadtbezirks, der im Volksmund Zooviertel genannt wurde. Löwen, Flamingos und andere exotische Tiere hatte es hier allerdings zuletzt vor über 60 Jahren gegeben. Ein Bombenangriff hatte den Zoologischen Garten gegen Ende des Krieges völlig zerstört – samt Naturkundemuseum und einer künstlich angelegten Burgruine.

Vielleicht zog es mich in diesen Park, weil er für mich nie existiert hatte, nicht wirklich war und er mir damit den Schutz des nicht Vorhandenen bot. Denn auch ich war nicht mehr existent.

Zusammen mit den unsichtbaren Ameisen, die sich wimmelnd an meinem Bein zu schaffen machten, verließ ich um halb sieben in der Früh das Haus. Ich trug noch immer dieselbe Kleidung wie am Vortag: einen anthrazitfarbenen Anzug aus leichter Schurwolle, der auch nach 24 Stunden noch fast ungetragen wirkte. Der oberste Knopf meines hellblauen Oberhemds war geöffnet. Die Krawatte hatte ich schon am Abend abgelegt, sie musste irgendwo in meinem alten Büro herumliegen. Nicht wichtig. Die frische Luft atmete sich leicht, ich ging etwas schneller und mit jedem Schritt schienen ein paar Ameisen von meinem Bein abzufallen. Als ich kurze Zeit später einen Seiteneingang des Parks erreichte, waren sie fast völlig verschwunden.

Mit 72, so dachte ich, war es durchaus normal, Rückenschmerzen zu haben. Vorübergehende Taubheitsgefühle im rechten Fuß begleiteten mich nun schon eine ganze Weile. Das Beste, was man dagegen tun konnte, war, sie nicht zu beachten. Aufmerksamkeit schafft Schmerz.

Ich atmete tief durch. Die Luft roch nach morgenfeuchtem Laub. Erst jetzt wurde ich mir der zwitschernden Vögel bewusst, deren Gesang mich schon auf dem Weg hierher begleitet hatte. Mochte es nun am Schlafmangel liegen oder an der ungewohnten Umgebung: Ich fühlte mich seltsam willkommen. Außer mir waren zu dieser frühen Stunde nur ein paar Jogger und Hundebesitzer unterwegs. In der Mitte des Parks befand sich ein Teich, an dessen Ufer ich mich auf einer Bank niederließ. Dabei scheuchte ich eine große Gruppe kanadischer Wildgänse auf, unter ihnen einige Jungtiere, die von zwei erwachsenen Gänsen eskortiert wurden.

Auf dem Schotterweg vor der Bank lagen unzählige olivgrüne Kothaufen, manche platt getreten, andere schon leicht getrocknet. Ich wunderte mich darüber, wie die Stadt so etwas zulassen konnte. Wie gesagt, ich ging gerade zum ersten Mal seit Jahrzehnten wieder bewusst in einen öffentlichen Park. Nicht nur diesen hier hatte ich gemieden, ich hatte auch sonst keinen Anlass gehabt, andere öffentliche Anlagen aufzusuchen. Und wenn, dann hatte ich sie nur auf meinem Weg von A nach B durchquert, ohne auf die Umgebung zu achten. Meine bewusste Vorstellung von einem Park ging in meine Kindheit und Jugend zurück. Ich erinnerte mich in diesem Moment an eine sehr schöne Anlage, die nach dem Krieg in meiner Heimatstadt neu geschaffen und immer gepflegt worden war. Eines dieser Früher-Standbilder, Postkartenmotive in schwarz-weiß oder nachträglich grell koloriert, nicht Wirklichkeit. Ich schüttelte den Gedanken ab.

Um den Gänsen Beine zu machen und sie weiter fortzutreiben, klatschte ich ein paar Mal in die Hände und schreckte sie auf.

»Heh da!«, rief jemand.

Erschrocken drehte ich mich um und schaute in herausfordernd auf mich gerichtete Augen. Ein junger Mann, kaum älter als 20 Jahre, wie ich glaubte, war aus dem Nichts plötzlich hinter der Bank aufgetaucht. Ich blickte an ihm hinunter. Die Lautlosigkeit seiner Bewegungen war kaum verwunderlich, denn statt normaler Straßenschuhe trug er kniehohe Stiefel aus weichem Leder, die am Fuß spitz zuliefen und eher wie Strümpfe wirkten. Auch die übrige Aufmachung war ungewöhnlich, trug er doch keine Hose, wenigstens keine, die unter seinem langen Hemd aus grobem Leinen zu sehen war. Die Lederweste über dem Hemd wurde von Bändern zusammengehalten. Alles in allem erinnerte er mich an die Darstellung Robin Hoods in einer Bronze-Statue vor dem Schloss in Nottingham. Fehlte nur noch die Mütze über dem hellblonden Haar mit einer Feder daran.

Der junge Kerl schritt um die Bank herum und stellte sich mit verschränkten Armen vor mich hin. Seine Nase und der kleine Kinnbart wiesen in die Höhe. Heute weiß ich nicht mehr genau, was ich als erstes zu ihm sagte, aber es wird nicht besonders geistreich gewesen sein.

»Was?«

»Richtig so! Fort mit ihnen! Sie gehören nicht hierher. Sie nehmen Platz weg. Überhaupt. Es ist voll hier. Es ist überall so voll geworden. Man weiß nicht mehr, wo man hintreten soll. Fremde, nur Fremde. Und dann noch diese Tiere. Und Sie, mein Herr, Sie sind auch nicht von hier.«

»Ich wohne ganz in der Nähe«, sagte ich und ärgerte mich im gleichen Moment darüber, diesem Menschen, der offensichtlich nicht ganz richtig im Kopf war, Rechenschaft abzulegen. »Um ehrlich zu sein, ich hätte gerne meine Ruhe.«

Robin Hood (oder für wen er sich auch immer halten mochte) setzte sich neben mich. »Sehen Sie, das meine ich. Es ist laut. Unsäglich laut. Ich bin Heinrich. Meine Leute nennen mich einfach nur Hayc. H-a-y-c.«

Die Aussicht auf ein Gespräch mit meiner Haushälterin erschien mir plötzlich attraktiv. Ich reagierte nicht auf seine Worte und hoffte, ihn damit wieder loszuwerden.

»Und Sie sind?«

»Nicht daran interessiert, neue Bekanntschaften zu machen. Wenn Sie sich jetzt bitte eine andere Bank suchen möchten!«

»Möchte ich nicht. Danke. Ich habe das Recht, hier zu sitzen.«

»Natürlich, es ist ein öffentlicher Park. Aber ich muss nicht mit Ihnen reden.«

»Das müssen Sie nicht«, sagte er und lehnte sich entspannt zurück. Dabei legte er die Ellenbogen neben sich auf die Lehne der Bank und streckte die Beine nach vorne aus. »Wenn man bedenkt, dass das hier alles mal meiner Familie gehört hat!« Er schüttelte den Kopf, als könne er den Unsinn, den er redete, selbst nicht fassen. »Doch das ist lange her, ich bin der letzte Nachfahre. Mein Geschlecht wird aussterben.«

Nun wurde der Kerl von einem kurzen und heftigen Kichern geschüttelt, das ebenso abrupt aufhörte wie es begonnen hatte. Ich starrte auf den See. Eigentlich hätte ich aufstehen und gehen sollen, aber ich hatte keine Lust, das Terrain einfach so zu räumen.

»Geschlecht!«, rief er aus. »Geschlecht! Dass Geschlechter aussterben können, ist doch unglaublich. Aber es lässt auch hoffen. Denn die beiden anderen könnten es dann auch eines Tages. Vielleicht in hundert Jahren? Rittergeschlechter gibt es seit langem nicht mehr. Die Sache mit dem Adel ist zwar nicht ganz ausgestanden. Er ist hierzulande de facto aber nur noch fürs Boulevard relevant – und für sich selbst, versteht sich. Und bald sterben Mann und Frau.«

»Was reden Sie für einen Unsinn?«, fragte ich.

»Unsinn? Wieso? Geht Ihnen dieser ganze Quatsch nicht auch auf die Nerven? Ach nein, Sie sind alt. Sie wissen gar nicht, was ich meine. Und ich glaube, Sie würden es nicht einmal verstehen, wenn ich es Ihnen erklärte. Nicht, dass ich Sie für dumm hielte, aber Sie können nicht aus Ihrer Haut. Wie wir alle.«

»Ich weiß überhaupt nicht, wovon Sie reden.«

»Mann, Frau, Vater, Mutter, Kind, Jäger, Sammler und so weiter. Damit ist alles gesagt. Darin sind wir alle gefangen. Es ist erschreckend, wie einseitig wir alle bleiben müssen, bloß aufgrund einer Vorstellung, einer Fantasie von dem, was ein Mann und was eine Frau zu sein hat. Aber es ändert sich. Es beginnt, sich zu ändern. Ein paar Jahrhunderte, und der Spuk ist vorbei.«

»Keine Männer, keine Frauen? Ach, so einer sind Sie! Ich werde Ihnen mal etwas sagen: Solange es die Welt gibt, wird es Männer und Frauen geben, und sie werden so sein, wie sie nun einmal sind. Das ist Natur und die kann man nicht einfach verändern. Ich finde diese Gleichmacherei entsetzlich dumm«, wandte ich ein.

»Zwei Geschlechter, zwei Arten zu leben. *Das* nenne ich Gleichmacherei. Mein Herr, wissen Sie, dass es heute nicht wenige Eltern gibt, die glauben, die Liebe ihrer kleinen Tochter zur Farbe rosa sei angeboren und also natürlich? Dabei war es bis zum Anfang des letzten Jahrhunderts noch üblich, die männlichen Nachkommen in rosafarbene Kleidung zu stecken. Diese Farbe galt als ›das kleine Rot‹, passend zum kräftigen Rot, das für vermeintlich Männliches wie Blut, Eros, Kampf und Leidenschaft stand. Mädchen trugen die Farbe hellblau, ›das kleine Blau‹, weil Blau die Farbe Marias ist. Und warum weiß das heute keiner? Weil wir uns für die am besten aufgeklärten Menschen der letzten Jahrhunderte halten, und also müssen wir nicht weiter über all das nachdenken. Wir nennen es Natur und berauben uns selbst unserer Möglichkeiten. Ist Ihnen klar, wie viel den Menschen verlorengeht, weil sie die Anstrengung des Denkens scheuen? Das ist eine Tätigkeit, die nicht nur Willenskraft, sondern auch sehr viel Glucose braucht. Denken ist beschwerlich.«

»Wenn denken heißt, so einen Mist zu reden wie Sie, dann lasse ich mich gerne denkfaul nennen. Es gibt doch wohl einen klaren Unterschied zwischen Männern und Frauen. Einen ganz und gar offensichtlichen: den Körper.« Jetzt musste ich lachen. Der komische Vogel amüsierte mich, wie er dasaß und mit ernster Miene unhaltbares Zeug von sich gab.

»Wir akzeptieren den Körper, den wir sonst bei jeder Gelegenheit ignorieren, als entscheidend dafür, was wir sind? Mann oder Frau? Hat man so was je gehört? Weil Sie keine Brüste haben, sind Sie ein Mann und deshalb müssen Sie stark sein und für die Familie sorgen. Ebenso absurd ist es, bestimmte Eigenschaften oder Tätigkeiten einer bestimmten Haarfarbe zuzuschreiben: Rothaarige sind frech, falsch und tragen das Hexen-Gen in sich. So dachten wir früher und hielten es für ganz natürlich.«

»Blödsinn!«

»Ach, das nennen Sie Blödsinn! Aber beim Geschlecht ist das alles Natur. Aus der Natur geht nur hervor, dass die einen die Kinder bekommen und die anderen sie zeugen können. Das war's auch schon. Mehr nicht. Alles andere haben wir hübsch dazu erfunden. Denken Sie nach, Mann!« Mit dem letzten Satz war Hayc aufgesprungen. – »Es war mir ein Vergnügen, mit Ihnen zu sprechen. Aber nun muss ich leider arbeiten. Ein paar Jahrhunderte früher, und ich hätte andere für mich arbeiten lassen. Aber wie gesagt, man akzeptiert mein Geschlecht nicht mehr. Und bald stirbt es aus. Vielleicht sollte ich doch ein Kind bekommen. Mal schauen. Auf Wiedersehen.«

Er verbeugte sich kurz. Dabei fiel ihm sein blondes, kinnlanges Haar ins Gesicht. Dann rannte er den Weg zum Hauptausgang des Parks hinunter, natürlich in Richtung Flingern Nord. Es war wenig wahrscheinlich, dass er irgendwo hier im Zooviertel wohnte. Das war schon der zweite Verrückte, der mir heute aus dem Nachbarbezirk begegnet war. Erst der Linke mit seinem Farbbeutel und jetzt der selbst ernannte Spross eines aussterbenden Rittergeschlechts, den Kopf voller anarchistischer Ideen. Ich war nicht nur in den Ruhestand, sondern gleich auf einen anderen Planeten versetzt worden.

Dass ich in der neuen Wirklichkeit nicht willkommen war, machten mir in diesem Moment zwei erwachsene Gänse klar, indem sie auf meine Bank zustürzten. Offensichtlich die zwei Aufpasser der Jungschar. Ich erschreckte mich und sprang auf. Zu schnell. Der Schmerz streckte mich nieder wie der Stoß eines Schwerts direkt in die Lendenwirbel. Mir wurde schwarz vor Augen und ich fiel auf die Knie. Die Gänse liefen schnatternd davon. Nur langsam ließ das Stechen im Rücken nach. Ich hob den Kopf, um zu prüfen, ob mich jemand gesehen hatte. Zwei Joggerinnen schauten vom anderen Ufer des Teichs zu mir hinüber. Vielleicht hielten sie mich für einen Betrunkenen, der seinen Rausch auf einer Parkbank ausgeschlafen hatte. Jedenfalls wandten sie den Blick rasch ab und liefen weiter, als sei nichts geschehen.

Auf allen Vieren kroch ich zur Bank und stützte mich mit meinen Händen auf der Sitzfläche ab. Dann versuchte ich, vorsichtig aufzustehen. Der Schmerz hatte seine Heftigkeit verloren und schien nun auf die nächste falsche Bewegung zu lauern. Als ich wieder auf beiden Beinen stand, klopfte ich den Dreck von der Hose, die sonst keinen weiteren Schaden genommen hatte. Wieder spürte ich einen Stich im Rücken, doch war ich mir sicher, den Weg bis zu meinem Haus zurücklegen zu können. Ich schlich ganz vorsichtig, immer darauf bedacht, mich kontrolliert zu bewegen. Ich musste nur bis zur Villa kommen.

Während ich nur langsam vorankam, bewegten sich die Gedanken in meinem Kopf umso schneller. Alle kreisten um die Ursache meiner plötzlichen Schmerzen. Ungefiltert wie von selbst wechselten sie von der Möglichkeit einer einfachen Muskelverspannung, die ich ausschließen konnte, über einen Bandscheibenvorfall zu ernsteren Problemen mit Darm oder Prostata. All diese möglichen Ursachen für meine Beschwerden waren mir bekannt, allerdings nicht aus eigener Erfahrung. Einmal im Jahr ließ ich mich in einer Privatklinik durchchecken. Mit den unterschiedlichen Vorsorgeuntersuchungen war der Fall immer präsent, für den hier jeweils Vorsorge getroffen wurde. Ich kannte die Symptome, auf die zu achten war. Zudem war ich in der Klinik zwangsläufig dem einen oder anderen Patienten und seinem Leiden begegnet. Ihre Krankheiten hatte ich soweit es ging ignoriert. Ein Verhalten, das meiner Angst geschuldet war, dem gleichen Schicksal zum Opfer zu fallen. Freilich habe ich dies nie bewusst gedacht. Doch jetzt, während ich die in Frage kommenden Krankheiten durchging, kam mir auch meine Verdrängung als absurde Ursache meiner Schmerzen und der sie auslösenden Krankheit in den Sinn. Ich wollte diesen lächerlichen Gedanken sogleich wieder wegwischen. Doch klebte er zäh in meinem Kopf: die sich selbst erfüllende Prophezeiung aus einer verdrängten Angst und das damit heraufbeschworene Unheil. Was, wenn die uneingestandene Furcht vor der Krankheit diese selbst hervorriefe? Eine Art unbewusste und deshalb umso wirksamere Suggestion. Das, was sich in meinem Rücken breit machte, konnte jedenfalls nie und nimmer harmlos sein.

Obwohl ich nur langsam vorwärts kam, stand ich bald vor meiner

Haustür, die augenblicklich aufgerissen wurde.

»Da sind Sie ja!«, rief Erika, meine Haushälterin, und wandte sich dann um. »Werner! Er ist hier. Du musst Dich nicht mehr beeilen.« Aus der Küche war ein zustimmender Laut ihres Mannes zu hören.

Nun drehte sie sich wieder zu mir und musterte mich von oben bis unten. »Was machen Sie denn für Sachen! Ich habe Werner schon losschicken wollen, Sie zu suchen. Morgens einfach aus dem Haus gehen! Ja, ja, ich habe noch gesehen, wie Sie losgezogen sind. Jetzt kommen Sie schnell hinein! Das Frühstück ist fertig. In ihrem Alter geht man nicht mal so einfach hinaus, ohne was im Bauch. Sie könnten ...«

Ihre Hände in die Hüften gestützt und unaufhörlich mit dem Kopf schüttelnd redete sie auf mich ein. Sie war klein und rundlich, ihre vollen Wangen glänzten immer rosig, und im Haus war sie niemals ohne Schürze anzutreffen. Erika war das Klischee einer flinken Haushälterin, die Blaupause für alle anderen dieses Fachs. Mit über 60 arbeitete sie immer noch schnell und zielgerichtet. Jeder Handgriff saß, und in ihrer Arbeit hatte sie nichts Überflüssiges. In dem, was sie sagte, dafür umso mehr. Ich mochte ihr nie länger als eine Minute zuhören, auch wenn es um Wichtiges ging. Sie kam erst nach unendlichen Umwegen auf den Punkt, meist unterbrach ich sie vorher.

»Danke, ich möchte nichts essen. Rufen Sie bitte Dr. Rantum an und machen Sie einen Termin für mich! Heute Vormittag.«

Erika verstummte. Inzwischen hatte sich ihr Mann Werner hinter sie gestellt und aufmerksam zugehört. Beide sahen mich aus großen Augen an.

»Sind Sie krank?«

»Nein, nein, nichts Ernstes. Rückenschmerzen. Er soll mir eine Spritze geben und dann ist es gut«, winkte ich ab. »Ich gehe kurz duschen, dann können Sie mich zu ihm bringen, Werner.«

Ich ließ die beiden stehen und versuchte, die Treppe in einer halbwegs normalen Haltung hinaufzusteigen. Jeder Schritt schmerzte.

Mit einer Spritze war es natürlich nicht getan. Rantum ließ sich die Symptome schildern und wollte mich dann zu zwei oder drei Spezialisten überweisen. Ich winkte ab und bat ihn um eine Einweisung in die Privatklinik von Professor Hoffmann, jenem Arzt, der meinen jährlichen Check-up durchführte. Und so traf ich bereits am Nachmittag meines ersten Tages im Ruhestand mit einer Reisetasche in der Klinik ein. Es würde zu nichts führen, hier alle Untersuchungen aufzuzählen, denen man mich in den folgenden 48 Stunden unterzog. Nur das Ergebnis ist wichtig. Für mich war es niederschmetternd. Professor Hoffmann gab es Anlass zur Hoffnung. Nach einer Woche wurde ich wieder entlassen.

Kapitel 2

in dem unser Held alte Illusionen aufgibt, einer Osteopathin hörig wird und einer neuen Illusion verfällt.

Mit dem Eintritt ins Berufsleben wird man zum Teilnehmer an einem großen Spiel. Einem ernsten freilich, dessen Regeln man anerkennt, verinnerlicht und – wenn man eine solche Position wie ich erreicht hat – natürlich auch maßgeblich mit gestaltet. Von klein auf hatte ich nur dieses Spiel gelernt. Und jetzt war ich raus. Vielleicht könnte ich ein neues finden, aber ich wusste nicht, ob es zu mir passen würde, ob ich es noch einmal würde ernst nehmen können, so ernst, wie ich das letzte genommen hatte.

Mein Inneres war ein Abbild des Spielplans, nach dem ich gelebt hatte. Wir waren eins gewesen. Seine Struktur war meine, sein Denken mein Denken. Und nun war er weg. Mein Habitus war heimatlos. Meine Alternativen waren begrenzt: lernen oder sterben, so sah ich das inzwischen. Vielen erging es so, die nach Jahrzehnten ihren Beruf hinter sich ließen. Der Ruhestand ist ein völlig neues Feld, mit neuen Akteuren und anderen Regeln. Auch hier gab es sie nicht, die grenzenlose Freiheit. Die neue Situation traf mich deshalb besonders schwer, weil ich alles ganz anders geplant hatte. Eigentlich hätte ich nun den Vorsitz des Aufsichtsrats innehaben sollen. Ich hätte nach wie vor ein Büro in der Firma und würde täglich ein paar Stunden dort verbringen. Doch nun war ich abrupt abgeschnitten.

Mit der Leere, die sich in mir breit machte, verlor ich auch den Glauben an den Sinn meines früheren Tuns und an die raue Welt der Unternehmen. Sie erschien mir unwirklich. Wenn wir den Glauben an das verlieren, was wir tun, verschwimmen unsere Grenzen. Er ist uns so in Fleisch und Blut übergegangen, dass wir ihn, so lange alles ist, wie es immer war, für gesichertes Wissen halten. Dabei ist der Glaube doch nur eine mögliche Sicht auf das, was wirklich ist.

Nehmen wir das Geld – ein großer, gemeinsamer Glaube, dem wir alle unser Vertrauen schenken. Hörten wir gemeinsam damit auf, seinen Wert als gegeben zu akzeptieren, bräche unsere Wirtschaft zusammen. Natürlich tun wir das nicht. Doch die Erschütterungen der Finanz- und Währungskrise, die wir nun seit einigen Jahren erleben, geben einen kleinen Einblick in das, was passiert, wenn zu viele Spielteilnehmer zunächst an das Gleiche glauben, diesen Glauben dann als falsch erkennen und ihn alle gleichzeitig verlieren. Immobilienblasen platzen, Banken gehen zugrunde und Staaten, denen sonst unbekümmert Geld geliehen wurde, stehen auf einmal vor dem Ruin. Es ist wie in dem Märchen »Des Kaisers neue Kleider«. Plötzlich ruft das Kind: »Der hat ja gar nichts an«. Der ganze Schwindel fliegt auf, und die Zinsen für Staatsanleihen schießen in die Höhe.

Dies waren in kurzen Worten zusammengefasst meine Überlegungen, die mich während des einwöchigen Klinikaufenthalts beschäftigt hatten. Wann immer ich schlaflos im Bett lag oder mich die ukrainische Osteopathin mit ihren Griffen traktierte, wenn ich wieder irgendeine der unzähligen Untersuchungen über mich ergehen lassen musste, immer war mir klar: Ich stand vor dem Nichts. Andere freuten sich auf das Reisen im Ruhestand. Mich hatte das nie interessiert. Oder auf die Zeit, die sie nun mit ihrer Familie und ihren Freunden verbringen konnten. Ich hatte weder Verwandte noch Bekannte, mit denen ich mich häufiger als unbedingt nötig treffen wollte. Alles, was ich hatte, war eine Diagnose und einen Arzt, der »Aktives Beobachten« für die beste Therapie gegen eine mutmaßlich tödliche Krankheit hielt.

In den Wochen nach meiner Entlassung waren die einzigen Menschen, mit denen ich mich unterhielt, Erika und Werner. Unsere Gespräche beschränkten sich allerdings auf das für den Haushalt Notwendige. Meine Ernährung musste umgestellt werden. Wenig Fleisch und tierisches Fett, viel Obst und Gemüse. Dazu die Einnahme von hoch dosiertem Vitamin D. Nach einer kurzen Krise, in der sie sich Vorwürfe machte, ihr Essen habe zu meinem Leiden geführt – das ich ihr gegenüber übrigens nicht näher benannte – kochte Erika strikt nach dem neuen Ernährungsplan der Klinik. Es schmeckte mir nicht. Aber im Grunde war es mir egal. Genauso egal wie mein Äußeres, das ich immer weniger pflegte. Meine Haare wuchsen zu einem struppigen Kranz rund um die Glatze in der Mitte, ich ließ mir einen Bart stehen, der aus Inseln grauer Büschel bestand. Ich trug keine Anzüge mehr, nur bequeme Hosen und einfache Baumwollshirts. Als es kühler wurde, stieg ich auf dunkle Rollkragenpullover um, die Werner mir in einem Bekleidungshaus in der Innenstadt besorgt hatte. Ich gab mir Mühe, den täglichen Nachrichten zu folgen, fand sie aber belanglos.

Wie Professor Hoffmann es mir empfohlen hatte, ging ich täglich, meist vormittags, eine Stunde spazieren. Zunächst beschränkte ich mich dabei auf den Zoopark, in dem ich einige Runden drehte, erweiterte meine Wege dann aber um die Straßen meines Viertels. So war ich einer der wenigen in meiner Umgebung, den man tagsüber auf der Straße sehen konnte. Nie hatte ich die Gegend als so unbewohnt wahrgenommen wie jetzt auf meinen täglichen Spaziergängen. Häuser und Gärten waren perfekt gepflegt. Eine Katze im Fenster, nur halb geöffnete Vorhänge oder der Blick in eine Küche, in der das Frühstücksgeschirr noch auf dem Tisch stand, zeugten davon, dass hier jemand wohnen musste, und doch unterstrich dies alles nur die Verlassenheit. Hin und wieder fuhr ein Auto durch diese stillen Straßen, meist das eines Hausmeisterservices, Gärtnerbetriebs oder das des durch dudelnde Musik auf sich aufmerksam machenden Schrottsammlers. Ich konnte mir nicht erklären, was er hier wollte. Es war niemand daheim, und meine Nachbarn würden ihm ihre Häuser nicht öffnen.

Bisher hatte ich immer das Gefühl gehabt, zentral und gleichzeitig ruhig zu wohnen. Nicht, dass ich die zentrale Lage sonderlich ausgenutzt hätte, aber die Möglichkeit, innerhalb kurzer Zeit mitten in der Stadt zu sein, war mir wichtig gewesen. Jetzt, da ich die Straßen um die Villa täglich durchstreifte, erlebte ich lediglich Abgeschiedenheit. Von Tag zu Tag mehr, denn ich überschritt die Hauptverkehrsstraßen, die mein Viertel von anderen trennten, niemals. Dieser Eindruck war natürlich meiner neuen Lebenssituation geschuldet.

Ich ging nicht nur nicht mehr arbeiten, ich musste außerdem meine Lebensweise aus gesundheitlichen Gründen völlig umstellen. Mein Anker in der Welt war nun ein großes Haus auf einer einsamen Insel der Wohlhabenden. Meine Umgebung erschien mir so abgeschnitten von allem Leben wie ich selbst.

Nur dreimal sprach ich in den ersten drei Monaten nach der Diagnose länger mit anderen Menschen – und das auch noch an einem einzigen Tag. Inzwischen war es November geworden und die grauen Wolken hingen tief am Himmel. Ich hatte meinen Spaziergang fast beendet und war wenige Schritte vom Eingang der Villa entfernt, als ich das penetrante Pfeifen der Musik des Schrottsammlers hörte. Ich drehte mich um und sah den kleinen Lastwagen im Schritttempo hinter mir in die Straße einbiegen. Meine Laune war wie immer weder gut noch schlecht, gleichgültig. Das änderte sich, als mir der Lautsprecher des Wagens direkt ins Ohr schrillte. Ich fuhr den Mann hinter dem Steuer an. Auf einmal regte er mich unglaublich auf, ich konnte es nicht kontrollieren.

»Stopp! Hören Sie auf! Schalten Sie diese nervtötende Musik aus und machen Sie, dass Sie wegkommen! Hier gibt es kein Altmetall für Sie, Sie Dummkopf. Das müssen Sie doch endlich begriffen haben.« Außer mir vor Wut hatte ich geschrien und bemerkte nun klebrige Speichelfäden als feuchten Film rund um meine Lippen. Ich wischte ihn mit dem Jackenärmel weg.

»Chill, Alter!«, war die knappe Antwort des Fahrers. Er korrigierte sich schnell, fast entschuldigend fügte er hinzu: »Ganz ruhig, Opa!«

»Verschwinden Sie hier, oder ich rufe die Polizei.«

»Ey, ich darf das. Ich habe eine Lizenz«, sagte der junge Mann und rückte seine Baseballkappe ein Stück nach hinten. Er sprach betont langsam und laut. Er hielt mich für einen schwerhörigen Greis.

»Regen Sie sich bitte nicht auf! Ich fahre jetzt ganz normal weiter, und Sie beruhigen sich einfach, und dann ist alles wieder gut.« Trotz seines südländischen Aussehens schien Deutsch seine Muttersprache zu sein.

»Ich rege mich aber auf. Dieses ewige Geleier aus ihrem grässlichen Lautsprecher! Das ist unerträglich. Ich schalte das Ordnungsamt ein. Es wird sich darum kümmern.«

Jetzt lachte der Kerl und schüttelte nur den Kopf. »Ist klar. Es heißt übrigens Ordnungs- und Servicedienst. Warum hat das Ordnungsamt hier eigentlich einen so komischen Namen? Egal. Die Herrschaften vom OSD haben nichts gegen mich.«

»Aber ich.«

»Ihr Problem! Sonst sind Sie in Ordnung? Also, Sie wissen, wer Sie sind und wo?« Er schaute mich ehrlich besorgt, fast mitleidig an. Je länger sein Blick auf mir ruhte, umso stärker spürte ich, dass ich keinesfalls in Ordnung war.

»Wissen Sie, mein Opa ist hier oben nicht mehr ganz klar. Dement. Er haut manchmal ab und wird aggressiv, wenn er sich nicht mehr zurechtfindet. Sie sind nicht abgehauen, oder?«

»Nein«, sagte ich leise, »nein, ich wohne direkt hier.«

»Dann gehen Sie am besten nach Hause. Ihre Frau wartet sicher schon auf Sie.«

»Sie ist tot.«

»Oh, sorry, tut mir leid.«

»Mir auch«, sagte ich leise.

Und jetzt habe ich meine Ruhe, dachte ich. Grabesruhe. Warum wollte ich überleben? Ich hätte meine Diagnose missachten und ein ungesundes, ausschweifendes Leben beginnen sollen, das mich schneller ins Grab bringen würde als dieses betuliche Gebaren eines alternden Privatiers: Morgens aufstehen. Früchtesalat zum Frühstück. Kurzes Überfliegen der Meldungen in der lokalen Tageszeitung. Anschließender Spaziergang. Mittagessen. Mittagsschlaf. Sitzen im Garten. Lektüre der überregionalen Tageszeitung. Blättern in Kunstbänden. Eine Tasse Kaffee. Kein Kuchen. Stattdessen ein wenig Obst. Später ein leichtes, eiweißreiches Abendessen. Keine Kohlenhydrate. Ein Film, eine Reportage im Fernsehen, manchmal eine DVD, seit neuestem zu Not auch Dokusoaps. Frühes Zu-Bett-Gehen. Schluss. Und am nächsten Tag: Da capo al fine. Aus irgendeinem Grund hatte ich mich für das Leben entschieden, auch wenn nichts geschah.

Der junge Mann war weitergefahren, ohne dass ich es bemerkt hatte. Ich ging mit gesenktem Blick zum Hauseingang und hielt inne, als sich mir jemand in den Weg stellte. Ich schaute auf und erkannte Jakob Hutzenbach, meinen alten Freund aus Studientagen und Vater meines ärgsten Feindes. Er sah mich irritiert an.

»Hans!«, rief er. »Lieber Freund, wie siehst Du denn aus? Bist Du krank?«

»Nein«, sagte ich, »ich bin nicht krank. Ich bin im Ruhestand.« Durch einen kurzen Lacher versuchte ich, meiner Bemerkung etwas Unbeschwertes zu geben, aber Hutzenbach senior wurde noch misstrauischer.

»Du? Im Ruhestand! Erzähl keinen Unsinn! Aber erst einmal: Guten Tag! Lass Dich umarmen!«

Hutzenbach, dessen Rede für gewöhnlich zu 50 Prozent aus Ausrufezeichen bestand, ergriff mich und klopfte, nachdem er mich umschlungen hatte, dreimal kräftig auf mein linkes Schulterblatt. Ich ließ meine Arme hängen, da ich noch unschlüssig war, wie ich auf diesen überraschenden Besuch reagieren sollte. Das änderte sich sofort.

»Deine Perle hat mir gesagt, dass Du spazieren bist. Du und Spazieren!«

»Sie ist meine Haushälterin«, korrigierte ich ihn scharf, obwohl ich Erika zu anderen Gelegenheiten selbst schon mit despektierlichen Namen, von Hausdrache bis Putzfee, bedacht hatte. Doch ich betrachtete das als mein Privileg, vielleicht weil ich ihr Gehalt zahlte. Wenn ich mir meine damalige Haltung heute zu erklären versuche, komme ich zu keinem zufriedenstellenden Schluss. Jedenfalls verlangte ich von Jakob instinktiv genau den Respekt für meine Angestellte, den ihr entgegenzubringen ich selbst nicht bereit war.

So hatte ich mich entschieden, wie ich mit seinem plötzlichen Erscheinen umgehen wollte: distanziert bis ablehnend. Ihm gegenüber würde ich weder von meiner Krankheit sprechen noch von der Demütigung, die ich durch seinen Sohn erfahren hatte. Selbstverständlich wusste Jakob nichts von dessen Machenschaften. Er lebte mit der Vorstellung, sein Spross habe alles aus eigener Kraft erreicht, und in diesem Glauben wollte ich ihn lassen. Was hätte es ihm schon gebracht, die Wahrheit zu erfahren?

Wir schauten uns an, ohne etwas zu sagen. Eine oder zwei Minuten warteten wir darauf, dass der andere reden oder handeln würde. Jakob brach schließlich das Schweigen.

»Ich wollte mal nach Dir sehen. Und natürlich wollte ich mich bei Dir bedanken.«

Ich winkte ab und schüttelte den Kopf. Er fuhr unbeirrt fort.

»Nein, nein. Ganz ehrlich. Ich weiß schon, wem Reginald diesen Aufstieg zu verdanken hat. Sicher, er ist ein cleverer Kopf. Das hat er von seinem Vater. Wenn doch mein Enkel auch etwas davon abbekommen hätte! Na ja, der Junge ist schon etwas ganz Besonderes. Aber eben auf seine Art.« Jakob unterbrach sich kurz und lachte. »Wie auch immer. Ich wollte einfach sagen: Danke!«

Nun hielt er mir seine Hand hin. Ich schlug ein. Unsere Hände wurden sofort wieder voneinander getrennt, als der Dobermann meines Nachbarn freudig zwischen uns sprang. Die an seinem Hals tanzende Leine zeugte davon, dass er irgendwem entwischt sein musste. Erschrocken sprangen wir auseinander, was der Hund als Eröffnung eines Spiels zu verstehen schien und aufgeregt zwischen uns hin und her lief.

»Rufus!« Die Stimme des Mädchens, das diese Karikatur eines Wachhundes beaufsichtigen sollte, war dünn und schrill. Sie war höchstens 16 Jahre alt und besserte mit diesem Job offensichtlich ihr Taschengeld auf. »Rufus!«, rief sie wieder, und eigentlich hätte Rufus reagieren müssen, da Hunde nach meiner Kenntnis besonders gut auf hohe Töne hörten. Doch der Ausreißer hatte schon wieder einen neuen Spielkameraden gefunden: Eine junge Dame kam mit einem Chihuahua auf dem Arm vorbei. Der Bürgersteig vor meinem Haus war noch nie so stark frequentiert gewesen. Rufus sprang die Frau an. Sie reagierte mit einem spitzen, nicht enden wollenden

Schreien, als das Maul des Dobermanns sich um den Miniaturhund schloss und diesen wie einen Stöckchen davontrug.

Jakob fühlte sich berufen, der jungen Dame zu helfen und lief, für sein Alter und Gewicht recht schnell, hinter den beiden Hunden her. Rufus bemerkte den Verfolger sofort, blieb stehen, drehte sich um und setzte sich auf die Hinterbeine, um dem herannahenden Freund sein kleines Spielzeug zu präsentieren. Dieses gab quiekende Laute von sich, schien aber nicht verletzt zu sein. Jakob baute sich in seiner ganzen Größe von fast zwei Metern vor Rufus auf, den Rücken gerade durchgedrückt, die Brust hervorgestreckt, wann immer er zu Atem kam. Der Hund sollte wohl wissen, wer der Herr war.

»Aus!«, rief Jakob Hutzenbach.

Rufus neigte den Kopf etwas zur Seite, wobei seine Ohren lächerlich zitterten.

»Hörst Du! Aus!«

Nun wurde der Rudelführer etwas lauter, seine Ausrufezeichen deutlicher. Rufus' Kopf fiel auf die andere Seite. Leute, die Tieren menschliches Verhalten nachsagen, hätten dem Dobermann zu diesem Zeitpunkt ein freches Grinsen unterstellt – trotz Chihuahua im Maul. In Wirklichkeit dienten seine breit gespannten Lefzen nur einem geregelten Speichelabfluss. Der Hund sabberte.

Die Hundesitterin bemühte sich um Schadensbegrenzung, indem sie aufgeregt um ihren Schützling herumsprang und ebenfalls »Aus!« rief. Das Chihuahua-Frauchen war auf ihren hohen Absätzen bei Rufus angekommen und schrie nun den Namen ihres Hundes: »Ritchie!« Hutzenbach wahrte Haltung und unterstützte seine Befehle mit kantigen Handbewegungen.

Der einzige, der nicht dem Erwartbaren entsprach, war der verspielte Schoßhund Dobermann. Er hatte die ganze Ordnung der Dinge durcheinandergebracht.

In diesem Moment sah ich, wie im Nachbarhaus an einem der unteren Fenster die Gardine ein Stück beiseite geschoben wurde und das faltige Gesicht der Hausherrin zum Vorschein kam. Sie schaute die Szene kurz an und zog sich wieder zurück, als sie mich entdeckte.

Eine merkwürdige Frau.

Rufus fand Gefallen an dem Spiel der anderen und lief mit der Beute im Maul wieder ein Stückchen weiter. Die drei Retter stürzten ihm nach, und ich wollte die Gelegenheit nutzen, unbemerkt ins Haus zu kommen. Doch in diesem Moment öffnete sich die Eingangstüre des Nachbarhauses und Roberta von Rehmsbrunn kam auf mich zu.

»Guten Tag, Herr Sielka, macht Rufus mal wieder Ärger?«, fragte sie, als hätte ich andauernd Probleme mit ihrem Hund. Sie zog geschickt eine Zigarette aus der Packung in der Tasche ihrer Strickjacke und zündete sie an.

»Scheint so«, sagte ich. Mir stand nicht der Sinn danach, mit ihr zu sprechen, und ich wandte mich zum Gehen. Da griff sie nach meinem Arm.

»Wie geht es Ihnen denn eigentlich?«

Sie sah mich direkt an. Es war mir unangenehm, nicht weil ich in ihren Augen vielleicht ungepflegt aussah mit meinem struppigen Bart und den wirren Haaren, sondern vielmehr weil sie etwas unangenehm Aufdringliches an sich hatte. Ich konnte das Gefühl nicht richtig einordnen, es war, als käme sie mir viel zu nah, und das hatte nichts mit ihrer Berührung zu tun. In ihrem Blick, in ihrer Art, wie sie sich mir zuwandte, war etwas so Vertrautes, dass es mir die Luft nahm. Es war über die Maßen unpassend und entsprach nicht unserem Verhältnis. Wir waren nur Nachbarn, die sich grüßten, wenn sie einander sahen. Ich hatte nichts, aber auch gar nichts mit dieser Frau zu schaffen. Warum drängte sie sich in mein Privatleben? Was wollte sie von mir? Sie blies mir Rauch ins Gesicht. Eine Unverschämtheit. Wenn ich mich nicht täuschte, roch sie nach Alkohol. Ihre Hand, deren Blässe die Altersflecken deutlich zur Geltung brachten, lag zu lange auf meinem Arm. Die dunkle, dünne Haut unter ihren Augen war von faltigen Linien zerfurcht, die blond gefärbten Haare hatte sie nur nachlässig zu einem Zopf gebunden. Eine schönere Frau in der gleichen Kleidung hätte elegant ausgesehen, an ihr hingen Bluse, Jacke und Rock wie Lumpen herunter.

In ihrem Gesicht war nicht einmal eine Spur früherer Schönheit zu erkennen, sie musste schon immer so unansehnlich gewesen sein.

»Mir geht es gut«, sagte ich. »Und jetzt entschuldigen Sie mich bitte, ich muss ins Haus.«

Wieder fasste sie nach meinem Arm, doch zog ich ihn rechtzeitig weg. Von dieser Dame wollte ich mich nicht noch einmal anfassen lassen, sie war mir zuwider. Offensichtlich hatte sie meine Abneigung nun endlich verstanden. Ihr Blick ging zu Boden, dann drehte sie sich um, als interessiere sie die kleine Gruppe mit den beiden Hunden, sie warf die Zigarette achtlos auf den Boden und schüttelte den Kopf. Ob sie mich oder ihren Dobermann meinte, war mir nicht ganz klar, jedoch fühlte ich mich durch diese abweisende Geste brüskiert. Unbemerkt schlich ich davon und als ich die Tür zu meinem Haus aufschloss, nahm ich aus dem Augenwinkel wahr, wie sie ihrerseits zu mir herübersah, als sie wieder hineinging.

Erika gab ich die Anweisung, Jakob Hutzenbach, sollte er noch einmal klingeln, nicht ins Haus zu lassen. Ich selbst ging ins Wohnzimmer und ließ mich in den Ohrensessel fallen. Seit ich nach meiner Abschiedsfeier hier gesessen hatte, war dies mein bevorzugter Platz im Haus geworden. Ich konnte lange darin sitzen und einfach nur aus dem Fenster schauen, vor dem zum Glück wenig geschah, das meine Ruhe hätte stören können. An der Einrichtung des Raumes hatte ich nichts verändert. Auch dazu fehlte mir der Antrieb.

Die Hundegruppe war nicht in Sichtweite. Erst nach einer Weile erschien Hutzenbach wieder in meinem Blickfeld. Er ging durch das Tor aufs Haus zu und klingelte. Ich hörte eine kurze Unterhaltung zwischen ihm und Erika.

Er ließ sich nicht abweisen, zwei Ausrufezeichen später stand er im Wohnzimmer und sah mich vorwurfsvoll an. Sein rundes Gesicht glänzte vom Schweiß. Die Ereignisse hatten ihn offensichtlich mitgenommen. Selbst die Kopfhaut unter seinen grauen Stoppelhaaren war stark gerötet.

»Warum läufst Du weg?«, fragte er.

»Ich musste mich etwas ausruhen«, log ich. Ich wollte einer langen, unsinnigen Diskussion ausweichen.

»Also stimmt es doch, was man sich erzählt: Du bist ernstlich krank. Sei ehrlich!«

»Unsinn. Wie kommst Du darauf? Wer erzählt so etwas?«

»Ich habe es aus einer sicheren Quelle. Außerdem wird in Deinem Unternehmen darüber gesprochen.«

»Es ist nicht mehr mein Unternehmen.«

»Na, dann eben in Reginalds Unternehmen. Auch Deine Sekretärin, entschuldige, Deine ehemalige Sekretärin hat mitbekommen, dass Du in der Klinik warst. Und jetzt macht man sich natürlich Sorgen.«

»Man?«

»Ich mache mir Sorgen. Was hast Du? Ist es schlimm?« Hutzenbach setzte sich auf die niedrige Fensterbank mir gegenüber und sah mich aus wässrig-blauen Augen mitleidig an. Wie immer trug er einen dunkelblauen Anzug mit Weste. Ich fragte mich, wie viele er davon wohl besitzen mochte. Er war seit mehr als fünf Jahren pensioniert und sah immer noch so aus, als ginge er jeden Tag als Oberregierungsdirektor ins Landesjustizministerium.

»Ich habe nichts. Ehrlich. In der Klinik war ich zum Check-up. Du weißt doch, wie das ist. Kaum gehen Leute wie wir in den Ruhestand, schon erleiden sie einen Herzinfarkt. Ich wollte sicher gehen, dass bei mir alles in Ordnung ist.«

»Und? Nun sag schon! Keine Probleme?«

»Nein, mir geht es gut.«

»Wirklich? Sei ehrlich! Du warst schon nicht beim Semester-Abschluss-Kommers. Du fehlst dort nie unentschuldigt.«

»Ach, weißt Du, jetzt wo ich im Ruhestand bin, zieht mich nichts mehr zu den Veranstaltungen unserer Verbindung. War's schön?«

In Wahrheit hatte ich ihm nicht begegnen wollen. Zu jenem Zeitpunkt hatte mein für mich höchst unrühmliches Ausscheiden aus der Firma bereits festgestanden. Ich hatte keine Lust gehabt, bei diesem Biergelage dauernd in ein Gesicht zu schauen, das dem des korrupten Mannes, der mich zu Fall gebracht hatte, so ähnlich war. Es war nicht gerecht, aber ich übertrug den schlechten Charakter des Sohnes auf den Vater und mochte mit ihm nichts mehr zu tun haben.

»Es war wie immer sehr amüsant. Prachtvolle junge Füxe! Um den Nachwuchs müssen wir uns nicht sorgen.«

Ich hatte alle Mühe, meine Gesichtszüge unter Kontrolle zu halten und ein freundliches Lächeln aufzusetzen. Die Art, wie er von den neuen Mitgliedern der Studentenverbindung sprach, war nicht ungewöhnlich. Doch jetzt wurde mir schlecht davon. War es möglich, dass meine Krankheit diese Auswirkungen hatte? Dass ein körperliches Leiden nach und nach meine Art zu denken und zu fühlen so veränderte?

»Fein«, brachte ich hervor. »Sehr schön. Aber bitte, nimm es mir nicht übel, es ist Zeit zu essen und Erika sieht es nicht gerne, wenn ich zu spät bin.«

»Gib's zu! Es ist immer noch wegen Gesa, nicht wahr? Der Tod Deiner Frau hat Dich mehr mitgenommen, als Du zugeben möchtest.«

Jetzt hatte sich Jakob weit nach vorne gebeugt, als wolle er die Antwort direkt in meinen Augen lesen. Die einzige Möglichkeit, ihn wieder loszuwerden, war, ihm zuzustimmen.

»Ja, Du hast Recht. Es ist immer noch sehr schwer.«

Hier stockte ich und starrte wie in Gedanken verloren an ihm vorbei aus dem Fenster, bis er sich seufzend erhob, mir auf die Schulter klopfte und mit verschwörerischer Stimme sagte: »Alter Freund, das machen die Frauen mit uns! Wir sind doch abhängiger von ihnen, als wir es uns selbst eingestehen wollen. Da können wir noch so oft auf die Pirsch gehen und in fremden Revieren wildern. Die eigene Frau ersetzt einem niemand.«

Ich atmete tief ein und sackte beim Ausatmen in meinem Sessel zusammen. Wieder klopfte Jakob auf meine Schulter. »Gut, ich lasse Dich dann mal in Ruhe essen. Aber Du sollst wissen: Ich bin jederzeit für Dich da. Hörst Du! Ich bin Dein Freund.«

»Danke«, sagte ich leise und betete darum, dass er seine dickliche Hand endlich von meiner Schulter nehmen möge. Meine Reaktion erschreckte mich erneut. Er war mein Freund, und ich konnte ihn nicht ertragen. Was passierte hier?

»Mach's gut!«, sagte er schließlich, wandte sich zum Gehen, zögerte aber dann. »Übrigens: Dieses kleine Etwas von Hund hat überlebt. Der Dobermann hat den Pinscher ausgespuckt.«

»Chihuahua.«

»Auch egal. Jedenfalls lebt das Vieh. Gott sei Dank! Bis bald, Hans.« – Endlich war er gegangen.

Hätte ich am folgenden Tag nicht ohnehin zu einer Untersuchung in die Klinik gemusst, die ich von nun an alle drei Monate über mich ergehen lassen sollte, so hätte ich umgehend einen Termin gemacht. Weniger mein körperliches Befinden machte mir Sorgen als vielmehr mein Gemütszustand – den ich freilich auf den Tumor und die damit verbundenen zersetzenden Vorgänge zurückführte. Professor Hoffmann hatte beteuert, dass es keine solchen Vorgänge gäbe, da Größe und Art des Karzinoms, wenn auch nicht völlig harmlos, so doch wenigstens nicht existenzgefährdend seien. Doch ich glaubte inzwischen an eine die Persönlichkeit entstellende Kraft dieses Zellhaufens. Denn immerhin machte die winzige, gut abgegrenzte Kugel in meiner Prostata selbst die kleinste Erektion unmöglich – obwohl der Arzt das für unwahrscheinlich hielt. Die Tatsachen sprachen für sich. Und das war in meinen Augen entsetzlich genug.

Pünktlich um neun Uhr betrat ich die Klinik. Blutabnahme und Tastuntersuchung standen an. Solche Arbeiten erledigten praktisch erfahrene Ärzte oder Schwestern und nicht der Professor selbst. Hoffmann sah seine Aufgabe darin, den Überblick über das große Ganze zu behalten, Diagnosen zu stellen und Therapien zu empfehlen. Er wusste um seine Stärken. Ich würde ihn am späten Vormittag zu einem kurzen Gespräch treffen.

Vorher hatte ich noch einen Termin bei der Osteopathin, die mir bei meinem ersten Aufenthalt sehr geholfen hatte. Ursprünglich war ich schließlich wegen der Rückenschmerzen in die Klinik gekommen. Routinemäßig hatte man gleich auch die Prostata mit untersucht – und zwar intensiver, als das bisher bei den Check-ups passiert war. Der Tumor war also mehr oder weniger ein Zufallsbefund, auch wenn man das natürlich nie zugeben würde. Die Rückenschmerzen hatten damit nichts zu tun. Bei Prostatakrebs traten sie erst im fortgeschrittenen Stadium auf, von dem ich weit entfernt war – angeblich. Ursache meiner Rückenprobleme war eine sehr schmerzhafte Beckenblockade, die Frau Romanowa als Osteopathin schnell in den Griff bekommen hatte.

Die Ukrainerin begrüßte mich heute mit einem festen Händedruck und forderte mich direkt auf, meine Kleidung abzulegen. Auch nach drei Monaten spürte ich ihr gegenüber noch immer tiefe Dankbarkeit. Sie hatte magische Hände.

»Haare sind sehr lang gewachsen«, bemerkte sie.

»Ach, ja, ich muss jetzt nicht mehr so geschniegelt herumlaufen. Ich gehe nicht mehr ins Büro und habe keine geschäftlichen Besprechungen. Ich repräsentiere den Ruhestand. Steht mir die neue Frisur?«, fragte ich.

»Ist keine Frisur. Ist Wildwuchs. Genau wie in Ihre Gesicht.«

Ihre deutliche Kritik machte mir nicht das Geringste aus. Sie hatte Sonderrechte.

»Legen Sie sich bitte auf den Rücken!«, sagte sie, und wieder stellte ich fest, wie gut ihr Satzbau funktionierte, wenn sie Befehle gab. Als ich mich hingelegt hatte, schob sie vorsichtig beide Hände unter meinen Rücken und tastete meine Wirbelsäule ab.

»Wenn Sie an diese Stelle wollen, warum lege ich mich dann nicht besser auf den Bauch?«

»Sie Osteopath?«

»Nein.«

»Also!«

Nachdem ihre Finger an unterschiedlichen Stellen meines Rückens herumgedrückt hatten, zog sie die Hände wieder hervor. Dann griff sie mit der rechten Hand nach meinem Bauch und begann ihn zu kneten.

Diese Behandlung unterschied sich sehr von denen, die ich während meines letzten Aufenthalts erfahren hatte. Damals hatte sie mich in alle Richtungen gebogen. Ich hatte mich verdrehen müssen, während sie halb auf mir gelegen hatte, und in solchen Positionen waren wir zwei oder drei Minuten zu einem grotesken Standbild verharrt. Danach erholte sich mein Rücken wie von selbst.

»Sie haben Magen«, stellte Frau Romanowa fest.

»Wie bitte?«

»Ihr Magen hat Problem. Darm auch.«

»Ich habe meine Ernährung völlig umgestellt. Kann es daran liegen?«, fragte ich. Bisher hatte ich weder Magen- noch Darmprobleme bemerkt.

»Nein. Nicht vom Essen. Sie haben zu verdauen.«

»Nun, das hat doch irgendwie jeder.«

»Sie möchten nicht verstehen. Macht nichts. Ich behandle es bisschen. Nicht wundern, wenn Sie heute Nachmittag etwas schlecht sind.«

»Eine hervorragende Behandlung, von der einem übel wird!«

»Ich aktiviere Fluss. Bitte sprechen Sie nicht!«

Ich hielt mich an ihre Anweisung. Sie knetete in einer Weise weiter, die, wie mir schien, keiner besonderen Ausbildung bedurfte. Ab und zu presste sie mit beiden Händen die Haut und das bisschen Fett meines Bauches in der Mitte zusammen und zog diese Wulst mit einem Ruck nach oben. Das Ganze dauerte ungefähr eine Viertelstunde. Dann durfte ich mich wieder anziehen.

»Ihr Rücken ist gut. Sie bewegen sich.«

»Ich gehe täglich spazieren. Hoffmann wollte das so.«

»Er ist ein guter Arzt. Bisschen arrogant, aber gut. – Sie gehen jetzt Blutabnahme. Frau Doktor Steinfeld macht heute. Sie ist auch gute Arzt. Aber leider nur noch Vertretung hier, wenn jemand krank oder im Urlaub. Früher war sie fest. Schöne Frau, Sie werden sehen. Sie mögen schöne Frauen. Oder?« Ihre Augen verengten sich zu Schlitzen.

»Ja, schon.«

»Gibt so viele Schwule in diese Land. Liegt an Fernsehen. Schon in Kinder-TV, Teletubbies, Spongebob. In Ukraine nicht erlaubt.«

»Kenn' ich nicht«, sagte ich wahrheitsgemäß.

»Sehen Sie!«, rief sie mit weit aufgerissenen Augen. »Darum Sie mögen Frauen. – Wenn Sie kommen raus, Sie gehen den Gang rechts runter, zweite Tür, linke Seite. Man wartet.« Sie hielt mir die Hand hin und sagte in ihrem perfekten Befehlsdeutsch: »In drei Monaten kommen Sie bitte wieder!«

Ich nickte, bedankte mich und begab mich zur nächsten Station meines Weges. Da man mich erwartete, ging ich unbedacht und ohne zu klopfen in den Raum. Wenn ich heute an diese Begegnung zurückdenke, habe ich immer noch das gleiche Gefühl wie damals – abgesehen von der leichten Übelkeit, die mir Frau Romanowa mit auf den Weg gegeben hatte und die ich jetzt nicht mehr spüre.

An diesem Tag sah ich Margarete Steinfeld nicht zum ersten Mal, hatte ihren Namen aber nicht mit der Ankündigung der Osteopathin in Verbindung gebracht. Bislang war ich Margarete das ein oder andere Mal bei Veranstaltungen der Kunststiftung begegnet. Wir hatten zu diesen Gelegenheiten nur wenig miteinander gesprochen, nur einmal: Bei unserer letzten Begegnung hatte es einen kleinen Zwischenfall gegeben, der mir im Moment meines Eintretens ebenso in den Kopf schoss wie der Gedanke daran, dass ich aussehen musste wie ein heruntergekommener alter Mann. Unbeschreibliche Scham ließ mich erröten. Ich musste würgen. Doktor Steinfeld reagierte professionell und hielt mir eine Nierenschale aus Edelstahl vors Gesicht, in die ich mich sogleich erbrach.

»Kleine Magenverstimmung?«, fragte sie, und schaute dabei auf den Computerbildschirm, um sich mit meiner Krankengeschichte vertraut zu machen. »Spülen Sie sich den Mund da vorne am Becken aus, Herr Sielka, und dann machen Sie bitte den rechten Arm frei!«

Als ich auf der Liege vor ihr saß, schaute sie nur auf meinen Arm. Sie setzte die Nadel genau und zapfte mehrere Kanülen Blut ab. Währenddessen ging mein Blick zur Decke. Ich mochte den Anblick der in meine Haut eindringenden Nadel nicht.

»Schon fertig, die Ergebnisse haben wir in ein paar Tagen. Wir melden uns, wenn Ihr PSA-Wert nicht in Ordnung ist.«

»Gut. Danke. Und wegen der Sache damals ...«

»Schon vergessen!«, sagte sie, ehe ich weitersprechen konnte.

Zum ersten Mal sah sie mir nun direkt in die Augen und lächelte freundlich.

Das war wohl der Moment, in dem eine große Illusion in meinem Kopf ihren verheerenden Anfang nahm. Ich verwechselte Freundlichkeit mit Zuneigung.

»Wir könnten mal zusammen essen gehen«, sagte ich.

»So sehr vergessen habe ich die Sache nicht. Gerade jetzt erinnere ich mich daran, wie sie versucht haben, ihre Zunge bis in meinen Hals zu schieben. Keine schöne Erfahrung. Eher widerlich.« Ihre Stimme klang, als zähle sie nüchtern ein paar Fakten auf, Symptome einer Krankheit, die keine andere Diagnose zuließen als: »Ich lege keinen Wert darauf, mit Ihnen in Kontakt zu bleiben.«

»Nehmen Sie meine Einladung als Entschuldigung! Ich war betrunken und habe da etwas falsch verstanden. Normalerweise bin ich nicht so«, sagte ich möglichst kleinlaut.

Normalerweise war ich genau so, wie ich mich an diesem Abend verhalten habe. Nach einer Vernissage im Kunstbunker hatte ich mich sehr angeregt mit Margarete unterhalten. Ich hatte ihr in einer Ecke des verwinkelten Altbaus im Champagnerrausch das Du angeboten, um sie, nachdem sie es angenommen hatte, zu küssen. Normalerweise konnte ich die Signale der Frauen in meiner Umgebung richtig deuten. Ich glaubte an meine natürliche Wirkung auf sie. Heute weiß ich, dass es diese Wirkung nicht gab, ich weiß es, kann es aber immer noch nicht recht glauben. Vielleicht schreibe ich das alles auch deshalb auf. Weil Wissen und Glauben bei mir so wenig übereinstimmen wollen. Von dem, was ich einst glaubte, was ich für wahr und richtig hielt, ist wenig übrig geblieben – so wenig wie von mir. Doch damals ahnte ich noch nichts davon.

Als ich in diesem Behandlungszimmer saß, war ich mir sicher, sie für mich gewinnen zu können, trotz meiner Krankheit, trotz meines schäbigen Aussehens, trotz meines damaligen Fauxpas' und trotz sehr eindeutiger, gegenteiliger Bekundungen ihrerseits.

»Und wer sagt mir, dass Sie nicht wieder etwas falsch verstehen?«

»Ich bin nicht dumm.«

Ihre blauen Augen unterzogen mich einer strengen Prüfung. Sie sah gut aus, wenn sie auch nicht mehr ganz jung war. Ich schätzte sie auf Anfang sechzig und damit passte sie eigentlich nicht in mein Beuteschema. Ihre schulterlangen Haare waren fast schwarz, nur von wenigen grauen Haaren durchzogen, und zu einem Zopf zusammengebunden. Die viel zu große Nase machte ihre Schönheit auf eine amüsante Art unperfekt. Ich mochte ihre schlanke, leicht jungenhafte Figur.

»Sie sind wirklich ein angenehmer Gesprächspartner, Herr Sielka. Sie verstehen etwas von Kunst, was bei Männern ihres Schlags nicht oft vorkommt. Ich würde mich gerne mit Ihnen unterhalten. Aber mehr auch nicht. Und ich weiß, ehrlich gesagt, nicht, ob Sie das begreifen können. Sie scheinen ein Mensch zu sein, der ein Nein für ein Ja und sich selbst für unwiderstehlich hält.«

»Aber keineswegs. Sie werden sehen. Bitte, nehmen Sie meine Einladung an!«

»Ich werde Sie einladen«, sagte sie und notierte nebenbei etwas in meiner elektronischen Krankenakte. Dann fragte sie: »Kennen Sie das Zantes? Ein kleines Restaurant in Flingern.«

»Nein. In Flingern bin ich selten, aber wenn es ein gutes Lokal ist, warum nicht!«

»Samstagabend? Acht Uhr? Ich bestelle einen Tisch. Hoffentlich ist noch etwas frei. Wenn nicht, melde ich mich bei Ihnen. Die Adresse des Zantes finden Sie im Internet oder im Telefonbuch.«

»Gut, abgemacht. Ich freue mich sehr«, sagte ich, bemüht darum, nicht allzu breit zu grinsen. Jetzt war ich mir sicher, dass ihr Widerstand doch nur gespielt gewesen war. Wie dumm.

»So! Dann kommen wir jetzt wieder zum Medizinischen zurück. Das Abtasten. Eigentlich bin ich auch dafür zuständig. Aber in Ihrem Fall überlasse ich das einem Kollegen. Gerade jetzt, wo die Verhältnisse geklärt sind, wollen wir uns doch nicht zu nahe kommen.« Sie lächelte und zog die Augenbrauen nach oben. Sie meinte es wohl spöttisch. Ich nannte es kokett.

Wenig später saß ich im Zimmer des Professors, der sich kurz Zeit für mich nahm, um mir zu erklären, dass alles in Ordnung sei und das Aktive Beobachten weitergehen könne. Meine Bitte um eine Rebiopsie tat er als unsinnig ab. So etwas sei frühestens nach zwölf Monaten sinnvoll. Der Abtastbefund sei eindeutig. Man könne von einem Nullwachstum ausgehen. Und dann wiederholte er einen seiner Lieblingssätze: »Sie werden wahrscheinlich eher mit als an dem Karzinom sterben.« Aber das sei noch lange hin. Und bis dahin solle ich mein Leben genießen.

»Spazieren gehen, Grünzeug essen, keinen Alkohol trinken. Das klingt für mich nicht gerade nach genießen«, sagte ich.

»Machen Sie schöne Reisen! Treffen Sie sich mit Freunden! Machen Sie alles, was Sie früher nicht machen konnten, weil Sie arbeiten mussten. Der Anfang ist schwer. Aber Sie werden das schon wuppen. – So, und nun müssen wir unser Gespräch auch schon wieder beenden. Eine OP. Sie verstehen.«

Ich verstand, obwohl ich wusste, dass der Professor nicht selbst Hand anlegte. Er war nur anwesend, um dem schon halb sedierten Patienten kurz vor der Bewusstlosigkeit das Gefühl der Chefarztbehandlung zu geben. Auch das Chirurgische überließ er gerne denen, die darin geübt waren.

»Eines noch. Ich wusste gar nicht, dass Frau Doktor Steinfeld zu Ihrem Team gehört. Bisher habe ich sie hier noch nie gesehen«, bemerkte ich, so beiläufig wie möglich.

»Ach ja, die Margarete! Kein Wunder, dass Sie Ihr nie begegnet sind. Sie war früher die Leiterin der gynäkologischen Abteilung. Sie ist seit dem letzten Jahr im Vorruhestand. Sie hatte einfach keine Lust mehr zu arbeiten. Ihre Frau müsste aber mit ihr zu tun gehabt haben, oder?«

»Kann schon sein. Über so etwas haben wir nie gesprochen.«

»Ja, und jetzt ist es zu spät«, seufzte Hoffmann und schaute dabei über seine halbe Lesebrille.

Ich verabschiedete mich rasch.

Die einzige, die mich in den letzten Tagen nicht voller Mitleid angesehen hatte, war Margarete. Für mich war zu diesem Zeitpunkt ein Zeichen dafür, dass sie in mir mehr sah als den einsamen, dem Tode geweihten Witwer. Von diesem Gedanken beflügelt, verließ ich die Klinik gut gelaunt und verzichtete auf ein Taxi. Meinen täglichen Spaziergang konnte ich genauso gut jetzt absolvieren und von der Innenstadt zu Fuß nach Hause gehen.

Kapitel 3

in dem unser Held die Muskeln für den aufrechten Gang trainiert, betrunken sein Schicksal beweint und eine folgenschwere Entscheidung trifft.

Arbeit und Frauen waren zwei wichtige Pole in meinem Leben gewesen. Das wurde mir umso mehr bewusst, seit es beides für mich nicht mehr gab. Der Ruhestand und der kleine Tumor hatten mir auf einen Schlag alles genommen. Doch nun war ich auf dem besten Weg, mir wenigstens das eine zurückzuholen.

Die drei Tage bis zum Samstag verbrachte ich bester Stimmung. Meine Lethargie schien verflogen. Ich hatte ein Ziel. Am Mittwoch ging ich zum Friseur, am Donnerstag kaufte ich zum ersten Mal seit Jahren wieder selbst und ohne Begleitung in der Exklusiv-Abteilung eines großen Bekleidungshauses ein. Ich wollte leger und trotzdem gepflegt erscheinen. Der Verkäufer – selbst perfekt gekleidet – empfahl mir sandfarbene Jeans kombiniert mit einem grauen Feinstrick-Pullunder mit Zopfmuster und einem zart rosa Oberhemd darunter. Ich fand die Zusammenstellung zwar ein wenig zu bunt, glaubte aber dem Rat des Fachmanns und nahm gleich noch eine graue Krawatte dazu, da mir das empfohlene bordeauxfarbene Halstuch zu sehr nach altem Mann aussah.

Am Freitag folgte ich schließlich einem weiteren Rat des Arztes und meldete mich in einem Studio für medizinisches Krafttraining an. Es versprach, den Körper mittels Muskelarbeit an entsprechenden Geräten bis ins hohe Alter formen zu können und ihn zugleich vor Rückenschmerzen zu bewahren – weshalb Hoffmann es mir empfohlen hatte.

Bei meinem Eintreffen musste ich kurz am Empfang warten, bevor ich den Schlüssel für den Spind im Umkleidebereich erhielt. Die dunkelgrauen Geräte standen auf schlichtem Eichenparkett. Sie waren offensichtlich rein funktional, nichts an ihnen schien überflüssig. Die Trainierenden hatten sich dem Stil angepasst und trugen schlichte Sportkleidung in gedeckten Farben. Das Tragen kurzer Hosen oder Muskelshirts war, so konnte man es in einem Informationsflyer lesen, aus hygienischen Gründen unerwünscht. Zum Glück. Es herrschte eine fast meditative Ruhe, in die sich die metallenen Geräusche, die beim Einstellen der Gewichte entstanden, fast harmonisch einfügten. Wenn gesprochen wurde, so geschah dies in ruhigem Ton. Eine angenehm unaufdringliche Umgebung.

Nachdem ich mich umgezogen hatte, wartete ich in einer kleinen Sitzecke auf den Trainer. Dieser befragte mich ausführlich über meinen Gesundheitszustand, stellte mir dann ein Programm zusammen und begleitete mich beim Training an den ersten sechs Geräten. Schon nach dem zweiten hatte ich Zweifel daran, mir die Einstellungen, Gewichte und Bewegungsabläufe jemals merken zu können.

»Das geht jedem so«, sagte der Trainer, dessen ungewöhnlich laute Stimme in der kleinen Halle alles übertönte. Eingespannt in eine Maschine, die meine tiefe Rückenmuskulatur trainieren sollte, wiederholte ich die immer gleichen Bewegung. »Nach ein paar Wochen haben Sie das drauf. Kommen Sie! Einmal schaffen Sie's noch. So ist es gut. Ja. Ausgezeichnet.«

Ich befreite mich aus dem Gerät und ließ mich vom Trainer zum nächsten führen. Er stellte die Gewichte ein und ich setzte mich.

»Soooooooo«, sagte er sehr laut als Auftakt zur nächsten Instruktion. »Hier geht es um Ihre gerade Bauchmuskulatur. Sie greifen jetzt nach der Rolle über Ihrem Kopf, ziehen sie zu sich herunter und legen die Oberarme darauf. Ja, Herr Sielka, so ist es richtig, bis unter die Achseln. Das machen Sie gut. Und jetzt rutschen Sie mit Ihrem Popo auf dem Sitz bitte etwas nach vorne, so dass Sie einen richtig runden Rücken machen. Noch ein Stückchen. Stopp! Der Rücken bleibt bitte hinten am Polster. So ist es gut. Jetzt drücken Sie die Rolle nur mit der Kraft Ihrer Bauchmuskulatur nach unten. Sie rollen sich also quasi ein. Ja, laaaaaaangsam. Stopp! Und hier zwei Sekunden halten, und dann wieder langsam zurück. Nein. Das Gewicht darf nicht aufsetzen. Sehr schön. Und wieder nach vorne.

Sie machen das super.«

Er lobte mich ständig. Als ich nicht mehr konnte, wollte ich aufhören, aber er hielt mich zu einer letzten Wiederholung an, die ich so gerade noch bewältigen konnte. Wieder ein Lob, das meinen Erfolg mutmaßlich positiv verstärken sollte. Gestärkt fühlte ich mich aber ganz und gar nicht. Erst drei Geräte und ich war völlig erschöpft. Der Tumor, dachte ich sofort und drückte den Gedanken gleich wieder weg. Es galt noch die Übungen an drei weiteren Maschinen zu überstehen und sich außerdem ihre Gewichts-, Sitz- und Lehnen-Einstellungen zu merken.

Ich trainierte gerade meine Brustmuskulatur durch das Zusammenführen der angewinkelten Arme vor dem Oberkörper, als eine junge Frau an mir vorbei lief, die meinen Bewegungsfluss störte. Einen Moment lang dachte ich, sie zu erkennen. Ihr blonder Pagenkopf erinnerte mich an jemanden. Doch schon forderte der Trainer laut: »Nicht nachlassen, Herr Sielka! Schön laaaaaangsam. Ja, so ist es gut.« Aus dem Augenwinkel sah ich, dass auch die Frau zu mir herüber sah.

Als ich fertig war, fragte er: »Und? War's anstrengend?«

»Ach, nein. Nur ein bisschen. Man merkt schon, dass man längere Zeit nichts gemacht hat.« Ich hatte noch nie ›etwas gemacht‹.

»Das ändert sich bald. Den Termin für nächste Woche haben wir schon festgelegt, und dann überprüfen wir auch gleich die Kraft in Ihrem Rücken. Für Neukunden kostet dieser Test nur 20 Euro. Und ganz ehrlich: Ich würd's machen. Das lohnt sich auf jeden Fall.«

»Was bringt mir die Sache?«

»Kurz gesagt: Der Test überprüft, ob es für Sie sinnvoll ist, an einem besonderen Gerät zu trainieren.«

Dieses Gerät zeigte er mir nun. Es befand sich in einem durch Milchglasscheiben abgetrennten Bereich der Halle. Im Grunde sah es aus wie die anderen Maschinen, war aber zusätzlich mit Elektronik und einem Monitor ausgestattet, der die Kraftmessung anzeigte.

Als wir wieder in die Halle kamen, hörte ich einen Mann sagen: »Na, na! Wir sollen X7 nicht nach Z9 machen. Und Sie haben doch gerade Z9 gemacht.« Er war ungefähr in meinem Alter und schaute über den Rand seiner Lesebrille zu einer kaum jüngeren Frau hinüber. Dabei lächelte er milde.

»Was geht Sie das an?«, fragte die Gemaßregelte.

»Oh, entschuldigen Sie bitte«, sagte der Mann und hob nun die Hände abwehrend. »Ich wollte nur helfen. Es ist halt eine Reihenfolge vorgegeben. Und das sicherlich nicht ohne Grund. Ihre war nicht korrekt.«

Mein Trainer schaute sich die Szene an, machte aber keinerlei Anstalten, sich einzumischen. Die Frau hatte die Augen jetzt weit aufgerissen und holte tief Luft.

»Es ist nicht zu fassen! Was sind Sie für ein Mensch? Sie kennen mich doch gar nicht. Das ist anmaßend. Kontrollieren Sie daheim in Ihrer Straße auch die Mülltonnen Ihrer Nachbarn? Um nachzusehen, ob sie korrekt trennen?«

»Also bitte!« entgegnete der Mann mit einem Blick, der verriet, dass er genau das tat und dass es ihm niemand dankte. Er ging kopfschüttelnd zum Trainingsgerät X7, das die Frau bis eben besetzt hatte.

»Soooooooo!«, rief der Trainer aus. »Herr Sielka, ich wünsche Ihnen noch einen schönen Tag. Und dann bis nächste Woche.« – Er schüttelte mir nochmals die Hand.

Als der große Tag kam, hatte ich einen grauenvollen Muskelkater und glaubte, mich kaum bewegen zu können. Ich quälte mich aus dem Bett und stöhnte laut auf, als ich mein Bein anheben musste, um in die Dusche zu steigen. Es war wohl endlich an der Zeit, das Bad altersgerecht zu modernisieren. Auch das Anziehen fiel mir schwer. Jeder Schritt die Treppe hinunter ins Esszimmer versetzte meiner vorderen Oberschenkelmuskulatur kleine, blitzartige Schläge. Ich brachte das Frühstück schmerzfrei hinter mich und dachte schon, nach einer gewissen Morgensteifigkeit sei nun alles wieder im Lot. Doch das Aufstehen sorgte für eine neue Schmerzkaskade, die sich vom Rücken über die Hüften bis in die Beine ausbreitete.

An normales Gehen war nicht zu denken. Dabei hatte ich unbedingt noch mit einem Mitarbeiter der Kunststiftung sprechen wollen, um mich auf den neuesten Stand zu bringen. Margarete Steinfeld mochte das Gespräch über Kunst und Kultur. Aber seit drei Monaten war ich praktisch aus der Welt gewesen, hatte den Beginn der Quadriennale einfach verschlafen und mich auch nicht um die einzelnen Ausstellungen gekümmert. Nach weiteren Gehversuchen musste ich einsehen, dass dieser Termin keine gute Idee war. Ich rief den Stiftungsangestellten an und sagte unser Treffen ab.

Erika ließ mir ein heißes Bad ein und meinte, dies sei in meiner Situation das einzig Richtige. Natürlich musste sie das Thema ›Sport in Ihrem Alter‹ noch als ›große Dummheit‹ bezeichnen und eine Abhandlung über Muskelschwund und -zuwachs folgen lassen. Glücklicherweise verließ sie das Bad sofort, als ich mit einer Bewegung andeutete, mit dem Ausziehen beginnen zu wollen.

Durch das Liegen im warmen Wasser fühlte ich mich tatsächlich besser. Anschließend machte ich meinen täglichen Spaziergang und war erstaunt, wie gut mir die Bewegung tat. Die Zeit nach dem Mittagessen verbrachte ich im Sessel im Wohnzimmer. Vergeblich versuchte ich zu lesen und schaute dann einfach nur zum Fenster hinaus, bis es endlich Zeit wurde, mich für das Treffen fertig zu machen.

Pünktlich um zwanzig Uhr traf ich am verabredeten Ort ein und fand mich vor einem komplett beschlagenen Schaufenster wieder, das eher an ein Ladengeschäft erinnerte als an ein Restaurant. Kurz überlegte ich, ob Werner mir tatsächlich die richtige Adresse herausgesucht hatte. Obwohl der Raum hell erleuchtet war, konnte ich nicht hineinsehen, und so hielt ich noch einmal Ausschau nach der Hausnummer. Erst dann sah ich die kleine Speisekarte, die im Fenster klebte, und las den Namen des Restaurants – dass eigentlich keines war, wie ich bei meinem Eintreten feststellen musste. Das Zantes war etwa halb so groß wie mein Esszimmer. In den winzigen Raum passten nicht mehr als vier hölzerne Tische unterschiedlicher

Größe. Die Tischplatten waren mit einer dicken weißen Lackschicht überzogen. Die in unterschiedlichen Blautönen bemalten Stühle hatte man offensichtlich vom Sperrmüll geholt. Die dunkelroten Wände links und rechts vom Eingang zierten griechische Ikonen, billige Imitationen, die Maria und Jesus zeigten, mal zusammen, mal alleine, sowie die Verkündung und die Apostel. Offensichtlich waren sie lediglich beiläufig dahingeworfene Zitate orthodoxer Kultur, Deko-Elemente nahe am Kitsch und kein Ausdruck tiefen Glaubens. Über und unter diesen akkurat auf einer Linie dicht an dicht aufgehängten Bildern, etwa acht oder zehn auf jeder Seite, verliefen Lichterketten mit verschiedenen Leuchtelementen. Mit schmuddeligem Plastikplüsch überzogene Schneekugeln fanden sich darunter ebenso wie dickliche Weihnachtsmänner, Tannenbäume und Engel. Die Dekoration zeugte von schlechtem Geschmack oder war schlicht Ausdruck einer gewollten Provokation. Vorfreude auf das Weihnachtsfest im nächsten Monat konnte sie jedenfalls nicht entfachen.

Zwischen Gastraum und Küche gab es einen Durchbruch. Die beiden Bereiche waren nur durch eine kleine Theke getrennt. In der Küche bewegten sich auf engstem Raum zwei Männer und zwei Frauen, die mit der Zubereitung der Speisen beschäftigt waren und nicht auf mich achteten. Es roch nach Zwiebeln, angebratenem Fleisch und Zimt. Angesichts der räumlichen Umstände war es kaum verwunderlich, dass die gesamte Fensterfront mit Kondenswasser beschlagen und die Luft hier stickig war. Alle Tische waren besetzt, doch Margarete konnte ich nirgends entdecken. Erst jetzt fiel mir der winzige Tisch für zwei Personen auf, der direkt vor der Theke stand, rechts und links davon je ein kleiner Gartenstuhl.

Die Gäste mussten mit ihren Stühlen dicht an die Tische rücken, um mir Platz zu machen. Das Personal in der offenen Küche nahm mich immer noch nicht wahr. Als ich die Theke gerade erreicht hatte, öffnete sich eine Tür, die rechts von dem kleinen Tisch in den Hausflur führte. Margarete kam herein. Ich war erstaunt darüber, sie durch auf diesem Weg eintreten zu sehen, noch dazu ohne Jacke oder Mantel. Meinen fragenden Blick ließ sie unbeantwortet und begrüßte mich per Handschlag. In diesem Moment kam ein kleiner Mann in T-Shirt, Jeans und Schürze aus der Küche um die Theke herumgelaufen, stieß mich leicht zur Seite und fiel ihr um den Hals.

»Margarete! Schön, Dich mal wieder bei uns zu haben. Wie geht es?«

»Gut«, sagte sie und schien ihrerseits den Mann gar nicht mehr loslassen zu wollen. »Und ich würde schon öfter zu Euch zum Essen kommen. Aber Ihr seid ständig ausgebucht. Ein Wunder, dass der kleine Tisch noch frei war.«

Nun löste er sich aus der Umarmung und wandte sich mir zu. Ich betrachtete ihn von oben bis unten und wurde mir, statt seine Erscheinung wahrzunehmen, sofort der Unmöglichkeit dieses Verhaltens bewusst. Er schien es gar nicht zu bemerken. Mit einem freundlichen Grinsen, das links unten eine goldene Zahnfüllung freilegte, begrüßte er mich und nahm meine rechte Hand in beide Hände.

»Und Dein Begleiter ist natürlich auch willkommen. Mein Name ist Aristoteles Akutas.«

Obwohl ich in einer mir in jeder Hinsicht fremden Umgebung war, versuchte ich mit der gleichen Herzlichkeit zu erwidern – vor allem weil Margarete dies sicherlich von mir erwartete.

»Hans Sielka, sehr, sehr erfreut«, sagte ich.

»Hans!«, rief der Grieche aus und setzte in akzentfreiem Deutsch hinzu: »Nenn mich einfach Toti! Setzt Euch! Ich muss wieder in die Küche. Den gleichen Wein wie immer? Grechetto?«

»Ja, gerne. Ist das in Ordnung für Sie?«, fragte Margarete mich.

»Völlig.«, sagte ich.

Eigentlich hätte ich erst nach der Auswahl des Essens den Wein bestellt. Und eigentlich trank ich im Moment überhaupt keinen Alkohol. Aber wenn sie es wollte, genossen wir eben italienischen Weißwein zum Essen bei einem Griechen, der sich Toti nennen ließ. Dabei war die landläufige Abkürzung für Aristoteles Ari, wie jeder wusste, der schon einmal etwas von Aristoteles Sokrates Homer Onassis gehört hatte, den nannten seine Freunde nämlich Ari.

»Und gegen den Durst hätte ich gerne eine Cola, bitte«, sagte ich.

Toti runzelte die Stirn. Seine schwarz-grauen, struppigen Augenbrauen kamen dabei fast in der Mitte über seiner breiten Nase zusammen.

»Cola gibt's hier nicht«, sagte Margarete lachend.

»Gut, dann einfach ein Wasser, bitte.«

Toti lächelte wieder, klopfte mir freundschaftlich auf die Schulter, strich sich durch die schulterlangen, lockigen Haare und ging zurück in die Küche.

Die Situation war höchst surreal. Aber auch ungeheuer aufregend, was vor allem an meiner Tischdame lag. Unter anderen Umständen hätte ich das Lokal niemals betreten. Nun überlegte ich lediglich, wie ich meine Krawatte möglichst unauffällig loswerden konnte. Zu Hause hatte ich noch befürchtet, zu leger gekleidet zu sein – hier jedoch wurde leger ganz neu definiert. Margarete trug eine schwarze Bluse und eine verwaschene Jeans, dazu Clogs aus braunem Naturleder, die hinten offen waren. Angesichts der Temperaturen und des drohenden Schneefalls erschien mir diese Wahl ungewöhnlich. Hier drin allerdings war es sehr warm und ich geriet langsam ins Schwitzen. Vielleicht war es besser, das Ganze als Abenteuer zu sehen. Wenigstens für einen Moment.

Als nächstes stellte sich mir das Problem, meinen Mantel aufhängen zu müssen. Die Garderobe befand sich direkt an der Wand neben der Eingangstüre und bestand mutmaßlich aus drei Haken, die jedoch vor lauter Mäntel und Jacken nicht mehr zu sehen waren. Ungeachtet dessen machte ich mich wieder auf den Weg durch den engen Gastraum und warf meinen Mantel locker über die anderen Sachen. Mit dem glatten Innenfutter perlte er einfach ab und fiel zu Boden. Ich versuchte es erneut und setzte dabei ein Lächeln auf, das meine zunehmende Anspannung verbergen sollte. Ich bückte mich, hob den Mantel auf, und während ich eine geeignete Stelle zum Aufhängen suchte, rückte ein Mann, der unmittelbar an der Garderobe saß, mit seinem Stuhl so ungeschickt zurück, dass ich den Mantel gleich wieder fallen ließ. Ich wischte mir mit dem Handrücken den Schweiß von der Stirn und klaubte den Mantel, der inzwischen voller Staub und Dreck war, wieder auf und bemühte mich, ihn auf engstem Raum auszuschütteln. Vergeblich. Ich lächelte immer noch. Niemand beachtete mich.

Noch keine zehn Minuten in diesem Kabuff und schon wurde ich wütend. Aus dem Abenteuer drohte im Handumdrehen ein Desaster zu werden. Es hämmerte mir durch den Kopf: Wo ich verkehre, nimmt man mir die Garderobe ab, führt mich zum Tisch, zieht den Stuhl für die Dame ein wenig zurück, lässt sie Platz nehmen, gibt ihr selbstverständlich die Damenkarte ohne Preise und macht sich dann wieder UNSICHTBAR. Stattdessen war ich in einem Albtraum von Imbissbude gelandet, in der der langhaarige Chef nicht einmal eine Kochmütze trug. Nach dem dritten Versuch blieb der Mantel hängen, und ich konnte mich zum Tisch zurückdrängen. Margarete lächelte mir entgegen.

»Und? Gefällt es Ihnen?«, fragte sie, als ich endlich saß.

»Sehr urig«, sagte ich.

»Also mögen Sie es nicht!«

»Waren wir nicht schon beim Du?«, fragte ich und meinte, von dieser Floskel einen abgestandenen Geschmack auf der Zunge zu spüren.

»Wollten wir nicht vergessen, was wir bereits zusammen erlebt haben?«

»Sie haben recht.«

Eine junge Frau mit einer Baseballkappe, deren Schirm nach hinten zeigte, stellte zwei Weingläser auf den Tisch und machte sich daran, die Flasche zu öffnen. Ich schaute sie kurz an und wollte dann das Gespräch wieder aufnehmen.

»Der Gänsegreis«, rief sie aus und sah mich lachend an.

»Bitte?«, fragte ich, da ich glaubte, sie nicht richtig verstanden zu haben.

»Oh, entschuldigen Sie bitte. Das war jetzt zu spontan. Tut mir leid. Haben wir uns nicht gestern bei Fitback gesehen? Sie hatten ein Probetraining, oder?«, fragte sie, zog den Korken aus der Flasche und goss etwas Wein in ein Glas. »Wer möchte?«, fragte sie und hielt das Glas in die Mitte.

»Ich mach' das schon, Heike«, sagte Margarete und kostete den Wein. »So soll er schmecken. Sie gehen zu Fitback?«, fragte sie dann und lächelte mich an, während die Bedienung die Gläser zu voll machte.

»Ja, ich habe damit angefangen. Hoffmann hat mir dazu geraten.«

»Das ist erstaunlich. Unsere Patienten halten sich in der Regel nur an Ratschläge, die sie bequem erfüllen können. Sport wird ungern als Therapie akzeptiert.«

»Das kann ich mir vorstellen, insbesondere nach dem Training gestern«, sagte ich und versuchte die Kellnerin zu ignorieren, die ungeniert zuhörte. »Aber sowohl Hoffmann als auch Frau Romanowa meinen, es sei das Beste für mich. Für den Rücken auf jeden Fall. Also wollte ich es ausprobieren.«

»Er hat sich ganz gut gemacht«, sagte die Kellnerin. »Für sein Alter.«

Zum Glück beorderte Toti seine Angestellte zurück in die Küche. Das Mädchen war mehr als untragbar für den Beruf der Servicekraft. Ich lächelte ihr milde hinterher.

»Was meinte sie eigentlich mit Gänsegreis?«, fragte Margarete.

»Das hat sie gesagt? Keine Ahnung. Mich bestimmt nicht. Also ich hoffe es jedenfalls. Aber lassen wir das doch. Zum Wohl!«, sagte ich, wir stießen an und tranken. Natürlich fragte auch ich mich, was das Mädchen gemeint hatte, aber im Moment war das unwichtig. Der erste Alkohol nach über drei Monaten fühlte sich warm an. Da ich seit dem Mittag nichts mehr gegessen hatte, bemerkte ich schon beim zweiten Schluck seine Wirkung und trank gleich noch einen dritten.

»Was empfehlen Sie denn?«, fragte ich mit dem Blick auf eine postkartengroße Speisekarte, auf der unter den Überschriften Mezedes, Fisch, Fleisch, Vegetarisch und Dessert jeweils ein Gericht stand.

»Das Stifado ist das beste, das ich kenne. Wenn Sie so etwas mögen, nehmen Sie es. Der Vorspeisenteller ist natürlich auch empfehlenswert. Aber meistens zu viel. Loukoumades sind unglaublich süß, fettig und lecker. Die Griechen essen sie gern zum Frühstück oder zwischendurch. Ein köstlicher Nachtisch. Ach wissen Sie was? Wir teilen uns die Vorspeise einfach«, sagte Margarete.

Bevor ich zustimmen konnte, schaute die andere Frau aus der Küche über die Theke direkt auf unseren Tisch.

»Margarete, hallo«, sagte sie, »heute mal ohne Uli?«

»Hallo, Fidelia. Ja, heute ohne Uli. Das ist Hans Sielka.«

Ich erhob mich kurz, um ihr die Hand zu schütteln, und fragte mich, wer dieser Uli sein mochte. »Freut mich.«

»Fidelia Akutas, angenehm! Die Frau des kleinen Mannes am Herd. Er hat heute wieder eine unbeschreiblich miese Laune.« Jetzt wurde ihre Stimme leiser. Und sie schob sich etwas weiter über die Theke. »Ärger mit Willi, der neuen Aushilfe, Student. Willi widerspricht, was nicht weiter schlimm wäre, wenn er wenigstens wüsste, wovon er redet. Er koche gern, hat er im Vorstellungsgespräch gesagt, und wolle noch etwas lernen. Und jetzt stellt sich heraus, dass er bei einer TV-Kochshow irgendwann einmal den zweiten Platz gemacht hat. Das ist für den Jungen fast so etwas wie ein Stern, und deshalb gibt er Toti wertvolle Ratschläge. Ich befürchte, der Abend wird noch spannend. – Was möchtet Ihr essen?«

»Oh, Streit in der Küche? Dann haben wir die besten Plätze«, sagte Margarete, als sei dies hier keine Seltenheit. »Bitte einmal die Vorspeise für uns beide und dann nehme ich das Stifado. Herr Sielka?«

»Ich auch. Es soll das beste der Stadt sein.«

»Unbedingt«, sagte Fidelia. »Das kocht er gut.«

»Und das andere?«

»Wie bitte?«

»Sie sagten: Das kocht er gut. Das klingt für mich so, als koche er andere Gerichte nicht so gut«, sagte ich und versuchte, den mangelnden Witz meiner Bemerkung mit einem Lächeln auszugleichen.

»Das andere kocht er auch gut«, erklärte Fidelia. »Es sei denn, ich koche es besser, dann koche ich es.«

Sie schlug mit der flachen Hand auf die Theke, lächelte und drehte sich wieder zur Küche.

»Es ist sehr familiär hier«, sagte ich zu Margarete. »Wahrscheinlich typisch griechisch.«

»Ja, und bayrisch.«

»Wie?«

»Fidelia ist keine Griechin. Sie kommt aus München. Das, was an ihrer Sprache wie ein rudimentärer ausländischer Akzent klingt, sind die Überreste des Bayrischen. Aber jeder, der sie in diesem Umfeld kennenlernt, hält sie für eine Griechin. Wegen ihrer pechschwarzen Haare und dem angeblich klassischen griechischen Profil.«

»Das passt«, sagte ich.

»Was?«

»Das passiert mir in letzter Zeit häufiger. Es sind Dinge oder Menschen oder sogar Tiere, die nicht so recht passen. Nichts ist, wie es ist.«

»Sie meinen: wie es scheint.«

»Nein, wie es ist! Ein Dobermann ist doch nun einmal ein Wachhund. Doch der, den ich meine, der ist es nicht. Oder ein Freund, der es auf einmal nicht mehr ist. Oder ein als Ritter verkleideter Verrückter, der mir einreden will, dass ein Mann bald kein Mann mehr ist. Was für ein Unfug! Und jetzt ein Restaurant, das ...«

»Voilà, die Vorspeisen!«, unterbrach mich Kellnerin Heike. »Bitte räumt doch die Gläser ein wenig zur Seite.« – Sie wartete ungeduldig, bis wir ihrer Aufforderung gefolgt waren und stellte den großen Teller zwischen uns. »Danke! Lasst es Euch schmecken!«

»Und eine Kellnerin, die sehr gewöhnungsbedürftig ist.«

»Finde ich nicht. Sie ist doch sehr nett«, sagte Margarete ohne jede Ironie. »Was war mit dem Dobermann?«, fragte sie mit ehrlichem Interesse.

»Nichts Besonderes. Es handelt sich um den Hund meines Nachbarn. Eigentlich hat er ihn angeschafft, damit er im Falle eines Anschlags Alarm schlägt.«

»Anschlag?«, fragte Margarete mit großen Augen. »Terror in Düsseldorf? Sie machen Witze.«

»Das Haus meines Nachbarn wird regelmäßig mit Farbbeuteln beworfen. Sie wissen schon, linke Spinner, die auf diese Art protestieren.«

»Wo wohnen Sie?«, fragte sie und beugte sich nun leicht nach vorne. In ihren Augen glaubte ich neben Interesse auch Anspannung zu entdecken.

»Im Zooviertel.«

»Schöne Gegend«, sagte Margarete, lehnte sich wieder zurück, spießte mit einem Holzstäbchen eine kleine Kugel auf, tunkte sie in Sauce und hielt sie kurz in meine Richtung, um sie dann selbst zu verspeisen. »Sie müssen diese Spinatbällchen unbedingt probieren. Zusammen mit der Minzsauce ein Gedicht.«

»Mein Nachbar ist von Rehmsbrunn, der mit der Bank.«

»Der mit den Rüstungsgeschäften, Streumunition«, stellte Margarete fest und nahm eines der gefüllten Weinblätter. »Die rosafarbene Paste ist Taramas.«

»Ich weiß«, sagte ich. »Er ist kein übler Kerl. Er finanziert alles Mögliche. Rüstungsgeschäfte machen davon nur einen Bruchteil aus.«

»Aber er finanziert sie. Sie sollten unbedingt von den Gigantes probieren«, sagte sie und wies auf die weißen Bohnen in Tomatensauce.

Bot sie mir nur das Essen an oder zugleich auch einen Themenwechsel? Ich steckte einen Holzspieß in die Spinatkugel, tunkte sie in Sauce und war von ihrem Geschmack überrascht.

»Und da ist kein Fleisch drin? Erstaunlich. Ich habe in den letzten Wochen so viel Gemüse ohne Geschmack gegessen.« Als nächstes nahm ich ein Auberginenröllchen, das mit Reis und Pinienkernen gefüllt war.

»Gemüse ist an sich nicht unbedingt geschmacklos. Die Zubereitung ist eben wichtig. Geschäfte mit völkerrechtswidrigen Waffen zu finanzieren, finde ich allerdings immer geschmacklos.«

Also doch kein Themenwechsel.

»Dazu mag jeder seine eigene Meinung haben und sie auch angemessen zum Ausdruck bringen. Farbbeutel gegen Häuser zu werfen, erscheint mir jedoch eher unangemessen.«

»Das hier ist Fava-Bohnen-Püree mit Safran und Olivenöl. Sehr schmackhaft. Niemand kommt zu Schaden, und die Familie von Rehmsbrunn wird vielleicht nachdenklich.«

»Nachdenklich«, sagte ich und musste über ihre Naivität schmunzeln. »Sie haben über die Anschaffung eines Wachhundes nachgedacht, sich für einen Dobermann entschieden, und der versagt auf ganzer Linie. Sachbeschädigung dient nicht unbedingt dazu, einen konstruktiven Dialog zu initiieren.«

»Herr von Rehmsbrunn ist gar nicht an irgendeiner Form von Dialog interessiert. Es ist *seine* Bank, er trifft die Entscheidungen und lässt sich von – wie sagten Sie – linken Spinnern nicht in die Geschäftspolitik hineinreden. Das dürfte Ihnen nicht allzu fremd sein. Darf ich das letzte gefüllte Weinblatt haben?«

»Sind Sie etwa dafür?«

»Für Weinblätter? Absolut«, sagte Margarete.

Gerade als ich etwas erwidern wollte, wurde ich durch Gebrüll aus der Küche unterbrochen: »Bist Du völlig verrückt geworden? Wir sind hier nicht im Fernsehen. Du musst Dich vor keiner Kamera produzieren, Trottel! Du solltest nicht mit dem Zeug jonglieren. Es mir zum Herd zu bringen, hätte völlig gereicht. Ist das so schwer? Wo soll ich jetzt neuen Fisch herbekommen?«

Wir streckten unsere Oberkörper fast gleichzeitig nach oben, um über die Theke schauen zu können. Der Gescholtene war wohl die neue Küchenhilfe, ein Junge, kaum älter als 20, mit einem Pony, der seine Augen fast verdeckte. Er musste den Föhn am Morgen einfach an den Hinterkopf gehalten haben, sodass die Spitzen seiner Haare das Gesicht auf lächerliche Weise einrahmten. Jetzt zuckte er mit dem Kopf kurz nach rechts, damit der Pony den Blick auf seinen Chef freigab. Er sagte nichts.

»Ich habe Dich was gefragt!«, sagte Toti scharf, stemmte die Hände in die Seiten und beugte sich leicht nach vorne, was ihn gegenüber dem Studenten zugleich kleiner und bedrohlicher erscheinen ließ.

»Ich weiß nicht!«, sagte der Junge, jedoch keinesfalls kleinlaut oder entschuldigend. In seinem Nichtwissen lag etwas Aufreizendes, da er es wie ein flammendes Bekenntnis vortrug. Mittlerweile war es ganz ruhig geworden. Alle lauschten dem Küchengespräch und waren gespannt auf seinen Ausgang.

Frau Akutas nutzte die Stille, um eine Ansage zu machen: »Wer das Fischgericht bestellt hat, müsste bitte etwas anderes wählen. Fisch ist aus. Ich komme gleich zu Ihnen an die Tische.« Sie drehte sich zu dem Studenten um und sagte leiser: »Und Du entfernst bitte den Fisch vom Boden.«

Ihrem Mann setzte sie einen Kuss auf die Stirn, wofür sie sich leicht nach unten beugen musste. Die Szene entspannte sich, und wir wandten uns wieder den Vorspeisen zu.

»Wo waren wir?«, fragte ich.

»Bei den Weinblättern und den kreativen Formen des Protests.«

»Nur weil Farbe im Spiel ist, kann man das wohl kaum kreativ nennen. Am Ende soll das wieder Kunst sein. Protestkunst«, sagte ich und stippte mein Stück Brot in die rosafarbene Paste. »Das Taramas schmeckt sehr stark nach Kartoffeln, zu stark, wie ich finde.«

»Ich mag es gerne so. Bei Kunstaktionen stellen die Initiatoren die entsprechenden Räume freiwillig zur Verfügung. Aber die Ergebnisse sind schließlich durchaus vergleichbar. Gab's im alten Testament nicht irgendetwas mit Farbe an Häusern?«, fragte sie.

»Blut, Sie meinen Blut. Das Volk Israel in Ägypten. Gott droht damit, jeden Erstgeborenen zu töten, ganz egal ob Mensch oder Tier. Nur die geknechteten Hebräer überleben. Denn ihnen hat Gott gesagt, sie sollten ein Tier schlachten, ein Schaf oder ein Ziege, es abends braten und essen. Mit seinem Blut sollten sie dann die Türpfosten ihrer Häuser bestreichen, damit der Todesengel wusste, dass er an diesem Haus vorbeiziehen muss.«

»Sind sie religiös?«

»Nein, gebildet.«

»Hat Ihr Nachbar die Farbe entfernt?«

»Natürlich entfernt er sie immer. Oder besser: Er lässt sie entfernen.«

»Gut für die Wirtschaft. Ein Malerbetrieb verdient daran.«

»Sie scheinen die Anschläge gutzuheißen.«

»Nun ja, sagen wir's so: Ich halte es für moralisch verwerflicher, Streubomben zu finanzieren. Dagegen ist etwas Farbe an einer Mauer ...«

»An fremdem Eigentum!«

»Auch das. Ja, an fremdem Eigentum. Dagegen ist das bisschen Farbe nicht schlimm. Schließlich ist ein durch eine Streubombe abgerissener Körperteil auch irgendwie fremdes Eigentum. – Und der Dobermann schlägt überhaupt nicht an?«

»Doch. Aber immer erst später. Genau dann, wenn er herausgefunden hat, dass der Mensch vor dem Haus nicht mit ihm spielen möchte, sondern einfach wieder wegläuft. Er bellt, sobald der Werfer sich davonmacht.«

Eine Weile sagten wir nichts und aßen die Vorspeisen fast ganz auf. Währenddessen löschte ich meinen Durst mit Wein und füllte mir das Glas gleich zweimal hintereinander.

»Woher wissen Sie das?«, fragte sie plötzlich.

»Woher weiß ich was?«

»Dass der Hund bellt, wenn der Werfer wegläuft.«

»Man erzählt es sich«, antwortete ich knapp.

»Kann ich das hier abräumen oder wollt Ihr die Salatdeko auch noch essen?«, fragte Heike.

»Wir sind fertig«, sagte Margarete. »Und ich glaube, wir nehmen noch mal eine Flasche Wein, oder?!«

Ich hatte gar nicht darauf geachtet, wie viel Wein ich schon getrunken hatte. Mein Wasser stand noch unberührt da. Nun griff ich nach dem Glas und trank es in einem Zug leer. »Ja, gerne noch etwas Wein. Ich bin ja hier unter ärztlicher Aufsicht.«

»Sie glauben doch hoffentlich nicht, dass ich Patienten noch nach Dienstschluss betreue. Außerdem bin ich nur noch Aushilfsärztin.«

»Ich hörte davon. Wie klappt es denn so mit dem Teilzeitruhestand? Das interessiert mich sehr, denn ich bin im Vollruhestand und weiß noch nicht, ob mir das Ganze gefällt.«

»Sie wissen nichts mit Ihrer Zeit anzufangen?«

»Nun, es kam alles etwas plötzlich. Mein ganzes Leben habe ich gearbeitet. Es hat mir Spaß gemacht. Und nun tue ich nichts mehr.«

»Nichts? Haben Sie denn kein Büro mehr in Ihrem Unternehmen? Ich hätte schwören können, Sie gehören zu der Sorte Chef, die nicht loslassen kann.«

»Der?«, fragte Heike, die uns gerade den neuen Wein brachte. »Sie waren mal Chef? Das hätte ich mir denken können. Sie sind sehr bossy. Was für eine Firma?«

»Maschinenbau«, sagte ich seufzend.

»Oh, wie spannend«, erwiderte sie grinsend, goss den Wein in die Gläser und ging mit einem über die Schulter gerufenen »Zum Wohlsein!« zurück in die Küche.

»Nein, wenn schon aufhören, habe ich mir gesagt, dann richtig«, log ich, nachdem das unverschämte Mädchen weg war. »Und? Was machen Sie denn nun in Ihrem Teilruhestand?«

»Was man so macht. Ein wenig reisen, mich mit Freunden treffen, hier und da etwas Ehrenamtliches. Damit lassen sich die Tage sehr gut füllen. Und manchmal ist es sogar stressig.«

»Und mit Uli essen gehen«, ergänzte ich.

»Auch das«, bestätigte sie lächelnd.

»Ihr Mann? Oder Lebensgefährte?«, fragte ich, von der Wirkung des Weins ermutigt.

»Nicht unser Thema, Herr Sielka. Wir hatten uns doch darauf geeinigt, dass dies hier kein Rendezvous ist, sondern nur ein netter Abend unter guten Bekannten. Erinnern Sie sich?«

Ich erinnerte mich. Und vergaß es umgehend wieder. Ich prostete Margarete zu, vielleicht ein wenig zu schwungvoll, denn die Kellnerin hatte die Gläser wieder randvoll mit Wein gefüllt, und so ergoss sich ein Schwall auf den Tisch.

»Na, dann auf Uli!«, sagte ich und trank einen großen Schluck.

Margarete verdrehte die Augen. »Herr Sielka, Sie sind angetrunken. Beim letzten Mal hatte das üble Folgen.«

»Ja, ja«, winkte ich ab. »Es wird schon nichts passieren. Gleich esse ich noch etwas. Dann habe ich eine Grundlage.«

»Grundlage heißt sie, weil sie am Grund liegt. Man kann ein Fundament nicht nachträglich gießen. Und schon gar nicht, wenn es wie in Ihrem Fall auf Wein trifft oder gleich darin ertränkt wird.«

Auf dieses Stichwort trat der Chef höchstpersönlich mit zwei Tellern an unseren Tisch.

»Stifado vom Kaninchen. Bitte sehr. Lasst es Euch schmecken!«

Wir bedankten uns, doch Toti schien sich nicht vom Tisch wegbewegen zu wollen. In diesem Restaurant war man seltsam anhänglich. Er verschränkte die Arme und wartete darauf, dass wir probierten. Um ihn schnell wieder loszuwerden, führte ich ein viel zu heißes Stück Fleisch an den Mund. Nur das Hinterherkippen kalter Flüssigkeit verhinderte das sofortige Wiederausspucken.

»Sehr lecker«, brachte ich hervor.

»Nun, mit so viel Weißwein konntest Du es nicht richtig schmecken«, gab Toti zu bedenken.

Unterdessen hatte Margarete den ersten Bissen probiert. »Wie immer: ausgezeichnet. Mein Lieblingsessen bei Dir in der kalten Jahreszeit.«

Ich pustete das nächste Stück Fleisch auf eine angenehme Verzehrtemperatur herunter und steckte es in den Mund. Sie hatte recht. Es war ausgezeichnet und ausgewogen mit Lorbeer, Zimt und Piment gewürzt.

»Sehr gut«, sagte ich.

»Wieder etwas, das nicht passt?«, fragte Margarete mit hochgezogener Augenbraue.

»So in etwa«, sagte ich.

»Was passt nicht?«, fragte Toti.

»Es betrifft nicht das Essen, sondern etwas, über das wir eben sprachen«, sagte Margarete.

»Gut«, sagte er zufrieden und ging zurück zum Herd. Sein lautes

»Herrschaftszeiten!« ließ uns aufhorchen und die Szene hinter der Theke erneut in den Blick nehmen.

Willi stand mit einer Ölflasche neben einer Pfanne, in der irgendetwas brutzelte.

»Was soll das? Was hast Du vor?«, fragte Toti.

»Butter brennt beim Braten nicht an, wenn man einen Tropfen Öl hinzugibt«, dozierte Willi.

»Was in meine Pfannen kommt, entscheide ich!«, erwiderte Toti. »Es ist doch kein Wunder, dass ein Deutscher den kategorischen Imperativ erfunden hat! Aus jedem Scheiß wird ein allgemeines Gesetz für alle.«

»Aristoteles kritisiert Kant. War das nicht eigentlich umgekehrt?«, bemerkte Margarete leise kichernd.

»Geh in den Hof, Müll trennen!«, schnauzte der Koch seine Hilfskraft an und drückte ihm zwei volle Müllbeutel in die Hände.

»Merkwürdig«, sagte ich. »Das mit dem Mülltrennen scheint ein beliebtes Thema zu sein. Erst gestern hat es jemand erwähnt.«

»Das ist doch ein alter Hut«, sagte Margarete, stockte dann und fragte: »Kann es sein, dass Sie früher nicht so viel vom Leben mitbekommen haben?«

»Möglich. Aber was hat es denn mit der Mülltrennung auf sich? Oder nein, das weiß ich schon. Ich meine, warum ist das so ein großes Thema?«

»So groß ist es nun wieder nicht. Aber es eignet sich gut als Ausgangspunkt für einen Glaubensstreit. Die eisernen Trenner, die glauben, damit Gutes zu tun, gegen die ignoranten Verweigerer, die glauben, nach dem Trennen werfe die Müllabfuhr ohnehin alles wieder zusammen. Beide Seiten wissen sich im Recht. Und dann noch diejenigen, die das alles für einen unnötigen Eingriff des Staates in das Privatleben des Einzelnen halten, nach dem Motto: Erst müssen wir den Müll trennen, dann verbieten sie uns das Rauchen und bald dürfen wir keine Gummibärchen mehr essen. Schließlich gibt es einige, die in der Erfindung des Mülltrennens einen typischen Ausdruck des deutschen Wesens sehen, an dem die Welt genesen soll. Wer so denkt, fühlt sich von den eisernen Trennern massiv unter Druck gesetzt. Merkwürdigerweise hat sich dabei ein neues Spießertum entwickelt. Früher achtete man darauf, ob der Nachbar samstags sein Auto wusch und den Rasen ordentlich mähte. Heute schauen sich Menschen, die ein solches Verhalten in ihrer Mittelschichtsjugend vehement abgelehnt haben, gegenseitig in die Mülltonnen.«

»Aha«, sagte ich. Zwar hatte ich aufmerksam zugehört, war jedoch nicht in der Lage, ihr zu folgen oder gar zu antworten. Mir war ein wenig schwindelig und die Ursache dafür, so dachte ich, war mit Sicherheit der Tumor in Kombination mit dem ungewohnten Essen. Ich nahm noch einen kräftigen Schluck Wein.

Früher hatte ich nicht zu irrationalen Gedanken tendiert, doch wenn es um meine eigene Krankheit ging, war mir keine Vorstellung zu absurd. Hoffmann war nach meiner Überzeugung im Unrecht, wenn er dachte, so ein kleiner Tumor habe keine Auswirkungen auf den Körper. Für mich war er ein eigenständiger Organismus, der unkontrolliert in mir arbeitete. Was konnte ein Arzt schon wissen! Er sah das alles nur von außen, hatte vielleicht Erfahrung mit unzähligen Patienten und kannte alle wichtigen Studien, aber konnte es nicht nachempfinden. Das Innere des konkreten Falls blieb ihm verborgen. Selbst wenn er die Bauchdecke öffnete und einen Tumor entfernte, konnte er doch nicht wissen, was in einem Körper tatsächlich geschah, wie die Zellen miteinander interagierten und was in der Psyche eines Menschen durch die Krankheit in Gang gesetzt wurde. Zu diesem Zeitpunkt ahnte auch ich nicht, wie sehr die Krankheit mich verändern und dabei auf eine ganz andere Art töten würde, als ich es erwartet hatte.

Ich schüttete mir Wein nach und trank das Glas in einem Zug leer, um meine Gedanken zum Schweigen zu bringen. Und tatsächlich, es funktionierte, erst gerieten sie ins Schwanken. Ich fühlte mich mit einem Mal wie in einem kleinen Ruderboot auf hoher See bei heraufziehendem Sturm. Immer heftiger wurde das Schaukeln, immer länger der Weg vom Wellental zu ihrem Gipfel, von dem es von Mal zu Mal rasanter wieder bergab ging. Die tosenden Wellen betäubten meine Ohren, ein dröhnendes Rauschen, ein grässlicher Krach, der nicht auszuhalten war, übertönte alles, bis die letzte, die größte aller Wellen kam. Alles Denk- und Undenkbare wurde mit ihr über Bord gespült, bis nichts mehr da war außer der ruhigen, glatten See. Kein Lüftchen regte sich, der Himmel war milchig blau, und man wollte die Wasseroberfläche berühren, um diese Glätte mit den Fingerspitzen zu ertasten. Diese wurden feucht und warm. Mit dem Gefühl von Wärme kehrte mein Bewusstsein zurück.

Margarete schaute irritiert auf meinen Teller. Ich folgte ihrem Blick und sah zwischen den Fleischstückchen und der Sauce die Finger meiner linken Hand. Ich zog sie heraus und wischte sie bedächtig mit der Serviette ab.

»Entschuldigen Sie bitte. Ich möchte mir gerne die Hände waschen. Wo ...«

»Sie gehen durch die Tür direkt hinter mir in den Hausflur, dann nach links hinaus auf den Hof. Auf der gegenüberliegenden Seite ist ein kleiner Anbau mit den Toiletten. Soll ich Sie lieber begleiten?«, fragte sie besorgt.

»Nein, nein, das schaffe ich schon.«

Ganz langsam erhob ich mich von meinem Platz und blieb einen Moment stehen, um mein Gleichgewicht zu finden. Die drei Schritte zur Tür legte ich ohne zu schwanken zurück, zumindest hoffte ich das. Erst nachdem ich die Tür wieder hinter mir geschlossen hatte, überrollte mich die nächste Welle – dieses Mal mit Schwindel und Übelkeit. Wie ich den kleinen Anbau erreichte, weiß ich nicht mehr, doch tat ich es rechtzeitig, um mich in die Toilettenschüssel zu übergeben. Danach fühlte ich mich augenblicklich besser. Ich wischte mir den Mund mit Toilettenpapier ab und spülte ihn am Waschbecken gut durch. Auf dem kleinen Hof atmete ich ein paar Mal tief ein und aus. Mir war nicht mehr übel. Lediglich das Gefühl der Trunkenheit wollte noch nicht ganz weichen. Immerhin war ich so klar bei Verstand, dass ich mir vornahm, für den Rest des Abends keinen Alkohol mehr zu trinken. Und mit wieder erwachtem Bewusstsein wurde mir klar, dass ich es mir nun zum zweiten Mal mit Margarete verscherzt hatte: Ein alter Mann, der betrunken und verwirrt seine Hand in sein Essen taucht – was mochte sie denken? Sie würde mich nicht noch einmal treffen wollen. Keine Chance. Ich war ein dummer Greis, der bei den Frauen nicht mehr landen konnte.

Beklommen kehrte ich in den Hausflur zurück und wurde von Willi, der studentischen Küchenhilfe, fast überrannt. Er fluchte irgendetwas, riss die Schürze herunter und stürmte dann in einen kleinen Raum neben den Toiletten. Kurz darauf nahm Toti den gleichen Weg, ein leises »Entschuldige, Hans.« murmelnd. Ein nun einsetzender unbeschreiblicher Durst trieb mich zurück in den Gastraum.

Als ich wieder saß, stürzte ich ein Glas Wasser hinunter und fühlte mich gerettet.

»Was war das denn?«, fragte ich Margarete, froh darüber, von meinem kleinen Ausfall ablenken zu können.

»Toti hat dem Jungen gesagt, er könne für heute Schluss machen und brauche nicht mehr wiederzukommen.«

»Warum ist er ihm dann nachgelaufen?«

»Oh, er wollte ihm seinen Lohn nicht schuldig bleiben. Und Willi hat gesagt, er könne sich den irgendwohin stecken. Geht es Dir wieder besser?«

»Ja, ja. Kein Problem. Etwas zu viel Fleisch vielleicht. Oder der Wein. Sie haben mich geduzt.«

»Zu dumm, ich duze hier alle. Da komme ich durcheinander. Entschuldigen Sie.«

»Bleiben wir doch einfach dabei!«, schlug ich vor.

Wie aus dem Nichts stand plötzlich die Kellnerin neben mir. »Hat es nicht geschmeckt? Sie haben nicht aufgegessen.«

»Es war sehr gut. Aber ich habe eine leichte Magenverstimmung.«

»Gut, dass Toti gerade draußen ist. Ich lasse den Teller am besten schnell verschwinden, sonst wird es vielleicht unangenehm für Sie. Dann sind Sie mir aber was schuldig«, sagte sie und ging rasch mit den Tellern in die Küche.

»Was soll das heißen? Ihr was schuldig?«, fragte ich Margarete.

»Toti möchte immer sehr genau wissen, warum seine Gäste etwas von seinem guten Essen liegen lassen. Er sagt, um besser zu werden. Ich sage, weil es seine Kochehre kränkt. Seine Gäste fühlen sich nach der intensiven Befragung nicht unbedingt wohler.«

»Was? Ich bin Gast. Und der Gast ist König.«

»Dachte ich auch«, sagte die Kellnerin, die wieder zu uns zurückgekommen war. »Bevor ich hier angefangen habe. Niemals hätte ich mir vorstellen können, in einem Lokal zu bedienen. Aber der erste Lehrsatz von Toti heißt: Der Gast ist nicht König. Er muss sich genauso anständig benehmen wie jeder andere auch. Sonst könnte ich den Job gar nicht machen. Es ist ein cooler Nebenverdienst.«

»Sie machen noch etwas anderes?«, fragte ich.

»Ich bin Grafikerin. Selbstständig. Weil ich mir nichts sagen lassen kann. Das war schon immer so. Aber davon kann ich nicht leben.«

»Schon gar nicht, wenn Sie Ihre Kunden ebenfalls nicht wie Könige behandeln.«

»Richtig. Ich behandle sie ganz normal, natürlich immer freundlich. Aber wenn sie meine Ideen nicht mögen, müssen sie eben woanders hingehen. Die meisten sind vom devoten Verhalten der Werbeagenturen völlig verzogen. – Noch eine Flasche Wein? Oder lieber einen Mokka zum Nachtisch.«

»Mokka, bitte«, sagte Margarete. »Sie auch?«

»Ja. Und bitte eine große Flasche Wasser.«

»Gerne, ich sag's Fidelia. Ich muss kassieren gehen. Heute wollen alle gleichzeitig zahlen. Wahrscheinlich hat sie der Streit in der Küche erschreckt.«

In der Tat machten sich nun die meisten Gäste daran, das Lokal zu verlassen. Es war ein unübersichtliches Durcheinander und ich war froh, dass unser Tisch abseits stand. Ich versuchte, dem Schicksal meines Mantels an der Garderobe zu folgen. Meist war mir die Sicht versperrt.

»Hier kommt nichts weg«, sagte Margarete.

»Wo haben Sie eigentlich Ihren Mantel?«, fragte ich, immer noch mit dem Blick zum Geschehen.

»Oben, in meiner Wohnung«, sagte sie, als sei das sonnenklar.

»Ach, Sie wohnen in diesem Haus?«, fragte ich und drehte mich wieder zu ihr.

»Ja, es gehört mir. Ich habe es geerbt – von meinem verstorbenen Mann. Der wiederum hatte es von einer Großtante geerbt.«

»Sie waren verheiratet? Und Ihr Mann ist gestorben? Das tut mir leid.«

»Danke, aber das ist nun schon über 25 Jahre her. Er ist sehr jung bei einem Autounfall ums Leben gekommen. Danach war ich mit den Kindern erst einmal allein.«

Auch, dass sie Kinder hatte, hatte ich vorher nicht gewusst. Jetzt erzählte sie mir, dass sie die beiden alleine groß gezogen, nebenbei studiert hatte und dann Ärztin geworden war. Inzwischen waren ihre Kinder längst erwachsen und lebten nicht mehr bei ihr.

»Und dann haben Sie keinen Mann mehr gefunden, den Sie heiraten wollten?«, fragte ich, auch wenn es wahrscheinlich wieder ein Thema war, das ich nicht ansprechen sollte. Was hatte ich schon noch zu verlieren! Sie antwortete trotzdem.

»Nein, mir fehlte es an Eignung, Lust und Neigung dazu«, sagte sie lachend. »Sie waren gleich zweimal verheiratet, nicht wahr? Ihre erste Ehe soll, so hört man, recht kurz gewesen sein.«

»Meine Frau hatte mich gleich in der Hochzeitsnacht betrogen«, bemerkte ich.

Margarete lachte. »Da war sie schneller als Sie. Eine beachtliche Leistung, wenn man bedenkt, welcher Ruf Ihnen vorauseilt.«

Ich wollte nicht auf ihre Anspielung eingehen und machte noch einen Versuch, mich als Opfer zu gerieren oder wenigstens als einen Mann, dem das Schicksal übel mitgespielt hat. »Meine zweite Frau ist im Frühjahr gestorben. Aber das wissen Sie ja.«

»Ja, natürlich weiß ich das. Es tut mir leid. Ich habe sie sehr gemocht, sie war meine Patientin.« Margaretes Stimme war ernst. Sie schaute mich direkt an. Ich sah nach unten.

Den Tod meiner Frau und alles, was damit zusammenhing, hatte ich in den letzten Monaten verdrängt so gut ich konnte. Ich hatte geglaubt, damit fertig zu sein, doch nun wurde ich von der Erinnerung überwältigt.

Von Augenblick zum nächsten brach ich in Tränen aus. Ich konnte mich nicht mehr zusammenreißen. Ein Heulkrampf schüttelte mich, ich bekam kaum Luft. Als ich eine Hand auf meiner Schulter spürte, schlug ich sie weg. Ich weinte um meine Frau, zum ersten Mal. Und ich weinte um mich, um das Monster, das so etwas fertig gebracht hatte! Einen Menschen, der mitten im Leben stand, aus hanebüchenen Gründen beseitigen zu lassen. Was war ich für ein Mensch? Ich hatte meine Frau auf dem Gewissen. Und dieses Gewissen wollte mich nun ersticken. Für immer allein zu bleiben, war die gerechte Strafe dafür – wer immer sie verhängt haben mochte, vielleicht sogar ich selbst. Mein Kopf fühlte sich an, als würde er platzen. Tränen, Schleim und Spucke vermengten sich an meinem Kinn zu einem zähen Brei bitteren Selbstmitleids. Nur mit Mühe konnte ich eine Serviette greifen und presste sie mir vors Gesicht. Eine ganze Weile musste ich so dagesessen und geheult haben. Denn als ich mich wieder etwas im Griff hatte und aufsah, war das Lokal leer. Margarete saß mir gegenüber und sah mich forschend an. Die drei verbliebenen Küchenkräfte waren dabei, die Küche gründlich sauber zu machen. Sie beachteten mich scheinbar nicht, wofür ich ihnen sehr dankbar war.

»Bitte entschuldigen Sie das hier«, sagte ich und versuchte, mit einer weiteren Serviette die Spuren des Weinens in meinem Gesicht zu verwischen.

»Schon gut. Es ist nicht leicht für Sie. Ihre Frau stirbt, sie gehen in den Ruhestand, werden krank und müssen mit all dem gleichzeitig fertig werden. Das lässt sich nicht einfach so managen.«

»Ah, Hans!«, sagte Toti und kam um die Theke herum. »Geht es Dir wieder besser?«

»Ja, danke. War alles ein bisschen zu viel für mich in letzter Zeit, meint Frau Doktor.« Ich schaffte ein schräges Grinsen in ihre Richtung, und sie schenkte mir dafür ein Lächeln, das mich tief berührte. Ihr Mitgefühl holte mich augenblicklich aus der Trauer und öffnete mein Herz. »Obwohl, wenn ich es recht überlege, zu viel kann man eigentlich nicht sagen. Vielleicht eher zu wenig. Die letzten Monate waren nicht gerade die anstrengendsten meines Lebens.«

»Herr Sielka ist im Ruhestand und weiß mit seinem Leben nichts Rechtes anzufangen«, erklärte Margarete dem irritierten Gastwirt.

»Ach, das ist es. Das kann ich gut verstehen. Man muss etwas machen mit seinem Leben. Warum suchst Du Dir keine sinnvolle Aufgabe oder irgendeinen kleinen Job?«

»Er war Vorstandschef. Er kann nicht irgendeinen kleinen Job machen. Außerdem dürfte das nicht sein einziges Problem sein«, stellte Margarete nüchtern fest.

»Das glaube ich allerdings auch«, stimmte Heike zu, die sich wieder einmal einfach zu uns gesellt hatte. »In dem Alter hat man selten nur ein Problem.«

»Na, Sie müssen es ja wissen ...«, sagte ich.

»Was steht Ihr hier herum!«, sagte Fidelia und beugte sich über die Theke. »Ich putze nicht alleine. Wenn Du unseren vierten Mann entlässt, musst Du eben für zwei arbeiten, Chef. Das ist die dritte Küchenkraft in einem Jahr, die uns von der Fahne geht, weil Du Dich nicht beherrschen kannst.«

»Er war ein Idiot!«

»Ja, ja. Wie die anderen auch. Alle unter 25 sind Idioten für Dich.«

»Das stimmt nicht.«

»Wenn sie für Dich arbeiten, dann schon.«

»Na, dann stellt doch einen Älteren ein!«, sagte Heike, verschränkte die Arme und grinste mir breit ins Gesicht. Meine emotionale Achterbahnfahrt stoppte mitten im Looping.

Kapitel 4

in dem unser Held schlecht träumt, es im eigenen Haus mit der Polizei zu tun bekommt und sich von seinem neuen Chef ungerecht behandel fühlt.

Bei Neueinstellungen in gehobenen Positionen hatte ich als Vorstandschef darauf bestanden, Menschen auszuwählen, die nicht älter als 45 Jahre waren. Meine Begründung: Wir brauchen frische Ideen, neue Impulse, Männer (meinetwegen auch Frauen), die noch hungrig sind und aufsteigen wollen. In Wirklichkeit hatte ich einfach keine Lust gehabt, mich mit an Erfahrung und Kompetenz ebenbürtigen oder gar überlegenen Menschen auseinandersetzen zu müssen. Das Problem der Alten: Sie ließen sich nicht gut führen. Sicherlich hatte es die ein oder andere Ausnahme gegeben.

Aber niemals hätte ich jemanden eingestellt, der deutlich älter war als ich und von dem, was er tun sollte, nicht die geringste Ahnung hatte. Keine Erfahrungen für eine bestimmte Aufgabe zu haben gepaart mit einer mehr oder weniger großen Lebensleistung, der man Respekt zollen musste, war eine ungute Mischung. Ich war fast 30 Jahre älter, ein paar Millionen Euro wohlhabender und beruflich deutlich erfolgreicher gewesen als mein neuer Chef. Auf den Job war ich nicht angewiesen. Warum ich mich nun in diese prekäre Situation gebracht hatte, ließ sich nur mit meinem aufgewühlten Inneren zum Zeitpunkt der Entscheidung erklären. Ich war nicht ganz bei Trost.

Tatsächlich redete ich mir ein, der Job in diesem Möchtegern-Restaurant sei die einzige Möglichkeit, Margarete nahe zu sein, ohne dass sie den Verdacht schöpfen konnte, ich sei weiter an ihr interessiert – eine verschrobene Strategie, von der ich zutiefst überzeugt war, und die ich, wie ich es aus dem Geschäftsleben gewohnt war, mit Nachdruck verfolgen würde, auch wenn mir dieses Mal kein großer Stab von Mitarbeitern und Vertrauten zu ihrer Durchsetzung zur Verfügung stand. Es gab keine Alternative. Wo sonst hätte ich

Margarete »zufällig« treffen sollen? Am kulturellen Leben der Stadt mochte ich nicht mehr teilnehmen, offen gestanden, wollte ich mich nicht als den Verlierer zeigen, der ich in den Augen der anderen sein musste. Denn sie kannten mich seit langem als Mächtigen und waren sicherlich ungern bereit, sich von diesem Bild zu lösen. Und wenn, dann nur, um über die Ursachen meines Niedergangs zu spekulieren und das wohlige Kribbeln im Bauch zu spüren, das den tiefen Fall eines ehedem Erfolgreichen begleitete. Sie sollten mich genau so in Erinnerung behalten, wie ich gewesen war. Also stellte ich mich tot. Verabreden würde sich Margarete nicht noch einmal mit mir – ich hatte mich wie ein Idiot benommen. Doch statt die Sache auf sich beruhen zu lassen, setzte sich mein Jagdinstinkt durch. Ein Hans Sielka gibt nicht auf. Wie dumm von mir.

Zudem beschäftigte mich jetzt auch noch ein Problem, von dem ich hoffte, durch meine neue Arbeit Ablenkung zu finden. In den Tagen nach meinem Zusammenbruch während des Essens mit Margarete hatten mich die Erinnerungen an meine Frau immer wieder eingeholt, obwohl ich weiterhin bemüht war, nicht an sie und die Umstände ihres Todes zu denken. Wahrscheinlich tauchte sie gerade deshalb andauernd ungebeten in meinem Kopf auf, und zwar genau dann, wenn ich keine Möglichkeit hatte, mich dagegen zu wehren. Kurz vor dem Einschlafen schob sich ihr Gesicht mal in den Strom nur noch halbbewusster Gedanken, mal hörte ich ihre Stimme meinen Namen rufen. Dies geschah nun immer öfter. Fand ich dann schließlich in den Schlaf, so begegnete ich ihr im Traum: Einmal sah ich sie tatsächlich an Bord eines altertümlichen Segelschiffes um Hilfe rufen, obwohl sie doch ganz anders ums Leben gekommen war (wenn ich auch nicht genau wusste wie).

Doch der wiederkehrende Traum war ein anderer. In ihm wanderte ich auf der Suche nach Gesa über einen in Terrassen angelegten Olivenhain in der sicheren Hoffnung, sie bald zu finden. Ich freute mich sehr darauf, doch steckte in dieser Freude zugleich das Grauen, ein bitterer Geschmack, vorausgeschickt von dem, was mich erwartete. Meine Suche endete immer am gleichen kleinen Schuppen, ich öffnete seine hölzerne Türe und fand in jedem Traum den gleichen schrecklichen Anblick: eine auf dem Boden zusammengekauerte, stark verweste Leiche. Das unnatürlich hell blinkende Gold am schwarzen Ringfinger der rechten Hand zeigte, dass jeder Irrtum ausgeschlossen war. In diesem Moment wusste ich: Man hatte sie hier verhungern lassen. Auf mein Geheiß. Sie streckte ihre Hand nach mir aus. Ich erwachte schweißgebadet.

Der goldene Ring an ihrem Finger, es war bereits ihr dritter. Zwei waren im Laufe der Jahre verloren gegangen. Ich hatte mir nie Gedanken darüber gemacht, wie so etwas passieren konnte. Niemals hätte ich so etwas als Zeichen gesehen für eine Ehe, die vielleicht gar keinen Bestand mehr hatte. Wir lebten gut zusammen. Irgendwann schliefen wir in getrennten Zimmern, um uns gegenseitig nicht zu stören. Meine geschäftlichen Termine gingen oft bis spät in die Nacht, und Gesa hatte einen leichten Schlaf. Als Leiterin der Rechtsabteilung eines mittelständischen Unternehmens musste sie morgens fit sein. So sagten wir uns das. Wir redeten über alles. Wir redeten nicht über uns. Wir lebten in guter Gemeinschaft miteinander. Ich schätzte ihren Rat. Von Zeit zu Zeit. Unsere Bindung war lose. Vielleicht waren wir am Ende nicht einmal mehr Freunde, nur zufällige Bewohner des gleichen Hauses, die sich in Frieden ließen. Doch im Traum war die Nähe zu ihr wieder da. Denn die Schuld kettete mich an die Tote, so wie die Liebe mich vor langer Zeit an die Lebende gebunden hatte.

Tagsüber versuchte ich, diesem Albtraum zu entkommen und setzte dabei auf die stabilisierende Wirkung einer festen Struktur. Ich ging weiter täglich spazieren und dreimal in der Woche zum Training ins Fitnessstudio. Jedes Mal, wenn ich die zehn Geräte meines Plans bewältigt hatte, signalisierten die Muskeln der Selbstbildstelle in meinem Kopf eine aufrechtere Haltung und mithin ein besseres Erscheinungsbild. Ich fühlte mich gut aussehend, stabiler, und alleine für diese freilich nur kurz anhaltende Illusion lohnte sich die Schufterei.

Der Tag meines ersten Einsatzes im Zantes kam schneller als mir lieb war. Es war Anfang Dezember, und die Stadt war zugeschneit. Trotzdem wollte ich auch heute an meinem täglichen Spaziergang festhalten. In den letzten Tagen hatte ich mehrere Paar Schuhe im Schnee durchnässt, heute suchte ich nach einer Alternative. Im Gartenschuppen fand ich Gummistiefel, die einst ein Gärtner hier vergessen haben musste. Ich zog zwei Paar Socken übereinander, und schon passten mir die olivfarbenen Stiefel. In der letzten Nacht habe es fast 20 Zentimeter Neuschnee gegeben, erzählte mir Erika, als ich mich für meinen Spaziergang fertigmachte. Busse und Bahnen hätten den Betrieb eingestellt. So etwas habe es in der Stadt noch nie gegeben.

Der Anblick der zugeschneiten Umgebung war in der Tat beeindruckend. Bereits nach wenigen Schritten bemerkte ich die isolierende Wirkung der Gummistiefel, meine Füße wurden warm. Als ich den Park erreicht hatte, waren sie heiß und schwitzten. Die Feuchtigkeit, die ich von außen hatte fernhalten wollen, breitete sich von innen in den Schuhen aus. Jeder Schritt hinterließ ein doppeltes Knarzen – von Schnee und nasser Wolle.

Der Schneefall wurde stärker. Ich zog meinen Hut tiefer in die Stirn und den Schal über den Mund. So stapfte ich weiter auf dem Weg um den kleinen Teich. Außer mir war an diesem Vormittag kaum jemand dort – abgesehen von ein paar Hundehaltern. Der Wind wurde stärker, und ich beugte mich leicht vor, um den Schnee nicht in die Augen zu bekommen. Ich konnte nicht einmal mehr einen Meter weit sehen und verfluchte meine Konsequenz. Als ich mich gerade entschlossen hatte umzukehren und den Weg nach Hause nehmen wollte, stieß ich mit einem Hindernis zusammen. Es war ebenso erschrocken wie ich, blieb abrupt stehen, blickte auf und blinzelte sich die Flocken aus den Augen.

Mein erster Eindruck, jemanden in eine Wolldecke gehüllt vor mir zu sehen, bestätigte sich auch auf den zweiten Blick, obwohl der junge Mann wahrscheinlich von einem Umhang gesprochen hätte. Die Härchen seines dünnen Kinnbarts waren leicht vereist, sein albernes Hütchen hatte er tief ins Gesicht gezogen, aber ich erkannte ihn sogleich als den Ritter des aussterbenden Geschlechts, den ich am ersten Tag meines Ruhestands hier getroffen hatte. Dieses Mal suchte er nicht das Gespräch mit mir, sondern nickte nur kurz und lief einfach weiter.

Zu Hause wurde ich schon von Erika erwartet, die mir voller Freude mitteilte, eine Dame habe für mich angerufen und ihre Telefonnummer hinterlassen. Wie schaffte sie es bloß, gegen ein stattliches Gehalt für mich zu arbeiten und gleichzeitig in die Rolle einer Mutter zu schlüpfen, die sich über die Verabredungen ihres Sohnes freute? Und das, obwohl ich über zehn Jahre älter war als sie. Nervös zupfte sie an den Taschen ihrer Schürze.

»Sie hat sonst nichts gesagt. Nur, dass Margarete Steinfeld angerufen hat, soll ich sagen, und dann hat sie mir ihre Nummer genannt. Der Zettel liegt beim Telefon im Wohnzimmer. Geben Sie mir den Mantel, ich mach das schon. Er ist ganz nass von dem vielen Schnee. Und dann diese Schuhe. Nein, was für ein Dreck! Ausziehen! Sofort. Ausziehen! Machen Sie, dass Sie zum Telefon kommen. Ich sorge schon wieder für Ordnung. Und gleich gibt es Essen. Gemüsesuppe. Die mögen Sie doch so gern ...«

In den folgenden Sätzen ließ sie sich über die Zutaten in der Suppe aus, und obwohl ich lieber sofort telefoniert hätte, hörte ich ihr gegen meine Gewohnheit aufmerksam zu, stellte ein paar Zwischenfragen und hakte nach, wenn ich etwas nicht verstand. Plötzlich schwieg Erika und sah mich forschend an.

»Wieso interessiert Sie das?«

»Was?«

»Wie klein ich das Gemüse schneide, was zuerst in den Topf kommt und das alles. Wieso möchten Sie das auf einmal wissen?«

Ich zuckte mit den Schultern. »Nur so.«

»›Nur so‹ fragen Sie so etwas nicht, Herr Sielka! ›Nur so‹ kennen Sie gar nicht. Sie machen nichts ›nur so‹. Also, was führen Sie im Schilde?«

»Nichts, wirklich gar nichts«, sagte ich und ließ sie einfach stehen.

Mir stand nicht der Sinn danach, sie in meine beruflichen Pläne einzuweihen, zumal sie in meinen Augen ziemlich gewagt waren. Ich war im Begriff etwas zu tun, was ich in meinem ganzen Leben noch nie getan hatte, von dem ich nichts wusste und das ich nicht konnte. Ich hatte Angst. Und diese Angst wurde, je näher der Beginn meiner neuen Aufgabe rückte, immer größer. Mit viel Wohlwollen hätte man es zunächst freudige Erregung nennen können, doch jetzt war es nichts anderes als Furcht, namenlos und unbeschreiblich, und damit völlig überzogen. Wann immer ich an das Zantes dachte und meinen ersten Einsatz dort, war ich wie gelähmt. Allein die vage Hoffnung, dass ich Margarete dort näher sein konnte, ließ mich an meinem Entschluss festhalten. Es war nicht nur die räumliche Nähe, sondern zugleich der tägliche Umgang mit Menschen aus ihrer Umgebung, der mich auf meinem Irrweg weitergehen ließ. Auf diese Art um eine Frau zu werben, war mir ebenso fremd wie der neue Job. Und doch wusste ich mir nicht anders zu helfen.

Wie absurd. Frauen hatten vor nicht allzu langer Zeit um mich geworben, indem sie mir ihren Willen, erobert zu werden, gezeigt hatten. Der Mann musste den ersten Schritt machen, so waren die Regeln, auch wenn die Frau zeigen konnte, dass er mit ihr leichtes Spiel haben würde. Sie hatten mir freiwillig ihren Hals hingehalten, ich musste nur noch zubeißen. Jetzt musste ich etwas Neues einstudieren. Vielleicht war noch nicht alles verloren, da Margarete von sich aus angerufen hatte.

Erika ließ sich nicht abschütteln. Sie hatte nur einen kurzen Moment gezögert und war mir dann ins Wohnzimmer gefolgt.

»Stimmt etwas mit dem Essen nicht? Ist es das, was Sie mir sagen möchten?«

»Unsinn. Wie kommen Sie denn darauf?«

»Oder wollen Sie am Ende selbst kochen?« Jetzt lachte sie laut auf und hielt sich dabei den Bauch. »Genau, das ist es. Sie möchten selbst kochen! Vielleicht für eine Frau? Na?«

Da war er wieder, dieser mütterlich forschende Blick. Ich tat das, was jeder Sohn an meiner Stelle getan hätte: das Thema wechseln.

Auf die Schnelle fiel mir nur meine kurze Begegnung mit dem verrückten Jungen ein.

»Kennen Sie sich eigentlich mit der Stadtgeschichte aus? Sagt Ihnen Hayc von Flingern etwas?«

»Bitte, was? Nein, ich bin doch nicht von hier, aber Werner weiß vielleicht was. Moment, ich hole ihn.«

Ein einfaches Nein und ihr schneller Abgang hätten mir gereicht. Doch ich hatte ihren Eifer entfacht. Wenige Augenblicke später schob sie ihren Mann vor sich ins Wohnzimmer.

»Guten Tag«, sagte Werner, »Sie haben eine Frage zu Flingern?«

»Guten Tag, ja. Haben Sie schon mal etwas von Hayc von Flingern gehört?«

Werner kratzte sich am Kopf. Dabei bewegten sich seine langen, grauen Haare, die er von der linken Seite über seine Glatze gelegt hatte, wie eine Matte ruckartig auf und ab.

»Hm. Frühes Mittelalter, glaube ich. Die lebten hier irgendwo, noch vor Jan Wellem und so. Waren die Haycs nicht Markgrafen der Grafen von Berg? Viel weiß ich nicht darüber. Meine Schulzeit ist zu lange her. Doch. Warten Sie, ich glaube, ihren Sitz hatten die Ritter auf dem Mühlenplatz. Heute ist das ...«

»Nie gehört, wo soll der denn sein?«, unterbrach ihn Erika.

»Nun wart's doch ab! Heute ist das der Grabbeplatz.«

»Was Du nicht alles weißt«, bemerkte seine Frau.

»Das war's auch schon. Mehr fällt mir dazu nicht ein.«

»Wieso interessiert Sie das eigentlich?«, fragte sie mich mit zusammengekniffenen Augen.

»Nur so«, sagte ich.

»Schon wieder ›nur so‹?«, rief Erika aus. »Ha, das glauben Sie doch wohl selbst nicht. Ihre neue Freundin kommt aus Flingern, nicht wahr?!«

Jetzt reckte sie stolz das Kinn in die Luft, weil sie sicher war, ins Schwarze getroffen zu haben. Ich ging nicht weiter darauf ein und bat sie, mich in Ruhe telefonieren zu lassen. Mit einem Mal schaute sie mich erschrocken an.

»Herr Sielka! Sie werden rot.« Kopfschüttelnd verließ sie den Raum, gefolgt von ihrem Mann.

Gerade als ich Margaretes Nummer wählen wollte, klingelte es an der Haustür. Ich hielt inne. Erika öffnete und eine unbekannte Männerstimme war zu hören. Jemand klopfte, die Wohnzimmertür ging auf und ein junger Mann mit Fellmütze und blauer Uniformjacke trat ein. Erika schloss die Tür und ließ uns allein.

»Guten Tag, Thomas Lämmert mein Name, Kripo Düsseldorf, bitte entschuldigen Sie die Störung, Herr Sielka.« Jetzt setzte er die Mütze ab und strich mit der rechten Hand seine verschwitzten Haare glatt.

»Guten Tag«, sagte ich, legte das Telefon wieder zur Seite und stand aus dem Sessel auf. »Ist etwas passiert?«

Sofort musste ich an meine Frau denken, an die verweste Leiche, die ausgestreckte Hand, die nach mir griff. Hatte man sie endlich gefunden? Der Gedanke brachte mich aus dem Gleichgewicht und ich ließ mich wieder in den Sessel fallen.

»Nein. Also, doch. Passiert ist schon etwas. Aber bleiben Sie ganz ruhig. Es geht um Ihren Nachbarn, Odin von Rehmsbrunn.«

»Was ist mit ihm?«, fragte ich, bemüht, meine Erleichterung zu verbergen.

»Er ist verschwunden.«

»Entführt?«

»Wie kommen Sie darauf?«

»Ich bitte Sie! Er ist ein reicher Mann, ein Bankier. Für Menschen, die ihr Geld mit Entführungen verdienen, dürfte er also ein lukratives Projekt sein.« Außerdem habe ich so meine Erfahrung mit Entführungen, setzte ich in Gedanken hinzu.

»Nun, da haben Sie wohl recht. Wir wissen es noch nicht. Seine Frau hat ihn als vermisst gemeldet. Und wir nehmen jetzt die Ermittlungen auf. In alle Richtungen, wie wir immer so schön sagen.«

»Und Sie sind für die Befragung der Nachbarn abkommandiert, Herr ...«

»Lämmert. Ja, so ist es. Hätten Sie einen Moment?«

»Aber selbstverständlich, auch wenn ich Ihnen wahrscheinlich nicht weiterhelfen kann. Setzen Sie sich doch. Darf ich Ihnen etwas anbieten? Einen Kaffee? Wasser?«

»Vielen Dank, nein. Mir wäre es recht, wenn wir direkt zur Sache kommen könnten.«

Lämmert setzte sich auf den Stuhl, der vor dem kleinen Sekretär stand, lehnte sich jedoch nicht an, sondern saß wie auf dem Sprung so weit vorne auf der Kante, dass ich Sorge hatte, er könne abrutschen. Die Fellmütze legte er auf seine Knie, die Hände darauf. »Wann haben Sie Odin von Rehmsbrunn zuletzt gesehen?«

»Meine Güte! Das ist bestimmt schon wieder zwei Wochen her. Ich sehe ihn nur selten, und wenn, dann morgens, wenn sein Chauffeur ihn abholt. Das letzte Mal, schätze ich, war das so vor 14 Tagen, als ich zufällig morgens aus dem Fenster geschaut habe.«

»Gut«, sagte der Beamte und bewegte seine Finger unruhig über das Fell seiner Mütze. »Dann müsste ich noch wissen, ob Ihnen hier in der Straße oder der Umgebung in letzter Zeit irgendetwas aufgefallen ist. Es kann auch eine Kleinigkeit sein, die Sie für unbedeutend halten.«

»Nein, eigentlich war alles wie immer. Bis auf den Schnee.«

»Keine fremden Personen? Autos, die hier nicht hingehören? Oder haben Sie vielleicht etwas mitbekommen von diesen Farbanschlägen?«

Während er sprach, fuhr Lämmert mit den Fingerspitzen beider Hände unablässig über die Fellmütze. Um nicht weiter dort hinzustarren, blickte ich aus dem Fenster und versuchte, nachdenklich zu wirken. Ich wollte diesen Menschen so schnell wie möglich wieder loswerden, schließlich konnte ich ihm nicht helfen. Nach einem kurzen Moment schüttelte ich den Kopf.

»Nein, tut mir leid. Mir fällt dazu jetzt nichts ein. Lassen Sie mir doch einfach Ihre Telefonnummer da. Vielleicht kommt mir ja in den nächsten Stunden noch eine Idee.«

Lämmert kraulte seine Mütze und nickte.

»So machen wir es.«

Mit einem Ruck stand er auf, griff in die Innentasche seiner Jacke, zog eine Karte hervor und legte sie neben das Telefon, das auf dem kleinen Tisch beim Sessel lag. Dann setzte er seine Mütze auf und hielt mir seine Hand hin.

»Entschuldigen Sie noch einmal die Störung. Ich spreche noch kurz mit der Dame, die mir die Tür geöffnet hat, und dann bin ich auch schon wieder weg. Wohnt sonst noch jemand hier im Haus?«

»Ja, der Ehemann der Dame. Warten Sie, ich bringe Sie zu den beiden. Sie sind wahrscheinlich in der Küche.«

Nachdem ich Lämmert bei Erika abgeliefert hatte, wollte ich endlich Margarete anrufen. Dass sie sich bei mir gemeldet hatte, konnte doch nur ein eindeutiges Zeichen ihrer wachsenden Zuneigung zu mir sein.

Es klingelte eine gefühlte Ewigkeit, bevor sie an ihr Handy ging. Sie freue sich über meinen raschen Rückruf und habe eigentlich nur eine Frage bezüglich meines Unternehmens. Der Sohn einer Bekannten suche eine Praktikumsstelle für das Frühjahr, am liebsten in einem großen Unternehmen, und als Hauptschüler sei es gar nicht so einfach, einen Platz jenseits der üblichen Handwerksbetriebe zu bekommen. Margarete meinte, sein großes Engagement müsse man unterstützen und deshalb sei sie auf mich gekommen, da ich doch sicherlich über die nötigen Kontakte verfüge.

Normalerweise hätte ich alles abgelehnt, was mich zwang, in Kontakt mit meiner ehemaligen Firma zu treten. Ich verband inzwischen nur noch die schmerzliche Erinnerung meiner Niederlage damit. Ich hatte mich ausbooten lassen wie ein Amateur, wie ein blutiger Anfänger.

Das Unternehmen war seit langem börsennotiert, doch zuvor war es im Besitz meiner Familie gewesen. Mein Vater hatte es als kleinen Maschinenbau-Betrieb gegründet und während der Zeit des Wirtschaftswunders zur ersten Blüte geführt. Ich erinnere mich noch genau daran, wie er mich früher so manches Mal mitgenommen hatte und ich mit ihm durch die damals noch recht bescheidene Produktionshalle gegangen war. Alle Arbeiter, denen wir begegneten, verbeugten sich leicht, es herrschte eine gespannte Stille. Natürlich war ihr Verhalten meinem Vater geschuldet, und ich spürte, wie ihre Achtung für ihn auch meine Haltung ihm gegenüber veränderte. Ich fühlte mich zugleich kleiner, weil er doch augenscheinlich von so vielen Menschen bewundert wurde, und größer, weil ich stolz war, an der Hand dieses Mannes durch die Reihen seiner Untergebenen zu schreiten. Er hob mich damit aus der Gewöhnlichkeit der anderen heraus und zu sich empor.

Die Halle roch nach Öl, Maschinenfett und Metall, diese Mischung verursachte immer ein leichtes Brennen auf meiner Zunge. Mindestens einmal am Tag besuchte mein Vater die Produktion, auch später noch, als er den Sitz des Unternehmens nach Düsseldorf verlegt hatte und die Ausmaße des Maschinenparks um ein Vielfaches größer waren als zu Beginn. Als Kind mochte ich die Atmosphäre des stillen Respekts, der alle beherrschte, wenn der Firmenchef hierher kam. Und die gefühlte Ehrfurcht vor mir, dem Sohn.

Ab dem Ende der 40er Jahre war unsere Firma eine der am schnellsten wachsenden in Deutschland. Mein Vater war ein gänzlich unpolitischer Mensch und hatte sich während der Nazi-Zeit nicht besonders engagiert, weder für noch gegen das Regime. Das Einzige, was ihn interessierte, waren funktionierende Maschinen, die er den Menschen vorzog. So hatten die Behörden der Alliierten keinen Grund gehabt, dem Ingenieur nach dem Krieg Steine in den Weg zu legen, als er sein kleines Unternehmen gründen wollte.

Für ihn war ich sein Nachfolger, nicht sein Kind. Meine Erziehung überließ er meiner Mutter. Sie war still und zurückhaltend, aber keinesfalls ungebildet. Im Gegenteil. Ihr verdanke ich die Liebe zu Kunst und Literatur, auch wenn das Hauptaugenmerk meiner schulischen Bildung auf dem mathematisch-naturwissenschaftlichen Bereich lag. Meinem Vater war der Bücher lesende, Klavier spielende und Aquarelle malende Sohn fremd, und so unterließ ich diese Tätigkeiten in seiner Gegenwart. Er hatte das niemals von mir verlangt, doch seine kühle Distanz vergrößerte sich beim Anblick der in seinen Augen unnützen Beschäftigungen, die zu nichts führten und deshalb wohl eher etwas für Frauen waren.

Nach meinem Abitur hätte ich gerne die Kunstakademie besucht, äußerte diesen Wunsch aber niemals laut, sondern schrieb mich an der Technischen Hochschule zum Studium des Maschinenbaus ein. Als frisch gebackener Diplom-Ingenieur stieg ich, für meinen Vater ebenso selbstverständlich wir für mich, in den Betrieb ein und lernte ihn von Grund auf kennen.

Mein Vater starb im Herbst 1977 an einem Schlaganfall, und zwar genau am 18. Oktober um null Uhr 39, eine Minute, nachdem der Deutschlandfunk die erfolgreiche Stürmung der von Terroristen entführten Maschine in Mogadischu gemeldet hatte. Meinen Vater, diesen doch an sich gänzlich unpolitischen Menschen, hatte der deutsche Herbst sehr mitgenommen. Das erfuhr ich erst im Nachhinein, als meine Mutter mir berichtete, wie gierig er in dieser Zeit jede Nachrichtensendung verfolgt hatte, die Informationen über die Rote Armee Fraktion und ihre Taten brachte. Als der Sprecher in jener Nacht meldete, die GSG 9 habe alle Geiseln befreit, sei mein Vater aufgesprungen und habe beide Fäuste emporgerissen, wie er es sonst nur bei Toren der Fußballnationalmannschaft in großen Turnieren tat. Dieses Bild sah meine Mutter, als sie auf sein Rufen hin das Wohnzimmer betrat. Das von einem breiten Lachen ergriffene Gesicht ihres Mannes war im nächsten Moment eingefroren. Seine Augen waren weit aufgerissen, die Mundwinkel verzerrt zur Fratze eines abstoßenden Grinsens. So fiel er längs auf den Rücken, die geballten Fäuste immer noch an den ausgestreckten Armen über den Kopf gereckt, und war tot.

Als dies geschah, war ich fast 40 Jahre alt und bereits Geschäftsführer des Unternehmens. Über die Jahre baute ich es zu einem der erfolgreichsten Mittelständler aus und brachte es schließlich an die Börse. Ich selbst besaß zum Schluss nur noch einen kleinen Anteil der Aktien. Jetzt gehören sie Reginald Hutzenbach, genauso wie mein Posten als Vorstandschef. Beides hat er meiner Dummheit und Feigheit zu verdanken.

„Sind Sie noch dran, Herr Sielka?", fragte Margarete.

Ich räusperte mich und versprach ihr, gleich in der nächsten Woche mit der Personalabteilung reden. Ich erwartete keine Probleme dabei, den jungen Mann irgendwo unterzubringen.

»Und sonst, geht es Ihnen gut?«, fragte sie.

»Ja, schon, doch. Alles läuft in geordneten Bahnen. Ich halte mich an die ärztlichen Anordnungen und ...«

»Das meinte ich nicht. Sie waren ziemlich mit den Nerven runter, als wir essen waren. Geht es wieder besser?«

»Oh, das. Ja, es geht mir gut. Es war wohl der ungewohnte Alkohol gepaart mit Erinnerungen, also, ihr Tod, das ist alles nicht leicht. Aber ich komme zurecht. Wirklich. Ich muss mich eben um mein Leben kümmern«, sagte ich. »Heute Abend habe ich meine erste Schicht im Zantes.«

»Sie machen es also tatsächlich?«, rief sie. Ich sah ihre weit aufgerissenen Augen vor mir. In ihrer Stimme meinte ich Anerkennung zu hören. Das spornte mich an, ich war auf dem richtigen Weg.

»Ja, wieso denn nicht? Mehr als schief gehen kann es nicht. Und bevor ich gar nichts mache, kann ich auch Küchenjunge werden.«

Ihre Antwort bestand aus einem undefinierbaren Schnaufen, das ebenso gut ein Lachen wie skeptisches Seufzen sein konnte.

»Ach, übrigens«, sagte ich, um das Gespräch in Gang zu halten, »bei mir ist gerade die Polizei im Haus.«

»Oh, was haben Sie angestellt? Steuern hinterzogen?«

»Das ist das übliche Klischee vom reichen Unternehmer, der sein Geld ins Ausland schafft. Nein, es geht nicht um mich. Von Rehmsbrunn ist verschwunden.«

»Was? Entführt?«

»Man weiß noch nichts. Seine Frau hat ihn als vermisst gemeldet.«

»Er hätte die Farbe nicht abwischen sollen. Gott hat ihn geholt«, sagte Margarete trocken.

»Odin von Rehmsbrunn ist meines Wissens weder Ägypter noch Hebräer.«

»Ach, richtig, er heißt Odin.« Margarete lachte laut auf. »Nein, das klingt nicht hebräisch oder ägyptisch. Das ist sehr germanisch.«

»Und wahrscheinlich wird er auch nicht aus Gründen der Unterdrückung des israelischen Volkes entführt worden sein. Wenn er überhaupt entführt wurde, dann weil er viel Geld hat.«

»Hat er keine Personenschützer?«

»Das weiß ich nicht. Ich habe ihn in der Regel nur hier in der Straße gesehen, und da hätte man ihn nur vom Aussteigen aus dem Auto bis zur Haustür schützen müssen. Das hätte sich vielleicht nicht gelohnt. Sein Haus wird mit Kameras überwacht. Und wenn Sie dort klingeln, starrt Sie eine glänzende, schwarze Halbkugel an, wie überall im Viertel.«

»Und? Hat die Polizei schon einen Verdacht?«, fragte sie.

»Der Beamte hat nichts Näheres gesagt, aber ich habe nicht den Eindruck, dass sie eine heiße Spur verfolgen. Wie gesagt, sie wissen noch nicht einmal, ob sie es überhaupt mit einem Verbrechen zu tun haben.«

»Ich bin gespannt, wie's weiter geht.«

»Natürlich halte ich Sie gerne auf dem Laufenden.«

Am späten Nachmittag ging ich zum Zantes. Der Weg war nicht weit, ich hätte eine Station mit der Straßenbahn fahren können, wenn sie denn den Betrieb schon wieder aufgenommen hatte, doch der Schneefall hatte nachgelassen und so ging ich zu Fuß. Die vierspurige Hauptstraße, die nach Flingern führte, war in der hereinbrechenden Dunkelheit durch den Schnee in ein sanftes Licht getaucht. Wenn überhaupt Autos fuhren, dann so langsam, dass sie die Ruhe des Winters nicht störten. Bei Sankt Paulus, der katholischen Kirche des Viertels, überquerte ich die Fahrbahnen und ging nun fast beschwingt weiter, ganz eingenommen von der dicken weißen Schicht, die alles Laute verschluckte. Obwohl es schon dunkel war, zeigten sich die Wolken in mattem Weiß, ein blasses Pendant zur Schneedecke auf den Straßen. Nach zehn Minuten überquerte ich die große Kreuzung, die das Zooviertel von Flingern Nord trennte und bog bald nach rechts in das Herz des bei vielen Menschen so beliebten Stadtteil ein.

Die Tür des Zantes war verschlossen, die Scheiben wie bei meinem ersten Besuch beschlagen. Ich musste mehrmals klopfen, bis Heike mir öffnete.

»So schnell sieht man sich wieder. Hereinspaziert!«, sagte sie. Sie nahm die Baseballmütze ab, verbeugte sich tief und ihre Haarspitzen glitten sanft über ihren Unterkiefer.

Ich folgte ihr. Das kleine Lokal roch undefinierbar nach Gebratenem. Die Abzugshaube über dem Herd lief auf höchster Stufe, der Krach ließ kein Gespräch in normaler Lautstärke zu. Toti schwenkte eine Mischung aus Öl, Kräutern und Chili in der Pfanne. Seine Frau war gerade dabei, die Spülmaschine auszuräumen. Beide bemerkten mich fast zur gleichen Zeit und wischten synchron ihre Hände an den Handtüchern ab, die sie an der Hüfte in ihre langen Schürzen gesteckt hatten. Nacheinander küssten sie zur Begrüßung meine Wangen. Diese Vertraulichkeit war mir unangenehm. Doch ließ ich sie über mich ergehen, wie ich es in meinem Berufsleben unzählige Male getan hatte, um einer Beziehung den Anschein von Nähe zu geben. Ich widerstand dem Impuls, gleich wieder zu gehen.

»Herzlich willkommen«, sagte Toti und klopfte mir auf die Schulter. »Am besten, Du bringst Deinen Mantel zuerst nach hinten in den Vorratsraum. Heike zeigt Dir alles. Und dann können wir loslegen. Mit den Vorbereitungen sind wir fast fertig. Heike hat Zeit, Dir alles zu erklären.«

Er sah in mir eindeutig jemand anderen als den, der ich war. Durch meine Einwilligung, hier zu arbeiten, gehörte ich für ihn hierher und war wie alle, die in sein Lokal kamen: Menschen, die gutes Essen zu schätzen wussten und überteuerte Sterne-Restaurants mit ihrem übertriebenen Chichi ablehnten. Dabei war ich der typische Gast für eben jene Restaurants gewesen und hatte es immer genossen, dort nicht nur exquisit zu speisen, sondern auch mit entsprechend zuvorkommender Aufmerksamkeit behandelt zu werden. Totis Art, mit seinen Gästen umzugehen, war mir in einer Weise fremd, die mir körperliches Unwohlsein bereitete. Eine leichte Übelkeit überkam mich. Doch war es nun nicht mehr zu ändern und besser, sich für einen Abend zusammenzureißen.

Ich folgte Heike zum Hinterhof in den Raum neben der Toilette. Auch diese junge Frau hatte nichts mit dem zu tun, was ich kannte und schätzte. Sie war so sehr das Gegenteil von den jungen Menschen, die ich aus meinem Unternehmen kannte, dass ich versucht war, ihre Art für ein Zeichen sozialer Verwahrlosung zu halten. In ihr, dachte ich, hatte ich das typische Beispiel eines Emporkömmlings aus der unteren Schicht vor mir, dem es niemals gelingen konnte, sich den gesellschaftlichen Anforderungen seiner hart errungenen Position anzupassen. Der Aufstieg würde erst mit der nächsten Generation gelingen, wenn überhaupt. Beinahe fühlte ich Mitleid für dieses Schicksal.

Im Vorratsraum lagerten Getränke und Konserven, in den zwei riesigen Kühlschränken auf der linken Seite wurden frisches Gemüse, Fleisch und Fisch aufbewahrt, erklärte mir Heike. Ich legte meinen Mantel zu den anderen, die auf einem Stuhl abgelegt waren. Auf dem Rückweg nahm Heike einen Besen, der links neben der Kammer stand, und fegte den Weg zum Hauseingang vom Schnee frei. Den Besen ließ sie neben der Türe stehen und wies mich darauf hin, dass ich, wann immer ich im Laufe des Abends hinausging, nebenbei fegen solle, damit die Gäste sich nicht »auf die Fresse« legten, wenn sie zur Toilette gingen.

In der Küche zeigte mir Heike, wo alles seinen Platz hatte: die Wasser- und Weingläser im Regal, der Wein im Kühlschrank oder daneben, die Speisekarten auf der Theke links – sie waren unbedingt direkt nach der Bestellung wieder einzusammeln –, das Portemonnaie und der Taschenrechner in der Schublade des Tisches hinter der Theke. Sie erklärte mir das System der Bestellannahme, bei dem für jeden Tisch ein eigener Zettel angelegt wurde, der mit Klebeband an der Kante der Theke zu befestigen sei. Das Bemühen um eine leserliche Schrift setze sie als selbstverständlich voraus.

»Du bist erst einmal nur für den Service zuständig. Was in der Küche so abläuft, muss Dich erst mal nicht kümmern. Wichtig ist: der Chef ist Toti. Er hat die uneingeschränkte Befehlsgewalt am Herd und bei allem, was um die Feuerstelle herum passiert. Demokratie ist nicht. Es muss schnell gehen. Im Stress wird er manchmal laut, aber nicht wirklich mies. Also nimm's nicht persönlich, wenn er Dir was sagt.«

Heike hatte alles schnell, aber doch klar und deutlich vorgetragen. Trotzdem war ich mir sicher, schon jetzt die Hälfte wieder vergessen zu haben. Ich fühlte mich heillos überfordert.

»Oh, schon gleich sechs. Ich muss unbedingt noch eine rauchen. Fidelia, kommst Du mit? Es schneit gerade nicht. Rauchst Du auch, Hans? Ich darf doch Du sagen? Ach, das mache ich ja schon die ganze Zeit. Ist doch einfacher bei der Arbeit, meinst Du nicht?« Sie wartete auf keine Antwort, sondern gab sie selbst. »Ah, Nichtraucher, der Hans, dann bis gleich.«

Toti tippte mir auf die Schulter und hielt mir eine Flasche Bier hin, er hatte selbst schon eine in der Hand.

»Vor dem Start ein Bier, dann läuft alles noch viel besser.«

»Für mich lieber nicht. Sonst weiß ich gleich gar nichts mehr. Vielen Dank!«

»Das wird schon. Wir sind heute auch nicht ausgebucht. Du schaffst das, glaub mir, das ist gar nicht so schwer.«

Das waren die letzten wirklich freundlichen Worte, die Toti in den nächsten fünf Stunden für mich übrig hatte, zumindest empfand ich das so. Obwohl mich Heike vor dem rauen Umgangston in der Küche gewarnt hatte, war ich doch überrascht, als ich diesen zum ersten Mal direkt zu hören bekam, weil ich eine Bestellung nicht an die Thekenkante geklebt hatte. Eigentlich war der Hinweis darauf sachlich gewesen, aber die Kritik traf mich, zumal ich etwas so Einfaches vergessen hatte.

Sofort verteidigte ich mich, ohne darüber nachzudenken: »Weißt Du, als ich gerade zur Theke zurückgehen wollte, hat mich der Ruf eines anderen Tisches ereilt, und dort hat man mich in ein Gespräch über den richtigen Wein verwickelt, worüber ich den Zettel ganz und gar vergessen habe, denn sogleich musste ich die Vorspeise für Tisch eins ausliefern.«

»Was Dich wie ereilt oder verwickelt«, entgegnete Toti ruhig, »ist nicht wichtig. Hauptsache, der Zettel ist an seinem Platz.«

Ich fühlte mich ungerecht behandelt, sagte aber nichts. Es war natürlich nicht das Einzige, was ich im Laufe des Abends falsch machte. Ich vergaß, neues Besteck nachzulegen, die Zuckerpäckchen zum Espresso zu geben, vertauschte die Bestellungen zweier Tische, verwechselte den Schlüssel für Vorratskammer und Keller, brachte das falsche Wasser mit hinein und so weiter. Als ich dann die erste Rechnung fertig machen sollte, war ich so verunsichert, dass ich den Betrag mit dem Taschenrechner gleich zweimal überprüfte. Mit 72 Jahren ein blutiger Anfänger. Auch den Gästen war meine Unzulänglichkeit nicht verborgen geblieben. Dennoch behandelten sie mich, als hätten sie nichts auszusetzen gehabt, und gaben mir sogar noch Trinkgeld. Wahrscheinlich erwarteten sie von einem alten Mann nichts anderes.

Nach fast fünf Stunden war das Lokal leer und Fidelia schloss die Türe ab. Während die drei anderen die Küche gründlich putzten, wischte ich die Tische. Dafür schüttete ich Essigreiniger auf ein leuchtend gelbes Schwammtuch und bemühte mich, die Oberflächen von einem klebrigen Film zu befreien. Doch so sehr ich es auch versuchte, am Ende klebte es weiter. Ich wollte nicht aufgeben und strengte mich noch mehr an. Meine Hände wurden rot von der Säure des Essigs, trotzdem widersetzte sich die Lackschicht meinen Reinigungsversuchen, was mich wütend machte. Putzen konnte nicht so schwierig sein! Wenigstens diese Aufgabe sollte ich bewältigen können.

»Lass gut sein, Hans! Der Tisch ist sauber«, sagte Fidelia, die aus der Küche zu mir gekommen war.

»Aber er klebt«, wandte ich ein, ohne mit dem Wischen aufzuhören. »Er klebt, klebt, klebt.«

»Das ist der Lack«, sagte sie. »Toti hat ihn zu dick aufgetragen, er ist nun einmal kein gelernter Maler, sondern Koch. Die Farbschicht klebt umso mehr, je öfter Du mit dem nassen Lappen darüber gehst. Trockne den Tisch einfach ab! Dann können wir zusammen essen.« Widerwillig fuhr ich mit dem Handtuch über die nasse Oberfläche und ließ mich dann auf einen Stuhl fallen. Erst im Hinsetzen bemerkte ich die schmerzhafte Stelle an meinen Lendenwirbeln. Ich fühlte mich alt, zu alt für diese Art von Arbeit, und konnte nichts von der Befriedigung spüren, die ich früher nach einem langen Tag voller Termine, schwieriger Entscheidungen und nervenaufreibendem Tagesgeschäft empfunden hatte. Ich hatte auf der ganzen Linie versagt und würde mir das hier kein zweites Mal antun. Margarete hin oder her.

Heike stellte Gläser, Wasser und Wein auf den Tisch. Toti brachte die gefüllten Teller.

»Du magst hoffentlich gebratenen Zander?«, fragte er mich.

»Ja, gerne, danke«, sagte ich, unfähig weiter zu sprechen. Ich wollte nur noch kündigen und dann zu meinem langweiligen Leben zurückkehren.

»Und?«, fragte Heike. »Wie hat Dir Dein erster Abend gefallen? Es war doch gar nicht so schlimm, oder?!«

»Na ja«, brachte ich hervor.

»Ach was«, sagte Toti, »das sind alles die üblichen Anfangsschwierigkeiten. Wie sollst Du gleich perfekt sein in einem Job, den Du noch nie gemacht hast! Du warst gut, wirklich, Du warst richtig gut und hast uns sehr geholfen. Danke!«

»Beim nächsten Mal wird alles noch besser klappen. Wart's ab!«, stimmte Fidelia zu. »Du schaust so traurig drein. Dabei hast Du gar keinen Grund dazu. Jetzt iss erst einmal was! Möchtest Du ein Glas Grechetto? Der ist übrig geblieben, den magst Du doch.«

»Ich weiß nicht«, sagte ich.

»Doch, den hast Du beim letzten Mal sehr gerne getrunken«, sagte Heike und grinste unverschämt.

»Das meine ich doch nicht. Es geht um die Arbeit. Sie ist nichts für mich. Es war eine dumme Idee, so etwas in meinem Alter noch anzufangen. Ich glaube, es ist besser ...«

»Schnickschnack«, fiel Toti mir ins Wort. »Fidelia hat recht: Beim nächsten Mal wird es noch besser laufen. Und schau: Es sind für Dich nur drei Abende in der Woche, Donnerstag, Freitag und Samstag. Das schaffst Du locker, glaub' mir. Und wenn Du den Service erst einmal drauf hast, kannst Du auch bei den Vorbereitungen fürs Essen mithelfen. Das macht Spaß. Du wirst sehen. Und jetzt essen wir. Guten Appetit!«

Zwar war ich keinesfalls überzeugt, aber zu erschöpft, um zu widersprechen. Ich verschob die Entscheidung auf später und aß den Zander, der auf frischem Fenchel gebettet war. Nachdem wir noch ein wenig über das Wetter gesprochen hatten, dieser Tage ein beliebtes Thema, machte ich mich auf den Heimweg.

Als ich nach Hause kam, konnte ich im Erdgeschoss des Nachbarhauses hinter hell erleuchteten Fenstern die Familie Rehmsbrunn sehen. Die beiden Söhne standen links und rechts von ihrer Mutter und redeten gleichzeitig auf sie ein. Im Hintergrund sah ich mehrere Personen, vielleicht die beiden Töchter oder die Schwiegertöchter, vielleicht die Polizei. Roberta von Rehmsbrunn starrte eine Zigarette rauchend scheinbar unbeteiligt aus dem Fenster. Als sie mich erblickte, zuckte ihre Hand kurz zu einem verhaltenen Gruß, hielt aber gleich wieder inne, als sei es unangebracht, in solch schwerer Stunde etwas von der Außenwelt wahrzunehmen – zumal sie ihre eigenen Kinder nicht einmal zu beachten schien. Ich mochte mit dieser Frau keinen Kontakt pflegen, ja, ihr einfach zuzuwinken erschien mir schon zu vertraulich. Ich konnte nicht einmal erklären, warum, es war eben so.

Zu Hause angekommen, war ich nicht einmal mehr fähig, mich auszuziehen. Ich streifte meine Schuhe ab, ging hinauf ins Schlafzimmer, ließ mich ins Bett fallen und schlief auf der Stelle ein. Doch ich war nicht erledigt genug, um nicht wieder von Gesa zu träumen. Der gleiche Traum; ich erwachte wie immer an der Stelle, als sie mir ihre rechte Hand entgegenstreckte. Meine Schuld schlummerte in mir und wachte auf, wenn ich schlief; wenn ich die Tür, hinter der ich sie verborgen hatte, nicht bewachen konnte.

Kapitel 5

in dem unser Held sich scheinbar an seinen neuen Alltag gewöhnt hat, dann doch lieber wieder ausbrechen möchte und durch einen „Wink des Himmels" gerade noch davon abgehalten wird.

Es gibt Dinge, die unser Leben von einem Tag auf den anderen grundlegend verändern können. Manche schleichen sich langsam ein, wie ein blinder Passagier, den man erst bemerkt, wenn es schon zu spät ist. Andere kommen laut, unmittelbar, unabwendbar daher. Der Tod ist ein solches Ding, also nicht im eigentlichen Sinne, es sei denn, man möchte den Leichnam als solches bezeichnen, da er der Seele beraubt nur noch ein Haufen Materie ist. Dieses »Ding« kann unser Leben auch dann grundlegend verändern, wenn man den vormals beseelten Körper, den Menschen darin, gar nicht so gut kannte, er einem nichts bedeutet hat und sein Ableben keine Lücke im Alltag hinterlässt. Aber ich greife vor.

Fidelia hatte tatsächlich recht gehabt: An den folgenden Abenden wurde ich besser. Natürlich blieb die Arbeit anstrengend, aber ich machte weniger Fehler und begann, mich wohlzufühlen. Nach den Monaten der Untätigkeit hatte ich eine Aufgabe, die meinem Leben noch etwas mehr Struktur gab. Trotzdem fühlte ich mich fremd in dem, was ich tat, als sei nicht ich derjenige, der dort Gäste bediente und die Tische sauber hielt, sondern nur mein Vertreter, ein Typ, der mit in meinem Körper hauste, aber mein Denken und Fühlen nicht teilte. Ich arbeitete hier nur, um der Frau, die ich auf dem Gewissen hatte, zu entkommen und der Frau, die ich erobern wollte, nahe zu sein. Letztere war ein Anker in mein altes Leben. Und doch musste ich dafür vergessen, wer ich eigentlich war oder zu sein glaubte. Es war der gleiche Typ, der sich angewöhnt hatte, gesund zu essen, viel spazieren zu gehen und in einem Fitnessstudio den aufrechten Gang zu lernen. Ich versuchte immer noch, mein früheres Leben hinter mir zu lassen, ohne mein neues wirklich begonnen zu haben. Ich war irgendwo dazwischen.

Meine Hoffnung, Margarete öfter zu begegnen, erfüllte sich erst einmal nicht. Nachdem ich den Praktikumsplatz für den Sohn ihrer Bekannten über die Personalabteilung meines ehemaligen Unternehmens vermittelt hatte, hörte ich nichts mehr von ihr. Das Weihnachtsfest und Silvester verbrachte ich alleine. Erika und Werner waren zu Verwandten nach Brandenburg gefahren, und ich genoss die Stille im Haus. An meinem Geburtstag Anfang Januar zog ich den Telefonstecker aus der Buchse und blieb ungestört. Das einzige, was mich beunruhigte, waren die Gedanken an meine verstorbene Frau und die Umstände ihres Todes. Die Albträume kehrten immer wieder und hielten mich in der Nacht stundenlang wach.

Inzwischen war Odin von Rehmsbrunn seit über vier Wochen verschwunden, und es gab keine Spur von ihm. Auch hatte sich wohl kein Entführer gemeldet und Lösegeld gefordert. Roberta von Rehmsbrunn sah ich während der ganzen Zeit nur selten. Zuweilen holte sie ihr junger Chauffeur ab, der sie stets von der Haustür bis zum Wagen begleitete, ihr die Tür aufhielt und sie vorsichtig schloss. Immer wenn ich die beiden zusammen sah, musste ich an die Mutmaßung meiner Frau denken, der Fahrer sei in seine Chefin verliebt. Auch jetzt hielt ich das für Unsinn. Ein einziges Mal sah ich Frau von Rehmsbrunn zu Fuß durch den Schnee stapfen. Sie führte den Dobermann aus, was sie bislang niemals selbst getan hatte. Auf mich machte sie aus der Entfernung nicht den Eindruck einer Frau, die sich sehr um ihren Mann sorgte. Und für einen Moment hatte ich die groteske Vorstellung, sie könne selbst für das Verschwinden ihres Mannes verantwortlich sein. Lebte ich in einem Viertel, in dem es Usus war, sich seiner Ehegatten zu entledigen? Aber warum hätte Roberta von Rehmsbrunn so etwas tun sollen? Wohl kaum wegen einer Affäre mit dem Chauffeur. Soweit ich wusste, führten die beiden eine ganz normale Ehe. Sie hatten vier erwachsene Kinder, zwei davon arbeiteten ebenfalls in der Bank, die Söhne. Doch was konnte man schon wirklich über den Zustand einer Ehe sagen? Ich hatte die beiden manchmal bei Charity-Veranstaltungen oder Empfängen getroffen und nur ein wenig mit ihnen geplaudert, wobei hauptsächlich Frau von Rehmsbrunn gesprochen hatte. Er war in ihrer Gegenwart sehr ruhig gewesen.

Auch bei diesen Gelegenheiten hatte sie etwas unangenehm Aufdringliches gehabt. Wie zufällig hatte sie Körperkontakt gesucht, und sich dabei mehr als ungeschickt angestellt. Damals hatte ich es nur kurz registriert, mir aber nichts weiter dabei gedacht. Ich erinnerte mich überhaupt nur deshalb daran, weil ich es seinerzeit als einer Frau unwürdiges, männliches Gebahren grober Annäherung empfunden hatte. Nun kam mir auch wieder unsere Begegnung vor ein paar Monaten in den Sinn, als der Dobermann den kleinen Köter hatte fressen wollen. Warum verhielt sie sich so merkwürdig? Sie war verheiratet und konnte sich außerdem angesichts ihres Äußeren nicht einbilden, bei anderen Männern, selbst wenn sie älter waren, zu landen. Sie musste eigentlich froh sein, einen Mann wie Rehmsbrunn gefunden zu haben.

Über sein Verschwinden hatten die Zeitungen im Dezember nur spärliche Informationen zu bieten gehabt. Rehmsbrunn hatte demnach seinen Fahrer an jenem Freitagnachmittag früher nach Hause geschickt und gesagt, er werde sich später ein Taxi nehmen. Das hatte er schon des Öfteren getan. Nichts daran war ungewöhnlich. Ein Mitarbeiter der Sicherheitsfirma in der Bank hatte von Rehmsbrunn dann tatsächlich gegen 19 Uhr in ein Taxi steigen sehen. Diesen Wagen hatte die Polizei trotz intensiver Bemühungen unter den über 1300 Taxis der Stadt bis heute nicht ausfindig machen können. Mutmaßungen, dass der Wagen aus einer anderen Stadt gekommen sei, konnte der Sicherheitsmann nicht bestätigen, da er nicht auf das Nummernschild geachtet hatte. Berichte in überregionalen Medien blieben ohne Resonanz. Odin von Rehmsbrunn war wie vom Erdboden verschluckt.

Für Mitte Januar erhielt ich eine Einladung in das Haus von Fidelia und Toti. Das Lokal hatte bis zur darauffolgenden Woche geschlossen. Die beiden wollten die Weihnachtsfeier nachholen, die sie im Dezember aufgrund der hohen Auslastung nicht hatten geben können, und mir ein, wie sie sagten, lukratives Angebot machen. Pro Abend erhielt ich im Zantes einen Lohn von 50 Euro. In einer nicht näher definierten Probezeit, so hatten wir es vereinbart, wollten sie mich zunächst schwarz beschäftigen, und falls es eine längerfristige Anstellung werden würde, sollte ich einen festen Vertrag bekommen – schon wegen des Finanzamts, meinte Fidelia. Eigentlich waren die beiden nicht in der Lage, mir ein lukratives Angebot zu machen, wenigstens in finanzieller Hinsicht. Und da sie das wissen mussten, war ich gespannt darauf zu erfahren, was sie sich ausgedacht hatten.

Die Akutas lebten ganz in der Nähe ihres Lokals in einem eingeschossigen Altbau, einem für den Niederrhein typischen Häuschen, das so in der Stadt eigentlich gar nicht mehr zu finden war. Ich war schon oft daran vorbeigekommen, da es auf meinem Weg von der Villa zum Zantes lag. Düsseldorf war im Krieg stark zerstört worden. Und selbst wenn es nach 1945 noch solch kleine Häuser gegeben hatte, hatten sie nach und nach dem Wohnungshunger in den zentrumsnahen Bezirken weichen müssen. Dies hier war eine echte Ausnahme. Das Haus klemmte etwas verloren zwischen zwei Jugendstilbauten. Sie überragten es nicht nur an Höhe, sondern ließen es auch durch ihren frischeren Anstrich recht schäbig erscheinen. Links und rechts von der Tür befand sich jeweils ein Fenster. Die Backsteine des Hauses waren rußig schwarz und standen in starkem Kontrast zu den in grün und weiß gestrichenen, altmodischen Läden neben den Fenstern. Die alte Holztür war im gleichen Grün wie die Läden gestrichen. Das Haus stand mit der Traufseite zur Straße, sodass man die durchhängende Dachfläche in voller Breite sah. Lediglich die Regenrinne war vor nicht allzu langer Zeit erneuert worden. Ein eisiger Wind fegte immer wieder pulvrigen Schnee vom Dach. Ich hatte nicht gedacht, dass das Restaurant so wenig abwarf. Beim Anblick des ärmlichen Hauses schämte ich mich ein wenig dafür, überhaupt Geld für meine Arbeit anzunehmen.

Fidelia öffnete mir die Tür und umarmte mich. Sie bedankte sich für die Blumen, die ich als Gastgeschenk mitgebracht hatte, und nahm mir den Mantel ab. Ich stand in einem kleinen Flur auf bunten Fliesen, die ebenso alt sein mussten wie das Haus. Einige von ihnen waren gesprungen, an manchen fehlte eine Ecke, hier und da war eine Fliese durch ein Stück Terracotta ersetzt. Eine hölzerne, steile Treppe führte in das Dachgeschoss. Doch statt, wie erwartet, oben ins Dunkle zu schauen, erblickte ich am Ende der Treppe Tageslicht, an einem frühen Winternachmittag wie heute natürlich schon etwas dämmrig. Fidelia führte mich links der Treppe durch den kurzen Gang und öffnete die Tür zum Raum dahinter. Ich trat ein und befand mich in einer Küche, die sich über die gesamte Breite des Hauses erstreckte. Das Licht fiel von oben durch große, runde Dachfenster in den Raum, der sich weiter zum Ess- und Wohnbereich öffnete. Irritiert blickte ich zur Eingangstüre zurück, wie um mich zu vergewissern, tatsächlich noch im gleichen Haus zu sein. Staunend folgte ich dann der Gastgeberin zur Kaffeetafel und entdeckte beim Blick nach oben eine Galerie, die sich über die gesamte Länge des Hauses zog, das augenscheinlich durch einen stattlichen Anbau nach hinten erweitert worden war. Rechts über uns befanden sich auf der zweiten Ebene zwei Türen. Die Räume dahinter mussten etwa die halbe Breite des Hauses einnehmen. Von unten wurde die Decke mit einer offenen Holzkonstruktion durch mehrere Balken gestützt.

»Erstaunt? So geht es allen, die zum ersten Mal hierher kommen. Wir wohnen jetzt seit über zehn Jahren hier. Zu Anfang war es ein Haus mit vier Zimmern, einem heruntergekommenen Bad im Anbau und einem unbewohnbaren Dachgeschoss. Bald sind wir fertig. Der Wintergarten ist seit dem Sommer komplett eingerichtet.«

Sie wies mit der rechten Hand zum Ende des langen Raumes. Mit Wintergarten war das, was ich dort sah, viel zu bescheiden beschrieben. Wo links die begrenzende Wand zum Nachbarhaus enden musste, wurde sie bis auf eine Höhe von etwa fünf oder sechs Metern von einer neuen Backsteinmauer fortgeführt, die das Flachdach mit weiteren runden Fenstern stützte. Am Ende des Wohnbereichs gingen Mauer und Bedachung in eine Glaskonstruktion über. Diese umfasste einen Raum von rund 30 Quadratmetern voller Pflanzen. Fasziniert von diesem Anblick ging ich auf den Wintergarten zu und fühlte mich gleich an einen Science-Fiction-Film aus den 1970er Jahren erinnert: In diesem transportierten riesige Raumschiffe ganze Wälder unter Glaskuppeln durchs Weltall auf der Suche nach neuem Lebensraum. In der üppigen Vegetation des Wintergartens fehlten lediglich ein paar exotische Tiere. Zwei oder drei Palmengewächse ragten aus dem Dickicht heraus und reichten fast bis unter das gläserne Dach. Dieses fiel zum Garten hin ab, so dass der Schnee nicht darauf liegen bleiben konnte und sich üppig vor der Fassade auftürmte. Ein schmaler, vom Schnee befreiter Streifen vor der Flügeltür zeugte davon, dass hier ab und zu jemand hinaus trat. Weiter hinten sah man eine kleine Gartenmauer. Die Äste zweier großer Buchen bogen sich im starken Wind. Das Wetter wurde immer ungemütlicher. Doch hier drin war es angenehm warm. Die Isolierung war perfekt.

In diesem Moment wurde eine der Türen auf der zweiten Ebene geöffnet und Toti begrüßte mich winkend. Er ging die Galerie entlang und stieg wohl die alte Holztreppe hinab, die ich bei meinem Eintreten gesehen hatte. Und so kam er wenig später aus dem Flur in die Küche zur Kaffeetafel. Dorthin ging ich nun auch zurück und wurde vom Hausherrn zur Begrüßung ebenfalls umarmt.

»Gefällt Dir unser Häuschen?«, fragte er mit unverhohlenem Stolz.

»Es ist großartig!«, sagte ich, immer noch überwältigt vom Kontrast zwischen Fassade und Innenausbau.

»Fidelia hat es entworfen. Wir haben alles nach ihren Plänen gebaut oder bauen lassen, wenn wir es selbst nicht konnten.«

Ich sah sie verständnislos an.

»Ich war Architektin, bis mich mein Mann davon überzeugt hat, mit ins Gastgewerbe einzusteigen. Damit ich nicht ganz rauskomme, haben wir uns eine ewige Baustelle zugelegt und machen seither so viel wie möglich selbst. Ich habe kochen gelernt, und Toti kann inzwischen Parkett fast so gut verlegen wie ich.«

»Setz Dich doch!«, sagte Toti. »Dann gibt es Kaffee und Weihnachtsplätzchen. Ein bisschen zu spät, aber so ist das nun mal im Dezember. Alle feiern Weihnachten bei uns, nur wir selbst kommen nicht dazu.«

Wenige Minuten später kam Heike. An der Schwelle zur Küche zog sie ihre schweren Boots aus, lief auf dicken Socken über das Schiffsparkett und dokumentierte damit, dass sie sich bei ihren Arbeitgebern ganz wie zu Hause fühlen konnte.

»Puh, ist das kalt, und dann dieser Sturm. Okay, 'tschuldigung, ich weiß, ich bin zu spät. Ich war bei Sören.«

»Ach, bei Sören!«, sagte Fidelia grinsend.

»Ja, ich mag ihn sehr. Er ist immer entspannt. Ich habe ihn noch nie hektisch erlebt. Sehr beruhigend. Die beste Gesellschaft für einen Sonntag.«

»Ein lahmer Kerl. Er geht wie eine Schnecke und grüßt meistens nicht, weil er uns nicht erkennt. Dabei wohnt er jetzt seit mindestens drei Jahren zwei Häuser weiter. Das ist nicht entspannt, das ist ignorant«, stellte Toti fest.

»Du solltest ihn mal beim Rollenspiel erleben. Ein völlig anderer Mensch«, sagte Heike.

»Sören und Rollenspiel sind zwei Dinge, die ich weder einzeln noch zusammen erleben möchte«, sagte Toti lachend. »Versucht er sich immer noch als Künstler?«

»Ja, irgendwann hat er Erfolg. Du wirst schon sehen.«

»Und bis dahin jobbt er weiter als Krankenpfleger. Wenn's mal schnell gehen muss, möchte ich nicht von ihm behandelt werden.« Toti lachte und schüttelte den Kopf.

»Was ist ein Rollenspiel?«, fragte ich, da mir der Begriff nichts sagte.

»Ein weites Feld«, sagte Heike.

»Kinderkram für Erwachsene«, warf Toti ein. »Sie sitzen um einen Tisch und stellen sich vor, sie wären jemand anderes und spielen Rollen. Oder sie verkleiden sich wie Menschen im Mittelalter und spielen lustige Ritterspiele. In jedem Fall sind sie nicht ganz dicht.«

»Und welche Art Rollenspiel machst Du?«, fragte ich Heike, da ich mir noch immer nichts Rechtes darunter vorstellen konnte.

»Sowohl als auch. Also wir treffen uns und setzen uns an einen Tisch, entwickeln unsere Charaktere und führen sie dann durch eine Geschichte. Vereinfacht ausgedrückt. Aber ich mache auch gerne bei Live-Action-Rollenspielen, also zum Beispiel mittelalterlichen Rollenspielen mit und hab dann die entsprechenden Klamotten an. Es ist richtig, richtig cool. Manchmal sind die Rollen so real, dass man sie gar nicht mehr ablegen möchte, und man nimmt sie mit und schaut, wie ...«

»So, und jetzt: Greift zu!«, unterbrach Toti Heikes Ausführungen.

Beim Kaffee sprachen wir zunächst über die außergewöhnlich lange Kälteperiode. In Griechenland, so mutmaßte ich gegenüber Toti, müsse es doch wenigstens in diesem Punkt wesentlich angenehmer sein. Seine Entgegnung erstaunte mich. Da er niemals dort gelebt habe und wie viele Deutsche nur ab und zu seinen Urlaub in diesem Land verbringe, könne er dazu wenig sagen. Die Eltern seines Vaters waren bereits vor dem Krieg nach Deutschland gekommen, und er war – ebenso wie seine Eltern – hier geboren, was seinen fehlenden Dialekt erklärte. Seine Mutter stammte aus Rheinhausen am linken Niederrhein. Er sprach nur ein Paar Brocken griechisch und war deutscher Staatsbürger. Nur noch sein Name verbinde ihn mit seiner Herkunft – ebenso wie die Koschinskis, Grzemielewskis und Bargatzkys, deren Vorfahren einst aus Polen nach Deutschland gekommen waren. Im Gegensatz zu diesen bereits ›eingedeutschten‹ Namen werde sein griechischer Nachname von vielen Menschen hierzulande als ›ausländisch‹ wahrgenommen – ideale Voraussetzungen für die Eröffnung eines griechischen Lokals.

»Deshalb habe ich auch meinen zweiten Vornamen zum ersten gemacht. Eigentlich heiße ich Michael. Aristoteles hat man mich nach meinem Urgroßvater genannt. Von Zeit zu Zeit will ein Gast wissen, aus welchem Teil Griechenlands ich komme. Dann sage ich, meine Großeltern seien in Maliasteka in der Nähe von Athen geboren, was der Wahrheit entspricht. Und der Fragende ist dann zufrieden und kann seinen Freunden stolz erzählen, er habe einen typischen, ja, authentischen Griechen entdeckt.«

»Wo wir nun gerade beim Thema Essen sind«, unterbrach Fidelia die Geschichte ihres Mannes, »sollten wir doch endlich zum Rentnermittag kommen.«

Kurz überlegte ich als einziger Rentner am Tisch, ob es sich bei diesem merkwürdigen Begriff um eine Anspielung auf mich handelte, konnte mir aber nicht erklären, was damit gemeint war. Also wartete ich ab.

»Wie Du weißt«, fuhr Fidelia zu mir gewandt nach einer kurzen Pause fort, »haben wir zur Zeit an sechs Abenden in der Woche geöffnet. Außerdem geben wir Kochkurse und übernehmen für kleinere Feste das Catering. Damit sind wir eigentlich völlig ausgelastet – wenn nicht schon ein wenig überlastet. Allerdings werden wir von Gästen immer wieder darauf angesprochen, wie schön es doch wäre, wenn wir auch einen Mittagstisch anbieten würden. Eigentlich haben sie recht. Hier in Flingern gibt es sehr viele kleine Firmen und größere Landesbehörden, deren Angestellte mittags irgendwo etwas essen wollen und das nicht unbedingt in einer Kantine. Toti und ich haben uns das Angebot in der Umgebung in den letzten Wochen einmal angeschaut und sind zu dem Schluss gekommen, dass sich ein Mittagstisch für uns durchaus lohnen könnte.«

»Na, dann ist das doch eine gute Idee. Und wann wollt Ihr damit beginnen?«, fragte Heike.

»Wir hatten überlegt, im Februar oder März. Doch wie ich schon gesagt habe, sind wir eigentlich voll ausgelastet. Zwar ist ein Mittagstisch, so wie wir ihn uns vorstellen könnten, keine große Sache. Aber ohne Hilfe ist es unmöglich, so etwas auf die Beine zu stellen.«

»Und wie soll diese Hilfe aussehen?«, fragte Heike und bedachte mich mit einem unverschämten Grinsen. »Ich glaube, die Antwort kenne ich. Ich falle aufgrund meines Jobs als Kandidatin dafür aus. Aber der Rentner hätte die Zeit. Habt Ihr es deshalb Rentnermittag genannt?«

Nun beeilte sich Toti, dieses Missverständnis aufzuklären: »Nein, um Himmels Willen, nein, doch nicht deshalb! Es war nur eine Bemerkung von Fidelia, als ich sagte, dass wir dann täglich um zwölf Uhr starten müssten. Sie sagte daraufhin, dann seien die ersten Gäste immer Rentner, da diese bekanntlich sehr früh zu Mittag essen. So kam das mit dem Rentnermittag. Das hat nun wirklich nichts mit Dir zu tun, Hans. Gar nichts.«

»Gar nichts?«, warf Heike ein. »Das stimmt ja so auch nicht.«

»Nein, nur der Begriff«, stellte Fidelia klar, die sich langsam bewusst zu werden schien, dass sie das Thema falsch angegangen war. »Natürlich hat der Plan etwas mit Dir zu tun.« Jetzt sah sie mich direkt an und lächelte freundlich. »Wir haben uns überlegt, dass Du den Mittagstisch übernehmen könntest. Selbstverständlich nicht allein, sondern jeweils zusammen mit mir oder Toti. Aber verantwortlich wärst Du, weil Du jeden Mittag da bist. Für abends werden wir uns dann nach einer anderen Aushilfe umsehen. Aber für Dich wäre das doch eine interessante Aufgabe, also besser als das Dasein als Rentner, oder?! Was meinst Du?«

Zunächst einmal meinte ich gar nichts. Schließlich hatte ich gerade erst damit begonnen, mich an die neue Arbeit zu gewöhnen und hatte damit schon meine Schwierigkeiten. Der Gedanke, nun eine ungleich größere Verantwortung auf einem mir unbekannten Terrain zu übernehmen, war schlicht absurd. Was dachten sich diese Menschen bloß? Was glaubten sie, wer ich sei! Ein alter Mann, der unbedingt eine Beschäftigung brauchte? Sie machten sich über mich lustig. Ich wurde wütend und spürte im gleichen Augenblick einen deutlichen Schmerz im Rücken, der mich davon abhielt, sofort aufzustehen und zu gehen. Ich fühlte mich klein und gedemütigt.

»Du musst Dich nicht sofort entscheiden«, sagte Toti ruhig. »Denk einfach ein wenig darüber nach. Natürlich bringen wir Dir alles Nötige rund um das Kochen bei. Es ist nicht schwer, nur einfache Gerichte, die man in größeren Mengen vorbereiten kann. Es wird für Dich ein easy learning by doing. Und so ein bisschen Verantwortung für ein kleines Projekt dürfte für Dich kein Problem sein. Du hast ein großes Unternehmen geführt und ...« – Er brach mitten im Satz ab, als Fidelia ihre Hand auf seinen Unterarm legte.

»Ist gut, Toti. Hans weiß jetzt alles. Über Details können wir immer noch sprechen. Je nachdem, wie Du Dich entscheidest. Lass Dir ruhig Zeit! Und lehne es nicht gleich hier und jetzt ab!«

In diesem Moment legte sich ein Schalter in meinem Kopf um. Meine Sympathie für die beiden Gastgeber war verflogen, ich wusste nicht einmal warum, doch fragte ich mich das zum damaligen Zeitpunkt erst gar nicht. Indem sie darüber entschieden hatten, mich zu befördern, hatten sie sich das Recht herausgenommen, sich über mich zu erheben.

Ich, der in seinem Berufsleben Hunderte von Menschen geführt hatte, sollte diesen jämmerlichen Rentnermittag übernehmen. Wie dumm war ich gewesen, mich überhaupt mit diesen Leuten einzulassen? Es gab ihn gar nicht, diesen anderen Typen in mir, der sich mit dem neuen Leben arrangiert hatte. Da war nur ich. Und nun saß ich hier diesen Komödianten gegenüber, einem falschen Griechen und seiner Frau, die ihr Talent für einen miesen Job in seiner Küche geopfert hatte, und wurde vorgeführt. Sie besaßen die Frechheit, mir dieses unverschämte Angebot im Beisein einer Person zu machen, die das Ganze nichts anging und die die Geschichte des Rentnermittags mit Sicherheit bei nächster Gelegenheit vor wildfremden Leuten zum Besten geben würde. Es war unfassbar, wie wenig diese Menschen von Diskretion verstanden. In den letzten Wochen hatte ich mich nicht nur in mir selbst getäuscht, indem ich diese Karikatur eines Kellners geworden war. Auch hatte ich mir im Bezug auf diese Menschen und die Möglichkeit einer gleichberechtigten Beziehung zu ihnen etwas vorgemacht. Ihre Überlegenheit auf dem Gebiet der Gastronomie war nicht stark genug, um die Schwäche ihrer gesellschaftlichen Position wettzumachen. Ich war ihnen haushoch überlegen. Es war unmöglich, den tiefen Graben, der zwischen uns lag, zu überbrücken. Immer würden wir uns fremd bleiben, so sehr wir uns auch bemühten. Mir eine Führungsposition anzubieten, gar als Akt der Mildtätigkeit, war nicht zu entschuldigen. Es gab nichts mehr zu sagen.

»Also, ich an Deiner Stelle würde es machen«, sagte Heike.

Ich reagierte nicht auf ihren Einwurf. Wie konnte sie glauben, ihre Meinung sei für mich auch nur im geringsten relevant? Sie hatte in ihrem Leben nichts erreicht, musste sich noch etwas hinzuverdienen, um überhaupt über die Runden zu kommen, da sie in ihrem eigentlichen Beruf keinen Erfolg hatte. Zudem verbrachte sie ihre wahrscheinlich üppige Freizeit mit albernen Spielchen, die sie noch weiter von dem entfernten, was Realität war. Dieses Mädchen war nicht lebensfähig in unserer modernen Welt. Und sie stand damit wahrscheinlich für ihre ganze Generation. Kein Wunder, dass sie glaubte, der Rentnermittag sei ein gutes Angebot. In ihrem Denken mochte das sogar stimmen. Aber wer bei halbwegs klarem Verstand war, musste doch sehen, wie wenig geeignet dieses Angebot für mich war. Ich saß mit drei völlig verblendeten Menschen zusammen.

Es vergingen fünf oder vielleicht sogar zehn Minuten, in denen sich meine Gedanken auf einem sperrigen Karrenrad im Kreis drehten, das alles andere unter sich zermalmte. Ich erstarrte, konnte mich nicht regen, und dieses Bild schien die drei anderen so in seinen Bann zu ziehen, dass sie ebenfalls zu keiner Äußerung in der Lage waren. Wer weiß, vielleicht wäre ich, um die Situation zu beenden, irgendwann einfach gegangen oder ich hätte sie angeschrien, ihnen Vorwürfe gemacht, sie mit höchstmöglicher Verachtung gestraft oder sonst etwas Peinliches getan. Aber dazu kam es nicht mehr.

Das kreischende Krachen zerberstenden Glases durchbrach die Stille.

Etwas Schweres war durch das Dach des Wintergartens gefallen und mit einem dumpfen Aufprall zwischen den Pflanzen gelandet. Alle vier waren wir aufgesprungen und sahen zu dem rund zwei Meter langen, bräunlichen Paket hinüber, das sich schon aus ein paar Meter Entfernung als eine Art Mumie identifizieren ließ. Im ersten Augenblick schoss mir das Bild der verwesten Gesa in den Kopf. Doch im nächsten Moment wusste ich, dass sie es nicht sein konnte. Ich war wach, das hier war real. Vorsichtig näherten wir uns dem unwirklichen Meteoriten. Bei näherem Hinsehen bestätigte sich der erste Verdacht. Was da vom Himmel gefallen war, stellte sich als ein in schmuddelige Verbände gewickelter, menschlicher Körper heraus.

»Was ist das?«, fragte Fidelia entsetzt.

»Ein Mensch«, sagte Toti.

»Es war einmal ein Mensch«, flüsterte Heike kaum hörbar.

»Ruft die Polizei!«, sagte ich. »Und fasst nichts an. Ich glaube, ich weiß, wer das ist.«

»Was? Du kennst diese Mumie?« Fidelia schaute mich mit großen Augen an.

Ich bemerkte Heikes Nicken nur aus dem Augenwinkel, maß ihm aber keine weitere Bedeutung zu. Sie konnte den Blick, wie wir anderen auch, nicht von der Leiche abwenden. Diese war zwar fast vollständig verpackt, doch mit dem Sturz durch das Glas war der Verband an manchen Stellen aufgerissen. Mund- und Kinnpartie des Toten lagen frei, ebenso die Stirn über seinem rechten Auge, wo eine kurze, weiße Narbe zu sehen war. Ein kleines, graues Oberlippenbärtchen über einem durch seine schmalen Lippen kaum wahrnehmbarem Mund schaute heraus. Durch die Totenstarre war der charakteristische Überbiss noch deutlicher zu sehen. Unterlippe und Kinn waren stark eingefallen und hatten sich noch im Tod weiter zurückgezogen. Wäre er nicht als vermisst gemeldet gewesen, hätte ich die Ähnlichkeit vielleicht nicht auf den ersten Blick erkannt. So jedoch war ich mir sicher, meinen Nachbarn auf höchst skurrile Weise wiedergefunden zu haben.

Kriminalpolizei und Spurensicherung trafen innerhalb weniger Minuten ein. Kurz darauf kamen zusätzlich Beamte des Landes-, dann des Bundeskriminalamts hinzu. Sie alle waren seit Wochen mit dem Verschwinden des Bankiers beschäftigt gewesen und hatten intensiv ermittelt. Nun waren sie ebenso überrascht wie wir, die wir Zeugen des Himmelssturzes gewesen waren, Odin von Rehmsbrunn in dieser Form zu finden. Die Überraschung rührte vor allem daher, dass man bislang völlig im Dunkeln getappt war, was die

Umstände seines Verschwindens anging. Nachdem man zu Beginn nach guter Polizeimanier von innen nach außen ermittelt hatte, also vom direkten familiären und beruflichen Umfeld hin zu bis dato unbekannten Kontakten, hatte man bis zu diesem Tag vor einem großen, unlösbaren Rätsel gestanden.

Alle vier wurden wir nun intensiv zum Sturz des Bankiers befragt. Der Umstand, dass ich der Nachbar des Toten war, machte die Polizisten zunächst stutzig, aber nachdem wir miteinander gesprochen und sie erfahren hatten, wer ich war, waren sie bereit, an den dummen Zufall zu glauben, der es ja nun einmal gewesen war. Erstaunlich fanden sie es dann aber doch, dass auch Heike den Toten persönlich gekannt hatte, wenn auch nur ganz flüchtig. Sie hatte vor fast einem Jahr den Wettbewerb um das Corporate Design der Rehmsbrunn-Bank gewonnen und war dem Senior-Chef in diesem Zusammenhang das ein oder andere Mal begegnet. Das Misstrauen der Beamten flackerte wieder auf, fand aber keinen Grund, sich vollends zu entzünden, zumal wenigstens die beiden Hauseigentümer noch nie etwas mit dem Mann zu tun gehabt hatten und angaben, seinen Namen zum ersten Mal vor ein paar Wochen in der Zeitung gelesen zu haben. Man informierte uns darüber, dass wir am nächsten Tag alle noch einmal zur Vernehmung im Präsidium erscheinen sollten.

Im Wintergarten versuchten Kriminaltechniker unterdessen herauszufinden, von wo und aus welcher Höhe der Leichnam heruntergefallen war. Um die Mumie vor dem hineinwehenden Schnee zu schützen, hatte man ein Zeltdach darüber gespannt. Die untere Etage des Hauses glich einem von starken Scheinwerfern bis in den letzten Winkel ausgeleuchteten Schlachtfeld. Fidelia hatte inzwischen einen Dachdecker erreicht, der bereit war, sich den Schaden noch heute anzusehen und eine provisorische Lösung für die nächsten Tage zu finden. Wir hatten unsere Jacken und Mäntel angezogen, da es drinnen nun empfindlich kalt geworden war. Es wurde mir immer unangenehmer, dem Opfer eines Gewaltverbrechens so nahe zu sein. Während wir dort standen und die Polizei bei ihrer Arbeit beobachteten, spürte ich, wie die Säure aus meinem Magen langsam bis zum Kehlkopf aufstieg. Ich musste mehrmals heftig schlucken, um den unangenehmen Geschmack herunterzubringen. So fühlte sich das also an, einen durch die Hand eines Mörders gestorbenen Menschen zu sehen. Wie grauenvoll musste es dann erst sein, ihn selbst zu töten, und wie abstoßend war es, einen Mörder dafür zu bezahlen, diese Arbeit für einen selbst zu erledigen. Ich musste weg.

Da ich nicht mehr gebraucht wurde und die Polizei meine Personalien aufgenommen hatte, verabschiedete ich mich rasch von meinen Gastgebern. Auch Heike machte sich auf den Weg. Gemeinsam verließen wir das Haus. Zunächst sah es so aus, als wolle sie zu einem der Nachbargebäude gehen. Dann besann sie sich aber beim Blick auf die Polizeibeamten in der Straße, zog den Schal eng um ihren Kopf und setzte ihren Heimweg fort.

Als ich die Villa erreichte, standen bereits zwei Streifenwagen vor dem Haus der Nachbarn. Erika fing mich an der Tür ab. Sie musste direkt dahinter gestanden haben.

»Da sind Sie ja, Herr Sielka. Nebenan tut sich was! Bestimmt haben sie Herrn von Rehmsbrunn gefunden. Die Polizei ist vor einer Viertelstunde gekommen und seither sind sie im Haus. An einem Sonntag. Das kann doch nur heißen, dass ...«

»... er tot ist. So ist es wohl. Und jetzt muss ich mich ein wenig ausruhen. Ich möchte nicht gestört werden«, sagte ich und schloss die Wohnzimmertür hinter mir. Unterwegs hatte ich mich wieder gefangen und mich bald sogar darauf gefreut, nach Hause zu kommen. Schließlich hatte ich einen Grund gefunden, wieder mit Margarete zu sprechen.

Sofort griff ich zum Telefon und wählte ihre Nummer. Nach dem ersten Klingeln nahm jemand ab. Ich hatte den Namen der Gesprächspartnerin nicht verstanden, rechnete aber damit, dass es entweder Margaretes Tochter war oder irgendeine Bekannte, die gerade zu Besuch war. Ich nannte meinen Namen und bat sie, mit Margarete sprechen zu dürfen. Nach wenigen Augenblicken war sie selbst am Apparat.

»Steinfeld«, meldete sie sich förmlich.

»Sielka, guten Abend.« Ich meinte, ein leichtes Seufzen zu hören und sprach sofort weiter: »Entschuldigen Sie die Störung, aber ich hatte versprochen, Sie im Fall Rehmsbrunn auf dem Laufenden zu halten, und ich denke, die heutige Entwicklung dürfte Sie interessieren.«

»Entwicklung? Was ist denn passiert? Ist er wieder da?«, fragte sie gespannt.

Ich nahm einen tiefen Atemzug, bevor ich ihr die Ereignisse des Nachmittags bis ins kleinste Detail erzählte. Es bereitete mir große Freude, denn während meines Berichts bemerkte ich ihr wachsendes Interesse. Sie hörte aufmerksam zu, ließ zwischendurch lediglich Laute des Erstaunens oder Zweifelns vernehmen. Wenn ich stockte, fragte sie aufgeregt »Und dann?«. Mein Bericht endete mit den Polizeiwagen vor dem Haus des Nachbarn, ich schaute kurz aus dem Fenster und konnte live berichten, wie zwei Beamte in Zivil und Roberta von Rehmsbrunn soeben das Haus verließen. Sie stiegen in einen der beiden Streifenwagen und fuhren davon. Kurz darauf verließ ein uniformierter Polizist das Haus. Ich erkannte in ihm den Beamten wieder, der bereits zu Anfang der Ermittlungen bei mir gewesen war. Er fuhr ebenfalls weg. Auch das erzählte ich Margarete.

»Und er ist wirklich als Mumie durchs Dach gefallen?«, fragte sie am Schluss. »Das ist doch unglaublich. Wie bei den alten Ägyptern! Ich sag's doch: Er hätte die Farbe nicht entfernen lassen sollen. Gott hat ihn geholt.« Sie machte eine kurze Pause und fragte dann: »Aber warum hat er ihn wieder zurückgeworfen?«

»Sie machen sich darüber lustig. Hätten Sie erlebt, wie er durchs Dach geschossen kam, könnten Sie nun nicht darüber lachen. Es war grauenvoll.«

»Natürlich, Sie haben recht. Es war nur gerade so passend. Woher kam er denn jetzt eigentlich geflogen?« Nur mühsam konnte sie das Lachen unterdrücken. Ein Glucksen war zu hören.

»Das versucht die Polizei noch herauszufinden. Am wahrscheinlichsten ist es, dass er aus einem der beiden Nachbarhäuser gestürzt wurde. Den Sturz aus einem Flugzeug schließen sie aus, da der Leichnam in diesem Fall größere Schäden aufweisen würde. Das hat einer der Kriminaltechniker gesagt. Und vorher war auch kein Flugzeug oder Hubschrauber zu hören. Es war ganz und gar still.«

»Nun ja, Sie werden sich doch zumindest unterhalten haben, da hört man doch nicht auf jedes Geräusch von draußen.«

»Nein, genau in diesem Moment haben wir nicht gesprochen. Keiner hat etwas gesagt.«

»Wieso waren Sie eigentlich zum Kaffee bei den Akutas. Gab's etwas Besonderes?«

»Nein, es war die Weihnachtsfeier, die aus Zeitgründen im Dezember nicht hatte stattfinden können. Es gab sogar Weihnachtsplätzchen. Die beiden haben ein außergewöhnliches Haus. Der Wintergarten ist ein Traum.«

»Seit heute wohl eher ein Albtraum. Was machen sie jetzt bloß? Vielleicht sollte ich ihnen anbieten, zu mir ins Haus zu kommen, bis alles geregelt ist. Die Dachgeschosswohnung ist gerade frei.«

»Ich hatte ihnen schon einen Raum in der Villa angeboten«, log ich, denn nun erkannte ich, dass ich das hätte tun sollen. Schließlich hatte ich genug Platz. Die Polizei hatte ihnen vorgeschlagen, für ein paar Tage ins Hotel zu ziehen, aber sie wollten ihr Haus unter keinen Umständen verlassen. »Sie haben abgelehnt. Noch heute Abend kommt ein Dachdecker vorbei, der die ganze Sache notdürftig flicken will, wie auch immer er sich das vorstellt.«

»Das kaputte Glasdach dieses Wintergartens ist wie eine offene Wunde. Da ist es nicht mit ein bisschen Speerholz getan. Man braucht doch ein Gerüst oder eine Hebebühne, um überhaupt ans Dach zu kommen. Als sie das Ganze gebaut haben, hatten sie einen Kranwagen vor dem Haus«, sagte Margarete. »Ach, wo ich Sie jetzt gerade dran habe: Stimmt es, dass das Zantes einen Mittagstisch einführen will? Es gibt da so ein Gerücht, aber davon gibt es in der Straße immer recht viele, und die meisten sind falsch.«

»Wieso interessiert Sie das?«

»Ich bin die Vermieterin. Ich will alles wissen, wenn es mein

Haus betrifft«, sagte sie und lachte laut. »Aber nein, eigentlich will ich es nur wissen, weil ich ihnen damit seit Jahren in den Ohren liege. Ein preiswerter Mittagstisch, und ich muss nicht mehr kochen. Herrlich. Jeden Mittag im eigenen Haus essen gehen. Sie können das natürlich nicht nachvollziehen. Für Sie wird wahrscheinlich gekocht, seitdem Sie auf der Welt sind.«

»So ungefähr.«

»Haben Sie je für andere gekocht?«

»Gilt Kaffee auch?«, fragte ich.

»Ich wusste es! Sie haben wirklich nichts Überraschendes. – Aber egal. Also, was ist dran an dem Gerücht?«, wollte sie wissen.

In diesem Moment kehrte die Entscheidungssituation vom Nachmittag zurück. Und so sicher, wie ich vor ein paar Stunden noch gewesen war, es nicht zu tun, so sicher war ich nun, dass dies genau die richtige Aufgabe für mich war.

»Tut mir leid. Aber ich glaube nicht, dass ich darüber sprechen darf. Das wäre gegenüber meinem Arbeitgeber nicht richtig. Das verstehen Sie doch.«

»Also ist es wahr!«

»Das habe ich nicht gesagt.«

»Sonst hätten Sie widersprochen oder einfach gesagt, dass Sie nichts wissen. Der Verweis auf Ihren Arbeitgeber reicht mir völlig. Danke. Ich wünsche Ihnen noch einen schönen Abend.«

»Bitte und Danke. Bis bald«, sagte ich und legte auf.

Kapitel 6

in dem unser Held eine sehr gute Bolognese kocht, sich von der seltsamen Witwe seines Nachbarn beschimpfen lässt und neue Hoffnung schöpft.

Ein gutes Essen ist ein Kunstwerk, dessen Rezeption in seiner Zerstörung besteht. Wie bei einem Gemälde, einer Sinfonie, einem Theaterstück oder Roman entscheidet auch bei einem Essen die Komposition über die Wirkung. Nur ein echter Künstler ist in der Lage, das Werk so zu gestalten, dass sein Publikum es mit Genuss ansehen, hören, lesen oder verschlingen möchte. Wie in allen Künsten, gibt es natürlich auch bei der Kochkunst unterschiedliche Klassen: Vom großen Meister erschaffene Werke, die höchste Preise erzielen, stehen neben einfacher Hausmanns- oder einem schnell fabrizierten Stück Imbisskost. Wie der bildende Künstler seinen Verwandten im Gebrauchsgrafiker findet, so hat die Sterneköchin ihren kleinen Bruder im Kantinenwirt. Beide können es in ihrem Fach weit bringen, wenn sie ihr Publikum mit ihrer Arbeit zu begeistern wissen.

Angesichts meines Alters und der fehlenden Erfahrung war ich allenfalls noch in der Lage, Kunsthandwerk herzustellen. Der Mittagstisch verlangte nicht mehr. Ziel war es, jeden Mittag möglichst viele Gäste möglichst schnell satt zu bekommen, zum einen, weil die Gäste wenig Zeit hatten, zum anderen, weil sich das Geschäft nur bei entsprechend hoher Auslastung lohnte. Der einfachste Weg zu diesem Ziel war das Angebot von zwei unterschiedlichen Gerichten, einem vegetarischen und einem mit Fleisch oder Fisch, die sich in großer Menge zubereiten ließen. Der Preis pro Gericht lag bei sieben Euro. Zum Essen sollte es Leitungswasser umsonst dazu geben, damit die Getränkebestellung nicht zusätzliche zeitliche Kapazitäten kosten würde. Selbstverständlich stand es den Gästen frei, ein Glas Wein oder Bier zu den üblichen Restaurantpreisen zu bestellen.

Im Januar und Februar verbrachte ich einen großen Teil meiner Zeit damit, etwas über das Kochen zu lernen. Noch mehr als zuvor löcherte ich Erika mit Fragen zu den Gerichten, die sie mir vorsetzte, aber auch zu solchen, die sie früher für mich gekocht hatte. Eine Woche lang antwortete sie geduldig. Dann erklärte sie mir, ihr Wissen künftig nur noch preiszugeben, wenn ich bereit sei, ihr zu sagen, was hinter meinem plötzlichen Interesse stecke. Also weihte ich sie ein. Sie hielt mich für übergeschnappt. Da ich mich aber nun einmal zu solcher Torheit entschlossen habe, wolle sie alles daran setzen, mich zu einem halbwegs ordentlichen Kantinenkoch zu machen. Ich musste kaum noch Fragen stellen. Sie redete. Wie immer mehr als ich ertragen konnte, doch hörte ich zu. Ich durfte ihr beim Kochen zuschauen. Mich selbst in ›ihrer‹ Küche kochen zu lassen, hätte sie nicht ertragen können.

Toti und Fidelia hielten das Lokal eine Woche länger geschlossen als geplant, um die Reparatur des Wintergartens so schnell wie möglich hinter sich zu bringen. Während die Handwerker in ihrem Haus arbeiteten, entwickelten die beiden einen Plan von zunächst 60 Gerichten, die für den Mittagstisch in Frage kamen. Dabei achteten sie nicht auf die nationale Herkunft. Griechische Aufläufe wie Moussaka oder Pastizio fanden sich ebenso darunter wie Sauerbraten mit Spätzle oder Pasta mit Ingwer-Kürbis-Sauce. Für jedes dieser Gerichte kopierte Fidelia die Rezepte aus Kochbüchern oder schrieb sie aus dem Gedächtnis auf. Die Mengen der Zutaten waren in der Regel jeweils auf vier Personen ausgelegt, mussten also für den Mittagstisch entsprechend hochgerechnet werden. Als sie alles zusammengestellt hatten, machten sie eine Kopie für mich, um mir schon einmal einen ersten Einblick zu geben. Kochen lernen sollte ich erst ab dem ersten März – dem Start des Mittagstischs im Zantes.

Den ganzen Februar über war ich von donnerstags bis samstags abends weiter als Kellner im Einsatz. Für die Zeit danach hatten sie eine junge Studentin gefunden, die den Job übernehmen würde und die laut Toti ebenso wie Fidelia eine griechische Aura habe. Die Großeltern der Studentin stammten aus der Türkei. Doch weder dieser Umstand noch der, dass sie Deutsche war, hielt sie davon ab, im Lokal als Griechin aufzutreten. Solange sie nicht griechisch sprechen müsse, mache es ihr Spaß, hatte sie bei der Einstellung gesagt.

Der Tod des Bankiers Odin von Rehmsbrunn war Stadtgespräch. Um die Umstände seines Ablebens rankten sich schnell Legenden. Von Ritualmord war die Rede. Von der Mitgliedschaft in einer Sekte. Von einer linksradikalen Organisation, die Banker für die Finanzkrise zur Verantwortung zog. Von Rechtsradikalen, die den nationalen Sozialismus gegen die entarteten Diener des internationalen Kapitals verteidigen wollten. Der Ehrenpräsident eines großen Karnevalsvereins warnte vor der Verrohung der Gesellschaft und mahnte die Einhaltung konservativer Werte an. Der Vorsitzende des Vereins bemerkte darauf spitzfindig, Werte seien per se konservativ und eine Debatte darüber überfällig. Der eben diesen Werten verpflichtete Oberbürgermeister, der um den guten Ruf seiner Stadt fürchtete, rief zu Ruhe und Besonnenheit auf, verwies auf die laufenden Ermittlungen, die sicherlich bald zur Aufklärung führen würden, riet aber vor allem wohlhabenden Bürgern zu mehr Wachsamkeit.

Die Ermittlungen der Polizei traten auf der Stelle. Nach zwei Wochen gestand man ein, nicht recht voranzukommen. Man bat die Bevölkerung um Mithilfe. Die Presse, die sich bis dahin ebenso ernsthaft wie sensationsgierig auf den Fall gestürzt hatte, ließ zunehmend spöttische Töne vernehmen, was mit den näheren Umständen zusammenhing. Odin von Rehmsbrunn war mutmaßlich von der obersten Ebene der Feuerleiter des Nachbarhauses hinuntergeworfen worden. Dort hatte man Spuren des Verbandsmaterials gefunden, mit dem der Leichnam umwickelt war. Wie er an diesen Ort gekommen war, wusste man bislang nicht. Alle Bewohner des Hauses waren befragt und genauestens unter die Lupe genommen worden. Bei keinem fand sich eine Verbindung zu Rehmsbrunn oder gar ein Motiv für ein Tötungsdelikt. Ja, es lag vielleicht nicht einmal ein solches vor. Denn in der Gerichtsmedizin hatte man nach dem Auftauen des Leichnams bald festgestellt, dass der Bankier eines natürlichen Herztodes gestorben war.

Nach seinem Dahinscheiden hatte ihn jemand einbalsamieren und mumifizieren wollen. Warum war völlig unklar, die Art der Balsamierung war dilettantisch. Man hatte ihn von Kopf bis Fuß mit Honig der Discounter-Marke »Blütenzauber« mellifiziert – wie das Balsamieren mit Honig genannt wird. Die Polizei präsentierte den Markennamen als einen ihrer wenigen, großen Triumphe. Sie hatten sogar den Discountmarkt ausfindig gemacht, in dem der Honig mutmaßlich verkauft worden war, da dieses Geschäft im Dezember einen ungewöhnlichen Absatz der Sorte verzeichnet hatte. Jedoch waren alle Videos, die Angestellte und Käufer zu jenem Zeitpunkt überwacht hatten, längst gelöscht worden.

Was aber steckte hinter dem Einbalsamieren mit Honig? Wenn es sein Ziel gewesen wäre, die Leiche damit haltbarer zu machen, gleich einem Pharao, der so quasi unversehrt gen Himmel fährt, hätte der Täter vorher Gehirn und innere Organe entfernen müssen. Pharaonen waren übrigens nicht mit Honig mumifiziert worden. Diese klebrige Technik wurde angeblich in der traditionellen chinesischen Medizin angewandt, bei der mellifizierte Leichname im 16. Jahrhundert als Medikament eingesetzt worden waren, behauptete ein lokales Anzeigenblatt. Das sei billiges Wikipedia-Wissen, konterte darauf angesprochen die Polizei, man arbeite selbst mit seriösen Ethnologen zusammen – die nach intensiver Recherche auch nicht weiterhelfen konnten.

Das Thema spielte in der kleinen Küche des Zantes irgendwann keine Rolle mehr. Lediglich wenn Toti eine Marinade mit Honig ansetzte, fielen entsprechende Bemerkungen, bei denen sich Heike, die sonst um keinen Spruch verlegen war, seltsamerweise zurückhaltend zeigte.

Ende Februar fand ich mich zum routinemäßigen Quartalscheck bei Professor Hoffmann ein. Meine Krankheit hatte mich in der letzten Zeit immer weniger beschäftigt, und die Ergebnisse der Untersuchung gaben keinen Anlass zur Besorgnis. Hoffmann meinte dennoch, eine Rebiopsie sei beim nächsten Mal sinnvoll, nur um sicher zu gehen. Gegen eine regelmäßige Beschäftigung beim Mittagstisch hatte er nichts einzuwenden. Im Gegenteil, er hielt es sogar für eine gute Idee, um mich auf andere Gedanken zu bringen. Allerdings solle ich darüber meine Spaziergänge und das Rückentraining nicht vernachlässigen.

Ab März hatte ich wieder feste Arbeitszeiten. Von Montag bis Freitag stand ich zwischen zehn und 15 Uhr in der Küche des Zantes. Bei der Zubereitung der Speisen übernahm ich zunächst nur Handlangerdienste. Ich lernte, das Gemüse in der richtigen Größe zu schneiden, wie Fleisch anzubraten war, welche Zutaten in eine Béchamel-Sauce gehörten und wie man ein richtiges Curry herstellt, das als Grundlage für viele unserer Speisen diente. Nach und nach bekam ich ein Gefühl fürs Kochen und konnte darauf verzichten, alles immer wieder nachzulesen.

Mitte April war ich nach Auffassung meines Chefs soweit, mein erstes aufwendigeres Gericht ganz alleine zuzubereiten. Bis dahin hatte ich zwar schon einfache Speisen wie Gnocchi mit Salbeibutter selbst gekocht, doch die Zubereitung eines Currys oder Linseneintopfs hatte ich mir noch nicht zugetraut. Schließlich weigerte sich Toti eines Morgens, die Bolognese für die Pasta zu kochen und wollte mir lediglich zuarbeiten. Jeder, so meinte er, der in der Lage sei zu lesen, könne das Gericht nach dem Rezept für 40 Portionen zubereiten. Zwar war ich ein wenig zu zögerlich beim Anheizen des großen Bräters für das Gehackte, verwendete zunächst zu wenig Salz und ließ Möhren und Sellerie so lange neben dem Topf stehen, bis der Chef mich darauf hinwies, doch am Ende kam ein schmackhaftes Gericht heraus. Die Gäste lobten sogar die noch knackigen Gemüsestückchen, die sie so bislang bei einer Bolognese nicht gekannt hatten. Mein erstes Werk war vollendet und wohlwollend rezipiert worden. Danach wurde ich beim Kochen immer sicherer.

Ob ich mit Toti oder Fidelia zusammenarbeitete, machte für mich keinen Unterschied. Beide gaben mir die Zeit, mich einzuarbeiten und zu lernen. Sie waren überzeugt davon, dass ich in ein paar Monaten in der Lage war, ohne sie zu kochen und gemeinsam mit einer Servicekraft den Mittagstisch komplett zu übernehmen. Aus ihrer Sicht war es wahrscheinlich mehr Hoffnung als Überzeugung. Denn wer von beiden auch immer mittags mitarbeitete, sah sich der mehrfachen Belastung durch den abendlichen Betrieb und häufig eines zusätzlichen Caterings ausgesetzt. Wir bereiteten das Essen morgens vor, manchmal kochten wir auch schon am Vortag, wenn beim laufenden Betrieb die Zeit dazu blieb. Aufläufe oder Eintöpfe lagerten wir dann für den nächsten Tag im Kühlschrank des Vorratsraums im Hof.

Vom ersten Tag an zählte Margarete zu unseren Stammkunden. Oft kam sie mit einer Bekannten, die scheinbar ebenfalls in dem Haus wohnte, denn auch sie nutzte den Seiteneingang vom Flur aus. Sie war ungefähr in Margaretes Alter, eine spröde Schönheit mit kurzen, grauen Haaren. Ich wechselte nicht viele Worte mit Margarete, da ich mit Kochen und Servieren beschäftigt war. Auch Heike kam ab und zu und brachte dann ihren Freund Sören mit, ein schlacksiger Typ, Mitte oder Ende 20, mit weißer, fast durchsichtiger Haut. Ich glaube, er grüßte nicht ein einziges Mal und überließ das Sprechen bei der Essensbestellung fast immer Heike. Seine Mahlzeit nahm er derartig langsam ein, dass sie am Ende kalt sein musste.

Es dauerte eine ganze Weile, ehe sich das neue Angebot im Viertel herumgesprochen hatte. Doch bereits Ende April waren wir an manchen Tagen mittags nahezu ausgelastet. Das Geschäft lohnte sich. Schnell hatten wir einen festen Kundenstamm. Einige Mitarbeiter einer Landesbehörde in der Nähe freuten sich über die Abwechslung zum Kantinenessen ebenso wie Mitarbeiter von Anwaltskanzleien oder Unternehmensberatungen. Auch mehrere kleine Werbeagenturen waren in Flingern ansässig, und ihre Angestellten hatten scheinbar nur auf das günstige und gute Essen gewartet. Vier Werberinnen waren fast jeden Mittag pünktlich um kurz nach zwölf im Lokal. Wir nannten sie die Rentnertruppe, weil sie fast immer die ersten waren, offenbar getrieben von der ältesten unter ihnen. Je öfter all diese Menschen zu uns kamen, umso vertrauter wurde mein Umgang mit ihnen. Ich lernte Leute kennen, denen ich in meinem früheren Leben nie begegnet war. Sie lobten mich für das gute Essen. Manchmal gab es Kritik. Noch nie hatte ich eine so unmittelbare Rückmeldung für das erhalten, was ich selbst produzierte.

Ab Mai war ich auch für den Einkauf verantwortlich. Gemeinsam mit meinem Angestellten Werner fuhr ich jeweils samstags zum Großhandel und besorgte alle Zutaten für die kommende Woche, die ich nicht frisch am Tag vor der Zubereitung kaufen musste. Diese Erledigungen überließ ich Erika. Sie hatte ihre Hilfe angeboten, und ich bezahlte sie ohnehin. Alles wurde nach und nach Routine.

Eines Morgens Mitte Mai, als ich gerade zu meiner Arbeit aufbrechen wollte, klingelte es an der Tür. Da ich im Flur stand, öffnete ich selbst. Ein Blitzlicht stach mir in die Augen und machte mich für einen Augenblick blind. Ich versuchte, die Türe wieder zu schließen, was mir nicht gelang, da jemand seinen Fuß auf die Schwelle gesetzt hatte. Draußen hörte ich Stimmen. Irgendwer forderte lautstark, die Presse möge sich auf den Bürgersteig zurückziehen. Erika und Werner kamen aus der Küche gestürmt. Die Haustür wurde wieder aufgestoßen. In der vorderen Reihe stand ein Mann im dunklen Anzug, neben ihm ein Polizist, der offensichtlich seinen Fuß in die Tür gestellt hatte. Hinter den beiden sah ich ein Dutzend weiterer Polizisten, zum Teil in Uniform, zum Teil in Zivil.

»Staatsanwaltschaft Düsseldorf. Brekermann, Oberstaatsanwalt. Herr Hans Sielka?«

Kurz sah ich den Mann vor mir an und schaute dann an ihm vorbei. Auf dem Bürgersteig waren zwei oder drei Kameraleute und mehrere Fotografen zu sehen.

»Ja, bitte?«, fragte ich. Mein Herz pumpte schnell. Ich hatte augenblicklich das Bild meiner Frau vor Augen. Sie hatten sie gefunden. Der Spuk war zu Ende. Ich unterdrückte den Impuls, ihm meine beiden Hände zum Anlegen der Handschellen hinzuhalten.

»Steuerfahndung. Wir haben einen Durchsuchungsbeschluss. Es wäre gut, wenn Sie uns ganz in Ruhe unsere Arbeit machen ließen. Dann sind wir auch gleich wieder weg.«

Ich bat sie herein, indem ich einfach zur Seite trat und den Weg freimachte.

Die scheinbar endlose Reihe Beamter ging ins Haus und verteilte sich nach einer einstudierten Choreographie in den Räumlichkeiten. Erst in diesem Moment wurde mir klar, was sie eigentlich wollten. Diese verdammte Steuer-CD aus der Schweiz! Vor einigen Monaten hatte mich mein Bankberater zur Selbstanzeige aufgefordert. Ich hatte abwarten wollen, war es doch nicht sicher, dass ausgerechnet meine Daten mit auf dem Datenträger waren. Im Gegenteil: Ich war überzeugt, nicht erwischt zu werden. Intuition, hatte ich dem verdutzten Berater auf seinen Einwand geantwortet, auf meine Intuition könne ich mich immer verlassen.

Und jetzt waren sie hier. Eine Ironie des Schicksals. Meine Frau hatte mir kurz vor ihrem Tod damit gedroht, meine Steuergeschichten auffliegen zu lassen. Sie hatte damit bei mir die Zahlung des Lösegelds an ihre Entführer erreichen wollen. Bevor sie reden konnte, wurde sie zum Schweigen gebracht. Ich begann zu schwitzen.

Mein Anwalt musste sofort herkommen, ich bat Erika, ihn zu verständigen. Schon nach wenigen Minuten trugen die Fahnder die ersten Akten aus dem Haus. Einer von ihnen hielt mir meinen Laptop unter die Nase und fragte mich, ob dies der einzige Computer im Haushalt sei. Meine Antwort wurde mir später in der Vernehmung als Versuch der Vertuschung vorgehalten, hatte ich doch den Computer in der Einliegerwohnung des Haushälterehepaars unerwähnt gelassen. Auch diesen nahmen die Beamten mit.

Kurz bevor sie fertig waren, traf Dr. Schwingert ein, der Partner einer der größten Wirtschaftskanzleien des Landes. Er begleitete mich zur Vernehmung durch die Staatsanwaltschaft und sorgte in den nächsten Stunden dafür, dass ich nichts sagte. Als ich gemeinsam mit ihm und dem Staatsanwalt vor das Haus trat, klickten die Kameras. Reporter warfen mir Fragen zu, ein Beamter schob mich sicher in den nächsten Wagen, während der Oberstaatsanwalt die Gelegenheit nutzte und mit ernstem Blick in die Kameras »Kein Kommentar« sagte.

»Ist es üblich, die Presse zu solchen Terminen einzuladen?«, fragte ich den Beamten neben mir. Er zuckte die Achseln, äußerte sich aber sonst nicht weiter. Wir fuhren los.

Erst gegen 20 Uhr kam ich wieder nach Hause. Man meinte, dass keine Fluchtgefahr bestehe. Auch meine zwar eingeschlafenen, aber guten Beziehungen zu den oberen Etagen der Behörden dürften einen Beitrag dazu geleistet haben. Ich bezahlte den Taxifahrer und blieb auf der Suche nach meinem Hausschlüssel auf dem Bürgersteig stehen. Ausgerechnet in diesem Moment fuhr der Wagen in die Einfahrt des Nachbarn. Am Steuer saß nicht wie gewohnt der Chauffeur, sondern Roberta von Rehmsbrunn. Bevor ich mich zu meiner Haustüre flüchten konnte, hatte sie mich schon entdeckt. Sie winkte und rannte beinahe auf mich zu, als freue sie sich wie irrsinnig, mich wieder zu treffen.

»Herr Sielka, guten Abend! Was war denn heute früh hier los?«, fragte sie außer Atem.

»Ach, nichts. Nur ein paar ungeklärte Dinge beim Finanzamt.«

Ich bemühte mich, gelassen zu klingen, machte eine wegwerfende Geste mit der Hand, die soeben den Schlüssel in der Hosentasche gefunden hatte, und ließ diesen vor ihre Füße fliegen. Roberta von Rehmsbrunn reagierte schnell: Sie hob ihn auf und legte ihn in meine Hand, nicht ohne diese ungeschickt mit ihren Fingern zu berühren, gerade so, als sei es Zufall, ungeschickt genug, um zu zeigen, dass es Absicht war. Eine traurige Figur, diese Frau. Hatte ihren Mann durch irgendeinen Irren verloren, pflegte möglicherweise ein Verhältnis mit ihrem für sie viel zu jungen Chauffeur und war nun ganz auf sich gestellt. Sie schaute mich voller Güte an – dachte ich.

»Oh, das heißt wohl, Sie haben Steuern hinterzogen und man hat sie erwischt. Ein Hobby reicher Leute, ich weiß, wovon ich rede.«

»Also Hobby ...«

»Doch, doch, es ist für Euch eine Art Versteckspiel oder besser Räuber und Gendarm für in die Jahre gekommene Jungen. Darauf pochen, dass man immer noch selbst entscheidet, was mit den sauer verdienten Milliönchen passiert und sich vom Staat nicht reinquatschen lassen. Und zu glauben, dass man damit durchkommt, das ist an Dummheit nicht zu überbieten.«

Sie hatte wohl kaum das Recht, so mit mir zu reden. Wieder überschritt sie die Grenzen des Anstands. Und das Schlimme war, ich hatte ihr in der Sache nichts entgegenzusetzen. Es gab keine Rechtfertigung und wenn es sie gegeben hätte, dann wäre sie die letzte gewesen, vor der ich sie hätte abgeben müssen.

Da stand dieses Weib vor mir und erhob ihre rauchige Stimme gegen mich, und mir fiel nichts dazu ein. Im Gegenteil, ich hätte ihr sogar in manchem gerne zugestimmt. Ich hatte das Bedürfnis, ihr recht zu geben, doch niemals würde ich mich mit einer Roberta von Rehmsbrunn gemein machen, mit dieser unverschämten Person, die wahrscheinlich nichts anderes mehr tat als den lieben langen Tag zu saufen.

»Das ist degoutant«, sagte ich schließlich.

»Oh, Sie greifen zu Fremdworten. Warum? Um sich noch ein wenig zu erheben über die dumme Kuh? Über mich, die Ihnen die Meinung sagt, die Ihren Vorstellungen einer einfach nur freundlichen Nachbarin nicht entspricht. Von meiner Rolle als Frau ganz zu schweigen. Wahrscheinlich kennen Sie nur solche, die Ihnen immer zustimmen, hübsches Beiwerk, gerne ein paar Jahre jünger und mit Sicherheit ansehnlicher als ich, wie?!«

»Ich denke nicht, dass es Ihnen zusteht ...«

»Schon gut, schon gut, Herr Sielka. Ich habe es falsch angefangen.«

Jetzt schüttelte sie den Kopf und sah sich um, als suche sie etwas. Ich folgte ihren Blicken, konnte aber nichts entdecken. Sie hob die Arme und ließ sie gleich wieder sinken.

»Ich fange so etwas immer ganz falsch an. Und dann rede ich einfach los, sage, was mir in den Sinn kommt, was ich wirklich denke. Bitte entschuldigen Sie und vergessen Sie das Ganze. Die Sache hier ist nicht einfach für mich. In meinem Alter weiß ich, ehrlich gesagt, gar nicht mehr, wie das geht.«

Sie versuchte so etwas wie eine kokette Haltung, den Kopf leicht schief, ein Mundwinkel nach oben gezogen, um den sich eine tiefe Furche wie ein Halbmond bildete. Ich wollte unter keinen Umständen wissen, was sie mit diesem Gerede meinte, murmelte ein »Schon gut« und flüchtete ins Haus. Hoffentlich würde ich ihr nicht so schnell wieder begegnen müssen. Sie machte mir beinahe Angst.

In dem ganzen Chaos hatte ich den Mittagstisch völlig vergessen. Als Fidelia sich um elf Uhr vormittags nach meinem Verbleib erkundigt hatte, hatte Erika sie informiert. Toti musste einspringen. Wären die beiden abends nicht im Lokal eingespannt gewesen, hätte ich sie noch angerufen, um mein Fehlen zu entschuldigen. So musste ich dies auf den nächsten Tag verschieben.

Am darauffolgenden Morgen traf ich nur Toti an, dessen tiefe Augenringe davon zeugten, dass er nach der Doppelschicht gestern und einem zusätzlichen Catering am Nachmittag heute besser zu Hause geblieben wäre. Nachdem ich ihm von meinem Ärger mit dem Finanzamt berichtet hatte, schüttelte er nur müde den Kopf. Das war sein einziger Kommentar. Margarete, die mittags zum Essen kam, war in dieser Hinsicht gesprächiger.

»Sie waren gestern verhindert?«, fragte sie lächelnd. Sie sprach leise über die Theke hinweg. »Aber abends habe ich Sie dann doch noch gesehen. Im Fernsehen.«

»Sie waren nicht die Einzige«, sagte ich und wischte mir die Hände an der Schürze ab. »Wir wollen hoffen, dass die anderen Gäste den Mittagskellner hier nicht mit dem Menschen identifizieren, der gestern Besuch von der Staatsanwaltschaft hatte.«

»Steuerhinterziehung!«, flüsterte sie und lachte heiser. »Ich sag's ja, Sie überraschen mich nicht. Sie erfüllen das Klischee von vorne bis hinten. Dieser kleine Ausflug in die Welt der Gastronomie ist so etwas wie die Ausnahme, die die Regel bestätigt. Wenn die Presse davon Wind bekäme, hätte ich hier keine ruhige Mittagspause mehr. Ich sehe schon die Schlagzeilen: Steuerhinterzieher arbeitet als Koch. Vom Millionär zu Hartz IV. Und so weiter. Auch ich hoffe sehr, dass keiner dahinterkommt.«

In diesem Moment öffnete sich die Tür und Reginald Hutzenbach, der Vorstandvorsitzende meines früheren Unternehmens, kam herein. Er schaute sich kurz um und setzte sich, nachdem er mich gesehen hatte, an den ersten Tisch direkt neben der Tür mit dem Rücken zur Küche.

»Entschuldigen Sie bitte«, sagte ich zu Margarete. »Ein Gast.«

Ich wollte direkt zu seinem Tisch gehen, doch machte ich den Umweg über die Küche, ich musste mich fangen. Unser letztes Zusammentreffen in einem Restaurant hatte vor beinahe einem Jahr stattgefunden und war der Beginn meines Untergangs gewesen. Sofort kamen die Erinnerungen zurück.

Nachdem wir den Tod meiner Frau gemeinsam durchgestanden hatten, lud ich Reginald damals zu einem Abendessen in ein Restaurant ein, in dem ich als Stammgast immer einen Tisch bekam. Es erinnerte an eine Bar im New York der 60er Jahre. Kleine, mit rotem Leder überzogene Sitzbänke säumten in Halbkreisen die Wand des langgestreckten Lokals. In jedem dieser Halbkreise stand ein runder Tisch aus dunklem Holz. Diesen zog der Kellner bei unserer Ankunft heraus, damit wir uns bequem auf dem Polster niederlassen konnten, und schob ihn dann wieder zurück. Für Hutzenbachs Größe war diese Art zu sitzen unbequem, er musste den Tisch wieder ein wenig von sich wegschieben, um mit den Knien nicht an den Standfuß zu stoßen.

Als Aperetif hatte ich für uns beide Martini gewählt. Als der Kellner ihn gebracht hatte, erhob ich mein Glas, um mich bei meinem Mitarbeiter zu bedanken und ihm zu sagen, wie sehr ich seine Loyalität schätze. In meinen Augen könne er, so versicherte ich ihm, in ein paar Jahren vielleicht sogar den Vorstandsvorsitz übernehmen. Zu jenem Zeitpunkt war hierfür ein anderer vorgesehen, der die Firma in meinem Sinne weiterführen und in der Zusammenarbeit mit dem Aufsichtsrat keine Schwierigkeiten machen würde. Unsere Gläser trafen sich mit einem dumpfen Klacken. Das Holzspießchen drehte sich munter, während sich an seinem Ende die Olive im Glas weiterwälzte. Ich nahm sie heraus, steckte sie in den Mund und biss auf etwas, das die Konsistenz von Erbrochenem hatte. Schnell spülte ich mit dem Martini nach, um den Geschmack der säuerlichen Fäulnis loszuwerden.

Reginald schüttelte den Kopf. Er nahm den Faden meiner kleinen Rede auf und sagte, er habe vielmehr mir zu danken, für mein Vertrauen in ihn und für die Chance, die sich ihm nun biete. Dazu zeigte er mir ein charmantes Lächeln, das mir ans Herz ging. Wie so oft musste ich an meinen alten Kommilitonen, seinen Vater, denken. Nicht selten hatten wir so zusammengesessen mit dem Gefühl, uns ganz und gar auf den anderen verlassen zu können.

Ich lächelte Reginald ebenfalls an, und jetzt höre ich wieder seine Stimme:

»Sehen Sie es einmal so, lieber Herr Sielka: Abgesehen von den Schwarzgeldkonten, die Sie eröffnet haben, dürfte die Sache mit Ihrer Frau meinen Weg in den Vorstand deutlich verkürzen«, sagte er.

Ich verstand nicht sofort, schloss die Augen, atmete zweimal tief durch und sah ihn wieder an. Die Ähnlichkeit mit seinem Vater, den ich damals noch als meinen Freund sah, war völlig verschwunden. Vor mir saß ein riesiger Haufen Mensch mit teigiger Haut. Er kam mir vor wie die schlechte Fälschung eines Kunstwerks. Ein abstoßender Anblick, den ich als Kunstliebhaber nur allzu gut kannte. Doch bei einem mir nahestehenden Menschen hatte ich so etwas nicht erwartet.

»Sehr amüsant ist das nicht, Herr Hutzenbach. Und wenn ich ehrlich bin, weiß ich nicht, was Sie mit Schwarzgeldkonten meinen.«

Ich versuchte, den Gegner auf Abstand zu halten, während ich ihn langsam nach weiteren Waffen abtastete. Gleichzeitig musste ich ihm klar machen, wer Koch und wer Kellner war. »Vergessen Sie bitte nicht, dass ich Ihre Karriere gemacht habe. Und bedenken Sie: Ich bin nicht dumm. Schwarzgeldkonten sind etwas für Idioten.«

Hutzenbach zog einen kleinen silbernen Gegenstand aus seiner Innentasche. Seine weißen, etwas dicklichen Finger, auf denen kurze rotblonde Haare sprossen, spielten mit dem kleinen Ding.

»Dann sind Sie ein Idiot. Es tut mir leid. Auf diesem Stick befinden sich Dokumente, die Ihnen zeigen werden, dass Sie in den letzten Jahren Geld beiseite geschafft haben, große Summen. Ihre Unterschrift befindet sich auf jedem einzelnen Schriftstück. Wie gesagt, ich danke Ihnen für Ihr Vertrauen. Den Stick können Sie gerne behalten. Und jetzt sollten wir über meine Zukunft reden. Meine Zukunft als Vorstandschef der AG.«

»Sie sind verrückt geworden«, war der einzige Satz, der mir an dieser Stelle noch über die Lippen kam, denn in meinem Kopf formte sich die ganze Geschichte seines Betrugs zu einem riesigen Klumpen, der plötzlich in meiner Kehle steckte. Der säuerliche Geschmack der Olive versuchte, von unten wieder hinauf zu kommen. Mir wurde übel.

»Sie haben alles unterschrieben, was ich Ihnen vorgelegt habe. Sie sind wirklich sehr vertrauensselig gewesen, mein Lieber. Als Bundesbruder ›haben Sie eine Ehre‹ und dachten, ich hätte sie auch. Wie lächerlich das klingt: eine Ehre haben! Aber ich bin nicht mein Vater. Ich will weiterkommen. Und schneller als Sie es für mich planen. Ich werde Ihr Nachfolger sein. Sie ziehen sich aus dem Unternehmen zurück. Auf den Posten des Aufsichtsratschefs verzichten Sie aus privaten Gründen, für die sicherlich jeder Verständnis hat. Nach dem Tod Ihrer geliebten Frau waren Sie nicht mehr der Alte. Sie sorgen dafür, dass ich den Vorstandsvorsitz bekomme. Sonst lasse ich Sie hochgehen. Und dann, lieber Herr Sielka, landen Sie im Knast.«

»Ich lasse mich nicht erpressen.«

Hutzenbach lachte auf und sprach dann leise weiter: »Ich weiß, das habe ich gerade miterlebt. Sie lassen sich solange nicht erpressen, wie Sie heil aus der Sache herauskommen können. Ein richtiger Held! Aber hier kommen Sie nicht mehr heraus. Das hier ist nicht das bisschen Steuerhinterziehung, mit dem Ihre Frau Sie unter Druck setzen wollte. Das hier ist Ihr Untergang oder Ihr Ticket in den wohlverdienten Ruhestand. Wie immer haben Sie natürlich das letzte Wort. Sie entscheiden.«

»Wie stellen Sie sich das vor? Das Unternehmen ist eine Aktiengesellschaft, in der ich nicht das alleinige Sagen habe. Der Nachfolger steht fest.«

»Machen Sie sich darüber keine Gedanken. Der Nachfolger wird morgen erklären, für diese Aufgabe nicht mehr zur Verfügung zu stehen. Und mal ehrlich: Wir beide wissen doch, wie es in einer AG wirklich zugeht. Der Weg ist frei. Für mich.«

Er stand auf, legte den USB-Stick auf den Tisch und verabschiedete sich mit dem Hinweis, sein Anwalt habe für alle Fälle eine Kopie. Nur falls ihm etwas zustoßen sollte.

Und jetzt saß er wieder hier. Er hatte mich doch schon am Boden. Wieso tauchte er hier auf? Ich ging zu seinem Tisch.

»Schön, Sie wiederzusehen, Herr Sielka!«, sagte Hutzenbach und sah dabei aus dem Fenster.

»Was wollen Sie?«, fragte ich leise.

»Essen.«

»Woher wissen Sie, dass ich hier bin?«

»Ein Anruf bei Ihnen zu Hause genügte. Ihre Angestellte war so freundlich. Schließlich sind wir Freunde der Familie.«

»Sagen Sie einfach, worum es geht und dann verschwinden Sie wieder.«

»Aber Herr Sielka!« Nun wandte er sich zu mir und schüttelte den Kopf. »Sie verkennen die Situation. Sie sind nicht mehr mein Chef. Sie sind ein Kellner, wie ich sehe. Ich bin Gast. Und der Gast ist König.«

»Ist er nicht«, sagte ich. »Königsberger Klopse mit Kartoffeln oder Kartoffel-Rote-Bete-Gratin mit Ziegenkäse?«

»Ein richtiges Feinschmeckerlokal, wie?! Zu Hause bekommen Sie sicherlich besseres Essen. Hat Ihre Frau eigentlich je für Sie gekocht? Mein Vater sagte mir, dass Sie immer noch so sehr unter ihrem plötzlichen Ableben leiden. Wie schrecklich für Sie!«, sagte er und grinste mich unverschämt an. »Die Klopse«, setzte er hinzu und schaute wieder hinaus.

Die vier Frauen der Rentnertruppe kamen nun herein und drängten hinter mir zu einem freien Tisch. Ich ging in die Küche und gab die Bestellung an Toti weiter. Die Hitze am Herd nahm mir die Luft, ich schwitzte mehr als sonst. Mit einem frischen Geschirrhandtuch wischte ich über mein Gesicht, warf es unter die Anrichte am Fenster und trat dann an den Tisch der vier Werberinnen. Sie grüßten mich, aber ich hörte sie nur wie durch Watte. Ein Brummen. Ich verstand nichts. Sie lachten, sprachen miteinander, mit mir, fragten mich etwas. Ich lächelte. Hinter meinem Rücken rieben zwei Hände. Warm und feucht. Erst als Margarete danach griff, wusste ich wieder, dass es meine sein mussten. Aber sie gehorchten mir nicht. Die Ärztin sprach mit mir, zog mich zurück, drehte mich vom Tisch weg und schob mich durch die seitliche Tür in den Hausflur. Sie drückte mich auf die Treppenstufen, blieb vor mir stehen und sprach. Der Schweiß tropfte von meiner Nase direkt auf die Treppe. Erstaunt sah ich, wie das Holz der Stufe die Flüssigkeit aufsaugte. Es war nur noch an wenigen Stellen von einer dünnen Lackschicht überzogen und musste dringend gestrichen werden.

Nichts interessierte mich in diesem Moment mehr als die Frage, ob sich um die feuchte Stelle ein Salzrand bilden würde. Deshalb wehrte ich mich, als Margarete mich an den Schultern rüttelte, damit ich aufsah. Jemand kam hinter mir die Treppe herunter. Ich nahm es nur wahr, weil etwas meinen rechten Arm im Vorbeigehen berührte. Nun standen zwei Menschen vor mir. Sie sprachen. Ich tropfte. Ich löste mich auf.

Mit einem lauten Klatschen und einem nur langsam nachlassenden Schmerz auf meiner linken Wange kehrte mein Hörvermögen zurück.

»Es hat geklappt. Du bist eine gute Ärztin«, hörte ich jemanden sagen. Ich sah auf. Es war die Freundin, mit der Margarete fast immer zum Essen kam.

»Da sind Sie ja wieder. Frau Dr. Steinfeld hat Sie zurückgeholt. Passiert Ihnen so etwas öfter?«

Margarete tätschelte meine Wange. »Tut mir leid. Aber es ging nicht anders. Können Sie aufstehen?«

»Ja, natürlich«, sagte ich und zog mich am Geländer hoch. »Keine Ahnung, was mit mir los war. Das Alter.«

»Zu viel Stress mit der Steuer«, sagte Margarete.

»Und mit den Gästen«, gab ich zurück und öffnete die Tür zum Gastraum. »Ich mach dann mal weiter. Danke für die Hilfe.«

Toti hatte Hutzenbach inzwischen bedient, sodass ich erst wieder an seinen Tisch musste, als er zahlen wollte. Mit der flachen Hand schlug er einen Zehn-Euro-Schein auf den Tisch und stand dann auf.

»Stimmt so«, sagte er. Leise fuhr er fort: »Und jetzt hören Sie mir zu! Wenn Sie mich bei Ihren Steuergeschichten irgendwie mit reinziehen, lasse ich Sie hochgehen. Und ich spreche, wie Sie sich denken können, nicht von den lächerlichen Schwarzgeldkonten, sondern von einem Mord, den Sie in Auftrag gegeben haben. Ich kann das beweisen. Kommen Sie also nicht auf die Idee, sich mit den Finanzbehörden auf irgendeinen Deal einzulassen, der ihre Haut rettet und andere ans Messer liefert! Ich werde Sie ...«

Er hörte auf zu sprechen und starrte auf die Person, die gerade zur Tür hereingekommen war und uns beide mit einem »Tag zusammen!« grüßte.

Heike beachtete ihn nicht weiter. »Hast Du einen Moment Zeit? Ich habe da eine Idee.«

»Kein Problem«, sagte ich, nahm das Geld und verabschiedete mich mit einem Nicken von meinem ungebetenen Gast.

Mein Herz pumpte immer noch wild, meine Hände zitterten, doch ich wollte dieser Schwäche unter keinen Umständen nachgeben und ging mit energischen Schritten durch den Gastraum. In der Küche angekommen drehte Heike sich um und beobachtete, wie Hutzenbach die Tür hinter sich schloss.

»Unsere Gäste werden auch immer reicher. Was wollte der Schnösel denn hier?«

»Kennst Du ihn etwa? Noch ein Kunde von Dir?«

»Nein, kein Kunde. Ist auch nicht wichtig.«

Sie zog ihre Jacke aus und legte ein Taschenbuch auf den Tresen. Wahrscheinlich wollte sie zum Essen darin lesen. Ich schaute auf den Titel.

»Hängende Gärten«, las ich laut. »Ein Buch über Gartenkunst?«

»Nein, das Erstlingswerk eines neuen Autors. Super. Wirklich. Er ist erst 25 und erfasst mein Lebensgefühl so gut, Du musst es mal lesen, dann würdest Du uns besser verstehen, Hans, ehrlich! Aber jetzt was anderes. Es geht um Sören.«

»Was ist mit diesem Schluffi?«, fragte Toti und blickte von den vier Tellern auf, die er gerade für die Rentnertruppe fertig machte.

»Jetzt sei doch nicht gleich so aggressiv! Er ist kein Schluffi. Er ist Künstler. Außerdem rede ich mit Hans. Der versteht etwas von Kunst. Folgendes: Kannst Du Dir hier eine Kunstaktion vorstellen?«

»Im Prinzip ...«

»Ja, ja. Hör zu! Sören ist es gelungen, dicht an dicht liegende Spaghetti mit einem Foto zu bedrucken. Er fixiert sie oben und unten mit Klebeband und legt dann das Bild darauf, bestreicht es mit irgendeiner Flüssigkeit und dann erscheint es auf den Spaghetti.«

»Ich weiß nicht, ob ...«

»Warte! Anschließend lässt er das Ganze trocknen. Und wenn das passiert ist, nimmt er die Klebestreifen oben und unten weg und vermischt die Spaghetti wieder. Das ist doch eine coole Kunstaktion für ein Restaurant. Wir könnten Kochen und Kunst verbinden.«

»Und als Höhepunkt spielen wir mit den Gästen Spaghetti-Mikado und machen Kartoffeldruck«, sagte Toti und schob sich mit zwei Tellern an uns vorbei. »Macht er nicht mehr in Gips? Seine weißen Kuhfladen waren doch ganz nett und haben niemanden gestört.«

»Das war der Leib Christi! Und Du nimmst das nicht ernst.«

»Um ehrlich zu sein, ich sehe darin auch keinen tieferen Sinn«, sagte ich.

»Die Unmöglichkeit, das Bild wiederherzustellen, das ist der Sinn«, erklärte Heike mit strahlenden Augen. »Die Schaffung und anschließende Zerstörung. Für immer zerstört. Die Vorstellung, jemand setzt sich hin und beginnt, die schmalen Stäbchen wieder zu ordnen, gleich einem Puzzle zusammenzufügen, steht für die Pathologie des Unmöglichen und erzeugt im Betrachter ...«

»Erzeugt im Betrachter! Dieser Mist erzeugt bei mir Übelkeit.« Auf dem Weg in die Küche stieg Toti wieder ins Gespräch ein. »Sören soll damit zu irgendeinem Italiener gehen. Wir sind ein griechisches Lokal und möchten unser Pastizio auch in Zukunft nicht bedrucken.«

»Hans!«, sagte Heike und sah mich beinahe flehend an.

»Toti ist der Chef. Und es erscheint mir auch nicht sehr Appetit anregend. Wahrscheinlich verwendet er irgendein Lösungsmittel, um das Bild auf die Spaghetti zu bringen, was hier im Lokal gar nicht geht. Essen zu zeigen, das mit irgendeiner Chemikalie ungenießbar gemacht wird, ist geschäftsschädigend.«

»Ich hätte es mir denken können. Euch alten Männern fehlt der Mut, etwas Neues zu wagen. Aber wenigstens von Dir hätte ich etwas mehr Kunstverstand erwartet, Hans. Bist Du nicht Mitglied in dieser Stiftung?«

»Heike, bitte, wir müssen arbeiten. Möchtest Du etwas essen? Dann setz Dich doch einfach!«, sagte Toti.

»Ja, gleich, aber da ist noch was anderes. Wegen des Jobs. Ich müsste, wenn es geht, vielleicht ein paar Stunden mehr arbeiten oder so.«

»Was ist passiert?«, fragte ich. »Laufen die Geschäfte so schlecht? Oder wollte wieder ein Kunde nicht so wie Du?«

»Nun ja, ich habe einen Kunden verloren, oder besser: Ich habe ihm gekündigt. Die Zusammenarbeit lief nicht mehr so gut.«

»Doch nicht etwa die Rehmsbrunn-Bank?«, fragte ich.

»Genau die«, sagte sie und wandte sich dann Toti zu. »Sieh mal, wenn Ihr mittags und abends arbeiten müsst und dann noch das Catering macht und Kochkurse, das ist doch zu viel. Wie wäre es, wenn ich mittags mit einsteige? Zumindest eine Zeit lang.«

»Das würdest Du tun?«, fragte Toti begeistert. »Hans ist jetzt so weit, dass er alleine klar kommt und Fidelia und mich nicht mehr braucht. Beim Rentnermittag ist er der Chef, also musst Du ihn fragen. Er muss Dich akzeptieren.«

Erst die Steuerfahndung, dann meine durchgeknallte Nachbarin, heute Margaretes Spott und Hutzenbachs Drohung und jetzt auch noch dieses Mädchen, das mir das Leben in Zukunft schwer machen wollte. Die letzten 24 Stunden überforderten mich. Sicher, ich hatte in meinem Leben, vor allem im Beruf, deutlich schwierigere Situationen gemeistert, doch waren sie immer Teil eines Spiels gewesen, das ich perfekt beherrschte. In meiner neuen Rolle fand ich mich immer noch nicht zurecht, und ich würde sie niemals so routiniert ausfüllen können wie meine alte. Mein Habitus war stärker.

Heike sah mich an und wartete auf meine Entscheidung. Ich holte Luft, setzte an – und hatte keine Worte, die meine Vorbehalte angemessen zum Ausdruck hätten bringen können. Denn sie passten wie ich selbst nicht zur Situation. Von außen betrachtet, sprach überhaupt nichts dagegen. Heike war die Idealbesetzung, sie kannte sich aus, sie konnte das Kochen ebenso übernehmen wie den Service, sie musste nichts lernen, sich nicht einarbeiten. Doch fehlte es ihr an der Fähigkeit, sich führen zu lassen und Respekt zu zeigen. Dessen war ich sicher. Nie und nimmer würde es gut gehen. Ich hatte schon meine Schwierigkeiten mit Toti und Fidelia.

Und überhaupt: die Arbeit hatte ich nur wegen Margarete angenommen. Doch meine Hoffnungen diesbezüglich waren wahrscheinlich falsch oder wenigstens überzogen gewesen. Je öfter ich sie sah, umso mehr gewann ich den Eindruck, nicht ernst genommen, ja, nicht einmal als Mann wahrgenommen zu werden. Für sie blieb ich der typische Konzernchef, der an faulen Geschäften beteiligt war und Frauen als Freiwild betrachtete. Dabei hatte ich wirklich vorgehabt, mich zu ändern und glaubte mich auf einem guten Weg. Nur sehen wollte Margarete das nicht. Ihre spöttische Art im Umgang mit mir ließ sich beim besten Willen nicht mehr als Koketterie bezeichnen.

»Hans, was ist nun?«, fragte Heike ungeduldig. Toti hatte aufgehört zu rühren und wartete.

»Ja, gut«, sagte ich und sah dabei den falschen Griechen an. »Wenn Du meinst, dass es gut gehen kann, können wir das ausprobieren.«

Heike klopfte mir anerkennend auf die Schulter. Es ging schon los.

»Von mir aus kann ich morgen starten«, sagte sie. Toti nickte, lächelte, rührte nun etwas energischer in seinem Topf und befüllte die bereitgestellten Teller für Margarete und ihre Bekannte.

»Ich nehme das Gratin«, fügte Heike hinzu und griff nach ihrem Buch, »und setze mich zu Margarete und Uli.«

Zum ersten Mal hörte ich den Namen von Margaretes Begleitung und war zugleich erleichtert, endlich zu erfahren, wer Uli war. Eine Freundin. Kein Freund. Kein Lebensgefährte. Kein Konkurrent. Bei all dem Ärger war wenigstens diese Nachricht ein Grund, nicht aufzugeben. Der rasche Wechsel von der Hoffnungslosigkeit zum hektischen Aufflackern einer neuen Chance hätte mich stutzig machen sollen, eröffnete mir aber in diesem Moment den Blick auf einen neuen Horizont.

»Fein«, sagte ich und schob Heike zum Tisch der beiden Frauen. »Ich bringe es Dir gleich. Und das ist dann das letzte Mal, dass ich Dich mittags bediene.«

Kapitel 7

in dem unser Held von Unverdautem heimgesucht wird, von einem Künstler alles über Kunst erfährt und seine neue Zuversicht wieder verliert.

Ich hatte mich in meinem Leben nie näher mit den Ursachen von Krankheiten beschäftigt. Von Menschen, die jede einfache Erkältung als geheime Botschaft der Seele dechiffrierten, hielt ich mich fern. Gerade unter häufig leicht überspannten Kunstliebhabern fanden sich nicht wenige, die, sobald einer der ihren erkrankte, in ein kollektives Herunterbeten der wahrscheinlichen psychischen Gründe verfielen. Wahlweise nickten sie wissend, oder sie schüttelten den Kopf. Dann stellten sie die psychosomatische Diagnose. Stress stand ganz oben auf ihrer Liste, in den letzten Jahren überboten vom Burn-out. Jeder Schnupfen wurde zum Symbol eines inneren Konflikts, zum Aufschrei der Seele gegen die Knechtschaft des übermächtigen Ichs, das immer mehr verlangte, ohne eine Gegenleistung zu versprechen. Für mich war das alles nur Unsinn.

Meine ursprüngliche Annahme, die Krankheit sei eine Folge der unbewussten Angst vor ihr, hatte ich inzwischen einer anfänglichen Verwirrung zugeschrieben und als unwahrscheinlich abgetan. Ich war sicher, dass es sie nicht gab, diese seelische Ursache, die sich in einem kleinen Tumor Bahn gebrochen hatte. Nach den ersten sechs Monaten, die ich nun mit der Krankheit verbracht hatte, war ich zu einer gewissen Gelassenheit zurückgekehrt. Der Tumor machte sich nicht bemerkbar, und ich versuchte ihn als das zu sehen, was er war: ein unbedeutender Klumpen Zellen. Aus dem Aktiven Beobachten war einfaches Ignorieren geworden.

Bei meiner letzten Kontrolle im Februar hatte Professor Hoffmann eine Rebiopsie im Mai angekündigt. Ich hatte mir nichts dabei gedacht, obwohl er selbst noch drei Monate zuvor auf die Unsinnigkeit dieser Untersuchung vor Ablauf eines Jahres verwiesen hatte. Ärzte waren vergesslich wie wir alle, und so konnte sich der Patient zwar merken, was ihm sein Arzt vor Monaten gesagt hatte – schließlich betraf es sein eigenes Wohlergehen –, der Arzt jedoch konnte sich unmöglich an alles erinnern, was er unzähligen Patienten mit ihren unterschiedlichen Leiden sagte. Hoffmann war da wohl keine Ausnahme.

In den letzten Wochen war ich mit dem Start des Rentnermittags zu beschäftigt gewesen, um an die bevorstehende Biopsie zu denken. Ganz aus den Augen verloren hatte ich die Untersuchung, als der Ärger mit der Steuerfahndung dazukam. Als die Klinik Ende Mai anrief, um mich an den Quartalscheck zu erinnern, war ich überrascht, dass schon wieder 90 Tage vergangen waren. Ich vereinbarte einen Termin für Anfang Juni. So konnte ich meine Vertretung für den Mittagstisch noch organisieren, da ich den ganzen Tag in der Klinik sein würde.

Wie bei den beiden letzten Besuchen begann ich den Tag in der Klinik mit einem Besuch bei Frau Romanowa. Sie begrüßte mich herzlich, wie einen alten Bekannten, den sie nach langer Zeit endlich wiedersah. Sie nahm meine rechte Hand in ihre beiden Hände und schüttelte sie kräftig.

»Mein Lieber, gut Sie sehen aus«, sagte sie lachend. »Bitte legen Sie Ihr Hemd und Unterhemd ab! Wollen wir sehen, was macht Rücken und Bauch.«

Ich folgte ihrem wie immer sprachlich korrekten Befehl und legte mich bäuchlings auf die Liege.

»Kommen hier nicht zur Massage, Herr Sielka, oder?! Massage schön, aber sinnlos. Bitte legen Sie sich auf die Seite!«

»Welche?«, fragte ich.

»Wie es ist bequem für Sie.«

Ich wälzte mich auf der schmalen Fläche auf die linke Seite. Die Osteopathin tastete meine Wirbelsäule vom Nacken bis zu den Lendenwirbeln ab und konstatierte: »Magen und Darm ist schlimmer geworden. Sie nicht passen auf.«

Ich zuckte mit der rechten Schulter und wandte mich halb zu ihr um. »Um ehrlich zu sein, ich weiß nicht, worauf ich aufpassen soll.

Ich würde sagen, meinem Verdauungstrakt geht es ausgezeichnet.«

»Immer Stuhlgang?«

»Nun ja, was heißt immer! Also nicht täglich, meistens. So alle drei, vier Tage.«

»Früher öfter?«, fragte sie und drückte auf einen Punkt neben der Brustwirbelsäule, sodass ich kurz aufstöhnte.

»Ja, früher öfter. Ist das wichtig?« Mein Ton war ungehaltener geworden, weil sie den schmerzhaften Punkt weiter malträtierte.

»Wie ist Konsistenz? Weich, sehr hart, schnittfest?«

Ich verzog das Gesicht. »Nennen Sie das wirklich schnittfest? Das ist ekelhaft.«

»Sie stellen sich an. Wollen Mann sein! Also, wie ist Konsistenz?«

»Normal«, sagte ich, »vielleicht hart, ja, ein wenig zu hart vielleicht. Könnten wir das Thema jetzt bitte beenden?«

»Wenn sich ändert, ist immer ein Zeichen für Störung. Muss nichts Schlimmes sein. Sie haben Stress?«

»Nein.«

»Oder etwas Unverdautes?«

»Was?«

»Etwas liegt auf Ihre Seele und Sie sich nicht kümmern. Bleibt liegen, ist unverdaut. Nicht schwer zu verstehen, oder?!«

»Was für ein Unsinn!«

»Ist kein Hokuspokus. Ist Erfahrung von lange Jahre. Glauben Sie mir!«

Den letzten Befehl zu befolgen, fiel mir schwer. Trotzdem bemühte ich mich, kurz darüber nachzudenken – und zwar genau so lange, wie ich brauchte, die Worte »Da ist nichts« zu sagen.

»Wie Sie meinen«, sagte Frau Romanowa und zog nun an meiner rechten Schulter, um mich in die Rückenlage zu bringen. Ich folgte.

»Lendenwirbel in Ordnung. Machen wir heute wieder ein bisschen Bauch. Wenn Beschwerden haben in den nächsten Wochen, bitte kommen Sie umgehend zu mir! Kann verschließen sich Darm, sehr unangenehm.«

Wieder machte sie sich an meinem Bauch zu schaffen, doch die leichte Übelkeit, die mich bei den beiden letzten Malen befallen hatte, blieb aus. Es war beinahe entspannend und ich schloss die Augen. Ihre Handgriffe setzte sie nun etwas tiefer an. Sie knetete, streichelte und zog Hautfalten nach oben, um sie wieder fallen zu lassen. Nichts Unangenehmes. Ich atmete langsam und ruhig. Ein und aus. Ein und aus.

Plötzlich drückte sie mir die Finger ihrer rechten Hand in die Seite und traf scheinbar einen Nerv. Es war wie ein kurzer, schmerzhafter Schlag. Augenblicklich schoss ich hoch und schlug nach ihr. Glücklicherweise hatte sie den Arm rechtzeitig weggezogen, und ich traf sie nicht.

»Was war das?«, rief ich völlig außer mir. »Wollen Sie mich umbringen?«

»Nicht ich, Herr Sielka, nicht ich. War Stelle am Übergang von dünnem zu dickem Darm. Sie haben Problem. Nicht körperlich. Noch nicht. Wenn Sie lösen Problem mit Seele, Bauch wird gut, wahrscheinlich. Und jetzt legen Sie sich bitte auf den Bauch! Ein bisschen Massage für Wohlbefinden. Kann ich nicht leiden. Aber will ich nicht, dass Sie gehen mit Ärger von mir.«

Obwohl sie ihre Sache gut machte, konnte ich nicht richtig entspannen, denn jeden Moment erwartete ich wieder einen ihrer speziellen Griffe, mit dem sie einen Schmerzpunkt reizen würde. Als sie fertig war, blieb ich noch einen Moment liegen, erstaunt darüber, dass sie mir nicht noch einmal Schmerzen zugefügt hatte. Ich beeilte mich beim Anziehen. Sie trug am Computer etwas in meine elektronische Patientenakte ein, mutmaßlich einen Vermerk zum Zustand meiner Verdauung. Ich wollte es nicht wissen. Das Thema lehnte ich als unappetitlich und damit irrelevant ab.

»Gut, gehen Sie jetzt bitte zu Doktor Kunze! Wird machen Biopsie unter MRT. Kennen Sie schon. Und wir beide sehen uns wieder in drei Monate. Spätestens. Wahrscheinlich früher. Sehr wahrscheinlich. Werden sehen«, sagte sie, die Augen halb geschlossen.

Ich gab ihr die Hand, und in diesem Moment sah ich in ihr nicht mehr die bodenständige Osteopathin, als die ich sie kennengelernt hatte, sondern vielmehr das Abziehbild einer billigen Wahrsagerin. Ihr schlechtes Deutsch und das gerollte R taten ein Übriges. Ich stellte sie mir in einem wallenden Kleid vor, mit einem Kopftuch, aus dem rechts und links große goldene Ohrringe herausbaumelten. Kopfschüttelnd verabschiedete ich mich.

Mein Weg führte mich in das Untergeschoss der Klinik. In der Radiologie lief alles perfekt aufeinander abgestimmt und ohne Wartezeit. Die Biopsie unter dem MRT war eine relativ schonende Methode, in deren Genuss ich als Privatpatient schon vor einem halben Jahr gekommen war. Die konventionelle Art, sich der Prostata mit einer langen Nadel zu nähern, führte über den Darm, war höchst ungenau und zog eine prophylaktische Antibiotikagabe nach sich. Doktor Kunze erledigte die Entnahme der Zellen rasch und präzise und versprach, diese sofort zu einer schnellen Analyse ins hauseigene Labor zu geben.

Bis zur abschließenden Besprechung mit Hoffmann blieb mir damit noch über eine Stunde Zeit. Dr. Kunze schlug mir vor, diese in der Cafeteria zu verbringen, in der es einen abgetrennten Bereich für Besucher gab. Das Essen sei empfehlenswert, wenn auch nicht sterneverdächtig. Und so ging ich zum ersten Mal in diesem Jahr auswärts essen. Es war ein sonniger Tag und die großen Flügeltüren der Kantine waren zum Garten hin geöffnet. Auf der kleinen Terrasse standen Stehtische, an denen ein paar Raucher nach dem Essen ihre Zigarette zum Kaffee genossen.

Der Raum war mit wenigen Tischen bestückt, die fast alle gut besetzt waren. Ich suchte mir einen Tisch im Patientenbereich in der Nähe der geöffneten Türen und wartete. Den ein oder anderen Arzt oder Pfleger hatte ich früher schon in der Klinik gesehen, die meisten jedoch waren mir nicht bekannt. Hinter einer langen Theke beschäftigten sich zwei Angestellte damit, den Gästen das Essen auf Tabletts zu stellen. Dieses Treiben beobachtete ich eine ganze Weile, ehe mir aufging, dass ich offensichtlich in einem Selbstbedienungslokal war und mir – wie in Kantinen üblich – mein Essen wie alle anderen auch an der Theke holen musste.

Also ging ich hinüber, nahm ein Tablett, Besteck und Serviette und las auf einem Schild die Speisekarte für den heutigen Tag. Ich entschied mich für die vegetarischen Frikadellen mit Wurzelgemüse und Kartoffeln und stellte mich in die Schlange hinter einen Pfleger, der mich um zwei Köpfe überragte. Irgendwie ging es ab diesem Zeitpunkt nicht mehr voran. Während ich wartete, begutachtete ich das Essen unter den Wärmelampen, dachte über die Zutaten und die Möglichkeit nach, ähnliche Speisen im Zantes auf die Mittagskarte zu setzen. Hinter mir wurde die Schlange immer länger, und die Wartenden äußerten mürrisch ihren Unmut. Die zuerst leise grummelnd und dann immer lauter eingeworfenen Bemerkungen richteten sich offensichtlich an den Mann, der vor mir stand. Er reagierte nicht und drehte sich auch nicht um.

»Sören, gib Gas! Meine Pause ist gleich vorbei«, rief nun ein Arzt aus dem hinteren Teil der Schlange.

Der junge Mann drehte sich um, und jetzt erkannte ich ihn. Tatsächlich war es der seltsame Künstlerfreund von Heike, der vor mir stand und gerade eine Antwort nach hinten geben wollte. Dann entdeckte er mich und brachte so etwas wie ein Lächeln auf seine Lippen. Sein Nicken interpretierte ich als Gruß und nickte zurück. Er drehte sich wieder zur Bedienung und sagte leise: »Gut, ich glaube, heute ist das Hacksteak gut für mich. Manchmal ist Fleisch wichtig.«

»Na, endlich«, sagte die Frau hinter der Theke, verdrehte die Augen und schob den Teller auf Sörens Tablett.

»Die vegetarischen Frikadellen, bitte«, sagte ich schnell, um die anderen nicht weiter aufzuhalten.

An der Kasse hatte ich Sören wieder eingeholt und beobachtete ihn beim Abzählen des Geldes. Ich unterbrach diesen Prozess und bezahlte beide Essen zusammen.

»Ich lade Sie ein, Sören«, stellte ich klar, als er mit seinen wässrig blauen Augen auf mich herunter starrte. »Leisten Sie mir beim Essen Gesellschaft?«

Er zuckte mit den Achseln, was wohl Zustimmung signalisieren sollte, denn er folgte mir an den Tisch im Patientenbereich.

»Sie arbeiten hier?«, fragte ich, als wir mit dem Essen angefangen hatten.

»Hmm«, machte Sören.

»Als Aushilfe?«

»Hmm.«

»Heike erzählte, dass sie Künstler sind. Haben Sie an der Akademie studiert? Bei welchem Professor? In wessen Klasse?«

Sören schüttelte den Kopf.

»Nicht studiert? Aha, ein Autodidakt, wie?!«

Jetzt brachte er wieder sein halbes Lächeln hervor. Für ein paar Minuten aßen wir schweigend. Mir waren die Fragen fürs erste ausgegangen, zumal ich nicht wusste, was ich noch von ihm wissen wollte. Er würde es mir ohnehin nicht verraten.

»Kunst muss frei sein, Institutionen machen unfrei.«

Diesen Satz hatte Sören leise gesprochen, dabei kaum die Lippen bewegt und es mehr zum Hacksteak gesagt als zu mir.

»Hmm«, gab ich zurück und nickte meiner Gemüsefrikadelle zu.

»Und die erste Institution, die den Künstler deformiert, ist die Akademie«, sagte er.

»Nun, ich denke etwas anders darüber. Unsere Akademie hat schon einige große Talente noch größer gemacht ...«

Sören hob die Gabel und schüttelte sie hin und her, seinen Kopf hielt er aufs Essen gesenkt. »Das letzte bisschen Freiheit haben sie ihnen genommen und dem Mainstream geopfert.«

»Junger Mann, ich glaube, ich kenne mich in der Kunst schon ein paar Jahre länger und besser aus als Sie, und ich habe schon so manchen jungen Künstler gefördert, den der Mainstream, wie Sie es nennen, zu Anfang ganz und gar abgelehnt hat. Nicht wenige darunter hatten an einer Kunsthochschule studiert.«

»Ich war mal beim Rundgang«, sagte Sören und meinte damit die zum Semesterende stattfindende öffentliche Ausstellung der Studierenden in der Akademie. Er hatte den Satz so gesprochen, als sei damit alles gesagt. Umso mehr wunderte ich mich, als er weitersprach.

»Viele junge Leute. Künstler. Studenten und so. Aber wissen

Sie, noch mehr Babyboomer, diese Generation, geboren Mitte 50er bis Ende 60er, so ungefähr, die sich alles unter den Nagel gerissen hat, die uns alle beherrscht, die mit ihrer puren Masse jedes bisschen Avantgarde erstickt. Die Babyboomer sind unser Untergang. Sammler, Galeristen, Kunstkenner. Sie beherrschen den gesamten Markt. Beim Rundgang gehen sie von Raum zu Raum und machen sich Notizen. Namen von Nachwuchskünstlern. Sie machen den Markt. Dabei gibt es ihn nicht, diesen Markt.«

Sören machte eine Pause. Er schien sich zügeln zu müssen. Die letzten Sätze hatte er immer schneller gesprochen. Nun bremste er. Mehrmals atmete er tief und hörbar durch die Nase ein und aus.

»Wieso gibt es den Markt nicht?«, fragte ich.

»Weil Kunst kein Markt ist. Oder wenn, dann ist sie viele Märkte, viele Welten, viele Möglichkeiten. Sie ist alles. Nur dann ist sie frei. Doch die Babyboomer machen sie zu einer weiteren Variante der Finanzmärkte oder des Glücksspiels. Sie setzen auf Künstler wie auf Aktien. Sie wetten auf sie wie auf Pferde. Es ist falsch. Ich will das nicht. Die Kunst ist nicht frei. Dabei steht es doch im Grundgesetz. Von Rechts wegen müssten diese Akademien verboten werden. Oder man müsste sie abriegeln von den Marktgläubigen. Der Kapitalismus hat die Kunst umarmt. Er hat ihr seinen tödlichen Atem eingehaucht. So sind sie eins geworden. Seither ist Kunst Marketing. Die Gesellschaft hat Kreativität als höchstes Gut entdeckt. Alle müssen kreativ sein. Wir sind jetzt alle gleich. Und doch nicht gleich viel wert.«

Er schnitt ein Stück vom Hacksteak ab, steckte es in den Mund und kaute langsam. Dabei sah er mir zum ersten Mal direkt in die Augen.

»Nun, der Markt mag ein wenig überdreht sein, da stimme ich Ihnen im Grunde zu. Man schaut zu viel auf die Wertanlage und nicht auf die Idee. Aber das hat nichts mit den Hochschulen zu tun. Mit denen am wenigsten. Denn sehen Sie, ...«

»Ich muss los.« Sören war einfach aufgestanden. Er nahm sein Tablett und ging ohne ein Wort des Grußes von dannen. Sein nicht einmal zu einem Drittel verzehrtes Gericht stellte er in den Tablett-wagen und verließ die Cafeteria.

Ich hakte diese Begegnung unter der Rubrik ›surreale Erlebnisse mit den Bewohnern Flingerns‹ ab. Es war nicht wichtig. Trotzdem konnte ich mir nicht vorstellen, dass Sören ein guter Krankenpfle-ger war. In einer Privatklinik schien er mir gänzlich fehl am Platze, da die Patienten hier eine besonders zuvorkommende Behandlung erwarteten, was vom Personal ein Mindestmaß an Kommunikati-onsfähigkeit verlangte.

Nachdem ich aufgegessen hatte, ging ich zum Büro von Professor Hoffmann. Dort musste ich noch eine geschlagene Stunde warten, bis mich seine Assistentin bat, hineinzugehen.

»Lieber Herr Sielka, kommen Sie, kommen Sie!«, sagte Hoffmann und winkte mich ungeduldig auf den Stuhl an seinem Schreibtisch. »Bitte entschuldigen Sie die Wartezeit. Ich weiß, das sind Sie nicht gewöhnt von uns. Gerade sind die Ergebnisse gekommen, und ich will gleich ganz offen zu Ihnen sein. Die Zellen haben sich verän-dert. Ein bisschen, nicht viel, soweit wir das nach dieser ersten Ana-lyse sagen können. Wir werden noch weitere Labortests machen und ein Referenzlabor hinzuziehen, das auf die Prostata spezialisiert ist. Nur um es genau zu wissen. Ich glaube nicht, dass es schon Zeit ist, Alarm zu schlagen, aber ich bin vorsichtig. Und wir sollten doch alle Möglichkeiten ausloten. Machen Sie sich aber erst einmal keine Sorgen. Spätestens in zehn Tagen wissen wir mehr.«

Ich war wie vor den Kopf gestoßen und konnte Hoffmanns schnel-ler Rede nicht folgen. Jetzt, da ich endlich bereit gewesen war, der Linie Hoffmanns zu folgen, den Tumor für harmlos und das Aktive Beobachten für eine blendende Therapieform zu halten, sollte sich alles ändern?

»Was soll das heißen?«, fragte ich. »Ist der Tumor gewachsen?«

»Nein, nicht gewachsen. Gewisse Zellveränderungen, die aber noch nichts heißen müssen.«

»Verändern sich Zellen denn auch zum Guten?«

»Nun, das weniger. Aber auch wenn sie sich zum Schlechten verändern, muss das in Ihrem Fall noch keinen Handlungsbedarf bedeuten. Wir müssen das halt nur engmaschiger beobachten. Monatliche Blutuntersuchungen, Ultraschall, Abtasten. Ich würde sagen, für das nächste Vierteljahr, dann sehen wir weiter. Und wie gesagt, so genau wissen wir es in diesem Moment noch nicht. Warten wir also ab! – Ansonsten habe ich hier noch einen Vermerk von Frau Romanowa. Irgendetwas stimmt nicht mit Ihrem Darm? Haben Sie Beschwerden?«

»Frau Romanowa meint, dass ich welche habe. Mir sind sie bislang noch nicht aufgefallen«, sagte ich mürrisch und verschränkte die Arme vor meiner Brust. Ich hatte keine Lust mehr, mit Hoffmann oder irgendwem über meinen Körper zu sprechen. In den letzten Monaten hatte ich mich an alle Vorgaben gehalten, und jetzt wollte ich, dass mein Körper seinen Teil der Abmachung einhielt. Veränderte Zellen oder Darmgeschichten war ich nicht bereit zu akzeptieren.

»Gut«, sagte Hoffmann und blickte über seine halbe Lesebrille. »Dann behalten Sie das bitte im Auge. Romanowa geht von einer psychischen Ursache aus. Haben Sie Probleme?«

»Auch die sind mir bislang noch nicht aufgefallen«, gab ich zurück.

»Dann sollten Sie darüber nachdenken. Nehmen Sie es als gut gemeinten ärztlichen Rat. Wir wollen doch nicht langfristig noch eine Baustelle aufmachen.«

Hoffmann erhob sich aus seinem Schreibtischsessel, das sichere Zeichen für das Ende der Konsultation. Ich hatte ohnehin genug für heute und wollte so schnell wie möglich weg, jedoch nicht ohne Hoffmann auf eine Schwachstelle in seinem Haus anzusprechen.

»Sagen Sie, Herr Professor, dieser junge Pfleger, er heißt Sören, seinen Nachnamen kenne ich nicht, ist der schon lange bei Ihnen? Und wenn ja, was macht er hier?«

Anders als erwartet reagierte der Klinikchef hoch erfreut, als hätte ich sein bestes Pferd im Stall erwähnt.

»Sören Schmitt. Ja. Ein hochbegabter Pfleger. Wir setzen ihn insbesondere bei Patienten ein, die mit den Nerven am Ende sind, die mit ihrer Krankheit und ihrem Schicksal hadern, die keine Hoffnung mehr haben. Bei ihnen ist der Junge Gold wert. Ich will nicht sagen, dass er Lahme gehend macht. Aber in die Richtung geht es schon. Sie wissen doch, Herr Sielka, an meiner Klinik arbeiten nur die Besten ihres Fachs. Und das können auch schon einmal Leute sein, die woanders erst gar nicht zum Vorstellungsgespräch eingeladen werden. Leider steht uns Sören nur in Teilzeit zur Verfügung. Er ist eigentlich Künstler. Kennen Sie ihn aus dieser Richtung?«

»Nein«, sagte ich, erstaunt von diesem Lob für einen doch ganz offensichtlich soziopathischen Menschen. »Ich habe ihn über eine Bekannte kennengelernt und wunderte mich, dass er hier arbeitet.«

»Na, jetzt wissen Sie ja, warum. Ich glaube, er fährt sogar manchmal Taxi, um über die Runden zu kommen. Alles für die Kunst«, sagte Hoffmann und klopfte mir freundschaftlich auf die Schulter. »Sie hören spätestens in zehn Tagen von mir und dann sehen wir weiter. Bis dahin wünsche ich Ihnen viel Freude bei Ihrer schönen Arbeit. Vielleicht schau ich mittags mal bei Ihnen vorbei.«

»Machen Sie das!«, sagte ich, wollte ihn aber lieber erst einmal nicht wiedersehen.

»Schickt der Chef eigentlich Geld nach Hause?« – Einer der Beamten, die mittags bei uns aßen, sah mich besorgt an. Seine drei Begleiter richteten ihre Blicke ebenfalls auf mich. Ich wusste nicht, worauf er mit seiner Frage hinauswollte und schaute entsprechend verdutzt drein.

»Griechenland«, präzisierte der Mann seine Frage.

»Ach so«, gab ich lachend zurück. »Mir ist nicht bekannt, ob Herr Akutas da irgendwen unterstützt. Ist schon möglich.«

»Wir kommen jedenfalls gerne hierher«, betonte ein Kollege. »So unterstützen wir die Leute da unten ja auch irgendwie.«

Ich nickte, lächelte und räumte den Tisch weiter ab.

»Sie sind aber kein Grieche?«, fragte nun der Dritte.

»Nein, Deutscher«, sagte ich und verkniff mir den Hinweis auf die Staatsangehörigkeit des Chefs als geschäftsschädigend.

»Habe ich Sie nicht letztens im Fernsehen gesehen? In den Lokalnachrichten?«

»Mich?«, fragte ich erstaunt zurück.

»Andererseits – es ging um Steuerhinterziehung in Millionenhöhe. Da müssten Sie hier ganz schön viel verdienen«, sagte er und lachte. Seine Kollegen mochten den Scherz und stimmten ein, ebenso wie ich. Mit den Tellern der Herren verzog ich mich in die Küche.

»Ist ja eine tolle Stimmung bei den verstaubten Typen heute«, sagte Heike.

»Oh ja, zuerst wollten sie wissen, ob Toti seine notleidenden Verwandten in Griechenland unterstütze und dann, ob ich der Steuerhinterzieher aus dem Fernsehen sei«, zischte ich und sortierte das Geschirr lautstark in die Spülmaschine.

»Wieso nervt Dich das jetzt? Das ist doch nicht das erste Mal, dass jemand danach fragt, oder?«

»Nein, aber je öfter jemand fragt, umso anstrengender wird es. Ich will Koch und Kellner sein. Und damit ist es gut. Ich sehe keine Veranlassung, mit den Gästen über mich zu sprechen, über das, was ich tue, was ich war oder bin. Es geht sie allesamt nichts an.«

»Schon gut. Schon gut. Jetzt komm' mal wieder runter, Alter«, sagte Heike.

»Sprich vernünftig mit mir! Ich bin nicht einer Deiner Gossenfreunde.« Den letzten Satz hatte ich fast geschrien. Heike wischte sich über die Wange, ich musste sie mit meinem Speichel getroffen haben.

»War irgendwas beim Arzt gestern?«, fragte sie leise.

»Ach, lass mich mit dem Mist in Ruhe!«, gab ich zurück. »Mach lieber die vier Espressi für die Rentnertruppe fertig.«

»Vier Espressos. Geht klar, Chef!«

Mit Ausnahme der für einen reibungslosen Ablauf nötigen Worte sprachen wir für den Rest unserer Arbeitszeit nicht mehr miteinander. Als der letzte Gast gegangen war, räumten wir die Küche auf und setzten uns zum Essen an einen Tisch. Heike löffelte den Linseneintopf und tippte mit dem linken Zeigefinger unentwegt auf ihrem Smartphone. Sie wusste, dass ich das nicht ausstehen konnte. Es war ihre Rache, weil ich sie angeschrien hatte.

»Und?«, fragte ich. »Was Interessantes?«

»Sören.«

»Und dann tippt Ihr so viel hin und her? Wahrscheinlich schreibt er mehr als er redet. Ich hatte gestern in der Klinik das Vergnügen, mit diesem jungen Mann zu speisen.«

»Wie sich das schon anhört! Mit diesem jungen Mann zu speisen!«, äffte Heike mich nach.

»Du bist immer noch eingeschnappt wegen vorhin.«

»Und wenn schon. Genau wie Toti hältst Du Sören für eine Lusche.«

»Unsinn! Ich halte ihn für speziell. Ja, so würde ich es ausdrücken. Speziell.« – Ich lächelte sie an. Sie grinste zurück.

»Er ist eben Künstler«, stellte sie fest.

»Nicht jeder Künstler ist ein Soziopath«, konterte ich und bemühte mich, diese Bemerkung gleich wieder einzufangen. »Wenngleich es in der Struktur der künstlerischen Seele angelegt sein mag, zu einer gewissen Sonderlichkeit zu neigen.«

»Boah, Hans, laber nicht rum. Das nervt.«

»Ich bevorzuge eine halbwegs normale Ausdrucksweise«, stellte ich fest.

Eine Weile löffelten wir schweigend unseren Eintopf, der mir an diesem Mittag besonders gut gelungen war. Heute gestattete ich mir ein paar Stücke Mettwurst, da der Tumor und seine Zellen auf gesunde Ernährung zu pfeifen schienen. Heike schlürfte nun Löffel für Löffel, obwohl die Linsen nicht mehr allzu heiß waren. Um diese Geräuschkulisse zu durchbrechen, fragte ich:

»Warum hat Sören eigentlich keinen Künstlernamen? Irgendetwas Außergewöhnliches.«

Heike schaute mich verständnislos an: »Hat er doch!«

»Sören Schmitt?«

»Ja.«

»DAS ist sein Künstlername?«

»Ja.«

»Heike, bitte, das ist doch nicht normal. Wer nennt sich denn freiwillig Sören?«

»Sören ist sein richtiger Name, er hat seinen Nachnamen geändert. Sören sagt: Individualität ist eine Illusion. Deshalb ein Allerweltsnachname.«

»Wie hieß er denn vorher?«

»Ist das wichtig?«

»Und seine Eltern? Was machen seine Eltern? Wo kommt er her?«

»Du klingst jetzt ziemlich nach einem Vater, der wissen will, mit wem sich seine minderjährige Tochter rumtreibt.«

»Unsinn. Was machen seine Eltern?«

»Sein Vater ist irgend so ein Manager, was weiß ich, so einer wie Du warst, Chef bei einem Unternehmen, ein ganz Großer«, sagte sie und grinste dabei frech. »Und seine Mutter ist Hausfrau. Klassische Aufteilung des letzten Jahrhunderts eben.«

»Dann ist Sören ein verwöhntes Mittelschichtskind, wie?! Unterstützen sie ihn?«

»Wohl eher Oberschicht. Nein, er will nichts mehr mit ihnen zu tun haben. Sein Vater ist ein Arschloch, sagt er. Er wollte, dass Sören was mit Wirtschaft macht. Und als er gesagt hat, dass er Künstler werden will, hat ihn sein Alter einfach vor die Tür gesetzt. Sein Opa hat ihm zuerst noch geholfen, zu ihm hat er wohl noch Kontakt, aber der wollte auch einen anständigen Mann aus ihm machen. Also musste er selbst für sich sorgen. Er wollte was Sinnvolles tun. Deshalb hat er Krankenpfleger gelernt. Und nebenbei Taxi gefahren ist er auch schon immer. Verwöhnt würde ich das nicht nennen.«

»Ist ja schon gut. Ich habe verstanden. Sören ist toll. Was für Kunst macht er denn nun, abgesehen von bedruckten Spaghetti?«

»Skulpturen. Viel mit Bronze. Schwere Sachen.«

»Vom Gewicht her gesehen schwer? Oder meinst Du den Anspruch?«, fragte ich spitzfindig.

»Beides«, schoss Heike zurück. »Er hat wirklich gute Ideen. Schau Dir die Sachen doch einfach mal an!«

»Ja. Vielleicht. Mal sehen«, sagte ich.

Möglicherweise war Sören ganz anders als ich dachte. Vielleicht steckte in ihm ein wirklicher Künstler. Bei seiner seltsamen Einstellung zum Kunstbetrieb konnte ich mir seine Arbeiten weder in einer Galerie noch in einem Museum vorstellen. Wenn er glaubte, schon der Besuch einer Hochschule sei deformierend, so waren Ausstellungen vor einem kunstinteressierten Publikum in seinen Augen vermutlich der Todesstoß für jegliche Kunstausübung. Ich mochte mir gar nicht vorstellen, was passierte, sollte irgendjemand für ein Werk von Schmitt bezahlen wollen. Geld für Kunst war in seiner Logik gleichbedeutend mit Korruption. Ich lachte laut auf.

»Was ist lustig?«, fragte Heike.

»Nichts. Ich dachte nur an Sörens Ablehnung des Kunstmarkts. Meinst Du, er will überhaupt, dass ich mir seine Werke ansehe? Immerhin gehöre ich zum Establishment. Leute wie mich lehnt er ab. Dass er überhaupt mit mir redet, habe ich der Gnade der frühen Geburt zu verdanken, glaube ich. Ich gehöre nicht zu den Babyboomern.«

»Darüber habt Ihr gesprochen?«

»Unter anderem.«

»Das liegt an seinen Eltern.«

»Und deshalb glaubt er an eine Verschwörung dieser Menschen auf allen Ebenen von Kunst, Kultur, Wirtschaft und Gesellschaft? – Meine Güte, der Kerl ist wirklich sehr sonderbar. Aber es würde mich tatsächlich interessieren, was er kann. Wir können irgendwann einmal nach dem Mittagstisch zu ihm gehen, wenn er Zeit hat. Und wenn er damit einverstanden ist.«

»Ich sag's ihm. Er wird sich freuen.«

»Kann er das? Sich freuen?«

»So gut wie Du auf jeden Fall, Alter«, sagte Heike.

»Ich bin durchaus in der Lage dazu, wenn es einen entsprechenden Anlass gibt. Zum Beispiel würde ich mich freuen, wenn Du

147

mich nicht Alter nennen würdest.«

»Sei nicht empfindlich! Das hat nichts mit Deinem Alter zu tun. So rede ich eben.«

»Nennst Du alle Alter?«

»Das sagt man so.«

»Wer ist man?«

»Nerv nicht, Hans, in Deinem Alter sagt man das wahrscheinlich nicht so. Für Euch war noch alles knorke, was wir cool finden. Na und?«

»Ich habe niemals knorke gesagt«, sagte ich.

»Du weißt, was ich meine. Die Dinge ändern sich.«

»Ja, leider. – Nennst Du Frauen auch Alter, Margarete zum Beispiel?«

»Nein, was für ein Unsinn.«

»Wer ist eigentlich diese Uli, mit der sie immer zum Essen kommt?«

»Wieso willst Du das wissen? Gefällt sie Dir?«

»Nur so. Es ist doch gut, wenn man etwas über seine Gäste weiß. Meinst Du nicht?«

»Ich dachte immer, Du bist hinter Margarete her.« Jetzt lachte sie und lehnte sich zurück. »Aber vergiss es! Da wird nichts laufen.«

»Jetzt redest Du Unsinn. Margarete ist mir einfach nur sympathisch, und ich unterhalte mich gerne mit ihr, weiter nichts.«

»Dann ist es ja gut. Du ersparst Dir eine Enttäuschung. An Uli kommst Du nämlich nicht vorbei.«

»Soll das heißen ...«

»Meine Güte, das sieht doch ein Blinder. Sie sind schon ewig zusammen.«

»Aber Margarete war verheiratet! Sie hat Kinder!«

»Ja, und?«

»Uli ist eine FRAU!«, rief ich aus.

»Ja und nein.«

In meinem Leben hatte ich natürlich schon die ein oder andere Begegnung mit Homosexuellen gehabt. In den letzten Jahren, so war mein Eindruck, hatten sie sich explosionsartig vermehrt. Unser Außenminister war schwul, ich hatte seine Partei trotzdem gewählt, was ich inzwischen aus ganz anderen Gründen bereute. Im Fernsehen moderierten Schwule und Lesben erfolgreiche Magazine und auch in meinem Unternehmen hatte es Menschen mit dieser Neigung gegeben. Es war mir egal, solange man von mir kein Bekenntnis zur Homoehe und steuerlichen Gleichstellung gleichgeschlechtlicher Partnerschaften verlangte. Ich war dagegen. Schließlich gab es noch so etwas wie die Natur, die uns zu Männern und Frauen machte, die sich miteinander vermehren sollten. Die Evolution verlangte es.

Was mir Heike aber nun über Uli erzählte, spielte sich gänzlich außerhalb meines Vorstellungsvermögens ab. Menschen wie Uli, so hatte ich bisher gedacht, gehörten ins Varieté, als skurrile Attraktion. Vor zwei Jahrzehnten war sie noch ein Mann gewesen und hatte mit Frau und Kind zusammengelebt. Es war eine dieser Ich-bin-im-falschen-Körper-geboren-Geschichten. In diesem Punkt hielt ich unsere Gesellschaft für zu liberal. Weit weniger Menschen würden so etwas behaupten, wenn es gesellschaftlich oder am besten rechtlich stärker sanktioniert wäre. Alles und jedes zuzulassen, führte nur dazu, dass labile Menschen sich irgendetwas einbildeten und das dann auf Kosten der Allgemeinheit ausleben wollten. Das dachte ich, während Heike weiterredete. Natürlich hörte ich wie gebannt zu. Und je mehr ich hörte, umso weniger konnte ich mir vorstellen, dass Margarete bei Uli gut aufgehoben war.

Eines Tages sei der Druck zu groß gewesen, Uli habe mit ihrer Frau gesprochen und versucht, ihr zu erklären, was nicht stimmte mit ihr oder ihm. Verständlicherweise war die Frau alles andere als begeistert gewesen, und hatte Uli, da er/sie sich nicht umstimmen ließ, kurzerhand hinausgeworfen. Nichts und niemand konnte diesen Menschen davon abhalten, den einmal eingeschlagenen Weg weiterzugehen. Es folgte ein – von Heike als Martyrium bezeichneter – Lebensabschnitt, der sich über mehrere Jahre, Ärzte und Operationen hinzog und an dessen Ende ein neuer Mensch herauskam.

Uli war schließlich von Köln nach Düsseldorf gegangen, um sich den Anfeindungen der alten Freunde und Bekannten zu entziehen und ein neues Leben anzufangen. Als freie Autorin von Reiseführern konnte sie überall arbeiten. Vor ungefähr zehn Jahren habe sie auf der Suche nach einer Wohnung in Margarete nicht nur ihre neue Vermieterin, sondern auch die Frau fürs Leben gefunden, sagte Heike mit einem leichten Seufzen.

»Ist das nicht schön?« Heike lächelte.

»Nun, ja, es erscheint mir alles etwas, wie soll ich sagen, unnatürlich.«

»Och, bitte, Hans, ich will mit Dir nicht schon wieder über das Thema Natur diskutieren. Das führt doch zu nichts.«

Ich konnte mich nicht erinnern, jemals mit ihr darüber gesprochen zu haben, ließ es aber auf sich beruhen. Mich interessierte vielmehr, ob sich ein Kampf um Margarete überhaupt noch lohnen würde. Gleichzeitig fragte ich mich, warum ich sie überhaupt haben wollte. Liebe, erotische Anziehung oder die Unmöglichkeit, sie zu bekommen?

»Und wieso hat sich Uli operieren lassen, wenn sie jetzt wieder mit einer Frau zusammen ist?«, fragte ich.

»Es ging doch nicht darum, mit wem sie zusammen sein wollte, sondern darum, wer sie war und dass sich das falsch anfühlte.«

»Ist Margarete also lesbisch oder, weil sie nun mit einem ehemaligen Mann zusammen ist, gerade nicht?«, fragte ich.

»Ist das wichtig?«

Für mich schon. Aber ich antwortete ihr nicht mehr, da mir das Thema auf den Magen geschlagen war. Ich entschuldigte mich und ging zur Toilette.

Heike war bereits gegangen, als ich wenige Minuten später in den Gastraum zurückkehrte. Sie hatte mir einen Zettel mit der Aufschrift »Bis morgen, Alter ;-)« hinterlassen. Ich räumte das restliche Geschirr in die Spülmaschine, schaltete sie ein und verließ das Lokal. Spätestens in einer halben Stunde würden Toti und Fidelia hier sein, um alles für den Abend vorzubereiten.

Wie immer ging ich für meinen täglichen Spaziergang einen Umweg durch den Park. Es war nicht besonders warm, dafür aber sehr schwül. Schon nach ein paar Schritten fing ich an zu schwitzen und hatte Mühe zu atmen. In meinem Bauch rumorte es, und mit einem Mal wurde mir klar, dass Linseneintopf kein leichtes Sommergericht war.

Eigentlich hatte ich, Hoffmans Rat folgend, über mich selbst und meine Stimmungslage nachdenken wollen. Auch wenn ich mich weiterhin weigerte, seelische Ursachen für meinen Zustand verantwortlich zu machen, wollte ich die Möglichkeit nicht gänzlich ausschließen. Beim Spazierengehen konnte ich hervorragend nachdenken – nur nicht heute. Ich sah Margarete und ihre Freundin, ich rief mir die Gelegenheiten ins Gedächtnis zurück, zu denen ich ihnen im Lokal begegnet war und versuchte, im Nachhinein Zeichen inniger Vertrautheit zwischen den beiden zu entdecken. Es funktionierte nicht. In meinem Kopf waren sie gute Freundinnen. Und doch drängten sich Bilder in meine Gedanken, die ich nicht sehen wollte: wie sich die beiden küssten, sich umarmten, miteinander schliefen. Ich ekelte mich.

Als ich den Park erreicht hatte, war ich in Schweiß gebadet und fühlte mich hundeelend. Am liebsten wäre ich direkt nach Hause gegangen, doch versuchte ich, kräftig auszuschreiten. Die Skulptur eines steinernen Affen am Wegesrand glotzte in Denkerpose zu Boden. Zwei jugendliche Radfahrer schnitten mich rechts und links. Vor mir schob sich eine Wand aus vier Müttern mit Kinderwagen langsam voran. Ich wich auf die Wiese aus, überholte sie, erwischte mit dem linken Schuh einen Hundehaufen. Auch das noch! Ich begann, den Fuß immer und immer wieder über die Wiese zu ziehen. Dabei gesellten sich wütende Tränen zum Schweiß auf meinem Gesicht. Eine ältere Dame mit Rollator blieb stehen und schaute verstohlen zu mir herüber. Sie schüttelte den Kopf und schlurfte davon. Während der Fuß weiter wie von selbst übers Gras zog, wischten die Hände über mein Gesicht, konnten der salzigen Flut aber nicht Herr werden. Meine Versuche, mich durch tiefes Atmen selbst zu beruhigen, scheiterten an den Schmerzen im Bauch. »Scheiß Linsen!«, zischte ich.

»Scheiße, Scheiße, Scheiße!«, rief ich laut aus und stampfte dazu mit dem linken Fuß auf den Boden. Dann heulte ich mitten auf der Wiese einfach los. Ich schlug die Hände vors Gesicht und weinte, wie an jenem Abend, als ich mit Margarete zum ersten Mal im Zantes war. Kein Halten, kein Atmen, kein Ende, ich keuchte, weinte, spuckte, hustete und ekelte mich vor mir selbst. Nur weg hier. Doch wie, wenn es nicht aufhörte, mich zu überfluten, wenn es nicht loslassen wollte, wenn es mich schüttelte, mich mit eisernem Griff zwang, weiter zu heulen, um mich selbst zu weinen? Bis es aufhörte, blieb ich alleine. Keinen kümmerte es, wenn ein kleiner alter Mann vor sich hin jammerte. Wahrscheinlich war es dem Publikum ebenso peinlich wie mir selbst und ich hoffte, als ich mich gesenkten Kopfes langsam zum Ausgang schleppte, niemandem zu begegnen, der mich kannte.

Als hätte es eines letzten Beweises zur Bestätigung für Romanowas Hypothese über meinen gesundheitlichen Zustand bedurft, drängten meine Eingeweide mich nun dazu, so schnell wie möglich nach Hause zu kommen. Ich achtete beim Überqueren der Straße nicht auf den Verkehr. Ich rannte fast, blieb zwischendurch immer wieder stehen, um mich darauf zu konzentrieren, nicht in die Hose zu machen. Ich musste ein beschämendes Bild abgeben.

Als ich in meine Straße einbog, hätte ich sie beinahe überrannt, Roberta von Rehmsbrunn, diese Frau, die immer dann auftauchte, wenn man es überhaupt nicht gebrauchen konnte. Sie sah mich voller Entsetzen an. Ehe sie etwas sagen konnte, war ich auch schon weitergelaufen und über die Maßen erleichtert, als ich mein Haus endlich erreicht hatte.

Später am Abend saß ich in dem Ohrensessel im Wohnzimmer und starrte ins Nichts. Ich war erschöpft, wollte aber nicht schlafen gehen. Auf einmal fürchtete ich mich vor der Bewusstlosigkeit. Die groteske Liebe von Margarete und Uli hatte etwas derart Ausschließendes für mich, dass ich mich losgelöst von allem fühlte. Alleine.

Ihr Zusammensein machte mich einsam. In diesem Moment fehlte mir meine Frau, die Gesa von früher, vom Anfang unserer Ehe.

Sie war gerade einmal 21 Jahre alt gewesen, als wir geheiratet hatten. Ihre Schönheit übte eine ebenso unwiderstehliche Anziehung auf mich aus wie ihr Name. Ihr Großvater war der berühmte Schriftsteller Ruprecht Layenbriefer, dessen Schaffen den Literaturnobelpreis verdient hätte, für den er immer wieder im Gespräch gewesen war. Ich liebte seine Werke, und diese Liebe war groß genug, seine Enkelin mit einzuschließen. Ihre Liebe zu mir hatte etwas Unverbrauchtes, Unschuldiges, Unbedingtes, das mir als damals 45-Jährigem schmeichelte. Ich war verrückt nach ihr. Ich musste sie unbedingt haben. Wir wollten Kinder, doch bald stellte sich meine Zeugungsunfähigkeit heraus, und so lebten wir ein anderes Leben. Gesa studierte Jura, promovierte summa cum laude und machte ihre eigene Karriere. Ich hatte nichts dagegen, unterstützte sie dabei und verhalf ihr zu ihrer ersten Anstellung. Irgendwann lebten wir dann nebeneinander und fühlten uns wohl dabei. Wir konnten uns eben einfach aufeinander verlassen. Das fehlte mir heute sehr. Gut, jeder hatte seine Affären, nichts Ernstes, nichts von Dauer, so war es jedenfalls bei mir gewesen. Mein Eheversprechen nahm ich ernst, Treue verstand ich als Loyalität, nicht als sexuellen Alleinanspruch, den ein Mann ohnehin von Natur aus niemals erfüllen konnte.

Doch mit ihrem letzten Seitensprung war Gesa zu weit gegangen. Wir hatten ein Gentlemen's Agreement und erlaubten uns gegenseitig, außereheliche Beziehungen zu führen, diese jedoch nicht in übertriebenem Maße öffentlich zu machen. Der Liebhaber, mit dem sie ihren Urlaub auf Mallorca verbracht hatte, war einer der wichtigsten Manager meines Unternehmens gewesen, und das verstieß eindeutig gegen unsere Abmachung. Niemals, so unsere stille Übereinkunft, wollten wir unsere Affären im engeren Bekanntenkreis oder gar am Arbeitsplatz des anderen suchen. Dass Gesa diese Regel gebrochen hatte, erfuhr ich nur deshalb, weil sie während ihrer Reise entführt worden war und ich sie auslösen sollte. Die Geschichte endete tragisch.

Jetzt, in diesem Moment hätte ich Gesa gerne bei mir gehabt, mit ihr gesprochen, ihr alles gesagt, mich bei ihr entschuldigt. Aber wie entschuldigt man sich bei einer Toten? Und ich wusste, wenn ich jetzt schlafen ginge, würde sie mich auf ihre Art heimsuchen, immer aufs Neue emporgezogen von ihrer liebsten Gefährtin: meiner Schuld.

Kapitel 8

in dem unser Held noch schlimmere Bauchschmerzen bekommt, immer weniger zu werden beginnt und fest daran glaubt, einen Verbrecher enttarnt zu haben.

Ich habe nie verstanden, wieso der Markt für Diäten so groß werden konnte. (Ich habe nie darüber nachgedacht.) Mein Gewicht blieb über die Jahre mehr oder weniger auf dem gleichen Niveau. Mit der Zeit war mein Bauchumfang etwas größer geworden, doch war ich keinesfalls dick. Wie viel ich wog, spielte für mich nie eine Rolle, und ich mochte den Aufstand ums Essen nicht. Wenn sich eine Frau im Restaurant von einem Salat über ein wässriges Süppchen bis zu einem Obstteller zum Dessert durchdiätierte, verging mir der Appetit. Ein angemessenes Gewicht war keine Frage von Kilokalorien, sondern von Wissen und Disziplin. Wenn all das Geld, das westliche Gesellschaften in Diäten steckten, in Bildung investiert werden würde, wären nachfolgende Generationen deutlich dünner. Abnehmen beginnt im Kopf, war meine Standardaussage zu diesem Thema. Und ich sollte auf eine ganz besondere Art Recht behalten.

Nach meinem kleinen Zusammenbruch im Park bewältigte ich meine alltäglichen Aufgaben routiniert, aber lustlos. Insgeheim hoffte ich beinahe darauf, den Zellveränderungen meines Tumors bald zum Opfer zu fallen. Die Beschwerden im Bauch waren nicht mehr so heftig, jedoch immer unterschwellig vorhanden. Jedes Zwicken deutete ich nunmehr als eine der unzähligen Metastasen, die sich in rasanter Geschwindigkeit durch alle meine Organe fraßen. Es schockierte mich nicht. Angst hatte ich vor den Schmerzen, nicht vor dem Tod. Nun war es Zeit, Vorkehrungen zu treffen und eine Patientenverfügung zu hinterlegen. Keinesfalls wollte ich an medizinischen Maschinen angeschlossen unnötig lange dahinvegetieren. Bei meiner nächsten Untersuchung musste ich Hoffmann auf jeden Fall darauf ansprechen. Mein Testament hatte ich nach Gesas Tod bereits geändert. Alles, was ich noch besaß, würde in eine Stiftung fließen, deren einziges Ziel es war, Künstler zu fördern. Ich hatte keine Nachkommen, keine Geschwister, keine engen Verwandten oder wirkliche Freunde, denen ich etwas vermachen wollte. Für Erika und Werner war gesorgt, sie würden in den Genuss einer lebenslangen, zusätzlichen Rente kommen. All diesen Gedanken widmete ich mich, die Erlösung vor Augen, mit großer Gelassenheit.

Anderthalb Wochen nach der Rebiopsie rief Hoffmann mich persönlich zu Hause an, er ließ sich nicht einmal von seiner Assistentin verbinden. Ein deutliches Zeichen für den Ernst meines Zustands, dachte ich, und machte mich auf mein Todesurteil gefasst.

Ein bedauerlicher Fehler, begann der Professor leise, sei dafür verantwortlich, und wenn er mir mit seiner früheren Aussage in den letzten Nächten den Schlaf geraubt habe, so tue es ihm sehr, sehr leid, aber so etwas passiere immer da, wo gearbeitet würde. Leider, leider passierten auch in so einem sensiblen Bereich wie in der Medizin Fehler, und nicht wenige. Kurz und gut, meine Zellen seien keinesfalls verändert, das Referenzlabor habe nichts entdecken können, der Irrtum, der die ganze Aufregung in Gang gesetzt habe, läge in der Klinik selbst. Eine Verwechslung in der Hektik der Arbeit. Man habe ihm, dem Patienten, nun einmal schnell Ergebnisse liefern wollen. Vielleicht müsse man sich einfach mehr Zeit nehmen. Unverzeihlich. Aber nicht zu vermeiden. Trotz höchster Qualitätsansprüche. Es bleibe nun bei den quartalsweisen Untersuchungen und dem Aktiven Beobachten. Ich solle nur weiter so gut mit mir umgehen, dann stehe einem langen, erfüllten Leben nichts im Wege, und, bitte, die Bauchgeschichte nicht außer acht lassen. Abschließend wünschte er mir einen schönen Abend und eine ruhige Nacht.

Trotz meiner gegensätzlichen Hoffnung auf ein baldiges Ende, war ich erleichtert. Ich trank zur Feier des Tages einen Whiskey. Anschließend ging ich gut gelaunt, aber müde ins Bett – und erlebte die schlimmste Nacht seit dem Tod meiner Frau.

Ich träumte von entsetzlichen Bauchschmerzen. Zugleich überlegte ich, ob dies ein Traum war oder ob er, wenn es einer war, nicht von realen Zuständen motiviert sei. Mein Verlangen aufzuwachen war so groß wie meine Unfähigkeit dazu. Hände, die aus meiner Matratze gekommen sein mussten, hielten mich zurück wie eiserne Klammern. Ich spürte sie überall auf meinem Oberkörper. Real. Es war, als seien sie extra zu dem Zweck, mich an der Flucht ins Wache zu hindern, herausgekommen. So blieb ich unbeweglich dem Unbewussten ausgeliefert, so sehr mein Wille auch dagegen zu kämpfen vorgab. Mit einem Mal wurde mir klar, wessen Hände mich hielten, und auch wenn es mehr als zwei waren, gehörten sie doch nur zu dieser einen Person. Sie waren schwarz, verwest, das war mir klar, obwohl ich sie nicht sah, denn ich hielt die Augen geschlossen und vermied den Blick auf meinen Körper. Ich hatte sie schon so oft gesehen und spürte ihre raue Oberfläche direkt auf meiner Haut. Meine Pyjamajacke war nicht vorhanden, obwohl ich sicher war, sie noch zu tragen. Im Traum weinte ich und wand mich unter den schwarzen Händen, doch sie griffen nur noch fester zu, packten mir in die Eingeweide, als sei nun auch keine Haut mehr da, mich zu schützen. Und obwohl alles nass war von Schweiß und Blut, blieben Gesas Hände trocken, staubig, überzogen mit schorfigen Fetzen. Sie wühlten in meinem Bauch, massierten, wonach sie griffen, quetschten und verdrehten alles, was ihnen in die Finger kam, und nahmen es heraus. Nur mein Herz konnten sie scheinbar nicht erreichen, es pochte wie wild, schlug Alarm, Adrenalin forderte zur Flucht auf, meine Füße strampelten. All dies erlebte ich bei vollem Traumbewusstsein, ohne jede Chance zu entkommen. Dem unvermeidlichen Ende entging ich nur aufgrund der Unfähigkeit, den eigenen Tod zu träumen. Das Gehirn weiß, dass es nicht tot sein kann, wenn es gerade träumt. Aber wünschen kann es sich diesen Tod trotzdem. Eine der Hände ließ schließlich von ihrem Tun ab, erhob sich über mein Gesicht, ich hielt die Augen geschlossen, doch ich wusste, dass sie da war, direkt vor meinen Augen. Ich roch den ekligen Gestank von Exkrementen. Die Hand fuhr nieder, öffnete mir gewaltsam den Mund und stopfte hinein, was sie vorher aus dem Bauch geholt hatte. Mit einem letzten Schrei wachte ich auf. In dieser Nacht wollte ich kein Auge mehr zumachen.

Heike und ich betraten den Hausflur. Es war ein früher Nachmittag Anfang August, trotzdem war es hier unten recht finster und im Vergleich zur schwülen Luft draußen kaum weniger feucht, dafür kühler. Das Haus grenzte an das Nachbarhaus der Akutas. Am Vormittag war Heike aufgeregt ins Zantes gekommen und hatte voller Freude angekündigt, dass Sören uns beide an diesem Tag in seiner Wohnung erwartete. Wenn ich ihre Freude auch nicht unbedingt teilen konnte, so war ich doch gespannt auf die Kunstwerke, die dieser verschrobene Mensch schuf.

Nach meinem Horrortraum waren die folgenden Nächte traumfrei vergangen, ich vergaß das Erlebnis nach und nach und konzentrierte mich auf meine Arbeit für den Rentnermittag. Zusammen mit Heike lief das Unternehmen erstaunlich gut. Wir verstanden uns, zumindest was die Arbeit betraf, besser, als ich es erwartet hatte. Da sie als Grafikerin zu dieser Zeit sehr wenig zu tun hatte, übernahm sie den Einkauf zusammen mit Werner. Wenn Margarete und Uli zum Essen kamen, bemühte ich mich, sie wie alle anderen zu behandeln. Dennoch fiel es mir schwer, meine Abneigung Uli gegenüber zu verbergen. Ich tat es nur, um Margarete nicht vor den Kopf zu stoßen. Dabei hätte mir nun endgültig klar sein müssen, dass aus uns nichts werden würde. Sie beachtete mich kaum, und wenn sie mit mir sprach, dann war es nicht selten eine Bemerkung zu meiner Steuergeschichte, mit der sie mich nach wie vor aufzog. Ich schenkte ihr dafür stets ein selbstironisches Lächeln und das Achselzucken des Schuldigen, der nun einmal in der Klemme steckte und nicht mehr aus der Sache herauskommen würde.

Das Verfahren wegen Steuerhinterziehung lief, und ich überließ es meinem Anwalt, sich darum zu kümmern. Ich achtete weiterhin auf meine Ernährung, ging täglich spazieren und trainierte dreimal in der Woche bei Fitback. Mein Bauch hatte sich nach dem nächtlichen Angriff der Hände erholt, und Schmerzen hatte ich kaum noch. Sonderbar war allerdings, dass ich in den folgenden Wochen an Gewicht verlor. Ganz langsam. Meine Hosen saßen lockerer, ich wechselte einfach zum nächsten Loch in meinem Gürtel und maß der Tatsache keine große Bedeutung zu. Beim Training fiel es mir zunehmend schwerer, die Gewichte zu erhöhen, wahrscheinlich war ich austrainiert, so dachte ich, und sollte bei Gelegenheit zu anderen Geräten wechseln.

Als wir nun die Treppen zu Sörens Dachwohnung hinaufstiegen, musste ich meine Hose immer wieder hochziehen. Offensichtlich hatte ich weiter abgenommen. Ich nahm mir vor, morgen früh auf die Waage zu steigen, um mein Gewicht fortan zu kontrollieren. Heike war deutlich schneller als ich und begrüßte mich auf dem obersten Treppenabsatz mit einem ihrer üblichen Alter-Mann-Sprüche. Ich ignorierte sie und versuchte, in der stickigen Luft zu Atem zu kommen, meine Kondition war schlechter geworden.

Die schmale Holztür stand einen Spalt offen. Heike schob sie auf und rief nach ihrem Freund. Zur Antwort hörten wir die Toilettenspülung, dann quietschte eine Tür, und Sören schlurfte aus dem Raum rechts von uns in den kleinen Flur. Er stand nun direkt vor uns und sah uns an, als hätte er niemanden erwartet, ja, als müsse er lange überlegen, bis er wusste, wer wir waren. Ich hielt das für einen Teil seiner Show. Langsam zog er den Reißverschluss seiner Hose hoch und wischte sich ein paar strähnige Haare aus der Stirn. Erst dann brachte er ein langgezogenes Hallo über die Lippen und wandte sich dem Raum gegenüber der Eingangstür zu, in dem sich offensichtlich seine Küche befand. Er schaute hinein. Wir taten es ihm gleich, und da keiner etwas sagte, verharrten wir in dieser Haltung. Nur mein keuchender Atem war zu hören.

»Gut«, sagte ich schließlich. »Sehr nett, dass Sie uns eingeladen haben.«

»Ich mach mal einen Kaffee«, sagte Heike und schob sich an Sören vorbei in die Küche.

Eigentlich hatte ich erwartet, dass die beiden ein Paar waren. Auch Heikes selbstverständliche Okkupation der Küche hätte dafür gesprochen, doch berührten sie sich nie, selbst jetzt nicht zur Begrüßung. Ich schloss die Wohnungstür und folgte Heike in die Küche, da der Bewohner immer noch nichts sagte. Die beiden Flügel des

Gaubenfensters waren weit geöffnet und ein warmer Luftzug traf mein verschwitztes Gesicht. Heike setzte einen Wasserkessel auf den Herd und füllte Kaffeemehl in eine Glaskanne. Die Küche war sauber, alles schien am richtigen Platz zu stehen, und in der Spüle türmte sich wider Erwarten kein dreckiges Geschirr. Ich hatte Sören falsch eingeschätzt.

»Nimmst Du mal drei Kaffeepötte aus dem Schrank neben Dir, Hans? Der linke.«

Zwar arbeiteten wir normalerweise in einer Küche zusammen, doch in dieser mir fremden Umgebung scheute ich davor zurück, Schränke zu öffnen, selbst wenn sich darin nur Geschirr befand. So blieb ich unschlüssig davor stehen.

»Na, was denn? Es ist okay. Nimm sie doch bitte einfach raus!«, sagte Heike.

Kurz sah ich mich zu Sören um, doch der war immer noch damit beschäftigt, die stickige Luft mit seinem starren Blick zu durchbohren, also nahm ich die Tassen aus dem Schrank.

»Die Wohnung ist cool«, sagte Heike. »Die Küche finde ich total schnuckelig.«

Ich hob nur kurz die Augenbrauen und nickte dann. Das Wort ›schnuckelig‹ klang aus ihrem Mund seltsam unecht.

»Und er hat das gesamte Dachgeschoss für sich. Auf der einen Seite ist sein Atelier mit total schönen Dachfenstern. Auf der anderen Seite der Wohn- und Schlafbereich, na ja, und das Klo eben.«

Als habe diese Erklärung ihm gegolten, setzte sich Sören in Bewegung wie jemand, der eine neue Umgebung erkunden wollte. Er verschwand aus unserem Blickfeld.

»Was jetzt?«, fragte ich Heike leise.

»Geh hinterher! Er will Dir die Wohnung zeigen. Und seine Arbeiten.«

Ohne große Lust folgte ich dem Gastgeber und fand mich in einem großen, hellen Raum wieder. Das Atelier – oder zumindest der Raum, in dem er seine Arbeiten vorbereitete. Die Wände waren zugepflastert mit Skizzen und Zeichnungen, die Entwürfe für seine

Skulpturen, so nahm ich an. Drei große Planschränke standen an der gegenüberliegenden Wand nebeneinander und bildeten eine Tischfläche, auf der ein unübersichtliches Sammelsurium an Werkzeugen lag. Links davon stapelten sich Styropor-Klötze und darauf lagen ein paar Platten Modellierwachs. Rechts und links fanden sich jeweils zwei kleine Gaubenfenster, doch das Licht kam über die vier großen Fenster im Giebeldach. Unter einem stand eine Klappleiter. Durch das Fenster konnte man ein schmales Ausstiegspodest sehen, das auf dem Dach für den Fall eines Feuerwehreinsatzes angebracht war. Auf dem Rost lag ein schmaler Fransenteppich. Sören schien das Metallgestell dort oben als Balkon zu nutzen. Er bemerkte meinen Blick und zeigte sein schiefes Lächeln.

»Klasse Aussicht da oben. Man sieht«, sagte er und machte eine Pause, um den Satz dann nach einer halben Minute zu vollenden, »bis zum Grafenberger Wald.«

»Ein bisschen gefährlich als Balkon, oder?!«

»Ich gehe zum Rauchen manchmal hoch. Und zum Nachdenken.«

Er stellte sich zu der Leiter, hielt sie mit beiden Händen fest und sah mich an. Zuerst zögerte ich, dann wollte ich aber doch wissen, wie es da oben aussah und stieg die Alustufen empor. Auf der obersten Ebene angekommen, hielt ich mich am Fensterrahmen fest und schaute hinaus. Er hatte recht, die Aussicht war beeindruckend. Von hier aus betrachtet erschien das Podest gar nicht mehr so instabil. Es war rechts und links an eine Laufrostanlage angeschlossen, die sich über die Dächer beider Nachbarhäuser zog. Auf der linken Seite endete der schmale Steg über dem Abgrund zu dem Haus der Akutas, das eine Lücke in der sonst recht einheitlichen Dachlandschaft bildete. Trittstufen führten am Ende des Stegs bis zur Dachrinne hinunter, wo eine Fangkonstruktion den Übergang zur Feuerleiter markierte. Im Brandfall war man hier gut abgesichert. Sören musste schwindelfrei sein, wenn er in der Lage war, alltäglich hier hinauf zu gehen. Ich kletterte die Leiter vorsichtig wieder hinunter. Inzwischen war Heike mit einem Tablett hereingekommen, auf dem drei Kaffeetassen standen.

»Wo soll ich es abstellen?«, fragte sie Sören, und in ihrem Blick lag etwas, das ich bei ihr bislang noch niemals gesehen hatte: Unsicherheit. Sören antwortete mit einem kaum merklichen Zucken des Kopfes, das wohl in Richtung der Planschränke weisen sollte. Heike setzte das Tablett vorsichtig ab und schob einen hölzernen Hobel mit dem Tablettrand leicht nach hinten. Sören schnaubte. Heike zuckte zusammen.

»Sorry. Ist hoffentlich nichts passiert«, sagte sie leise, den Kopf ein wenig zwischen die Schultern gezogen.

Der Hobel war weder umgefallen noch in irgendeiner Weise beschädigt worden. Sie hatte ihn nur ein wenig nach hinten bewegt, doch das schien die Ordnung der Dinge für Sören massiv zerstört zu haben. Er machte zwei schnelle Schritte und zog das Tablett weiter nach rechts, um den Hobel wieder in seine Ausgangsposition zu bringen. Heike blickte nun ängstlich zu ihrem Freund.

»Fein«, sagte ich, um die Situation zu entschärfen, wenngleich ich nicht wusste, was den Soziopathen so getroffen hatte. »Und wo befinden sich Ihre Werke?«

Sören starrte auf den Hobel. Heike sah ihn an, wie eine Mutter, die darauf wartete, dass ihr Sohn dem Lehrer die richtige Antwort gab. Sie nickte mehrmals auffordernd: Du kannst es doch!

Unbeeindruckt davon schlurfte der Künstler, den Blick nicht vom Hobel lassend, in eine Ecke des Raumes und nahm ein großes Laken zur Seite. Darunter kam eine einzige Bronzeplastik zum Vorschein, ein längliches Gebilde, das vielleicht einen Meter lang war und von dem ein oberer Teil wie gewaltsam abgebogen in die Höhe ragte. Die solchermaßen getrennten Teile wirkten wie ein in der Länge von großer Kraft auseinandergerissener, länglicher Stahlblock. An der Spitze der abgebogenen, oberen Hälfte war ein Haken angebracht, der am hinteren Ende der Plastik verankert und von dort aus durch ein Stahlseil mit dem Haken am unteren Teil des Stahlträgers verbunden war. Diese Vorrichtung suggerierte die unmögliche Möglichkeit eines Zuklappens der Konstruktion, sofern man die Haken entfernte. Die Fläche zwischen den getrennten Teilen war jeweils ganz glatt, bis auf einen nur ein paar Zentimeter großen Teil aus zwei ineinandergeschobenen Quadern, die in der unteren Strebe einen leuchtend rot lackierten Hohlraum hinterlassen hatten. Ihr exaktes Pendant fand sich als eckige Ausbuchtung, fast in der Form eines winzigen Flachdachbungalows, an der oberen Strebe. Eine erstaunlich präzise Arbeit für einen in seinem Auftreten eher nachlässigen Typen wie Sören. Und eine überraschend ausgereifte. Sie hatte nichts Außergewöhnliches, Rebellisches oder Avantgardistisches. Sie erschien mir wie das Werk eines seit langem etablierten und beim Publikum erfolgreichen Künstlers in den besten Jahren.

»Warum hast Du nur die Odin-Brücke hier?«, fragte Heike mit weit aufgerissenen Augen. »Wo sind die anderen?«

»In der Werkstatt«, sagte Sören knapp. Heike schaute in ihre Tasse.

Offensichtlich mochte Sören mir nicht mehr zeigen als diese Bronze. Die Zeichnungen an den Wänden zeugten von einem deutlich breiteren Spektrum seiner Arbeiten. Besonders auffällig waren rund zehn Bögen Papier, die wie in großer Eile nebeneinander an der Wand angebracht waren und einen männlichen Körper in unterschiedlichen Positionen zeigten. Er trug seltsame Kleidung, die entfernt an die römischer Legionäre in amerikanischen Monumentalfilmen erinnerte. Seinen Kopf bedeckte eine Art großer, stählerner Hut, der aus Gold sein mochte, auf den Bleistiftzeichnungen wirkte er starr wie ein Helm. Vom Gesicht des Mannes war wenig zu erkennen, da er einen langen Vollbart trug, nicht unähnlich jenem Standardbart in Gottesdarstellungen. Auf zwei oder drei Blättern hatte er so etwas wie eine überdimensionale Pfeffermühle in der Hand, die womöglich ein Phallussymbol darstellen sollte.

»Sind das Studien zu einer Skulptur?«, fragte ich Sören und wies auf die Zeichnungen.

»Eine Auftragsarbeit.«

»Auftragsarbeit? Sie übernehmen so etwas wie Kunstaufträge? Das erstaunt mich.«

»Nein, mache ich nicht«, sagte Sören, ohne weitere Erklärungen zu liefern.

»Dein Kaffee wird kalt, Hans, trink doch etwas«, sagte Heike und hielt mir die Tasse hin. Ihre Stimme klang höher.

»Danke«, sagte ich. »Gut, keine Auftragsarbeit. Aber: Wer ist das auf den Skizzen, wenn ich fragen darf?«

»Ein Rollenspieler«, sagte Sören.

»Was spielt Ihr? Römer? Götter?« Ich bemühte mich, ernst zu bleiben.

»Germanische Mythologie«, sagte Sören ebenfalls ernst.

Ich nickte, als hätte ich verstanden.

»Wie gefällt Dir denn nun die Plastik?«, fragte Heike und zog mich von den Skizzen weg.

»Sehr schön. Wirklich, sehr schön. Eine gute Arbeit. Sie überrascht, sie verwirrt, sie spielt mit meiner Realitätserfahrung. Sehr gelungen, möchte ich sagen. Gibt es noch ähnliche Arbeiten? In der Werkstatt vielleicht?«, fragte ich Sören.

»Alles ist anders. Warum sollte ich Ähnliches machen? So wie es ist, ist es eins. Vielleicht lasse ich es wieder einschmelzen, für etwas anderes.«

»Das sollten Sie auf keinen Fall tun!«, rief ich entsetzt aus. »Würden Sie das tatsächlich übers Herz bringen?«

»Warum nicht? Wenn es fertig ist, ist es vorbei. Alles ist wieder wie vorher. Das Eigentliche ist das Werden. Danach hat es nichts mehr mit mir zu tun. Ich weiß nicht, wie es ist. Gut oder schlecht. Es steht da. Ich verbinde nichts damit. Es ist irgendein Gegenstand. Ohne Bedeutung.«

»Und der Rollenspieler? Soll das auch eine Plastik werden? Bronze? Stein?«

»Diabas.«

»Grünstein. Interessant.«

»Es gibt nichts Besseres für ihn. In Lebensgröße. Er war ein Guter.«

»Ein guter was?«, fragte ich.

»Meinst Du, so eine Plastik ließe sich ausstellen?«, fragte Heike und wies auf die Bronze.

»Schwer zu sagen. Der Künstler ist zwar noch keine 30, aber trotzdem macht er Sachen wie ein 50-Jähriger. Das ist das Problem mit den Galerien. Wenn Du jung bist, musst Du was Außergewöhnliches machen, in dem ein Potenzial erkennbar ist. Dieses Stück lässt kein Potenzial mehr erkennen, Sören ist kein junges Talent, sondern ein früh gealterter Meister. Schwer verkäuflich«, sagte ich.

»Keine Galerie«, sagte Sören und sah Heike finster an. Sie schüttelte den Kopf und sah mich flehend an.

»Warum machen Sie das hier?«, fragte ich Sören.

»Weil ich will«, war seine knappe Antwort.

»Und Sie möchten der Welt nicht zeigen, was Sie schaffen?«

»Warum?«

»Weil Sie das Leben anderer damit bereichern könnten.«

»Warum sollte ich das tun?«

»Um Anerkennung zu finden.«

»Brauche ich nicht.«

»Jeder braucht Anerkennung.«

»Sie fehlt mir nicht«, sagte Sören so nüchtern und selbstverständlich, dass man ihm glauben musste.

Ich hatte recht gehabt, der Junge war ein Soziopath. Ein möglicherweise begnadeter Künstler, der sich nur für sich selbst interessierte. In diesem Moment wurde mir klar, dass ihm nichts daran liegen konnte, mir seine Arbeit zu zeigen. Ich war nur hier, weil Heike an ihn glaubte und ihn gegen seinen eigenen Willen dazu bringen wollte, endlich an die Öffentlichkeit zu gehen.

»Wenn Sie das so sehen, ist das Ihr gutes Recht. Es sind Ihre Werke und Sie bestimmen, was damit geschieht. Sollten Sie es sich jemals anders überlegen, bin ich gerne bereit, Ihnen zu helfen. Für heute kann ich Ihnen nur den Rat geben, ein einmal fertiggestelltes Kunstwerk nicht wieder zu zerstören. Stellen Sie es einfach in den Keller oder sonst wo hin. Aber lassen Sie es bestehen!«

Sören zuckte zur Antwort nur mit den Schultern.

»Und ich würde mich sehr freuen, Ihren Rollenspieler einmal als fertige Skulptur anschauen zu dürfen«, setzte ich hinzu.

»Mal sehen ...«

»Natürlich akzeptiere ich auch, wenn Sie mir nichts mehr zeigen wollen. Ihre Sache.«

»... ob ich ihn überhaupt noch mache.«

»Sie haben sich doch schon sehr weit in das Thema eingearbeitet. Die Skizzen ...«

»Nein«, sagte Sören, als hätte ich ihm eine Frage gestellt. »Du sollst Dir kein Bild von Gott machen, das irgendetwas darstellt am Himmel oben, unten auf der Erde oder im Wasser unter der Erde. So ist es, nicht wahr?«

»Ihr Rollenspieler ist Gott?«

»Er ist doch tot. Gott ist tot.«

»Der Rollenspieler lebt nicht mehr?«

»So sagt man, wenn man tot ist.«

»Ein Freund von Ihnen?«

»Ja.«

»Tut mir leid.«

»Ist schon gut«, sagte Heike hastig. »Sollen wir dann mal wieder?«

Zwar war ich sehr erstaunt, dass sie mich nun so plötzlich wieder aus der Wohnung schaffen wollte, aber sicher wusste sie am besten, wann es dem verrückten Künstler zu viel wurde. Sören starrte mich an und bewegte sich gleichzeitig zur Wand mit den Skizzen. Er griff scheinbar wahllos nach einer und riss sie herunter. Dann ging er langsam auf mich zu und drückte sie mir in die Hand, ohne etwas zu sagen.

»Danke«, brachte ich hervor, obwohl ich nicht recht wusste, was ich mit dem nun eingerissenen und etwas zerknitterten Stück Papier anfangen sollte.

Heike nahm mir die Kaffeetasse aus der Hand, aus der ich bisher nur einen Schluck genommen hatte. Scheinbar war unser Besuch nun offiziell beendet. Ich griff nach Sörens rechter Hand und schüttelte sie.

»Danke, dass ich mir das ansehen durfte. Es hat mich wirklich gefreut. Bis bald einmal? Im Zantes?«

Sören starrte.

Heike stand schon in der Tür und rief »Tschüss!«. Mir blieb nichts anderes übrig, als ihr zu folgen. Sie rannte die Treppen hinunter, wartete vor der Haustür und sah mich nun ebenso unsicher an, wie sie es zuvor bei Sören gemacht hatte.

»Er ist gut, oder?«, fragte sie.

»Schon, ja. Du hast gehört, was ich gesagt habe. Aber er will eben nicht ausgestellt werden. Ich hatte mir schon fast so etwas gedacht. Er wollte auch nicht, dass ich mir seine Arbeiten ansehe, nicht wahr? Es war Deine Idee.«

»Er weiß eben nicht, was gut für ihn ist. Er ist Künstler.«

»Wann immer etwas an ihm nicht stimmt, erklärst Du es mit seinem Künstlerdasein. Aber das ist Unsinn. Ich kenne viele Künstler, manche sind mehr oder weniger verrückt, ein bisschen. Aber das würdest Du von mir vielleicht auch behaupten. Ich kenne keinen Künstler, der so ist wie Dein Sören.«

»Er ist nicht mein Sören.«

»Du hättest aber gern, dass es Deiner ist.«

»Schon möglich.«

»Aber ebenso wenig wie er eine Beziehung zu einer Galerie aufbauen möchte, will er eine zu Dir haben. Er kann das gar nicht. Er ist gestört. Krank wahrscheinlich. Aber ich kenne mich mit solchen Sachen nicht aus. Du solltest etwas vorsichtiger mit Deinen Gefühlen ihm gegenüber sein.«

»Und Du solltest Dich um Deinen eigenen Scheiß kümmern«, rief sie laut aus. »Überhaupt: Wenn Du ihn so bescheuert findest, was willst Du dann mit dem Bild? Gib es mir!« Sie schnappte nach der Zeichnung, die ich immer noch in der Hand hielt. Ich zog sie rechtzeitig weg.

»Ich finde seine Arbeiten gut. Als Person erscheint er mir nur ...«

»Gib mir, verdammt noch mal, das Bild!«, schrie Heike.

»Nein«, sagte ich und rollte das Papier zusammen. »Ich werde es behalten. Was stört Dich daran?«

»Es geht Dich nichts an. Du verstehst ihn nicht. Gib es mir!«

»Nochmals: Nein!«, sagte ich nun etwas lauter. Warum sie auf einmal so erpicht darauf war, dieses Bild zu bekommen, war mir völlig schleierhaft. Aber je mehr sie es haben wollte, umso stärker wollte ich es verteidigen. Vielleicht hätte ich es ihr sogar einfach überlassen, wenn sie nicht danach gefragt hätte.

»Er hat es mir geschenkt. Ich werde es behalten und wenn ...«

»Leck mich!«, brüllte Heike und rannte davon.

Völlig überrascht von dieser grotesken Szene beschloss ich, auf meinen Spaziergang durch den Park zu verzichten und direkt nach Hause zu gehen. Dort angekommen, begab ich mich ins Wohnzimmer und nahm vier Heftzwecken aus dem Sekretär. Die Skizze des Rollenspielers befestigte ich an der Wand darüber und setzte mich dann in den Ohrensessel, um sie in Ruhe zu betrachten. Irgendetwas störte mich an diesem Bild. Es zeigte den Rollenspieler aufrecht stehend, er schaute mich direkt an und doch durch mich hindurch. Die übergroße Pfeffermühle hielt er an der Spitze in seiner linken Hand, die ebenso wie die rechte schlaff neben dem Körper hing. Der starre Hut oder die Krone war ihm zu tief in die Stirn gerutscht. Seine Augen hatten etwas Vertrautes. Vielleicht, so glaubte ich, erinnerten sie mich in diesem Moment an den starrenden Sören, dem jedoch die ausgeprägten Schlupflider des Rollenspielers fehlten. Gott war eben schon nicht mehr der Jüngste, als er gezeichnet wurde.

In der Rollenspielerszene war das Alter offensichtlich nicht von Belang. Ein älterer Mann, über 60 wahrscheinlich. Über seinem rechten Auge hatte Sören unmotiviert einen kleinen, schräg nach oben verlaufenden Strich von nicht mal einem Zentimeter gesetzt. Oder war es bloß ein Flusen? Ich stand auf und ging näher heran. Nein, eindeutig fand sich hier eine wohlgesetzte Linie, unterbrochen durch ein paar quer dazu verlaufende sehr zarte, kurze Striche. Sören hatte wohl eine Narbe darstellen wollen, die er als Bildhauer hoffentlich besser treffen würde. Ich drehte mich um und wollte mich gerade wieder hinsetzen, als mir bewusst wurde, wessen Gesicht der Künstler hier skizziert hatte. Ich schaute wieder hin und sah ihn nun klar vor mir. Ohne den langen Rauschebart war der tote Gott auf der Zeichnung eindeutig mein Nachbar.

Sören Schmitt hatte Odin von Rehmsbrunn gezeichnet. Wie konnte es sein, dass ein Kerl wie er den reichen Bankier kannte? Dieser musste dem Bildhauer mehrmals Modell gestanden haben, anders ließ sich die Fülle der Zeichnungen nicht erklären. Im gleichen Moment schoss mir die Frage in den Kopf: Was hatte der Junge mit dem Tod Rehmsbrunns zu tun? Ich ließ mich in den Sessel fallen und kramte alle Fakten, die mir zu dem Fall bekannt waren, im Kopf zusammen.

Es war angesichts der Nähe zum Haus der Aktuas nicht schwer, sich vorzustellen, wer die Mumie vom Dach des Nachbarhauses in deren Wintergarten befördert hatte. Und man musste auch kein Genie sein, um sich den Taxi fahrenden Sören vor Augen zu führen, wie er Rehmsbrunn an seinem letzten Abend von der Bank abgeholt hatte. Alles lag so klar und offensichtlich da, dass ich mich wunderte, warum die Polizei nicht längst darauf gekommen war. Aber auch das ließ sich leicht erklären. Beide Nachbarhäuser der Akutas waren von der Spurensicherung auf den Kopf gestellt worden. So hatte man herausgefunden, dass Rehmsbrunn von der obersten Plattform des einen Nachbarhauses heruntergeworfen worden war. Kleine Überreste der Mumienverpackung hatten sich noch am Geländer befunden. Sonst waren keine verwertbaren Spuren in diesem Haus zu finden gewesen. Offensichtlich war keiner der Ermittler auf die Idee gekommen, ein Haus weiter zu denken. Und selbst wenn: wer wäre auf die Idee gekommen, eine Verbindung zwischen Sören Schmitt und Odin von Rehmsbrunn herzustellen? Odin ... die Odin-Brücke. Was für ein alberner Name. Der Kerl hatte sogar ein Kunstwerk nach dem Banker benannt.

Ich musste etwas tun, wusste aber nicht, was. Hier ging es nicht um einen an das Nachbarhaus geworfenen Farbbeutel, hier ging es höchstwahrscheinlich um ein Verbrechen. Und ich glaubte, den Schlüssel zur Klärung des Falls in der Hand zu haben. Ich konnte der Polizei den Mörder liefern. Wenn er denn überhaupt ein Mörder war. Immerhin sei Rehmsbrunn, wo auch immer er sich damals aufgehalten hatte, eines natürlichen Todes gestorben, so die Verlautbarung der Polizei. Für welches Verbrechen also würde sich Sören eigentlich verantworten müssen? Fahrlässige Tötung eines Herzkranken? Leichenschändung durch Einbalsamieren mit Honig? Ich malte mir die Szene eines Verhörs bei der Polizei aus. »Warum haben Sie die Leiche mellifiziert?« – »Weil ich es wollte.« – Sollte ich diesen lebensunfähigen Tölpel wirklich den Behörden ausliefern? Er schien mir nicht gefährlich zu sein. Immerhin arbeitete er als Krankenpfleger bei Hoffmann. Aber auch in diesem Berufsstand hatte es schon schwarze Schafe gegeben, die sich zum Herrscher über Leben und Tod berufen fühlten. Einen Mörder durfte man nicht decken. Doch mussten Verbrecher wie wir nicht zusammenhalten?

Denn was war ich denn anderes? Auch wenn ich es nicht selbst getan hatte. An dem Abend, als die Entführer meiner Frau ihre Lösegeldforderung stellten, war Reginald zufällig in meinem Büro gewesen. Sofort hatte er seine Hilfe angeboten. Was auch immer ich tun wolle, er stehe an meiner Seite, so hatte er sich ausgedrückt. Er sei bereit, alles für mich zu tun. Und so hatte ich mich in die Hand eines korrupten Karrieristen begeben. Meine Frau überlebte die Entführung nicht. Reginald organisierte auch anschließend alles in meinem Namen. Schließlich musste der Öffentlichkeit das Verschwinden meiner Frau plausibel erklärt werden. Reginalds Geschichte war so einfach wie glaubwürdig: Meine Frau, eine begeisterte, doch leider wenig erfahrene Seglerin, war an einem scheinbar freundlichen Tag zu einem Törn auf dem Ijsselmeer aufgebrochen und in einen Sturm geraten, der zu diesem Zeitpunkt tatsächlich stattgefunden hatte – der Zufall spielte uns in die Hände. Das Boot war gekentert, von meiner Frau fehlte jede Spur, doch ein Überleben war unwahrscheinlich. Wie immer in solchen Fällen hatte es eine polizeiliche Untersuchung gegeben, doch da offensichtlich kein Grund für ein Verbrechen vorlag, waren die Ermittlungen alsbald eingestellt worden. Hutzenbach war perfekt. Er hatte an alles gedacht. Niemand würde je erfahren, wie meine Frau wirklich ums

Leben gekommen war und warum es keine Leiche gab. Während einer angemessenen Trauerzeit hatte ich mich ein wenig zurückgezogen. Bald danach hatte ich meinen Vorstandsposten räumen und an die Spitze des Aufsichtsrats wechseln wollen. Wie dumm ich doch gewesen war.

In diesem Moment durchfuhr mich ein stechender Schmerz. Er nahm mir die Luft. Mit beiden Händen griff ich meinen Bauch oder das, was davon noch übrig war, als könne ich den Schmerz fangen. Kurz ließ er nach, ich versuchte, aufzustehen, wurde aber von einer neuerlichen Attacke in den Sessel zurückgeworfen. Ich fluchte. Auf Sören, diesen unmöglichen Menschen, der niemals alleine und ohne Aufsicht leben dürfte, und auf Heike, die mich in diese unmögliche Situation gebracht hatte, nur weil sie verliebt war wie eine Geisteskranke in einen Geisteskranken.

Augenblicklich hatte mich die kalte Wut derart in Beschlag genommen, dass mir klar vor Augen stand, was ich zu tun hatte. Sören anzeigen. Das war das Richtige. Und zwar auf der Stelle. Denn mit mir und meiner Schuld hatte das hier nicht das geringste zu tun. Mit neuer Kraft sprang ich aus dem Sessel und mit ebensolcher wurde ich zu Boden gedrückt. Von einem Punkt knapp über dem Bauchnabel lief eine Achse zum Rücken, auf der die Schmerzen wie auf einem Stück Seil hin und her tobten. Ich schrie laut auf. Erika hörte mich und stürmte ins Zimmer. Ehe sie noch etwas sagen konnte, befahl ich ihr, Werner zu rufen. Ich musste sofort in die Klinik. Zu Romanowa.

Kapitel 9

in dem unser Held sich über eine Verhaftung freut, der
Nachbarin die Liebe zum Chauffeur nicht gönnt und
das andere Geschlecht des Ritters erkennt.

In meinem Unternehmen galt ich immer als besonders gerecht.
Hart, aber gerecht, so sagte man. Oder sage ich nur selbst, dass man
so sagte? Die meisten Menschen halten sich selbst für gerechter als
andere, nicht weil das in irgendeiner Weise objektiv belegbar wäre,
sondern weil die vermeintliche Ungerechtigkeit der anderen in
uns selbst außergewöhnlich unangenehme Gefühle auslösen kann.
Persönliche Gerechtigkeit ist Selbstgerechtigkeit. Sie folgt keinen
festgelegten Regeln und ist nur sich selbst verpflichtet – und damit äußerst wandelbar. Wir empfinden viele Dinge, die andere tun,
als nicht richtig. Doch können wir offensichtlich Ungerechtes ganz
einfach ignorieren oder rechtfertigen, wenn es uns selbst zugute
kommt.

An einem Freitagvormittag Anfang September hielten zwei Polizeiwagen vor dem Zantes, Heike und ich hatten durch das große
Fenster einen guten Blick und ließen die Arbeit in der Küche kurz
ruhen. Vier Polizisten, zwei in Uniform, zwei in Zivil, davon eine
Frau, stiegen fast synchron aus den beiden Wagen aus, vier Türen
schlugen mit einem Knall zu und die Beamten liefen zügig zum Eingang unseres Hauses. Einen der Uniformierten kannte ich, er hatte mich vor ein paar Monaten zu Rehmsbrunn befragt. Ohne seine
Fellmütze hätte ich ihn beinahe nicht wiedererkannt. Offensichtlich
wurden sie sofort hereingelassen, wir hörten ihre schnellen, trap-
pelnden Schritte im Hausflur neben dem Gastraum, dann auf der
Treppe, bis sie leiser wurden und verklangen. Unmöglich herauszufinden, zu wem sie wollten.

Zunächst geschah nichts, und wir setzten unsere Arbeit in der Küche fort. Heike war nervös und auch ich war gespannt, wie das Ganze weitergehen würde. Trotzdem kümmerte ich mich lieber um die

Spinatfüllung der Cannelloni für den Mittagstisch und hielt Heike an, sich auf das Schneiden des Wurzelgemüses für den Fischtopf zu konzentrieren. Wir hatten uns angewöhnt, einmal in der Woche Fisch anzubieten und hierfür den Freitag gewählt. Wir griffen diese Tradition auf, weil es für unsere Planung praktisch war und unsere Gäste sich auf einen bestimmten Tag einstellen konnten. Fidelia nannte es den Vintage-Day vom Rentnermittag, weil freitags Fisch »so retro« sei. Üblicherweise boten wir Kabeljau an, manchmal Pasta mit Lachs oder ein Rotbarschfilet in Senfsauce. Nicht immer konnten wir damit kostendeckend arbeiten, Fisch war teuer, aber Toti weigerte sich, preisgünstigen Pangasius auf die Karte zu setzen. Er nannte ihn scherzhaft functional food, weil er eine pharmakologische Funktion besaß. Duch den übermäßigen Einsatz von Antibiotika bei der Zucht könne der regelmäßige Verzehr dieser Fischart selbst schwere Syphilis heilen. So ein Nahrungsmittel gehöre in die Apotheke und nicht ins Zantes.

Für den Fischtopf heute hatten wir unterschiedliche Filetstücke gekauft, die im Großhandel preiswert zu haben waren. Heike schnitt sie in grobe Würfel und zupfte hie und da eine Gräte heraus. Sie war damit etwas nachlässiger als ich. Gerade in einer Suppe, fand ich, sollten sich die Gräten in Grenzen halten, da man das Filet nicht deutlich vor sich sah. Manche spitze Gräte löste sich während des Kochens und schwamm dann dort, wo der Gast nicht damit rechnete, in der Suppe herum. Heike hielt diesen Einwand für Panikmache und handelte so, wie sie es für richtig hielt.

Als sie gerade die letzten Fischstücke in den Topf gegeben hatte, hörten wir wieder Schritte auf der Treppe. Wir liefen nach vorne zum Fenster und sahen, wen die Beamten abgeholt hatten. Dafür dass sie mal ein Mann gewesen war, wirkte Uli recht klein neben der Beamtin, die sie am Ellenbogen hinausführte. Man hatte ihr Handschellen angelegt. Mit grauem Kapuzenpullover und blauen Jeans wirkte sie auf mich schon fast wie die Insassin eines Gefängnisses. Irgendwie passte das zu ihr, fand ich. Heike war offensichtlich anderer Meinung, riss die Tür auf und stürmte hinaus. Ich folgte

174

ihr, blieb aber im Eingang stehen. Mit dieser Person wollte ich so wenig wie möglich zu tun haben. Sie störte meine Vorstellungen von einem normalen Leben, und wenn man sie nun wegschaffte, so war es auch gut.

»Was ist denn hier los?«, fragte Heike die Verhaftete, ohne auf die Beamten zu achten.

Uli schüttelte den Kopf und zuckte dann mit den Achseln. Für mich die Geste eines Schuldigen, der nichts mehr hatte, womit er sich noch herausreden konnte. Was immer sie auf dem Kerbholz haben mochte, jetzt war sie dran! Ich spürte, wie mein linker Mundwinkel nach oben rutschte und zog ihn wieder in die Ausgangsposition zurück. Ein Lächeln, selbst ein schiefes, war nicht angebracht.

»Wieso nehmen sie Dich mit?«, wollte Heike wissen.

»Ein Irrtum. Aber das wird sich bald klären. Eine Verwechslung. Was weiß ich.« Ulis Stimme war monoton, ihre Worte, ohne den Glauben an ihre Wahrhaftigkeit gesprochen, wirkten wie auswendig gelernt. Vielleicht auch aus einem x-beliebigen TV-Krimi nachgesprochen. Aus jeder Silbe sprach ihre Resignation, die Aussage einer Angeklagten, die keine Verteidigung mehr hatte, da ihre Schuld doch offensichtlich war.

»Was wollen sie von Dir?«, fragte Heike.

»Nichts. Sie ...«, setzte Uli an, wurde jedoch von der Beamtin unterbrochen, die sie auf den Rücksitz des Polizeiwagens schob.

»Was machen Sie mit ihr?«, fragte Heike die Polizistin.

»Bitte lassen Sie uns unsere Arbeit machen. Ich danke Ihnen«, entgegnete sie freundlich, setzte sich neben Uli und zog die Türe zu. Ihr Kollege in Zivil ließ den Motor an.

Gerade wollten die zwei uniformierten Polizeibeamten in das andere Auto steigen, als einer der beiden zögerte. Er hielt eine große durchsichtige Plastiktüte in der Hand, die voller Farbflaschen aus Kunststoff zu sein schien. Offensichtlich hatte man gleich eine kurze Hausdurchsuchung gemacht und dabei Beweismaterial sichergestellt – welches Verbrechen man auch immer mit Dispersionsfarbe begehen konnte.

»Herr ... Sielka?«, sagte der Polizist und sah zu mir herüber.

»Ja, wir kennen uns. Sie waren schon einmal bei mir im Haus, Herr ...«

»Lämmert. Ich habe Sie damals befragt als Nachbarn von Herrn von Rehmsbrunn, nicht wahr?!« Er schüttelte den Kopf. »Darf ich fragen, was Sie hier machen?«

»Ich arbeite hier. Als Koch«, antwortete ich und lächelte ihn freundlich an.

»Merkwürdig«, sagte Lämmert und kam ein paar Schritte auf mich zu.

»Ja, das meinen viele. Es ist schon ein ungewöhnlicher Rollentausch, wenn man bedenkt, was ich vorher war, aber mir bereitet es Freude. Ruhestand ist ...«

»Nein, das meine ich nicht. Also, dass Sie hier arbeiten, ist schon ungewöhnlich. Aber ich meinte, es ist merkwürdig, dass ich Sie gerade jetzt sehe, wo wir ...« Er stockte. »Aber wenn Sie hier arbeiten, ist das in Ordnung.«

»Was meinen Sie damit?«, fragte ich.

»Nichts. Schon gut. Laufende Ermittlungen. Schönen Tag noch.«

Er ging wieder zum Auto und setzte sich auf den Beifahrersitz. Dabei ließ er mich nicht aus den Augen und starrte mich noch an, als die beiden Wagen davonbrausten.

»Du kennst den Bullen?«, fragte mich Heike, als sei ich ein Komplize der Staatsmacht, wenn nicht gleich der Denunziant, der Uli ans Messer geliefert hatte.

»Ja, und? Er hatte mich mal zu Rehmsbrunn vernommen, als der gerade verschwunden war.«

»Aha. Strange. Was sollen wir denn jetzt machen?«

»Wie? Machen?«

»Mensch, Hans, Sie haben Uli mitgenommen. Das war eine Verhaftung!«

»Sie werden ihre Gründe haben. Wir müssen kochen.«

»Diese Scheiß-Bullen haben immer irgendwelche Gründe! Aber was soll Uli bitte gemacht haben? Hä?«

»Ich weiß es nicht. Und es geht mich auch nichts an«, sagte ich.

»Aber Margarete geht es etwas an. Wo ist sie überhaupt?« Heike ging zur Haustür und klingelte bei der Hausbesitzerin. Keine Reaktion. »Ach, Mist, wenn sie da gewesen wäre, hätte sie Uli nicht alleine mit den Bullen wegfahren lassen. Wir müssen sie anrufen. Los, ihre Nummer steht bestimmt in Totis Notizbuch.«

Heike drängte sich an mir vorbei und lief in die Küche. Sie blätterte eine Weile in dem dicken Reservierungskalender und fand schließlich, wonach sie suchte. Hektisch wählte sie Margaretes Mobilnummer und sagte dann: »Wenn Du das hier hörst, ruf mich sofort im Zantes an. Hier ist Heike. Es ist was passiert. Melde Dich!«

Heike legte auf und ließ sich im Gastraum in einen Stuhl fallen, während ich in der Küche weiter arbeitete. Wir lagen ein wenig zurück, und ich wollte keine Zeit mehr verlieren.

»Spätestens zum Mittagessen wird sie hier auftauchen«, rief ich Heike zu.

»Wer?«

»Margarete natürlich! Es gibt Cannelloni mit Ricotta und Spinat, das lässt sie sich nie entgehen«, sagte ich. »Hilfst Du mir jetzt bitte!«

»Ja, ich komme«, sagte sie ungehalten. »Du machst sonst wieder zu wenig Salz an die Füllung, und alle wollen nachwürzen.«

»Die Füllung ist schon drin. Du kannst die Béchamelsauce machen und so viel salzen wie Du willst«, sagte ich. »Die Platten müssen in den Ofen, sonst werden die Cannelloni bis zwölf Uhr nicht fertig. Beeil Dich. Der Fisch-Gemüse-Topf braucht nur noch frische Petersilie. Dann sind wir durch.«

Heike erledigte ihre Arbeit schnell, übertrieb nur etwas mit dem Salz, und ich hoffte sehr, dass meine Füllung wirklich zu fade war, sonst hätten wir ein Problem. Punkt zwölf konnten wir den Ofen herunterschalten. Fünf Minuten später drängte die Rentnertruppe aus der Werbeagentur ins Lokal, gefolgt von acht Beamten der Landesbehörde, die sofort den großen Tisch okkupierten. Wir hatten alle Hände voll zu tun, denn schon bald war jeder Platz besetzt. Doch

Margarete tauchte nicht auf. Einer der Beamten bemerkte beim Zahlen, heute seien die Cannelloni endlich mal nicht geschmacksneutral gewesen und er habe kein Körnchen nachsalzen müssen, Lob an den Koch. Ich gab es an Heike weiter, doch sie interessierte sich nicht dafür.

Jedes Mal, wenn sich die Tür öffnete, schaute sie verschreckt auf. Um halb drei war der letzte Gast gegangen und wir waren fast ausverkauft. Lediglich ein paar Portionen des Fisch-Gemüse-Topfs waren übrig geblieben, und ich füllte zwei Teller für uns. Heike mochte nur wenig essen, ich ließ es mir schmecken. Ulis Schicksal war mir egal, sie würde schon bald wieder freikommen, wenn sie nichts getan hatte oder weiter sitzen, wenn sie schuldig war – worin auch immer ihre Schuld bestehen mochte.

»Und wenn es wegen Rehmsbrunn ist?«, fragte Heike plötzlich.

»Was?«, rief ich aus. »Wieso Rehmsbrunn? Was soll sie, um Himmels Willen, mit Rehmsbrunn zu schaffen haben? In Düsseldorf geschehen noch mehr Verbrechen. Vielleicht hat sie Steuern hinterzogen.« Ich schüttelte den Kopf, sah sie forschend an und fuhr fort: »Nein, mit Rehmsbrunn hat das wohl nichts zu tun. Den Täter muss man ganz woanders suchen.«

»Kann schon sein. Aber wenn die Bullen sich einmal auf jemanden eingeschossen haben ... – Und hast Du nicht gesagt, Du kennst den einen von einer Vernehmung zu Rehmsbrunn? Immerhin ist Uli in dieser Organisation gegen Streumunition. Die haben heftig gegen die Bank von Rehmsbrunn protestiert. Ich habe das selbst mal mitbekommen, eine Sitzblockade am Hauptportal und Uli mittendrin.«

»Und Dir war das mit der Finanzierung von Streumunition durch Rehmsbrunn wohl egal?«

»Der Typ war ganz okay, echt nett. Was er sonst so gemacht hat oder womit sich seine Bank beschäftigte, hat mich nicht weiter interessiert. Ich konnte meine eigenen Vorstellungen umsetzen und damit sogar noch Kohle verdienen. So was findet man in meinem Job selten. Aber egal. Uli war jedenfalls immer an vorderster Front mit dabei.«

»Sie wird ihn deshalb nicht umgebracht haben. Da bin ich mir ganz sicher«, sagte ich, obwohl ich es mir fast gewünscht hätte. Dann wäre dieser Mensch ohne Geschlecht aus dem Weg. Ob Heike wohl wusste, dass Sören wahrscheinlich der Täter war? Oder ob sie es nur ahnte? Immerhin hatte sie mir die Zeichnung des Germanengottes wieder abnehmen wollen. Sicherlich wusste sie, dass ich Rehmsbrunn darauf früher oder später erkennen musste.

»Aber wenn die Polizei so denkt? Wenn sie glaubt, Uli sei so fanatisch gewesen, dass sie imstande gewesen ist ...«

»Dann müssen sie es beweisen. Und überhaupt: Rehmsbrunn ist doch gar nicht ermordet worden, er hatte einen Herzanfall und ist eines natürlichen Todes gestorben. Gut, auch so etwas kann man fahrlässig herbeiführen. Aber Mord ist das nicht. Und wieso hätte Uli ihn mit Honig bestreichen sollen? Das ist eine mir unbekannte Form des Protests gegen Kriegswaffen. Das passt eher zu einem Menschen, der psychisch nicht ganz sauber tickt.«

»Ach, Mist! Wäre Margarete doch nur da! Wo treibt sie sich bloß rum?«, fragte Heike.

»Vielleicht vertritt sie heute jemanden in Hoffmanns Klinik«, sprach ich nun einen Gedanken aus, den ich schon vor ein paar Stunden gehabt hatte.

»Na, klar!«, rief Heike. »Los, ruf da an!«

Tatsächlich hatte Frau Dr. Steinfeld heute Dienst. Die Zentrale stellte mich direkt zu ihr durch. Ich erklärte ihr, was passiert war. Sie sagte »Ist gut, danke« und legte auf.

Wir räumten die Küche auf, ohne miteinander zu reden. Heike war nicht mehr ansprechbar, sie grübelte, ihre Stirn lag in Falten. Vielleicht war sie einfach nur wütend auf die Allmacht der Staatsgewalt. Als wir fertig waren, konnte ich gehen, während Heike noch bleiben musste, da sie an diesem Tag auch abends im Zantes arbeiten würde. Zusammen mit Toti und Fidelia musste sie am Nachmittag alles vorbereiten. Ich verabschiedete mich, nahm meine Sporttasche und machte mich auf den Weg zum Rückentraining.

Romanowa hatte mir sowohl bei meinem Notfallbesuch in der

Klinik vor ein paar Wochen als auch nach der Quartalsuntersuchung zu Beginn dieser Woche nochmals ans Herz gelegt, das Training unbedingt fortzusetzen. Diesen Rat hatte ich gerne angenommen. Ihre erneute Aufforderung, mich meinem Unverdauten zu stellen, hatte ich zwar nicht gänzlich ignoriert, doch außer Acht gelassen, da ich schlicht nicht wusste, was ich damit anfangen sollte.

Die kleine Halle war an diesem Nachmittag gut besucht. Gleich bei meinem ersten Gerät, an dem die Bauchmuskeln trainiert wurden, hatte ich Probleme. Ich stellte die Gewichte wie gewohnt ein, setzte mich und zog die Rolle unter meine Achseln. Nun musste ich die Rolle mit der Kraft meiner geraden Bauchmuskeln langsam nach unten bewegen, indem ich mich nach vorne zusammenrollte. Vorgesehen waren wie bei jedem Gerät neun bis zwölf Wiederholungen der Bewegung, jede einzelne Wiederholung sollte etwa zehn Sekunden dauern, die letzte sollte dabei auch die tatsächlich letztmögliche sein. Konnte man problemlos noch weitere machen, so war das Gewicht beim nächsten Mal zu erhöhen. Doch heute endete meine Kraft bereits nach der fünften Wiederholung. Der Trainer, bei dem ich meine Einführungsstunden gehabt hatte, beobachtete mich und kam, als ich das Gewicht erschöpft abgesetzt hatte, zu mir herüber.

»Naaaaaa, Herr Sielka«, sagte er laut und fuhr dann etwas leiser fort: »Zu viel Gewicht aufgelegt?«

»Nein, es ist das gleiche Gewicht wie immer.«

»Dann haben Sie wohl heute einen schlechten Tag, wie?!«

»Mag sein, aber ich habe bei den letzten Malen schon gemerkt, dass es nicht mehr so gut ging. An den meisten Geräten. Vielleicht bin ich austrainiert.«

Der Trainer schüttelte den Kopf. »Sie haben die Gewichte früher geschafft?«

»Ja.«

»Dann ist ihre Kraft zurückgegangen. Wenn sie austrainiert wären, dann könnten sie höhere Gewichte nicht mehr schaffen, würden aber die, die sie einmal bewältigt haben, auch weiter bewältigen. Sie trainieren ja regelmäßig. Sind Sie vielleicht krank? Hatten Sie eine Sommergrippe oder eine Erkältung?«

»Nein, es geht mir gut. Ich fühle mich auch nicht krank.«

»Ihr Bäuchlein ist etwas dünner geworden. Das ist mir schon aufgefallen. Sie haben abgenommen. Sie sind ganz schmal im Gesicht. Essen Sie weniger? Haben Sie eine Diät gemacht? So etwas schlaucht den Körper.«

»Nein, ich esse ganz normal wie immer. Keine Diät. Ich werde langsam alt«, sagte ich und lachte. Ich nahm mein Handtuch, das ich um die Rolle gewickelt hatte, und stand auf.

»Tja, so sollte das aber eigentlich nicht sein. Sie trainieren bei uns ja gerade, um ihre Kraft zu erhalten. Da stimmt was nicht«, stellte er fest.

»Also krank bin ich jedenfalls nicht. Ich bin in ärztlicher Behandlung und wüsste sofort, wenn etwas nicht stimmt. Vielleicht bin ich einfach in einem Tief. Ich mache mal eine Pause, was halten Sie davon?«

»Hmm, vielleicht ist das gut. Aber nicht zu lange. Muskulatur baut sich, wenn sie nicht gefordert wird, sehr schnell ab. Mehr als ein oder zwei Wochen würde ich nicht aussetzen«, riet er mir. Ich stimmte ihm zu und beschloss, nach dem heutigen Training erst einmal kürzer zu treten. Anschließend verzichtete ich auf meinen üblichen Spaziergang. Es hatte ohnehin angefangen zu regnen, und ich ging direkt nach Hause.

Dort erwartete mich meine aufgeregte Haushälterin. Sie fuchtelte mit dem Telefon in der Hand vor mir herum und sagte, ich müsse sofort bei der Dame anrufen, sie sei außer sich gewesen und brauche dringend meine Hilfe. Sie habe sich angehört, als sei ein lieber Mensch gestorben. Ich sah sie nur fragend an. Dann wurde sie konkreter: »Frau Dr. Steinfeld bittet um sofortigen Rückruf. Hier ist das Telefon. Nun machen Sie schon.«

Ich ging ins Wohnzimmer und schloss die Tür hinter mir. Margarete war nach dem ersten Klingeln am Apparat. Sie bedankte sich beinahe überschwänglich für meinen Rückruf und kam sofort zur

Sache. Direkt nach meinem Anruf bei ihr in der Klinik war sie zum Polizeipräsidium gefahren, wo Uli verhört wurde. Man hatte sie nicht mit ihr sprechen lassen, sondern sie ebenfalls in einen Verhörraum gebeten. Ohne dass man ihr Näheres zu den Vorwürfen gegen ihre Lebenspartnerin sagte, bat man sie, ein paar Fragen zu beantworten. Sie machte zunächst von ihrem Recht auf Aussageverweigerung Gebrauch, da sie mit Uli verpartnert war und überhaupt nicht wusste, worum es ging. Die Beamtin redete ihr gut zu und sagte, dass, wenn sie ihrer Partnerin helfen wolle, es besser wäre, auszusagen. Es ginge um den Sonntag, an dem man die Leiche von Odin von Rehmsbrunn gefunden habe und darum, was sie an diesem Tag gemacht habe. Die Beamtin nannte ihr das Datum im Januar und sagte, sie solle genau nachdenken.

Natürlich wusste Margarete nicht auf Anhieb, was sie vor fast neun Monaten an einem Sonntag gemacht hatte, sie nahm ihren Kalender zur Hilfe und fand keinen Eintrag für das fragliche Datum. Wahrscheinlich, so mutmaßte sie, sei sie zu Hause gewesen, zusammen mit Uli. Sie erinnerte sich dann doch, dass ich am Abend angerufen hatte und sie über die Ereignisse bei den Akutas informiert hatte, genau das sagte sie der Beamtin. In diesem Zusammenhang fiel ihr ein, dass sie den Tag mit nichts Außergewöhnlichem verbracht hatten. Sie waren zu Hause gewesen, es war kalt, und sie hatten bei diesem Wetter keine Lust gehabt, viel zu unternehmen. Die Polizistin fragte daraufhin, ob sie sicher sei, dass Uli oder vielleicht auch sie selbst an diesem Tag nicht doch einmal kurz das Haus verlassen habe, eventuell um bei einem Freund, der im Urlaub war, Blumen zu gießen.

Zunächst verstand Margarete überhaupt nicht, worauf die Frau hinauswollte. Dann fiel ihr ein, dass Uli tatsächlich den Hausschlüssel eines Bekannten hatte, um während seiner Abwesenheit in der Wohnung nach dem Rechten zu sehen. Aber an diesem Tag, nein, an diesem Tag hätten sie ihre eigene Wohnung nicht verlassen. Und was das denn alles mit Rehmsbrunn zu tun habe, wollte sie nun wissen. Die Beamtin zeigte ein überlegenes Lächeln. Ob sie denn nicht wisse, wo dieser Freund wohne, fragte sie. Irgendwo in Flingern, mehr wusste Margarete nicht, da sie ihn kaum kannte. Irgendwo in Flingern, hatte die Beamtin süffisant zurückgegeben, ja, das stimme schon, doch um genau zu sein, er wohne im Haus neben den Akutas, in dem Haus, von dessen Feuerleiter die Leiche in den Wintergarten gestoßen worden war.

Erst ab diesem Moment war Margarete klar geworden, welches Verbrechens man Uli bezichtigte. Sie explodierte, schrie die Beamtin an, ließ sich nicht beruhigen und fand sich nach einer beinahe handgreiflichen Auseinandersetzung vor der Tür des Verhörraums wieder. Wenn sie sich beruhigt habe, so sagte ihr die Beamtin, könne man gerne weitersprechen. Es ginge hier nicht um ihre persönlichen Gefühle, sondern vermutlich um Totschlag, wenn nicht gar um Mord. Und ob sie sich vorstellen könne, wie schlimm dies erst für die Angehörigen des Opfers sei, für seine Frau, seine Kinder.

Margarete erlebte einen Albtraum. Sie wollte auf der Stelle mit Uli sprechen, und nach einigem Hin und Her ließ man sie zu ihr – in einen Verhörraum mit Kameras und Spiegel. Wie im Fernsehen, dachte Margarete und brachte zunächst kein Wort raus. Uli, die eigentlich in viel größeren Schwierigkeiten war, begann das Gespräch und versuchte, ihre Frau zu beruhigen. Es sei alles ein dummes Missverständnis, das sich bald in Luft auflösen würde, dessen war sie gewiss. Warum man sie denn verhaftet habe, wollte Margarete von ihr wissen, wie man überhaupt auf diese abwegige Idee gekommen sei, dass sie Rehmsbrunn umgebracht habe, welches Motiv es gäbe. Die Farbbeutel, hatte Uli gesagt.

In diesem Moment erfuhr ich, wer die Anschläge auf die Villa nebenan verübt hatte. Es war diese Frau, die eigentlich ein Mann war, die in ihrem Alter, sie musste über 50 sein, noch einmal zu einer Aktivistin für eine große Sache geworden war. Wie Heike es mir schon erzählt hatte, war sie Mitglied in dieser Gruppe gegen Streumunition. Man hatte nach jedem Anschlag Farbproben genommen, und man hatte vor ein paar Tagen einen anonymen Tipp bekommen, wer hinter den Attacken steckte. Von da an bedurfte es nur noch polizeilicher Kombinationsgabe, um die Farbbeutelwerferin auch gleich in Verbindung mit dem Tod des Bankiers zu bringen. Man hatte in ihrem Umfeld ermittelt, die Sache mit der Wohnung des Freundes herausbekommen, der im Zuge der ersten Untersuchungen genau unter die Lupe genommen worden war. Mit der linken Gruppe hatte er nichts zu schaffen, aber er hatte Kontakte zu deren Mitgliedern. Die Polizei zählte eins und eins zusammen, verhaftete Uli und stellte dabei gleich die Farben als Beweismaterial sicher. Schnell hatten sie herausgefunden, dass es sich dabei um die Anschlagsfarben handelte.

»Gut«, sagte ich, als Margarete hier eine kurze Pause machte. »Man hat sie des Farbbeutelwerfens überführt. Aber ich sehe noch keinen Zusammenhang mit dem Tod von Rehmsbrunn.«

»Die Polizei sieht ihn sehr wohl. Sie ziehen den einfachen logischen Schluss: Wer Beutel wirft, der ist auch zu Schlimmerem fähig. Und: Uli hatte die Gelegenheit, sich der Leiche über die Wohnung des Bekannten zu entledigen. Warum sie so einen Schwachsinn hätte tun sollen, können sie nicht erklären. In diesem Fall sagen sie einfach, Verbrecher handelten keineswegs alle rational. Und wie sie einen nicht gerade leichten Leichnam eine völlig vereiste Feuerleiter hoch schleppen konnte, können sie auch nicht sagen, aber sie haben versprochen, das herauszufinden. Immerhin, so sagten sie zu Uli, sei sie aufgrund ihrer Vergangenheit ja deutlich kräftiger als eine echte Frau.« An dieser Stelle schnaubte Margarete wütend. »Sie ist ohnehin pauschal verdächtig, weil sie als Transsexuelle nicht ganz richtig im Kopf sein kann. So sieht es aus.«

»Das tut mir leid«, sagte ich, obwohl ich die Beamten gut verstehen konnte. Doch glaubte ich zu wissen, wie schief sie mit ihrem Verdacht lagen. In meinen Augen hatten sie bei diesem Fall auf der ganzen Linie versagt und waren fast verzweifelt auf der Suche nach irgendeinem Schuldigen. Diese Verzweiflung machte sie ungerecht. Das sagte ich zu Margarete, die mir zustimmte und dann zum eigentlichen Grund des Anrufs bei mir kam.

»Sie müssen mir helfen. Ich kenne mich in solchen Dingen einfach nicht gut genug aus, und deshalb brauchen wir einen sehr guten Anwalt. Und ich dachte, weil Sie ...«

»... weil ich als Steuerbetrüger ohnehin viel mit Anwälten zu tun habe, kenne ich bestimmt auch gleich einen Top-Strafrechtler.«

»Na ja, so ungefähr«, sagte sie leise. »Bitte helfen Sie mir.«

Ein Bundesbruder aus meiner Burschenschaft war ein angesehener Strafverteidiger. Er lebte in Köln, und ich konnte mir vorstellen, dass er den beiden hätte helfen können, doch mochte ich ihn nicht auf einen Fall mit einem Transvestiten (ich benutzte in Gedanken bewusst den falschen Begriff) ansetzen, das hätte ein schlechtes Licht auf mich geworfen. Er hätte mir unangenehme Fragen gestellt und Einblicke in mein jetziges Leben bekommen, zu dem ich den Bewohnern meines alten Lebens keinen Zutritt gewähren wollte. Also musste ich einen anderen Weg wählen.

»Natürlich werde Ihnen helfen«, sagte ich. »Ich versuche gleich, meinen Anwalt zu erreichen. Der ist zwar Partner in einer Wirtschaftskanzlei, aber ich denke, sie arbeiten dort sicherlich ab und zu mit Strafrechtlern zusammen. Das wird nicht ganz billig.«

»Ja, bitte rufen Sie an. Ich denke, Geld spielt erst einmal keine Rolle. Das Ganze müsste schnell zu klären sein. Uli soll morgen dem Haftrichter vorgeführt werden, und dann sollte ein Rechtsbeistand an ihrer Seite sein.«

»Ich kümmere mich sofort darum und rufe Sie dann wieder an.«

Es war kein Problem, Dr. Schwingert am frühen Freitagabend in der Kanzlei zu erreichen. Er nannte mir den Namen eines Kollegen, an den sich Frau Dr. Steinfeld wenden könne. Sie solle sich ruhig auf ihn beziehen. Nachdem das Gespräch beendet war, zögerte ich einen Augenblick. Im Grunde war es mir ganz recht, dass Uli aus dem Weg war, zugleich war ich von ihrer Unschuld überzeugt. Trotzdem hielt ich es auf eine merkwürdige Weise für gerecht, sie einzusperren, wenn auch nur weil ihre Persönlichkeit allem widersprach, was ich bei einem Menschen für normal hielt. Sie passte in keine Kategorie, war weder Mann noch Frau, weder homo- noch heterosexuell, sie war alles und nichts. Am liebsten hätte ich diese

Frau im Gefängnis versauern lassen, rief aber bei Margarete an und versorgte sie mit den nötigen Informationen. Schließlich hatte ich versprochen, ihr zu helfen.

Am folgenden Samstagvormittag, so hatte ich beschlossen, wollte ich entspannt im Wohnzimmer lesen. Das Wetter war schlecht, es regnete. Immer wieder gingen meine Gedanken zu dieser seltsamen Verhaftung. Ich erwartete in den kommenden Stunden einen Anruf von Margarete, in dem sie mir die Freilassung ihrer Freundin mitteilte oder mich zumindest auf den aktuellen Stand brachte. Währenddessen schaute ich gelangweilt aus dem Fenster. Meine Nachbarin, die Witwe Rehmsbrunn, trat gerade auf den Bürgersteig vor ihrem Haus. Ich sah sie immer seltener, oft stand ihr Wagen ungenutzt in der Auffahrt zur Garage.

Kurz nach Roberta von Rehmsbrunn kam der Fahrer aus dem Haus und zog sich im Gehen eine leichte Regenjacke über. Er blieb neben seiner Chefin stehen, die beiden unterhielten sich, dann begannen sie zu streiten. Sie wurden laut, doch konnte ich durch das geschlossene Fenster nicht verstehen, was sie sagten. Es hätte mich sehr interessiert. So heftig stritt man sich in aller Öffentlichkeit nicht mit seinem Angestellten, und wenn doch, so war dies ein Grund dafür, sich von ihm zu trennen. Plötzlich hörte das Geschrei auf, der Chauffeur ließ sie einfach stehen, lief zum Auto und fuhr davon.

Frau von Rehmsbrunn schaute sich um, als sei ihr erst in diesem Moment klar geworden, wo sie sich befand. Sie sah kurz zu mir, ich war mir sicher, dass sie mich nicht sehen konnte, da der Raum dunkel war, und doch glaubte ich zu erkennen, wie sie zu mir hinüber nickte. Ja, sie lächelte mich sogar an, und das so unvermittelt, dass es mich auf eine unerklärliche Art traf. Beinahe wäre ich aufgestanden und ans Fenster getreten, doch meine Abneigung ihr gegenüber machte es mir unmöglich, mehr als Gleichgültigkeit zu zeigen. Sofort erinnerte ich mich an ihr seltsames Verhalten an dem Tag, als die Steuerfahnder bei mir gewesen waren. Diese Frau war unberechenbar. Ich blieb still sitzen, und sie lief wieder ins Haus zurück. Fast tat es mir leid, so abweisend zu sein.

Zum ersten Mal hielt ich eine Affäre zwischen ihr und dem Chauffeur nicht mehr für absurd. In der Art, wie sie einander angegangen waren, hatte etwas Vertrautes gelegen. Wenn sie sich im Anschluss zur Versöhnung in die Arme gefallen wären, hätte das nichts Ungewöhnliches gehabt. Die beiden teilten mehr miteinander als das Erlebnis gemeinsamer Autofahrten. Die alte Witwe hatte nach dem Tod ihres Mannes vielleicht Trost bei diesem jungen Mann gefunden. Der Gedanke behagte mir ganz und gar nicht, im Gegenteil, er verursachte mir ein brennendes Gefühl im Bauch, das ebenso unangebracht war wie der Streit, dessen Zeuge ich geworden war. Und ich fragte mich nicht etwa, was der junge Kerl mit der Alten wollte – das war klar, sie hatte Geld –, sondern was Roberta von Rehmsbrunn an so einem Grünschnabel fand.

Nach dieser Szene erschien mir die Straße noch trostloser als sonst, obwohl sie lediglich in den verschlafenen Zustand eines typischen Samstagnachmittags verfallen war. Ich hatte keine Lust mehr, herumzusitzen und zu warten. Ein Spaziergang durch den Park würde mir schon nicht sonderlich schaden. Ich konnte mich hinterher bei einem Mittagsschlaf ausruhen. Also griff ich Jacke, Hut und Schirm, teilte Erika mit, dass man mich auf dem Handy erreichen könne und machte mich auf den Weg.

Die Luft war warm und feucht. Weder Hut noch Schirm schützten mein Gesicht vor den winzigen Tropfen des leichten Regens, binnen Minuten war meine Haut mit einem nassen Film überzogen, der sich anfühlte wie kühler Schweiß. Durch den Park streiften nur ein paar Hunde an den Leinen ihrer Halter. Mir war es recht, so konnte ich ungestört durch dieses Feuchtgebiet marschieren.

Die Geschehnisse um den Tod von Rehmsbrunn hatten inzwischen groteske Züge angenommen. Die Polizei war auf dem Holzweg. Nur Sören kam als Täter in Frage. Ich sollte ihn melden, vielleicht anonym, dann hätte ich mit alldem nichts weiter zu tun. Was mich davon abhielt, war, so unsinnig das klingen mag, meine eigene Vergangenheit. Ich glaubte, nach den Geschehnissen um den Tod meiner Frau stünde es mir nicht zu, einen Mörder zu verraten. Noch schlimmer: ich glaubte, ehe ich Sören ans Messer lieferte, müsse ich mich erst einmal selbst anzeigen. Das kam nicht in Frage, und es war doch auch völlig nutzlos. Die Sache war vorbei, nicht mehr zu ändern. Mit meinem Vergehen musste ich alleine fertig werden, was nichts anderes hieß, als es so weit wie möglich von mir wegzuschieben.

Deshalb mochte ich den Fall Rehmsbrunn nicht, weil er mich immer wieder zu mir selbst zurückführte. Ich wollte nichts mehr davon hören. Das schien mir der beste Weg zu sein, denn immerhin hatten die Albträume aufgehört, und auch die Bauchschmerzen waren weg – wenn sie denn überhaupt etwas damit zu tun gehabt hatten. Bis auf den unerklärlichen Gewichtsverlust fühlte ich mich wohl. Meine Quartalsuntersuchung hatte auch nichts Besorgniserregendes zutage gefördert. Selbst Romanowa war mit mir zufrieden gewesen, natürlich abgesehen von meinem Unverdauten. Alles war in bester Ordnung.

Am kleinen Teich in der Mitte des Parks fütterte ein älterer Mann die Enten, er bewarf sie regelrecht mit den Brotstückchen, damit sie die Chance hatten, etwas abzubekommen. Denn Möwen, Gänse und Tauben schafften es immer wieder, den Enten zuvorzukommen. Ich ging weiter und erreichte bald die kleine Brücke, die über die Düssel zum Wasserspielplatz führte. Auf der Wiese kopulierten drei Hunde oder eigentlich nur zwei – unten ein unbeweglicher, sitzender Mops, auf seinem Rücken ein Dackel, darüber ein zweiter Dackel, die heftig rammelten, anders konnte man es nicht bezeichnen –, während sich ihre beiden Frauchen ebenso unbeeindruckt zeigten wie der Mops und unter ihren Schirmen ruhig miteinander plauderten. Der Wasserspielplatz war leer, der Sand vom Regen durchweicht, unter dem Vordach des kleinen Wirtschaftshäuschens erblickte ich schon von weitem die Gestalt eines Obdachlosen, der sich in eine Decke gehüllt auf der Bank zum Schlafen gelegt hatte. Als ich auf der Höhe des Häuschens war, regte er sich plötzlich und sprang auf. Ich erschrak heftig.

»He, da!«, rief Hayc.

»Sind Sie wahnsinnig? Wollen Sie mich zu Tode erschrecken, Sie Spinner?«

»Nun mal ganz ruhig, mein Herr, und bitte freundlich. Sie haben mich aus tiefstem Schlaf geholt und so erschreckt, dass mein Herz sich kaum beruhigen mag.«

»Unsinn! Was liegen Sie hier denn herum wie ein Obdachloser? Ich dachte, Sie seien von edlem Geschlecht. Ritter? Oder was waren Sie gleich?«

Statt zu antworten kaute er unentschlossen auf seiner Unterlippe, wobei sich sein Kinnbärtchen hüpfend auf und ab bewegte. Sein Gesicht hatte etwas Vertrautes, das ich zunächst nicht einordnen konnte. Er kam mir bekannt vor, und das nicht, weil ich ihn hier schon ein- oder zweimal gesehen hatte. Ich schaute ihm aufmerksam zu, wie er zur Bank ging, seinen Umhang nahm – vielleicht die Imitation einer kleinen Kamelhaardecke – und ihn über seine Schultern warf. Dann drehte er sich wieder zu mir um. In diesem Moment wusste ich, mit wem ich es zu tun hatte.

»Markgraf. Aber das ist nicht von Belang. Ich rede mit allen, die sich als höflich genug erweisen, mich nicht Spinner nennen und mir Interessantes zu berichten haben. Möchten Sie sich ein wenig zu mir setzen? Hier ist es angenehm trocken, ich habe die Bank weit genug nach hinten gerückt, der Regen kommt nicht bis hierher. Los, setzen Sie sich, Mann!«

Er ließ sich auf die Bank fallen und schlug mit der flachen Hand auf den Platz neben sich. Ich setzte mich.

»Sie sehen älter aus als vor einem Jahr«, sagte er und schüttelte den Kopf. »Was ist passiert?«

»Ach, komm schon, Heike, was soll der Unsinn? Werde ich jetzt zu einem Teil in Deinen Rollenspielen?«

»Hayc, nicht Heike, Hayc von Flingern.«

Ich verdrehte die Augen, offenbar wollte sie sich in diesem albernen Aufzug nicht als die zu erkennen geben, die sie wirklich war. Im Grunde war es mir egal, ich würde ohnehin bald meinen Weg fortsetzen, und Heike konnte dann mit sich alleine weiterspielen, direkt nebenan hatte sie einen wundervollen Spielplatz dafür, auf dem sie sich aus Sand eine Burg bauen konnte. Ich seufzte und schüttelte den Kopf.

»Ja, ja, der Ritter vom aussterbenden Geschlecht.«

»Markgraf.«

»Ich dachte, das sei nicht von Belang. Wie oft verkleidest Du Dich eigentlich als Robin Hood und schleichst durch den Zoopark, als sei er Nottingham Forest? Und machst Du das immer alleine oder findest Du manchmal auch einen Sheriff als gefährlichen Gegenspieler und einen Richard Löwenherz, für den Du gegen Spielplatz-Mütter kämpfst?«

»Diese Personen sind mir nicht bekannt und ich habe sie auf meinen Ländereien weder gesehen noch je von ihnen gehört. Der einzige Löwe, den ich kenne, ist der des Grafen von Berg, übrigens ein importiertes Tier, er stammt vom Limburgischen Löwen ab. Doch weder in Limburg noch hier hat man je einen echten Löwen in freier Natur gesehen, und ich nehme an, Ihr Richard Löwenherz ist auch keinem begegnet, wie?!«

»Keine Ahnung«, sagte ich lachend, denn Heike hatte mit solchem Ernst gesprochen, dass ich angesichts der Diskrepanz zwischen ihr und ihrer Rolle nicht anders konnte, als mich zu amüsieren – was scheinbar nicht ihre Absicht war.

»Heutzutage findet Ihr wohl alles witzig, wie? Zu meiner Zeit ...«

»Das Mittelalter, nehme ich an?«

»Richtig, also, zu meiner Zeit ...«

»Im Mittelalter«, unterbrach ich sie, »ist es doch auch recht lustig zugegangen, insbesondere wenn man zu den Privilegierten gehörte wie das Rittergeschlecht Hayc von Flingern. Ihr habt dem Grafen von Berg als Markgrafen gedient, nicht wahr?«

»Richtig. Und es war sicherlich nicht immer lustig. Das Leben war härter, die Jahreszeiten rauer, die Krankheiten verheerender. Was soll daran witzig sein? Sie grinsen schon wieder, Herr, lassen Sie das! Und gemordet wurde noch viel mehr. Ach, da vergeht Euch das Grinsen, nicht wahr? Wenn es um den Tod geht, werdet Ihr ganz still und macht Euch klein und versucht Euch zu verstecken, Ihr Heutigen, doch er wird Euch trotzdem finden. Und so wie Sie mich nun ansehen, hat er Sie bereits gefunden.«

Den letzten Satz hatte Heike laut und langsam gesprochen, im gleichen Moment war die helle Wolkendecke wie auf ein Zeichen von einer dunkleren überzogen worden. Mit einem Mal war es duster, als wolle sich der Tag heute schon nach halber Laufzeit schlafen legen.

»Was soll das?«

»Was? Das Reden über den Tod? Über Mord und Totschlag? Haben sie nicht gerade einen Mörder verhaftet? Oder besser: eine Mörderin. Ja, wir dienten dem Grafen von Berg als Markgrafen und hatten die Gerichtsbarkeit unter uns. In früheren Tagen hätten wir kurzen Prozess gemacht. Eine Hexe, zweifelsohne, die der Polizei da ins Netz gegangen ist, und wollen wir ehrlich sein, der Scheiterhaufen ist die einzige Antwort, selbst, wenn sie mit dem Tod des Mannes nichts zu tun hat, ist ihre Sünde groß genug. Sie hat wider die Natur gehandelt, das finden Sie doch auch! Sie sollte brennen, nicht wahr?!«

»Du übertreibst. Und sag mal, Du schaffst es doch, Dich als Robin oder meinetwegen Hayc halbwegs normal auszudrücken, doch sobald Du dieses Waldoutfit abgelegt hast, verfällst Du wieder in Deine Gossensprache. Lässt sich da nicht etwas über die Zeit retten? Obwohl: Haben die Leute im Mittelalter nicht derber dahergeredet?«

»Ich weiß nicht, was Sie meinen. Es scheint mir nur so, dass Ihnen Mord und Tod und Verbrennung nicht angenehm sind und Sie diese Themen lieber meiden. Dabei ist die Frage doch so einfach wie dieser Tage folgenlos: Sollte die Frau brennen, egal ob sie gemordet hat oder nicht, weil sie nicht normal ist?«

»Natürlich nicht!«, sagte ich laut. »Jetzt hör doch mit dem Quatsch auf! Kein Mensch will Uli verbrennen, bloß weil sie nicht normal ist.«

»So seid Ihr! Inkonsequent. Inkonsequent. Mit dem Maul schnell dabei und alles und jeden in Grund und Boden und Schimpf und Schande gesprochen. Und wenn man Euch dann um Konsequenzen bittet, dann ist das alles Quatsch. Ein zaghaft flackernder, verbaler Scheiterhaufen, das ist alles, was Sie für die Gefangene übrig haben, mein Herr. Das ist schäbig und eines aufrechten Mannes unwürdig. Geht doch bis zum Äußersten! Handelt doch wie Ihr denkt! Weg mit der Hexe!«

»Sie hat Rehmsbrunn nicht umgebracht. Du weißt, wer es war!«

In diesem Moment zuckten ihre Mundwinkel leicht, sie drohte aus der Rolle zu fallen, fing sich aber wieder.

»Nichts weiß ich. Es passieren viele Dinge auf meinem Grund und Boden, von denen ich nichts weiß. Zu viele Menschen. Früher war es leer hier. Was Ihr heute treibt, ist zu viel für mich, als dass ich es alles begreifen könnte. Ich bin der letzte meines Geschlechts, Herrscher über die Wälder von Flingern, aber nicht der allwissende Gott, ich kenne weder Löwenherz noch den Toten, noch weiß ich etwas über seinen Mörder.«

»Du spinnst, Heike. Sören war es. Du weißt das.«

»Genug!«, sagte sie und sprang auf.

Ehe ich noch etwas sagen konnte, drehte sie sich um und lief davon in Richtung Flingern, das Viertel, das das Stadtmarketing gerne als das Soho von Düsseldorf verkaufen wollte, wenngleich ich kaum glauben konnte, dass die Rate der geistig umnachteten Menschen in Soho je so hoch gewesen sein konnte wie in diesem In-Viertel. Und auch außerhalb Flingerns waren die Menschen heute offensichtlich nicht ganz bei Trost: In einer SMS teilte Margarete mir mit, Uli sei in Untersuchungshaft gekommen, da dringender Tatverdacht und Fluchtgefahr bestünden. Der Anwalt hatte auf die Schnelle wohl nichts ausrichten können.

Kapitel 10

in dem unser Held seine Frau wiedertrifft, für ein paar
Stunden verrückt wird und sich einen dummen Ochsen
nennen lassen muss.

Manchmal behält man einen Geschmack zurück, oder den Nach-
hall eines Geräusches, von dem man kaum weiß, ob es nicht doch
aus der Wirklichkeit stammte, meist jedoch ist es ein bestimmtes
Gefühl, wenn man morgens unmittelbar aus einem Traum erwacht.
Und dieses Gefühl kann, wenn es stark genug ist, die ersten Stunden
des Tages mit einem unsichtbaren Schleier überziehen oder alles mit
grellen Farben überzeichnen, wenn das zugrunde liegende Ereignis
nur dramatisch genug war. Auch können die dunklen Wolken der
Nacht den Tag niederdrücken und alles lähmen. Und dann gibt es
Träume, die das Herz mit einer Leichtigkeit erfüllen und die uns am
Morgen mit dem guten Gefühl ins Jetzt begleiten, dass nichts uns an
diesem Tag erschüttern kann. Letzteres erfahre ich äußerst selten.

Bislang waren mir solche Zustände nur aus dem Übergang vom
Schlaf ins Wache bekannt. Doch dieses Mal passierte es am späten
Nachmittag. Von einer Minute auf die andere hatte ich das Gefühl,
eine große Chance im Leben für immer verpasst zu haben, etwas
nicht mehr zum Guten wenden zu können. Es wäre mir angenehm
gewesen, diesen Zustand mit einer mich plötzlich ereilenden, leichten Melancholie gleichsetzen zu können, die als seufzende Welle
daherkommt und in die man sanft hinein und wieder hinaus gleiten kann. Doch es war anders. Resignation ohne Hoffnung, völlige
Aussichtslosigkeit, das Ende, nicht einmal mehr zu beweinen, da
selbst die Trauer darum nicht lohnte. Schuld an diesem Zustand war
die Anwesenheit von Margarete in meinem Wohnzimmer. Obwohl
ich nicht geschlafen oder geträumt hatte, erwachte ich mit großer
Hoffnungslosigkeit.

Es war zutiefst verstörend für mich, Margarete in meinem Sessel
sitzen zu sehen. Auch wenn meine Frau ihn kaum genutzt hatte,

gehörte er doch zu ihr, und jetzt war es so, als habe ihre Nachfolgerin darin Platz genommen. Ich musste mich von dieser Vorstellung befreien, sie hatte nichts mit der Wirklichkeit zu tun und machte die Situation nur noch unerträglicher. Seit einer Stunde schon war sie bei mir, und wir gingen das Ganze noch einmal von vorne durch, zum vierten Mal, wie ich feststellte, denn ich hatte mitgezählt. Dabei war alles geklärt. Ich würde ihr ein zinsloses Darlehen gewähren, sie müsste keine Hypothek auf ihr Haus aufnehmen. Noch einmal suchte sie nach Worten, um mir zu erklären, warum sie und Uli über keine Ersparnisse verfügten und trotzdem keineswegs mittellos seien, als sei ich ihr Sparkassenberater, der nach Sicherheiten gierte. Offensichtlich war ich der einzige Mensch in ihrem Bekanntenkreis, der sofort über die nötigen Mittel verfügte, um die Kosten für einen Anwalt zu tragen, der sich nicht auf die Ermittlungen der Polizei verlassen wollte. Er wurde selbst aktiv, übte immer wieder Druck aus, verlangte dafür ein entsprechendes Honorar und war hoffentlich jeden Cent wert.

Uli hatte es als mutmaßliche – und zum Glück namenlose – Täterin nach einer Woche in die Zeitungen geschafft. Vermutlich hatte die Staatsanwaltschaft etwas durchsickern lassen, um endlich einen Erfolg zu präsentieren. Das war aus ihrer Sicht bitter nötig, denn einer der Rehmsbrunn-Söhne hatte im Interview mit einem Wirtschaftsmagazin in einem Nebensatz auf die Erfolglosigkeit der Polizei im Fall seines Vaters hingewiesen. Dies hatten die mit echten Nachrichten offensichtlich gerade unterversorgten Lokalblätter sofort zum Thema gemacht und, gleich einer Sperrspitze investigativer Recherche, »aufgedeckt«, dass die Polizei in dem Fall nicht vorankam. Für Uli zu einem denkbar ungünstigen Zeitpunkt, denn sie war alles, was Polizei und Staatsanwaltschaft hatten, um ihren eigenen Kopf aus einer Schlinge aus grauem Zeitungspapier zu ziehen.

Ich goss Margarete noch etwas Wein in ihr Glas.

»Wir könnten uns duzen«, sagte sie plötzlich.

»Nein, das wäre so, als hätte ich mir das Du gekauft. Nein, lieber nicht, später vielleicht.«

»Sie haben recht. Ich habe das Gefühl, Ihnen irgendetwas geben zu müssen, es tut mir leid. Es wird immer schwierig, wenn Geld ins Spiel kommt, meinen Sie nicht?! Ich denke, Sie tun das alles, obwohl Sie Uli vielleicht nicht einmal besonders mögen. Und damit stehen wir tiefer in Ihrer Schuld, als wenn Sie es aus Freundschaft tun würden.«

»Sie ist unschuldig. Darauf kommt es an. Und so viel Geld ist es nun auch nicht, ein paar Tausend Euro. Die haben Sie schnell zurückgezahlt. Und dann ist die Sache vergessen«, sagte ich mit großer Anstrengung. Denn die aufmunternden Worte klangen in meinen Ohren wie eine glatte Lüge. Diese Person würde schon irgendwann rauskommen. Wie egal mir das war!

»Diesen Albtraum vergesse ich nie. Sie müssten sie sehen, wie sie immer blasser wird, sie ist seit anderthalb Wochen eingesperrt und sieht aus wie ein Gefangener, der seit Jahren in der Zelle hockt und kein Tageslicht mehr sieht. Ich hätte nicht geglaubt, dass es Orte gibt, die einen Menschen so schnell verändern.«

»Und dabei haben Sie in einer Klinik gearbeitet, in gewisser Weise einem Gefängnis ähnlich, zumindest wenn man davon ausgeht, dass die Menschen nicht freiwillig dort sind. Aber so eine Klinik ist doch ungleich gefährlicher, was die Gesundheit angeht. Ihre Freundin kommt bald nach Hause und wird sich schnell erholen«, sagte ich und versuchte es mit einem Lächeln.

Sie erwiderte es – wahrscheinlich auch nur, weil ich dafür zahlte. Egal, was sie von nun an Freundliches tat, immer würde ich dahinter Dankbarkeit vermuten. Bevor sie auf meine Hilfe angewiesen war, hatte sie kaum ein nettes Wort für mich übrig gehabt. Ich konnte nicht wissen, ob sie mich wegen des Darlehens nun in einem anderen Licht sah oder ob sie den Typen, den sie eigentlich nicht ausstehen konnte, für die Kreditlaufzeit akzeptieren und anständig behandeln würde. In meiner jetzigen Verfassung tendierte ich zu letzterem und versank noch tiefer in der Resignation. Von Margarete hätte ich mir gewünscht, um meiner selbst willen geliebt zu werden, so wie es früher war, bei Gesa.

Wenn sie doch nur aus diesem Sessel aufstehen würde! Ich musste wegsehen, es war nicht zu ertragen, ich drehte mich um. Sie sah meiner Frau kein bisschen ähnlich, war älter als sie, hatte eine andere Haarfarbe und doch war in ihrer Art etwas, dass sie miteinander verband. Wie sie sich bewegte, wie sie lächelte, der leise Spott, mit dem sie mich sonst bedachte, und der unverstellte Blick aus strahlend blauen Augen, so warm, obwohl ihre Farbe kalt war, so unerträglich warm, dass ihr Böses anzutun doch ganz und gar unmöglich war, und trotzdem hatte ich es geschafft. Jetzt war es so, als säße sie hinter mir, lebendig und doch nur eine Erinnerung an ihren Tod, weil sie es selbst gar nicht sein konnte. Nur meine Gedanken an sie ließen sie dort sitzen. Wie dumm ich doch war, mich von einer zufälligen Ähnlichkeit im Habitus täuschen zu lassen. Ich schüttelte den Kopf.

»Stimmt etwas nicht?«, fragte Margarete.

»Alles in Ordnung. Ich denke, wir haben alles Nötige besprochen, und ich glaube wirklich, dass der Anwalt sie sehr bald freibekommt. Die Anklage ist absurd und fußt auf ebensolchen Indizien«, sagte ich und drehte mich zu ihr.

Sie sah mich forschend an und ich bemühte mich, ihrem Blick standzuhalten. Unmöglich. Stattdessen starrte ich auf das große Gemälde an der Wand, das Porträt des jungen Mannes, der verträumt, nein, verloren aus dem Rahmen herausschaute. Meine Frau hatte ihn gemocht, diesen Kopf, seine dunklen Lippen, die deutliche Kerbe im Kinn, sie hatte ihn den jungen Hans genannt. So, sagte sie, könne sie sich vorstellen, habe ich einst ausgesehen, ein dürrer Kerl in einem viel zu großen Jackett – als Student vielleicht – der gerade dem strengen Vater entkommen war und dem Leben mit großem Ernst und voller schwerer Gedanken entgegensah. Alles Unsinn. Meine Gedanken waren nicht schwer gewesen, als ich in seinem Alter war. Sie waren auf ein Ziel gerichtet, nachdem ich mich von den Flausen der Jugend doch schon längst verabschiedet hatte: als Ingenieurstudent, der viel zu viel trank, jungen Germanistinnen oder Kunsthistorikerinnen nachstellte, als suche er in ihnen neben körperlicher Befriedigung auch eine Heimat für den Geist. Sie sahen in mir den Firmenerben und waren deshalb leicht zu haben. Was für eine seltsame Zeit, in der das Materielle die Liebe so beflügeln konnte – oder mitten im Wirtschaftswunderland vielleicht auch kein großes Wunder.

»Warum sagen Sie jetzt nichts mehr? Also, wie gesagt, wir können es gerne schriftlich machen. Ich habe eine Vorlage aus dem Internet ausgedruckt. Dann haben Sie es schwarz auf weiß: Wir zahlen Ihnen alles zurück. Es ist doch nur so, dass wir im Moment ...«

Ich unterbrach sie, indem ich meine Hand hob und »Gut!« ausrief, denn zum fünften Mal wollte ich ihre Erklärung nicht hören. Dann wiederholte ich leiser: »Gut, alles ist gut. Ich habe nur leichte Kopfschmerzen, es hat nichts mit dem Darlehen zu tun.«

Ich machte das Fenster auf und atmete tief ein. Draußen war es stürmisch, es roch nach Erde und feuchtem Laub, ein Geruch, der meiner dumpfen Trauer neue Nahrung gab. In diesem Duft steckten unzählige Herbstnachmittage, ohne dass ich in diesem Augenblick einen einzelnen von ihnen erinnerte. Ich spürte sie als Sehnsucht nach Vergangenheit, nach der Kindheit, nach einer Zeit, die weit vor all dem lag, was ich zu verantworten, woran ich mich schuldig gemacht hatte, bar jeglichen Bewusstseins für eine Verantwortung, die sich jetzt an mich klammerte und hinab zog, als sei ich ihre einzige Rettung und nicht etwa sie mein Tod. Was, wenn das, was wir als unser Selbst bezeichnen, gar nicht existiert? Wenn ich alle Verbindungen zu diesem Früher kappte und nur noch das Heute sah, ohne Erinnerungen? Dann wäre ich frei davon, nicht schuld sein zu wollen. Erst als meine Augen brannten, bemerkte ich die Tränen, die ich mit den Lidern wieder einfing. Nicht noch so ein lächerlicher Zusammenbruch in ihrer Gegenwart, nicht noch ein Heulkrampf dieses armseligen, alten Mannes, der zu werden ich mich irgendwann entschlossen haben musste. Ich blieb am offenen Fenster stehen, bis ich sicher war, dass der Wind meine Tränen getrocknet hatte und wandte mich dann wieder zu ihr.

Sie war aufgestanden und nur einen Schritt von mir entfernt.

Langsam hob sie ihre rechte Hand und führte sie zu meiner Wange, eine tröstliche Geste, wenn man Trost haben wollte.

»Es geht schon«, sagte ich schnell und wich zurück. »Alles in Ordnung. Ich bin nur ein wenig müde, ich möchte mich gerne hinlegen.«

Margarete ging wieder zum Sessel zurück und setzte sich. Offenbar verstand sie meinen Wunsch nicht, allein sein zu wollen. Ihr Blick hatte sich verändert. Er war mitfühlend und distanziert zugleich, wie der eines Arztes, der nicht zu tief in die Leiden seines Patienten geraten will und ihm zugleich mit professioneller Empathie begegnet.

»Romanowa sagt, Sie lebten gefährlich und achteten nicht auf das, was Sie krank macht.«

Wenn sie doch nur wieder aus diesem Sessel aufstehen würde! Erneut wich ich ihrem Blick aus und setzte mich auf die Couch, sodass sie sich umwenden musste, wenn sie mich sehen wollte. Ich hatte ihren Blick richtig gedeutet, sie wollte mir ärztliche Hilfe angedeihen lassen, die ich nicht benötigte. Ein Stimmungstief, mehr nicht. Morgen würde alles schon wieder ganz anders aussehen.

»Es geht mir gut. Der Check-up im vorigen Monat hat keine Auffälligkeiten ergeben ...«

»Sie werden immer weniger, meine Güte! Das sehen Sie doch selbst. Wie lange wollen Sie dieses Spiel noch treiben? Bis Sie tot umfallen?«

Sie war lauter geworden, sah mich jedoch nicht an. Ich konnte nur ihren Hinterkopf sehen, der über die Lehne des Sessels leicht hinausragte, und fragte mich, wie sie so plötzlich von den Wiederholungen der immer gleichen Erklärungen ihrer finanziellen Situation zu meinem Gesundheitszustand gekommen war, der mich selbst in diesem Moment überhaupt nicht interessierte. Ich hatte den Themenwechsel nicht mitbekommen, meine Tränen vergessen, von einer Minute zur anderen: weg.

Und wenn ich tot umfiele! Na und? Dann war alles vorbei. Auch gut. Warum freute sie sich nicht einfach über das Geld und ging endlich? Nur deshalb, weil sie mir etwas schuldig zu sein glaubte. Ihre Schuld klebte an mir, sie ekelte mich, und ich würde sie nur loswerden, wenn ich ihre Einlösung durch irgendetwas akzeptierte, was Margarete für mich tat. Jetzt also eine kostenlose ärztliche Beratung als Dank für meine Großzügigkeit!

»Machen Sie sich darüber bitte keine Sorgen! Sie haben mit Ihrer Freundin genug um die Ohren.«

»Frau.«

»Bitte?«

»Frau. Sie ist meine Frau. Sie sagten Freundin.«

»Dann eben Frau, Herrgottnochmal!«, rief ich aus. »Kümmern Sie sich einfach nur um sie, und lassen Sie mich in Ruhe. Ich will keine Hilfe. Ich brauche sie nicht. Es geht mir aus-ge-zeich-net.«

Nun sprang sie aus dem Sessel und baute sich vor mir auf. Sie stützte ihre Hände in die Hüften und holte tief Luft. Dann ließ sie den Atem ungenutzt entweichen, wahrscheinlich aus Angst, das Geld nicht zu bekommen. In ihrem Blick lag Entsetzen. Sicher. Natürlich. Sie musste kneifen. Es war erbärmlich, mit anzusehen, wie sie sich zusammenreißen musste, um nicht die Beherrschung zu verlieren und mir das zu sagen, was sie von mir dachte.

»Na, kommen Sie«, forderte ich sie heraus. »Sagen Sie's schon! Sie halten mich für einen miesen Ausbeuter, einen kriminellen Kapitalisten, einen egozentrischen Boss, der alle ausnutzt, der als alter Lustgreis jeder Frau nachstellt, und der jetzt, da er im Ruhestand ist, endlich die Strafe für das bekommt, was er in seinem ganzen Leben verbockt hat. So ist es doch? Oder? Kommen Sie! Das ist es doch, was Sie meinen. Und jetzt können Sie es nicht sagen, weil Sie Angst haben, nicht an das Geld heranzukommen, was?! Aber keine Sorge, den Kredit bekommen Sie trotzdem. Gerne auch dafür, dass Sie einmal sagen, nur ein einziges Mal, was Sie wirklich von mir denken. Ich bin ein Mistkerl und deshalb krank geworden, weil mich meine Schlechtigkeit von innen her zerfrisst. Und wenn schon! Dann bin ich bald tot, und es ist vorbei.«

Ich hatte schnell und aufgeregt gesprochen, ich war aufgesprungen, und mit dem letzten Satz hatte ich sie an den Schultern gefasst. Gesas Augen sahen mich an, ich wusste, dass sie tot war, trotzdem sah sie mich an mit einem Ausdruck, der irgendwo zwischen Mitleid und Verachtung lag, ich konnte ihn nicht deuten. Wir waren 25 Jahre lang verheiratet gewesen, wieso wusste ich nicht, was mir diese Augen sagen wollten? Ich schwitzte stark, atmete zu schnell und hatte das Gefühl, meine eigene Frau nicht mehr zu erkennen.

»Gesa«, sagte ich, und zugleich versuchte ich es nicht zu sagen, denn sie war irgendwo auf Mallorca gestorben, vor über einem Jahr, sie war tot, ich hatte sie doch umbringen lassen. »Was machst Du hier? Glaub mir, ich wollte das nicht. Nicht wirklich.«

»Herr Sielka? Ich bin es, Margarete Steinfeld, sehen Sie mich bitte an!«

»Aber das tue ich doch die ganze Zeit«, sagte ich, und vor meinen Augen wechselte das Bild zwischen Gesa und Margarete, wie auf einem Hologramm, das man hin und her bewegt, und erst jetzt bemerkte ich, wie ich sie an den Schultern schüttelte.

Sofort ließ ich meine Hände sinken. Ich musste zu mir kommen. Mir war klar: Diese Frau musste weg, sie musste verschwinden, sonst würde dieser Albtraum niemals enden. Aber sie wollte nicht gehen, sondern helfen, obwohl sie die letzte war, die etwas ausrichten konnte. Mit diesen widerlichen Augen, diesem stieren Blick, der mich durchbohrte, der vorgab, mich retten zu wollen, und mich in Wirklichkeit hinabzog in mein Grab. Ich lief zur Tür und riss sie auf, um vor dem davonzulaufen, was ich hätte tun müssen: sie beseitigen. Das Verlangen, es zu tun, war so groß, dass ich an nichts anderes mehr denken konnte. Ich lief zur Haustür.

Als ich erwachte, saß Erika neben meinem Bett und sah mich unsicher an.

»Guten Morgen. Sind Sie wieder normal?«, fragte sie.

Zunächst musste ich mich orientieren. Ich verstand nicht, wie ich hierher in die Klinik gekommen sein konnte. Folglich war die Situation für mich alles andere als normal. Aber ich selbst war es wohl. Bis auf die Kopfschmerzen, die ich spürte, als ich mich aufsetzen wollte.

»Was ist passiert?«

»Sie sind, wie soll ich es sagen, nun ja, ausgeflippt ist wohl das richtige Wort. Sie haben die Frau Doktor beschimpft und sich auf die Straße gestellt und gejault wie ein großer Hund. Es war fürchterlich. Ich habe schon gedacht, jetzt ist es aus mit Ihnen. Werner war ja nicht da, und wir zwei Frauen konnten Sie nicht bändigen. Wie ein Tier haben Sie sich gewehrt. Erst als dieser nette Herr, der reizende Chauffeur von nebenan, Sie wissen schon, der immer so freundlich grüßt und von dem es heißt, er habe ein Auge auf Frau von Rehmsbrunn geworfen, aber bei dem Altersunterschied, er kümmert sich wirklich rührend um sie, das muss man sagen, die Kinder sind doch allzu selten da, ich habe lange keinen mehr von ihnen gesehen, also, der gutaussehende Fahrer ...«

Ich nickte heftig, damit sie merkte, dass ich wusste, von wem sie sprach, mein Kopf drohte zu zerplatzen.

»Wenn er nicht gerade mit dem Auto zurückgekommen wäre, meine Güte, er hätte Sie überfahren können, aber bei uns in der Straße fahren die Leute ja nie so schnell, wegen der Schwellen, zum Glück, sonst hätte er vielleicht nicht mehr bremsen können und hätte sie glattweg überrollt. Mit so einem großen Auto, das ist ja schwer, das hätten Sie nicht überlebt, Herr Sielka. Nicht auszudenken!«

Ich schaffte es, laut aufzustöhnen, um sie zu unterbrechen und mit der Frage »Und dann?« wieder zu den Geschehnissen zurückzubringen.

»Dann ist er ausgestiegen. Aber die Frau von Rehmsbrunn ist erst einmal im Wagen sitzen geblieben. Meine Güte, sie hat dreingeschaut, als würde man ihren Mann ein zweites Mal und dieses Mal vor ihren Augen umbringen, so erschrocken. Jedenfalls ist der Chauffeur auf Sie zu. Ich dachte schon, jetzt werden Sie handgreiflich. ›Passen Sie auf‹, habe ich gerufen und die Frau Doktor hat ihn auch gewarnt, aber er ist einfach weiter gegangen, und von ihm haben Sie sich dann ganz ruhig von der Straße führen lassen. Ah, da ist ja die Frau Doktor. Schauen Sie, er ist wieder ganz der Alte«, sagte sie, ihre vollen Wangen glühten, als sie der Ärztin heftig die Hand schüttelte. Margarete trug ihren weißen Arztkittel und trat zu mir ans Bett.

»Wie fühlen Sie sich?«

»Ich habe Kopfschmerzen. Und ich kann mich nicht erinnern. Was ist denn eigentlich genau passiert?«

Es folgte ein Bericht der beiden Frauen über den Verlauf der Ereignisse, wobei Margarete mit kurzen Worten schilderte, was passiert war und Erika mit ausschweifenden Erklärungen eher noch zu meiner Verwirrung beitrug. Es dauerte eine ganze Weile, bis ich alles begriffen hatte.

Ich sei aus dem Haus gelaufen, beide wollten mich zurückhalten, doch schlug ich wild um mich und brüllte Margarete immer wieder mit den Worten: »Verschwinde, Du Hexe! Du bist tot, tot, tot!« an. Mitten auf der Straße breitete ich die Arme aus und heulte den dunklen Herbsthimmel an wie ein Werwolf den Vollmond, bis mich die Scheinwerfer einer großen Limousine ablenkten. Der Wagen sei vor mir zum Stehen gekommen und ich habe unumwunden in seine Lichter gestarrt. Der Fahrer – »der reizende Chauffeur von Frau von Rehmsbrunn« – sei ausgestiegen und auf mich zugekommen, ohne auf die Warnungen der beiden Frauen zu achten. Von ihm ließ ich mich ganz ruhig wieder zum Bürgersteig führen und soll mich, als Margarete in mein Blickfeld kam, ängstlich wie ein kleines Kind hinter seinem Rücken versteckt haben. Laut flüsternd hatte ich ihn beschworen, mir meine Frau vom Leib zu halten, die gekommen sei, um sich zu rächen, die mich holen, mit ihren verwesten Fingern nach mir greifen und mich hinabziehen wolle in die Hoffnungslosigkeit. Dann sei auch Roberta von Rehmsbrunn auf mich zugekommen. Zuerst habe man sie zurückhalten wollen, doch sie sei ganz locker weitergegangen und habe mich begrüßt. Trotz meines verwirrten Zustandes hätte ich mir ein Lächeln für sie abgerungen. Einen Moment lang sei ich ganz still gewesen, auch sonst habe sich niemand geregt und schon habe man gedacht, ich hätte mich wieder beruhigt, doch dann habe sich mein seliges Lächeln in ein irres Grinsen verwandelt und ich hätte damit begonnen, meinen Kopf heftig hin und her zu schütteln.

Margarete hatte inzwischen verstanden, dass ich sie mit meiner Ex-Frau verwechselte, wandte mir den Rücken zu und ging langsam die Straße hinunter. Von ihrem Handy aus rief sie in der Klinik an und bat darum, schnellstmöglich einen Krankenwagen zu mir zu schicken und mich sodann stationär aufzunehmen.

In der Zwischenzeit war Erika zu mir gekommen, vor ihr habe ich mich ebenso wenig gefürchtet wie vor meiner Nachbarin, doch sei ich laut ihrem Bericht vorsichtshalber in der Nähe des reizenden Chauffeurs geblieben. Erika habe es mit gutem Zureden versucht. Sie bemühte sich, mir zu erklären, dass alles in Ordnung sei, dass ich nur ein wenig Schlaf brauche und etwas Anständiges zu essen. Nebenbei erwähnte sie, meine Frau sei tot und damit müsse ich mich abfinden, was mich sofort gegen meine Haushälterin aufbrachte. Ich versteckte mich wieder hinter dem Chauffeur. Frau von Rehmsbrunn sei dann noch etwas näher an mich herangetreten, habe dicht hinter mir gestanden, aber kein Wort gesagt. Doch in ihren Augen, so meinte Erika, habe sie weiter blankes Entsetzen gesehen. Bestimmt sei es die Sorge um den gutaussehenden Chauffeur gewesen.

Ein paar Minuten später sei der Krankenwagen gekommen, zwei Sanitäter und ein Arzt seien ausgestiegen. Mein Beschützer habe mir den Arm um die Schultern gelegt und mir erklärt, dass es besser sei, mit ihnen zu fahren, dann sei ich auch gleich heraus aus dem Einflussbereich meiner rachsüchtigen Frau. Genau das habe er gesagt, wiederholte Erika immer wieder, weg von der rachsüchtigen Frau. Und darauf hätte ich dann sofort reagiert und sei noch vor den Sanitätern in den Wagen geklettert.

Nichts von dem weiß ich bis heute und selbst das, was man mir im Nachhinein erzählte, wollte ich lieber wieder vergessen. Denn kurz bevor die Türen des Krankenwagens zufielen, kam Margarete wieder in mein Blickfeld. Mit dem »Wahnsinn in den Augen«, eine Formel, die sie selbst verwendete, sei ich aus dem Wagen heraus gesprungen, um mich auf sie zu stürzen, beide Hände fest um ihren Hals geschlossen. Es habe nicht wehgetan, beteuerte sie immer wieder, denn die Sanitäter seien gleich zur Stelle gewesen und hätten mich zurück in den Wagen befördert und weggebracht. Bereits unterwegs habe mir der Notarzt eine Beruhigungsspritze gegeben.

»Wir werden Sie ein paar Tage zur Beobachtung hierbehalten. Dr. Kunze ist ihr behandelnder Arzt und wird Sie über alle erforderlichen Untersuchungen informieren. Wir müssen herausfinden, was mit Ihnen los ist, denn ein solcher Aussetzer kann unter Umständen schlimmere Folgen haben«, sagte Margarete zum Abschluss.

Zu müde und zu verstört, um zu widersprechen, nickte ich und schloss die Augen in der Hoffnung, dieser peinlichen Lage durch Schlaf zu entkommen. Ich hörte noch, wie Margarete Erika aus dem Zimmer führte, dann schlief ich tatsächlich ein.

Als ich wieder aufwachte, schaute ich in das blasse Gesicht von Sören. Ich richtete mich auf und versuchte, wach zu werden. Auf dem Nachttisch neben dem Bett stand eine Tasse mit dampfendem Kaffee und ein Teller mit einem Käsebrötchen.

»Wie spät ist es?«, fragte ich.

»14 Uhr. Dr. Kunze sagte, Sie sollten jetzt aufwachen. Er will Sie untersuchen.«

Ich wollte nach der Tasse greifen, doch Sören hielt mich mit einer Geste davon ab und fuhr das Rückenteil meines Betts in eine aufrechte Position, sodass ich bequem sitzen konnte. Dann durfte ich unter Beobachtung des Pflegers trinken.

»Ist noch was?«

»Sie hatten einen Zusammenbruch. Man weiß noch nicht, warum. Man muss Sie beobachten.«

»Sie können aber jetzt nicht die ganze Zeit hier herumstehen. Außerdem bin ich doch an dieses Ding angeschlossen. Was misst das?« Ich schaute hinauf zu dem Bildschirm, der neben meinem Bett stand und irgendwelche Zahlen und Kurven zeigte.

»Puls und Blutdruck. Sie sind auf der Stroke Unit. 24 Stunden werden Sie komplett überwacht. Als Sie gestern eingeliefert wurden, hat man ein CT gemacht. Um ein Blutgerinnsel auszuschließen. Über den Tropf erhalten Sie eine blutverdünnende Substanz. Es könnte ein Schlaganfall gewesen sein. Oder eine Transitorische Ischämische Attacke.«

»Eine was?«

»Kurzzeitige schlechte Durchblutung des Gehirns. Sie hatten über Kopfschmerzen geklagt, sagt Dr. Steinfeld. Fragen Sie Dr. Kunze! Es ist unwahrscheinlich. Nichts zu sehen, was darauf hinweist. Aber Sie sind in dem Alter. Da wäre es nicht ungewöhnlich. Deshalb werden Sie überwacht.«

»Und Sie arbeiten auf dieser Station?«

»Nein. Ich bin hier, weil ich Sie kenne.«

»Aha. Was für einen Tag haben wir heute?«

»Solche Fragen stellen die Ärzte üblicherweise Ihnen.«

»Um zu testen, ob ich noch sauber ticke?«

»Samstag.«

»Gut, ja, stimmt. Also muss ich mir keine Sorgen um den Mittagstisch machen.«

»Nein.«

Sören starrte mich weiter von oben an. Seine Lider mit den fast durchsichtigen Wimpern schienen oben festzuhängen, er zwinkerte kein einziges Mal.

»Und Sie halten einen Schlaganfall oder eine Transi... na, diese Attacke, für unwahrscheinlich?«

»Ja.«

»Warum?«

»Die Patienten sehen dann anders aus«, stellte er mit großer Sicherheit fest.

»Diagnostiziert man das nach dem Aussehen?«

»Nein. Nach Symptomen. Sprachstörungen, Gesichtsfeldausfall, Lähmungen. Und auf der Basis von Untersuchungen: CT, MRT, EEG, Doppler.«

»Aber Sie können es einfach sehen?«, fragte ich ihn skeptisch.

»Ja.«

»Hält der Professor deshalb so viel von Ihnen? Weil er sich die ganzen Untersuchungen sparen kann, wenn Sie ohnehin alles sehen?«

»Möglich. Aber untersucht wird trotzdem.«

»Klar, Sören Schmitt kann man der Krankenkasse schlecht in Rechnung stellen.«

Er verzog keine Miene, als stünde ihm gerade nicht der Sinn nach Ironie, oder er verstand sie überhaupt nicht. Er war nicht nur soziopathisch, sondern zeigte auch leichte Anzeichen von Autismus, allerdings kannte ich mich mit dieser Störung nicht aus. Ich hatte nur von spektakulären Fällen gehört, die – hochbegabt auf einem Fachgebiet, aber ansonsten lebensunfähig – immer mal wieder Thema in den Medien waren. Das würde erklären, warum er sich ungern mit anderen Menschen unterhielt, es ihm an Einfühlungsvermögen fehlte und er Scherze nicht verstand. Wieso ihn das zu einem guten Krankenpfleger machen sollte, verstand ich immer weniger. Vielleicht hatte er eine andere psychische Störung, weshalb er für seine Mitmenschen zum einen segensreich, zum anderen aber auch gefährlich werden konnte. Vielleicht hatte er Odin zu Tode erschreckt. Angst spürte ich in seiner Gegenwart jedoch überhaupt nicht. Möglicherweise war gerade das sein Geheimnis: dass er den Patienten die Angst nehmen konnte. Doch im Moment interessierte mich etwas ganz anderes.

»Woher kannten Sie eigentlich Odin von Rehmsbrunn?«

Sörens Augenlider schlossen sich für einen kurzen Moment, für sein Gemüt wohl eine hochemotionale Reaktion, dann stierte er weiter.

»Er war Patient.«

»Ah, ja, und dann?«

»Jetzt ist er tot.«

»Ja, das ist mir bekannt. Ich meinte: Hatten Sie, nachdem er hier Patient war, noch Kontakt zu ihm, also außerhalb der Klinik, in Ihrer

Freizeit vielleicht, oder haben Sie ihn mal im Taxi mitgenommen? Sie haben ihn immerhin gezeichnet und ein Kunstwerk nach ihm benannt.«

»Nicht nach ihm.«

»Odin. Ein seltener Name. Wollen Sie sagen, dass er mit Rehmsbrunn nichts zu tun hat?«

»Es ist der Name eines germanischen Gottes. Er war immer der Gott. Das war seine Rolle.«

»Rehmsbrunn war Rollenspieler?«, rief ich erstaunt aus.

Natürlich hatte ich den Mann auf der Zeichnung in einem seltsamen Kostüm gesehen, aber ich hatte mir beim besten Willen nicht vorstellen können, dass er es, außer zum Zwecke des Modellstehens, jemals für längere Zeit getragen hatte, geschweige denn, dass er darin einem so skurrilen Hobby wie dem des Rollenspiels nachgegangen war. Obwohl Sören es selbst gesagt hatte, hatte ich diese Möglichkeit niemals in Erwägung gezogen.

»Er hat mitgemacht. Ja.«

Wieder blinzelte Sören, als sei die Erinnerung an Rehmsbrunn für ihn nicht leicht. Vielleicht trauerte er sogar um ihn, immerhin hatte er ihn seinen Freund genannt. Ich war mir nicht sicher, ob Sören einen echten Freund haben oder selbst einer sein konnte.

»Und das hat angefangen, als er hier in der Klinik war? Sie haben sich um ihn gekümmert. Einer der schwereren Fälle, nehme ich an?«

»Das Herz. Es war nicht leicht für ihn. Als er ging, hatte er Hoffnung. Wegen mir, hat er gesagt. Warum, weiß ich nicht.«

Auch ich konnte das nicht nachvollziehen. Die Unterhaltung mit diesem Pfleger war kräftezehrend, was wohl kaum zur Heilung beitragen konnte.

»Und Sie haben ihn eingeladen, beim Rollenspiel mitzumachen?«

»Ja. Germanische Mythologie hat ihn interessiert seit er irgendwann als Kind erfahren hatte, woher sein Name kam. Es muss eine große Freude für ihn gewesen sein. Dieses kindliche Spiel germanischer Geschichten, die er sich selbst ausgedacht hatte.« – Eine beeindruckend ausschweifende Antwort für Sören, die mich anerkennend nicken ließ.

»Und mit Ihnen konnte er diese Freude wieder erleben?«

»Möglich.«

Lächerlich. Ein erwachsener Mensch, der sich mit diesem schlaksigen Jungen zum Spielen verabredete. Wie konnte von Rehmsbrunn nur so tief sinken?

»Und an dem Abend, als er verschwand, da haben Sie ihn im Taxi an der Bank abgeholt?«

»Ja.«

Er bemühte sich erst gar nicht, zu lügen. Mutmaßlich war er nicht in der Lage dazu, andere zu täuschen, weil er nicht verstehen konnte, wozu das gut sein sollte.

»Was ist dann passiert?«

»Rollenspiel.«

»Und was ist dann passiert?«

»Er ist ...«

Sören wurde abrupt unterbrochen, die Tür flog auf.

»Ah, ich sehe, Sie sind wach und unterhalten sich schon gut!«, sagte Doktor Kunze, der mit wehendem Kittel ins Zimmer gestürmt kam. Ich hätte ihn am liebsten gleich wieder hinausgeworfen, aber Sören schlich schon davon.

Kunze warf einen Blick auf den Bildschirm und fing dann an, mir Fragen zu stellen: nach meinem Namen, meinem Geburtsdatum, meiner Adresse, dem heutigen Datum, dem Ding, das er am Handgelenk trug und so weiter. Ich konnte sie alle zu seiner Zufriedenheit beantworten, womit er, wie er sofort betonte, auch schon gerechnet habe. Hätte ich sie nach so vielen Stunden nicht beantworten können, wäre eine Verlegung in die geriatrische Psychiatrie unumgänglich gewesen. Dabei grinste er, als müsse ich diesen Witz auf meiner geistigen Höhe besonders gut verstehen und zählte dann die Untersuchungen auf, die mir ab Montag bevorstanden. Übers Wochenende könne ich mich mal so richtig erholen und vor allem viel essen und das Trinken nicht vergessen. Letzteres brüllte er, als sei ihm gerade noch rechtzeitig eingefallen, dass ich in meinem Alter möglicherweise zur Schwerhörigkeit neigte.

Die Untersuchungen begannen am Montag mit einem Ultraschall meiner Halsschlagadern, die sich als frei und vollkommen durchlässig erwiesen. Als ich wieder in mein Zimmer zurückkam, erwartete mich dort Jakob Hutzenbach, mein alter Freund aus Studientagen. Er empfing mich mit besorgter Miene, in die sich dann Entsetzen mischte. Der Pfleger, der mich begleitet hatte, führte mich zum Bett und verließ den Raum gleich wieder. Ich legte mich hin.

»Mein Gott, Hans, Du bist ein Schatten Deiner selbst, alter Freund! So dürr. Also ist es was Ernstes.«

»Nichts ist ernst. Es geht mir gut. Ich habe ein wenig abgenommen, und ich finde, es steht mir ausgezeichnet.«

»Mach mir doch nichts vor!«

»Woher weißt Du überhaupt, dass ich hier bin?«, wollte ich wissen, denn ich hatte Erika untersagt, irgendjemanden darüber zu informieren.

»Ich habe davon gehört. Das ist doch nun wirklich nicht wichtig. In so einer schweren Stunde brauchst Du Freunde! Hans, warum meldest Du Dich denn nicht?«

Ich fand es unangenehm, ja fast schon unheimlich, dass Jakob ohne mein Wissen oder Einverständnis einen Einblick in mein Leben nahm. Er selbst war nie Patient hier gewesen und hatte auch sonst keinen Bezug zu diesem Haus. Wie seinem Sohn misstraute ich auch ihm und fürchtete, dass er mir nachspionierte, wenngleich es dafür überhaupt keinen Grund gab. Unsere letzte Begegnung lag nun schon Monate zurück. Wenn er anrief, ließ ich mich verleugnen, und irgendwann hatte er es aufgegeben.

Jetzt spürte ich bei seinem Anblick ein tiefes Unbehagen, genau wie beim letzten Mal. Er war der Freund meines abgelegten Ichs. Anders konnte ich es nicht formulieren, denn ich fand nichts mehr, was mich mit ihm jetzt noch verbunden hätte. Die Burschenschaft, eine lebenslängliche Gemeinschaft, war mir ebenso fremd wie dieser große, dicke Mann in seinem dunkelblauen Anzug, den ich, wenn ich diese Assoziation zuließ, allenfalls noch für den Vater meines ärgsten Feindes hielt. Die Familie Hutzenbach war mir zuwider, aus ihr konnte nichts Gutes mehr kommen.

»Was ich jetzt brauche, ist kein Freund, sondern vor allem Ruhe. Du siehst ja, wie es mir geht, und die Ärzte haben es mir verboten, mich anzustrengen oder allzu lange Besuch zu empfangen. Ich muss viel schlafen, um zu Kräften zu kommen«, log ich, auch wenn ich mir damit gleich selbst widersprach. Es schien mir die einzige Chance zu sein, ihn wieder loszuwerden.

»Ja, ja. Ich werde Dich nicht lange behelligen. Uns war es nur wichtig zu sehen, ob Du wohlauf bist. Reginald war entsetzt, als ich ihm vorhin von Deinem neuerlichen Klinikaufenthalt erzählte. Er wäre gerne mitgekommen, ist jedoch gerade in Barcelona, geschäftlich natürlich. Stets im Einsatz! Der Junge hängt immer noch sehr an Dir, er weiß, was Du für ihn getan hast. Also, frei heraus: Was ist es? Krebs?«

»Nein«, sagte ich und wendete dann auf freier Strecke, um mit ihm in der gleichen Richtung zu fahren, nur so konnte ich ihn abhängen. »Ja, was soll ich es leugnen, es ist Krebs, und es nimmt mich sehr mit. Bitte geh jetzt!«

»Oh, mein Gott! Wenn ich irgendetwas für Dich tun kann oder Reginald – er kennt viele wichtige Leute und ist gut vernetzt. Mein Freund, wenn sie Dir hier nicht mehr weiterhelfen können, bitte, zögere nicht! Wende Dich an uns! Wir stehen an Deiner Seite.«

Natürlich wollte ich mich nicht in die Hände der Hutzenbachs begeben. Sicherlich kannte Reginald, diese Schlange, viele Leute, einen Haufen Krimineller, die sein Vater, der saubere Regierungsdirektor, niemals eines Blickes gewürdigt hätte. Ohne dieses Pack hätte er mir damals gar nicht so schnell helfen können. Medizinische Koryphäen waren mit Sicherheit nicht unter seinen Freunden zu finden.

»Danke für Dein Angebot. Aber die Ärzte hier sind sehr gut, sie helfen mir.« – Ich legte mich ins Bett, zog die Decke bis unter das Kinn und schloss die Augen. »Und jetzt, lieber Jakob, möchte ich schlafen. Danke für Deinen Besuch. Wenn es mir wieder besser geht, werde ich mich melden. Auf Wiedersehen.«

Die letzten Worte hatte ich langsam wie im Schlaf gesprochen und verfiel dann in ein regelmäßiges Atmen. Die Augen öffnete ich erst wieder, als ich ihn leise die Tür hinter sich schließen hörte. Fast im gleichen Moment wurde sie wieder aufgerissen, und Romanowa stürmte herein.

»Sehen Sie!«, rief sie aus. »Sehen Sie, was passiert! Habe ich gesagt, müssen Sie sich stellen Ihrem Problem. Und Sie? Leben wie Idiot ohne Hirn! Alles bricht zusammen. Und der Herr grast weiter wie dummer Ochse. Machen Sie bitte Ihren Bauch frei!«

Ich tat, wie mir befohlen. Romanowa tastete mich ab, es fühlte sich alles völlig normal an, doch aus ihrer Sicht war nichts normal. Sie schnaubte und schüttelte den Kopf.

»Müssen wir rein mit Spiegeln. Werde ich Hoffmann sagen.«

»Was für Spiegel?«, fragte ich.

»Darmspiegelung«, sagte sie trocken. »Und Magen auch.«

»Klar, ich bin Privatpatient, das lohnt sich richtig.«

»Und wenn Sie wären ohne Mittel, wir müssten spiegeln. Nur durch Fühlen kann ich nichts mehr sagen. Vielleicht ist nichts. Aber Sie sind so dumm und schaffen sich noch Tumor im Bauch an, weil Sie sind Angsthase, der läuft weg vor was er nicht kennt.«

So würde ich zu den Untersuchungen, die meinen Kopf betrafen, auch noch eine Magen- und eine Darmspiegelung über mich ergehen lassen müssen, denn was Romanowa für nötig erachtete, hielt Hoffmann für unumgänglich geboten.

Für den Rest der Woche war ich in dieser Klinik gefangen. Den Mittagstisch übernahmen Toti und Fidelia abwechselnd zusammen mit Heike. Alle drei hatten mich am Dienstag Nachmittag besucht, Toti führte meinen Zustand auf einen Mangel an Urlaub zurück. Ich hatte seit der Eröffnung des Mittagstischs im März keine freien Tage genommen, verspürte aber auch kein Bedürfnis danach. Fidelia bemerkte, dass genau diese Haltung Schuld an vielen Zusammenbrüchen sei, man überfordere sich, ohne es selbst zu registrieren, und schon habe man einen waschechten Burn-out. Das Wort verursache Brechreiz bei mir, sagte ich, denn erwiesenermaßen gäbe es so etwas überhaupt nicht, die Medizin kenne kein solches Krankheitsbild, und nach meiner Auffassung handele es sich dabei um eine Modeerscheinung, die Unternehmen in Deutschland jährlich Millionen koste. Toti lachte über diese typische Arbeitgeberhaltung seines Angestellten und wechselte das Thema zu Unverfänglicherem.

Das einzig Sinnvolle, das ich meinem Klinikaufenthalt zu Beginn noch abgewinnen konnte, war die Aussicht, noch einmal mit Sören sprechen zu können. Ich glaubte, ich sei kurz davor, ein Geständnis aus ihm herauszuholen. Vielleicht würde er sich sogar selbst stellen. Doch als ich am Dienstag nach ihm fragte, erfuhr ich, dass er in dieser Woche keine Schicht mehr übernommen hatte.

Kapitel 11

in dem unser Held ein Stück Wahrheit erfährt, eine Einladung zum Wandern bekommt und sich auf Weihnachten freut.

Fälschlicherweise gilt der November als der Monat mit der höchsten Selbstmordrate, da die meisten Menschen die graue Jahreszeit mit schlechter Stimmung verbinden. In Wirklichkeit jedoch sind es die schönen Frühjahrsmonate, die den wirklich Depressiven den Garaus machen. Die Fröhlichkeit der anderen führt ihnen die eigene Hoffungslosigkeit nur noch deutlicher vor Augen und treibt sie in den mehr oder weniger freiwilligen Tod. Ich hatte es nicht nötig, mich umzubringen, da sich mein Körper oder meine Seele – oder beide zusammen – genau das scheinbar ganz von selbst zum Ziel gesetzt hatten. So blieb ich trotz eines stürmischen Oktobers und eines verregneten Novembers guter Dinge.

Romanowa hatte mich zum Abschluss meines Klinikaufenthalts davor gewarnt, meine Seele weiter zu ignorieren und gerade jetzt, da die Tage kürzer wurden, auf eine schnelle und gründliche Aufarbeitung gedrungen. Sie hatte es wie immer in einer Art gesagt, die keinen Widerspruch zuließ und die ich dank meines kontinuierlichen Umgangs mit ihr inzwischen für einen Charakterzug hielt, der mit ihrer osteuropäischen Herkunft zu tun hatte. Ihr fehlte jegliches diplomatisches Geschick, sie zeigte weder Verständnis noch Nachsicht. Ich mochte mir nicht vorstellen, wie oft sie ihrer Überzeugung folgend mit dem Kopf durch die Wand gegangen war und sich dadurch in Schwierigkeiten gebracht hatte. Sie war unerbittlich. Trotzdem hatte ich sie gern.

Hoffmann hatte mir ebenfalls geraten, mein Inneres in Ordnung zu bringen, wenn auch viel freundlicher als die Osteopathin. Bei ihm war das in meinen Augen nichts als ein kläglicher Versuch, das eigene Versagen durch ein Abschieben der Verantwortung auf den Patienten zu vertuschen. Alle Untersuchungen hatten ergeben, dass ich gesund war.

Bei der Darmspiegelung hatte man mir einen Miniaturpolypen entfernt, der sich in zehn oder zwanzig Jahren langsam zu einem bösartigen Geschwür hätte entwickeln können. Sicherlich, ich war ein wenig zu dünn, aber das ließe sich durch eine ausgewogene und reichhaltige Ernährung in den Griff bekommen. Meine Werte waren völlig in Ordnung, für mein Alter sogar blendend, und deshalb konnte es nur an der Psyche liegen, so die einhellige Meinung der Ärzte. Sie hatten kurzzeitig über die Verabreichung eines Stimmungsaufhellers nachgedacht, was ich als völlig unnötig abgelehnt hatte, da ich bei bester Laune sei. Gleichgültige Gelassenheit war für mich so etwas wie gute Stimmung. Viel Regen im Oktober und der graue Monat November taten dem keinen Abbruch. Ich hatte mich entschlossen, weiter zu leben wie bisher, mich von Margarete jedoch nach Möglichkeit fernzuhalten, da sie offensichtlich etwas Katastrophales in mir auslöste. Wenigstens so viel hatte ich begriffen. Und sie schien ähnlich zu denken, denn in den Wochen nach meiner Entlassung ließ sie sich nicht beim Mittagstisch blicken.

Ganze 14 Tage hatte Uli in Untersuchungshaft sitzen müssen, bis sich auch das letzte Indiz als nicht tragfähig erwiesen hatte. Lediglich für die Farbbeutelwürfe würde sie sich zu verantworten haben. Uli war kurz nach ihrer Haftentlassung eines Vormittags ins Zantes gekommen, um sich bei mir zu bedanken. Dann kam auch sie nicht mehr zum Mittagessen.

Bald nach meiner Entlassung aus der Klinik hatte ich Heike auf ihre Bekanntschaft mit Rehmsbrunn angesprochen. Inzwischen war mir sonnenklar, dass sie ihre Arbeit für seine Bank nur dem Umstand des gemeinsamen Rollenspiels zu verdanken gehabt hatte. Das Thema war ihr sichtlich unangenehm, und zunächst versuchte sie, auszuweichen, doch ich ließ nicht locker, und dann begann sie zu reden.

Eines Tages, es war wohl schon zwei Jahre her, hatte Sören bei einem Treffen von Rollenspielern einen Mann erwähnt, der gerne einmal mitspielen wolle, jedoch aufgrund seiner gesellschaftlichen Stellung auf äußerste Diskretion bestand. Alle Mitspieler, insgesamt waren es an diesem Tag wohl fünf oder sechs, hatten sofort versprochen, niemandem etwas zu verraten, sollte sich der Mann dazu entschließen mitzumachen. Ich interpretierte diesen Schwur als Teil des Abenteuers, das solche Leute bei ihrer Spielerei suchten. Nun also würden sie zu einer verschworenen Gemeinschaft gehören und einen der Ihren vor der Öffentlichkeit schützen müssen. Doch es kam nicht dazu. Der geheimnisvolle Mann machte einen Rückzieher, vielleicht weil man sich zwar in einem Hinterzimmer, aber doch in einem öffentlichen Lokal in Flingern traf. Damit Heike weitererzählte, musste ich mich mit meinen Kommentaren stark zurückhalten, denn das, wovon sie so ernst sprach, hielt ich für albernen Kinderkram.

Wenige Wochen nach dieser ersten Erwähnung hatte Sören Heike bei einem Treffen beiseite genommen und sie gebeten, an einem weiteren Rollenspiel teilzunehmen, einem in kleinerem Kreise, bei dem es ausschließlich um germanische Mythologie gehen sollte. Heike, die begeistert in jede Rolle schlüpfte, sei sie auch noch so abwegig, hatte zugesagt und musste prompt ein »Schweigegelübde« ablegen – Sören hatte sie bei irgendwelchen Göttern irgendetwas schwören lassen. Als sie dies erzählte, biss ich mir auf die Unterlippe und bemühte mich um einen verständnisvollen Blick. Sie durchschaute mich sofort.

»Du nimmst das nicht ernst!«, rief sie aus und schnitt die Zucchini wütend in zwei Hälften. »Wenn Du Dich darüber lustig machst, muss ich Dir nichts erzählen.«

»Ich sage doch gar nichts«, sagte ich und knetete das Gehackte, das später als Füllung in die Zucchini kommen sollte. »Und zu diesem intimeren Rollenspiel kam dann Rehmsbrunn?«

»Intim! Wie das schon wieder klingt! Wir waren zu dritt, ja, aber hier ging es um ganz normale Sachen.«

Ich schnitt noch ein paar Zwiebeln und nickte nur, was Heike als Aufforderung zum Weiterreden verstand, allerdings fasste sie sich sehr kurz, vertiefender Informationen hatte ich mich als unwürdig erwiesen. Die Treffen mit Rehmsbrunn fanden immer bei Sören statt – ein- oder zweimal im Monat. Den Bankdirektor holte er stets mit dem Taxi ab, dieser setzte eine Sonnenbrille auf, zog unabhängig von der Witterung seinen Schal vors Gesicht, sodass er unerkannt in die Wohnung kam, anschließend brachte Sören ihn wiederum im Taxi nach Hause. Rehmsbrunn ging auf in seiner Rolle als germanischer Gott, er habe sich in seinem Leben nie so frei gefühlt, betonte er immer wieder, und er war den beiden unendlich dankbar. Diese Dankbarkeit wollte er ihnen zeigen, er machte ihnen kleinere Geschenke, und schließlich ging er auf Sörens Bitte ein, ihm Modell zu stehen und bot Heike an, für sein Unternehmen zu arbeiten. Sie übernahm den Auftrag gerne, denn der Bankier hatte versprochen, sich nicht einzumischen: Er kenne sich mit Finanzfragen aus, sie sei die Expertin in Gestaltungsfragen.

»Und am Tag, als Rehmsbrunn verschwand, hattet Ihr da auch so ein Treffen?«, fragte ich.

»Ja, es war alles wie immer, wir haben uns gegen acht Uhr bei Sören getroffen. Es war ein Freitag, ich musste an diesem Abend nicht arbeiten. Als ich kam, waren Odin und Sören auch gerade erst angekommen. Sören hatte ihn abgeholt, bei dem Schnee hatte er länger gebraucht als sonst. Und wir haben gespielt, allerdings war Rehmsbrunn ganz schön müde. Deshalb haben wir nach zwei Stunden Schluss gemacht.«

»Bist Du zusammen mit Rehmsbrunn und Sören raus?«

»Ach, komm schon, Hans! Du glaubst doch nicht wirklich, dass Sören ...«

»Du hättest der Polizei doch alles erzählen können, wenn Sören nichts damit zu tun hat.«

»Ich habe mit Sören auch darüber gesprochen, zur Polizei zu gehen, aber sowohl er als auch ich fühlten uns an das Schweigegelübde gebunden.«

»Heike, bitte! Ein Schweigegelübde ist etwas, das Mönche ablegen, und sie halten dann die ganze Zeit den Mund, sie schweigen und spielen nicht irgendein lächerliches Rollenspiel miteinander. Das ist doch alles nicht Dein Ernst!«

»Doch! Und wenn Du schon auf die abwegige Idee kommst, Sören hätte was mit Odins Tod zu tun, dann hätte die Polizei das doch auch geglaubt, wenn wir was gesagt hätten. Sie haben sogar Uli verhaftet. Und überhaupt: Zuerst war er nur verschwunden, nicht tot. Und bei Sören war er in der Zeit bestimmt nicht. Ich bin unzählige Male in seiner Wohnung gewesen. Er hat ihn an dem Abend wie immer nach Hause gefahren.«

»Hat er gesagt.«

»Sören lügt nicht. Odins Tod hat ihn sehr mitgenommen, er war ein guter Freund.«

»Er war ein Bankdirektor, ein hohes Tier, er lebte in meiner Welt, nicht in Eurer, auch wenn er Euch über diese albernen Spiele verbunden war, so war er bestimmt kein Freund. Dazu gehört doch wohl etwas mehr.«

»Du bist zu alt.«

»Mag sein. Immer wenn Euch die Argumente ausgehen, diskreditiert Ihr Menschen über 40 als zu alt, als sei Jugend ein Ausweis von Überlegenheit. Rehmsbrunn war auch ein alter Mensch, der sich, aus welchen Gründen auch immer, ab und zu mit zwei Kameraden zu einem Rollenspiel getroffen hat. Das macht ihn noch nicht zu einem der Euren, zu einem Freund. Du redest Unsinn. Es ist gut möglich, dass ihm das auch irgendwann aufgegangen ist, vielleicht sogar an dem Tag, als er verschwunden ist. Vielleicht hatten die beiden Streit, nachdem Du gegangen bist. Ist doch gut möglich. Er wollte nicht mehr mitmachen, und Sören hat versucht, ihn davon abzuhalten, weil er ihn als Modell behalten wollte oder seine kleinen Geschenke so gerne hatte. Rehmsbrunns Herz hat das Ganze nicht mehr mitgemacht, und Sören wusste nicht, wohin mit der Leiche. Mellifizieren passt gut zu ihm, findest Du nicht?!«

»Überhaupt nicht. Sören war es nicht. Niemals!«, sagte Heike laut.

In ihren Augen las ich deutliche Zweifel, doch ließ ich es für den Augenblick dabei bewenden, kratzte das Weiche aus den Zucchinihälften und gab es zur Hackfleischmischung. Heike würde Sören alles glauben, und in der Tat war es schwer, sich vorzustellen, dass er einmal nicht die Wahrheit sagte. Aber wenn es darum ging, den eigenen Kopf zu retten, dürfte selbst der Soziopath so klug sein, seinen Mund zu halten.

In den folgenden Wochen kamen wir nicht mehr auf das Thema zurück. Wann immer Sören zum Mittagessen kam, bedachte mich Heike mit beschwörenden Blicken, die mich davon abhalten sollten, den armen Jungen auf Rehmsbrunn anzusprechen. Und was hätte ich auch sagen sollen?

Erst Ende November war Margarete mittags wieder ab und an Gast bei uns, vielleicht glaubte sie, der Abstand zu meinem letzten Zusammenbruch sei nun groß genug. Sie war die Ärztin und musste es wissen. Ihr Umgang mit mir hatte sich verändert, er war freundlicher geworden. Ich mied ihren Blick – zur Sicherheit, um nicht wieder die Kontrolle zu verlieren. Erst als das Urteil in meinem Steuerprozess gesprochen worden war, kam auch Uli wieder, vielleicht weil sie in mir ihresgleichen sah.

Mein Anwalt hatte das Gericht dazu bewegen können, es bei einer hohen Geldstrafe bewenden zu lassen, da ich völlig schuldeinsichtig war und es keine weiteren Vergehen gegeben hatte. Das Ergebnis des Prozesses war den Zeitungen eine kurze Notiz wert, der Lokalsender brachte einen Bericht, der den Einsatz von Polizei und Staatsanwaltschaft vor ein paar Monaten zeigte und dessen Tenor war: großer Aufwand, nichts dahinter, ein Reicher war wieder einmal davon gekommen, der ehrliche Steuerzahler war der Dumme. Reginald Hutzenbach, dieser korrupte Kerl, hatte direkt nach der Urteilsverkündung bei mir angerufen und es sich nicht nehmen lassen, mir zu gratulieren und seine Drohung noch einmal zu erneuern. Dabei lag mir nichts ferner, als mich mit ihm und seinen Machenschaften zu beschäftigen, denn auch er erinnerte mich zu sehr an meine Frau.

Uli richtete an einem Mittag Anfang Dezember zum ersten Mal das Wort an mich, ohne eine Essensbestellung loswerden zu wollen.

»Herr Sielka, nun haben Sie's wohl hinter sich mit diesem leidigen Steuerprozess. Sie haben Glück gehabt, oder?«

»Nun ja, Glück würde ich es nicht nennen, immerhin muss ich eine hübsche Summe nachzahlen, aber ich bin es selbst schuld.«

»Mein Verhältnis zum Finanzamt ist auch nicht gerade das beste. Sie glauben, wenn man einmal ein Honorar bekommen hat, könne man im nächsten Jahr mit den gleichen Einnahmen rechnen. Sie bitten direkt um eine Vorauszahlung, deshalb war ich auch bei den Anwaltskosten etwas knapp bei Kasse und ...«

»Ja, ja«, sagte ich und winkte ab, ich wollte die Erklärung nicht noch einmal hören: Arme freiberufliche Autorin ist mittellos, solange sie schreibt und noch nicht veröffentlicht hat. Und noch schrieb sie an ihrem aktuellen Wanderführer.

»Ist schon in Ordnung. Es hat sich alles geklärt und mir macht es wirklich nichts aus. Die Pasta oder lieber den Auflauf?«

»Auflauf. Und Du, die Pasta, mein Liebling?«

Anscheinend stand ich bei den beiden nun an der Schwelle zur Freundschaft, da sie in meiner Gegenwart so vertraut sprach. Vor ein paar Monaten hätte mich das vielleicht noch gefreut. Nun war es mir unangenehm, ich ging in die Küche und teilte Heike die Bestellung mit. Beim Servieren hätte mir ein einfaches Danke gereicht, doch Uli forderte mich auf, mich zu ihnen zu setzen, da das Lokal jetzt um kurz vor zwei schon fast leer war. Widerwillig nahm ich das Angebot an, konzentrierte mich auf Uli und vermied den Blickkontakt zu Margarete.

»Sie schreiben also Reiseführer«, setzte ich an, ein Thema, das ich als ebenso unverfänglich wie uninteressant empfand.

»Ja, und Wanderführer. Zunächst waren es nur die klassischen Reiseführer, aber nachdem wir mit dem Wandern angefangen hatten, habe ich mein Spektrum etwas erweitert.«

»Haben Sie da irgendwelche speziellen Gebiete? Also Alpen, Mittelgebirge oder so?«

»Nichts Alpines, Südeuropa, das hat den Vorteil des guten Wetters. Außerdem spreche ich Spanisch und Französisch, was die Recherche vor Ort deutlich erleichtert.«

Sie füllte ihre Gabel mit einem Stück Kartoffel-Rote-Bete-Auflauf und schob sie in den Mund, also musste ich in dieser zähen Konversation wieder das Wort ergreifen und fragte ins Blaue hinein: »Und worüber schreiben Sie gerade?«

»Wandern auf Mallorca, in der Serra de Tramuntana«, sagte sie und spülte das Essen mit einem Schluck Wasser hinunter, eine männliche Art zu essen, konstatierte ich, wie überhaupt vieles an ihr männlich war, wenn ich es recht bedachte. Sie saß da wie ein Kerl, die Ellenbogen auf den Tisch gestützt, sie schaufelte das Essen in den Mund. Ich versuchte mich darauf zu konzentrieren, um ihre Antwort vielleicht im Nachhinein doch noch aus meinem Kurzzeitgedächtnis direkt ins Aus zu befördern.

»Also, viele denken bei Mallorca natürlich an den Massentourismus, aber das ist eben nur die halbe Wahrheit. Ich habe selten eine so schöne Landschaft erlebt und so herrlich ausgebaute Wanderwege wie im Nordwesten der Insel. Waren Sie schon einmal dort?«

»Kurz.«

»Dann wissen Sie ja, was ich meine, nicht wahr?!«

Ich war dort gewesen, weil mich die Entführer meiner Frau in ein kleines Kaff bestellt hatten. In einem schmuddeligen Hotel hatte ich eine schreckliche Nacht verbracht und mich am nächsten Tag abholen lassen, um vor diesen Verbrechern und meiner Verantwortung für das Wohlergehen meiner Frau zu fliehen. Diese dreckige Schlampe hatte etwas mit einem Waschlappen von Manager aus meiner Firma angefangen und nichts anderes verdient, als sitzen gelassen zu werden. Wer war ich denn, dass ich so mit mir umspringen lassen musste! Erpressen ließ ich mich nicht. Weder von ihr noch von irgendwelchen spanischen Banditen. – Wie hatte ich nur jemals so denken können?! Und weshalb kamen mir diese Gedanken gerade jetzt?

»Ich hoffe, dass ich bis zum Frühjahr fertig werde, muss aber auf jeden Fall noch einmal hin, bevor ich das Manuskript abliefern kann. Alles muss stimmen, Sie ahnen gar nicht, wie viele negative Zuschriften es hagelt, wenn einmal ein Abzweig nicht richtig beschrieben ist oder ein Aussichtspunkt nicht erwähnt wird. Für jeden Wanderführer richtet mein Verlag inzwischen eine eigene Facebookseite ein. Da ist man in null komma nichts unten durch, wenn etwas nicht stimmt. Wandern Sie?«

»Nein, ich gehe spazieren. Der Zoopark genügt mir.«

Ich ließ meine Hände, die sich krampfartig um das Küchenhandtuch geschlossen hatten, wieder locker. Von der bloßen Erwähnung des Ortes durfte ich mich nicht so aus der Ruhe bringen lassen, sonst landete ich am Ende tatsächlich in der geriatrischen Psychiatrie und würde für immer weggesperrt werden. Margarete hatte aufgehört zu essen und sah mich prüfend an, ich lächelte schief.

»Ich bin zu alt für anstrengende Touren durchs Gebirge.«

»Ach was! Da gibt es wirklich ganz einfache Strecken. Und Sie würden sich wundern, wie viele Seniorengruppen dort Urlaub machen und tagein, tagaus nichts anderes tun als zu wandern. Es kommt nur darauf an, dass man genug zu trinken dabei hat und öfter mal eine Pause einlegt, dann ist es wie ein großer Spaziergang. Sie sollten dorthin reisen und es ausprobieren. Sie können mich gerne einmal begleiten«, bot sie mir an und schien das auch noch ernst zu meinen.

»Vielleicht«, sagte ich.

Niemals, dachte ich und hatte meine tote Frau vor Augen, wie ihre Hände nach mir griffen. Schickte sie mir jetzt schon Boten, die mich locken sollten, ihr zu folgen? Was bildete sich dieses Mannweib bloß ein, mir ein solches Angebot zu machen! Bloß weil ich ihr mit etwas Geld ausgeholfen hatte, war ich noch lange nicht ihr Freund, mit dem sie oder besser er auf Reisen gehen konnte. Diese abartige Person war anmaßend und unerträglich. Und ihre Frau war nicht anders, war sie doch pervers genug, sich mit einem solchen Halbwesen einzulassen. Sie war nicht besser als Gesa bei der Wahl ihrer Bettgespielen. Wo so etwas hinführte, zeigte ihr Ende, das sie mehr als verdient hatte. Sie und diese schrecklichen Frauen. Sie mussten alle weg. Meine Gedanken rasten unaufhaltsam.

»Die Pasta ist wirklich sehr gut. In den letzten Wochen haben wir versucht, mehr selbst zu kochen, aber es wollte uns nicht recht gelingen. Meine Spezialität ist Reis mit Gehacktem und Sojakeimlingen, aber auf die Dauer ist das zu fade. Diese Bolognese ist wirklich unschlagbar, als hätte sie ein Italiener gemacht. Sie hätten schon viel früher in die Gastronomie gehen sollen, ein lange unentdecktes Talent bricht sich hier Bahn.«

Margaretes Stimme drang durch das Dröhnen in meinen Ohren, und je mehr sie sprach, umso weiter kam ich aus der Grube heraus, die Gesa für mich geschaufelt hatte. Am Ende gelang es mir, mich mit einem nach Halt suchenden »Danke!« vollends auf den Boden der Tatsachen zurückzuziehen. Margarete nickte und wusste ganz genau, dass mein Dank nicht ihrem Lob für mein Essen galt, konnte jedoch nicht ahnen, wovor sie mich gerade gerettet hatte. Ich verabschiedete mich von ihnen, da dringende Arbeiten in der Küche auf mich warteten.

»Vielleicht trinken wir abends mal einen Wein zusammen, dann kann ich Ihnen mehr von meiner Arbeit erzählen, also, nur wenn es Sie interessiert«, sagte Uli freundlich.

In der Adventszeit kam ich nicht ein einziges Mal dazu, mir Gedanken über Ulis Einladung zu machen, geschweige denn, sie anzunehmen. Das Zantes war mit Weihnachtsfeiern ausgebucht und Toti hatte zusätzlich noch den ein oder anderen Catering-Auftrag angenommen, als Selbstständiger, so meinte er, könne er es sich nicht leisten, treuen Kunden aufgrund von Überlastung abzusagen, und so arbeiteten wir fast den ganzen Tag in der Küche. Heike und ich halfen nachmittags und abends aus, und langsam merkte ich, wie meine Kräfte an ihre Grenzen kamen. Ich sehnte mich nach Ruhe und freute mich auf Weihnachten, das ich wie schon im letzten Jahr alleine in meinem Haus verbringen wollte.

Kapitel 12

in dem unser Held viel Geld für einen Rehrücken springen lässt, aus Versehen die ihm wenig sympathische Nachbarin einlädt und das Undenkbare passiert.

Als am 23. Dezember der letzte Gast des Weihnachtsmenüs das Lokal verließ, waren wir alle glücklich, als sei nun ein großes Projekt beendet und alle zukünftigen Anstrengungen mit dem nächsten Jahr in weite Ferne gerückt. Die kommenden freien Tage waren mehr als ein Urlaub, denn der Jahreswechsel bedeutete für uns einen Neuanfang, freilich nur eine Illusion, aber eine mächtige, die Millionen Menschen jedes Jahr miteinander teilten. Der Glaube an Ende und Neubeginn spendet in der kurzen Zeit zwischen Weihnachten und Neujahr mehr Kraft als eine Reise gleicher Dauer, denn diese ist immer nur Intermezzo, nie Zäsur.

So erwachte ich am frühen Morgen des Heiligen Abends voller Zuversicht. Ich hatte mir nichts Besonderes vorgenommen, wollte in Ruhe frühstücken und dann den Rehrücken für mein ganz privates Weihnachtsmahl beim Metzger abholen. Ich würde wahrscheinlich mehrere Tage davon essen können, doch hatte ich es mir in den Kopf gesetzt, das Rezept auszuprobieren, nur um herauszufinden, ob ich noch mehr zustande brachte als Eintöpfe, Aufläufe und Pastagerichte.

Schon um halb acht stand ich in der Schlange der Wartenden, die dem Metzger den besten Umsatz des Jahres bescheren würden. Ein Verdacht, der sich bestätigte, als ich den Preis für mein anderthalb Kilo großes Stück hörte: 92 Euro und 32 Cent. Ich brachte den Rehrücken nach Hause, mischte die Zutaten für die Marinade und legte ihn darin ein.

Danach nahm ich das Buch eines jungen Autors zur Hand, das Heike mir geschenkt hatte, damit ich mir ein Bild von ihrer Generation machen konnte – so hatte sie es als Widmung auf die erste Seite geschrieben. Sie hatte mir das Buch schon vor einiger Zeit empfohlen, doch hatte ich es wieder vergessen. Es hieß »Hängende Gärten« und befasste sich im Wesentlichen mit dem Leben eines jungen Studenten, der ein Verhältnis mit seiner Professorin pflegte und eine Freundin in seinem Alter hatte, die für ein halbes Jahr im Ausland weilte. Natürlich spielte das Buch in Berlin, wo sonst, und die titelspendenden Gärten waren zwei Dachterrassen in Mitte unmittelbar neben einem Platz, auf dem nacheinander unterschiedliche Fliegende Bauten ihren Standort nahmen. Jetzt stand dort ein Riesenrad, von dessen Kabinen man ab einer bestimmten Höhe einen hervorragenden Blick auf die »hängenden Gärten« hatte. Eine Theatergruppe machte sich diesen Umstand zunutze und führte, wann immer das Riesenrad zum Stehen kam, kurze pantomimische Szenen auf, wobei ihnen die Gartenterrassen als Bühnen dienten. Der junge Held des Romans wird ihr größter Fan und verbringt seine Tage alsbald nur noch auf dem Riesenrad, um den Moment nicht zu verpassen, wenn das Kurzstück gegeben wird. Denn – zwei Frauen sind ihm noch nicht genug – er hat sich in eine der Darstellerinnen verliebt. Vergeblich versucht er, ihr zu begegnen, wenn sie das Haus nach den Vorstellungen verlässt, doch weder sie noch ihre Mitstreiter wurden je in diesem Gebäude gesehen. Der Student befragt alle Hausbewohner, wacht Tag und Nacht vor dem Eingang, doch entdeckt er keine Spur von den Schauspielern, so bleibt ihm nur das Riesenrad. Als seine Freundin nach Berlin zurückkehrt, kann sie ihn nicht finden, durch Zufall fällt ihr in der gemeinsamen Wohnung ein Hinweis auf seinen Aufenthaltsort in die Hände. Sie findet ihn, erkennt ihn nicht wieder, völlig verwahrlost, halb wahnsinnig. Sie weiß sich nicht anders zu helfen und schlägt ihn, als er sich weigert mitzukommen, gibt aber bald auf, weil sie nicht ertragen kann, wie er sie ansieht: »Er behielt die Schlagende im Blick, ohne hinzusehen, auf der Hut, ohne es zu zeigen, er wollte ihr seine Schwäche nicht offenbaren, während er darauf wartete, was als nächstes passierte, mit einer gekonnt gespielten Gelassenheit, die zeigen sollte, dass ihm die Schläge nichts anhaben konnten. Er stank entsetzlich nach Urin und Müll. Sie erbrach sich neben ihm und stieß ihn in ihre

Kotze.« – An dieser Stelle zog ich es vor, nach meinem Rehrücken zu sehen und den Einblick in das Denken der jungen Generation auf ein andermal zu verschieben.

Ich wendete das Fleisch und hoffte, dass es in der Marinade bis zum Abend gut durchziehen würde. Im Rezept waren mindestens zwölf Stunden Marinierzeit angegeben, ich hielt acht für völlig ausreichend. Danach sollten Rotwein, Pfeffer, Piment, Honig und weitere Gewürze ihre Arbeit getan haben.

Das Wetter war in diesem Jahr wieder typisch für Heiligabend, Temperaturen deutlich über null, ab und zu leichter Regen, alles grau, keine Spur von weißer Weihnacht wie noch im Jahr zuvor. Zu Mittag machte ich mir eine Gemüsesuppe warm, eine der unzähligen Speisen, die Erika im Kühl- und Gefrierschrank für mich vorbereitet hatte. Eigentlich sollte sie inzwischen davon ausgehen, dass ich selbst für mich sorgen konnte. Ich hatte es ihr gesagt, aber sie meinte, Kochen gehöre nun einmal zu ihren Aufgaben und sie sehe es nicht ein, diesen Job an mich abzugeben und nur noch zu putzen. Nach dem Essen legte ich mich auf die Couch im Wohnzimmer und schlief ein. Ich hatte es mir angewöhnt, wenn möglich, mittags ein wenig zu ruhen, da ich nachts kaum mehr durchschlafen konnte. Zwar hatten mich die Albträume von Gesa nicht mehr heimgesucht, doch weckte mich immer häufiger eine nervöse Unruhe, als stünde mir bald etwas Außergewöhnliches bevor, dessen Bewältigung über meine Kräfte ging. Ich kannte dieses Gefühl von früher, als ich noch studierte und vor wichtigen Klausuren stand. Heute hatte diese Unruhe keine konkrete Ursache.

In der Regel stand ich einfach auf, wenn ich mitten in der Nacht erwachte, und versuchte, mich mit Fernsehen oder Lesen abzulenken. So kam es, dass ich mittags nach der Arbeit oder wie jetzt nach dem Mittagessen hervorragend schlafen konnte. Meist wachte ich von selbst nach rund 30 Minuten wieder auf. Doch heute schlief ich fast zwei Stunden, so tief, dass ich Mühe hatte, anschließend wieder zu mir zu kommen. Ich stand auf, ging ins Gästebad und klatschte mir mehrmals kaltes Wasser ins Gesicht. Als ich mich abtrocknete, fiel mein Blick durch das kleine Fenster zum Nachbarhaus hinüber, in dem ich die Silhouette der Hausherrin hinter der Schlafzimmergardine sehen konnte. Der Raum war von einem sanften Licht erhellt, und von hier unten sah es aus, als sei Roberta von Rehmsbrunn mit so etwas wie einem wallenden, dunklen Nachthemd bekleidet. Vielleicht war es auch ein opulentes Abendkleid. Sicherlich würde sie das Fest bei einem ihrer Söhne verbringen und nicht mit dem Chauffeur. Von ihm hatte Erika behauptet, er sei bestimmt entlassen worden, da er gar nicht mehr auftauche.

Draußen dämmerte es bereits, trotzdem brach ich, nachdem ich einen Espresso getrunken hatte, zu meinem täglichen Spaziergang auf. Ich begegnete an diesem Heiligabend in meinem Viertel fast mehr Menschen als an einem gewöhnlichen Wochentag. Die meisten waren wohl auf dem Weg zu Verwandten oder gingen in die frühe Messe von St. Paulus, der Kirche, die auch meine Nachbarn regelmäßig sonntags besucht hatten, bevor Odin von Rehmsbrunn verstorben war. Seine Witwe zog es dort nicht mehr so oft hin, auch das wusste ich von Erika, die ein gutes Verhältnis zur Putzfrau der Rehmsbrunns pflegte.

Nicht nur auf der Straße, auch in den Häusern war zum Heiligen Abend Leben eingezogen. Manches erleuchtete Fenster bot mir außergewöhnliche Einblicke in das Tun meiner Nachbarn, das vor allem in der Vorbereitung auf das Fest bestand. Sie arbeiteten in der Küche oder schmückten ihren Baum, auch sah ich ein Kind, das aufgeregt von einem Raum in den nächsten rannte, weil es nichts mit sich anzufangen wusste. Bis zur Bescherung war eine in Kinderköpfen unendlich lange und langweilige Wegstrecke zurückzulegen, die für uns Erwachsene, vor allem für die ältesten unter uns, nicht länger war als die Dauer eines Fingerschnippens in einer rasenden Zeit. Umgekehrt wäre es besser gewesen. Ein bisschen mehr Langeweile könnte uns Alten nicht schaden. Doch selbst wenn wir nur vor uns hinstarrten, hatten wir nichts, was unser Leben hätte in die Länge ziehen können, es gab nichts ganz und gar Neues zu entdecken, nach dem sich unsere Zeit strecken konnte.

Im Park angekommen machte ich meine übliche große Runde über beide Spielplätze und schließlich am Teich vorbei, in dem zwei Enten gemächlich schwammen, ihre Artverwandten ruhten schon auf der Wiese. Es war fast dunkel, die Trauerweide am Ufer triefte vor kalter Nässe, und die Kastanien auf den Wiesen ringsherum hoben sich mit ihren schwarzen Ästen kaum mehr vom wolkenverhangenen Abendhimmel ab. Die Feuchte kroch unter meinen schweren Wollmantel, mir wurde kalt, und ich nahm den nächsten Ausgang, um wieder nach Hause zu gehen.

Als ich meine Haustüre aufschloss, warf ich einen kurzen Blick hinüber zum Nachbarhaus. Es war in völlige Dunkelheit getaucht. Schon glaubte ich, meine Ruhe am heutigen Abend sei noch vollkommener, doch eine kleine Bewegung ließ mich innehalten. Vor der Tür des Nachbarhauses kauerte eine Gestalt, die sich scheinbar unentwegt über die Oberarme strich, als friere sie sehr. Dort, wo der Kopf dieses Menschen sein musste, konnte ich das Glimmen einer Zigarette erkennen. Langsam ging ich die Eingangsstufen meines Hauses wieder hinunter und behielt das seltsame dunkle Bündel dabei im Blick. Für einen Einbrecher erschien mir das Wesen nicht aktiv genug, vielleicht ein Obdachloser, der Schutz vor dem kalten Nieselregen suchte. Ich öffnete die Pforte zum Nachbargrundstück, sie quietschte, und der Mensch vor der Tür erstarrte.

»Gehen Sie weg!«, nuschelte eine brüchige Stimme, wobei die Glut der Zigarette zwischen den Lippen auf und ab zitterte. »Das ist Privatgelände. Gehen Sie weg!«

Jetzt erst erkannte ich sie und blieb stehen. Auf dem Boden vor ihrer Haustür saß, an die kalte Wand gelehnt und die Knie hochgezogen, Roberta von Rehmsbrunn. Die blondierten, dünnen Haare fielen ihr wirr ins Gesicht, und in der Dunkelheit war das Weiße ihrer weit aufgerissenen Augen deutlich zu erkennen. Jetzt zog sie an ihrer Zigarette, und für einen kurzen Moment erleuchtete orangefarbene Glut ihr verheultes Gesicht.

»Frau von Rehmsbrunn. Was tun Sie hier?«

»Das geht Sie nichts an. Gehen Sie weg! Verschwinden Sie!«,

flüsterte sie heiser. Wieder begann sie damit, ihre Oberarme mit den Händen zu reiben. Soweit ich es sehen konnte, hatte sie nur ein dünnes, bodenlanges Nachthemd an, unter dem ihre weißen Zehen hervorlugten.

»Ich gehe gleich, aber erst, wenn Sie wieder ins Haus gegangen sind. Sie holen sich hier draußen ja den Tod.«

Ich machte ein paar Schritte auf sie zu, sie griff neben sich und richtete eine Waffe auf mich. Nicht Angst war es, die mir als erstes in den Sinn kam, nein, ich musste mich beherrschen, nicht laut loszulachen. Treffen sich zwei todesmutige Lebensmüde, verwitwet, die eine unschuldig, der andere schuldig ... – es war der Beginn eines schlechten Witzes.

»Ach, grinsen Sie nicht so selbstsicher, Herr Sielka. Ich werde schießen und dann ...«

Das Bellen des Dobermanns unterbrach das Flüstern der Dame, sie zuckte zusammen und schaute nervös zur Tür.

»Diese Kreatur«, fauchte sie. »Ein Schoßhündchen von 40 Kilogramm, das einem sein Gemächt an die Knie presst, sich aber nicht einmal daran reibt, weil selbst der einfachste Trieb ihm fremd ist. Er winselt um Aufmerksamkeit und will immer nur spielen, spielen, spielen. Er ist so, wie sein Herrchen war.«

»Nun, Ihr Mann war doch ein angesehener Unternehmer ...«

»Sagen Sie mir doch bitte nicht, wer mein Mann war, nicht Sie! Ihr seid doch alle gleich, singt das Lied vom großen Geld, feiert Euch von Erfolg zu Erfolg, und wenn etwas schief geht, waren es immer die anderen.«

»Mag sein, aber das ist kein Grund, hier herumzusitzen. Verbringen Sie Weihnachten nicht mit der Familie?«

»Seine Kinder sind genauso wie er. Deshalb kann ich ihren Anblick nicht mehr ertragen. In ihren Gesichtern sehe ich den Vater, nicht eines sieht mir ähnlich, wie kann so was sein? Ich habe sie davongejagt, und es brauchte nicht mal eine Waffe dazu. Sie glaubten, dass ich es mit meinem Chauffeur treibe und damit das Andenken an den großen Odin beschmutze. Aber wie käme ich dazu?! Gehen

Sie, Herr Sielka! Ich will endlich sterben.«

»Sie wollen sich umbringen?«

»Wie klug Sie sind. Aber vorher sollte ich dem Winseln da drinnen ein Ende bereiten und dem Hund das bisschen Gehirn wegballern, ihn erlösen von seinem mickrigen Dasein, ach, wäre er doch bloß eine Bestie, zeigte er doch mehr Mut als sein Herrchen, dann könnte ich ihn gern haben. Ich habe ihn geliebt, meinen Mann, und er hat sich einfach davongemacht, der feige Hund. Gehen Sie!« Sie fuchtelte mit der Pistole in meine Richtung.

»Nein. Sie müssen mich schon erschießen. Ich werde nicht gehen.« Eigentlich sollte ich gehen, schließlich kann es mir egal sein, was aus diesem Gespenst wird, dachte ich und blieb stehen.

»Das wäre doch mal was. Bankierswitwe erschießt erst Nachbarn und dann sich selbst. Eine schöne Schlagzeile, nicht wahr, und ein gefundenes Fressen fürs Boulevard, könnte man uns doch eine Liaison unterstellen, wilden Greisensex, der in der Katastrophe enden musste. Gut, ich werde Sie erschießen, wenn Sie nicht gehen. Wie Sie wollen! Also entscheiden Sie sich bitte jetzt, sonst knallt's.«

Plötzlich quiekte, schnaubte und röchelte sie heftig. »Sonst knallt's!« presste sie mehrmals hervor, während sie von einem Lachkrampf geschüttelt um Atem rang. Sie war nicht mehr in der Lage, die Pistole weiter auf mich zu richten, sie ließ sie aus ihrer Hand gleiten und kippte zur Seite und legte ihre Stirn auf die raue Fußmatte und schlug mit der flachen Hand auf den Boden. Ihr ganzer Körper bebte von hysterischem Lachen. »Sonst knallt's!« Nun vergrub sie ihr Gesicht in den Händen, immer noch ausgestreckt auf dem Boden liegend. Ihr Lachen verwandelte sich erst in Heulen, dann in Grunzen, dann in Wimmern, unterbrochen von Schluchzern, in die sich ein Schluckauf mischte, fast im Takt schabte die Pfote des Hundes von innen an der Tür. Ich nutzte die Chance, ging zu ihr hinauf und schob die Waffe ganz vorsichtig mit dem Fuß zur Seite, ich mochte sie nicht anfassen. Vergeblich versuchte ich, die Frau hochzuziehen, doch sie war schwer wie ein nasser Sack. Der Schlüssel steckte, ich öffnete die Tür und wurde sogleich mit großer

Freude vom Hund begrüßt: Er stellte sich auf die Hinterbeine und schleckte mir mit seiner rauen Zunge über die Wangen, ich ekelte mich und tastete nach dem Lichtschalter.

Unterdessen hatte Roberta von Rehmsbrunn aufgehört, zuckend auf der Fußmatte zu liegen und wandte sich uns, auf beide Hände gestützt, zu. Das schwarze Nachthemd war leicht verrutscht, sodass sich mir im Licht der Flurlampe ein freier Blick auf ihre großen, schweren Brüste bot, etwas, das ich nicht unbedingt sehen wollte, aber das mich, wie ich überrascht feststellte, erregte. Sie musste meinen Blick bemerkt haben, denn sie grinste schief und lachte dann laut auf. Offenbar hatte sie ihre normale Stimme wiedergefunden.

»Da haben sich aber zwei gefunden, wie?!«, rief sie aus.

»Gut jetzt!«, befahl ich und meinte sie, doch der Hund ließ kurzzeitig von mir ab, um dann gleich wieder an mir hochzuspringen. »Stehen Sie endlich auf und kommen Sie herein! Schluss mit dieser Farce! Sie machen sich vor der ganzen Straße lächerlich.«

»Mit dem Lächerlichmachen vor der ganzen Straße kennen Sie sich ja bestens aus, was?!«, sagte sie grinsend. »Ihr Auftritt als durchgeknallter, alter Mann war nicht schlecht. Ich war sehr beeindruckt. Beinahe ein wenig besorgt.«

Ich überhörte ihr Gerede, schob den Hund weg und gab ihm einen kräftigen Stoß, als er mich wieder anspringen wollte. Dann griff ich nach den Handgelenken der Hausherrin, zog sie samt Fußmatte in die Diele – auf dem Marmorboden glitt sie hervorragend hinein – und warf die Tür zu.

»Das Feuerzeug liegt noch draußen!«, sagte sie und wies mit dem Finger in Richtung Ausgang. Ich zog sie hoch und ließ sie in den kleinen Clubsessel fallen, der neben der Türe stand. Sie stank nach Alkohol und kaltem Zigarettenrauch.

»Das war keine Pistole?«, fragte ich.

»Was glauben Sie denn, womit ich mir meine Zigaretten angezündet habe, mit einer Knarre? Wir sind doch nicht im wilden Westen! Es ist ein hübsches Spielzeug, das mir mein Mann geschenkt hat, der liebe Odin.«

»Sie sind betrunken.«

»Sie sind ein Schlaukopf. Natürlich bin ich betrunken, aber keinesfalls so sehr, wie ich es sein möchte.« Sie hatte sich in dem kleinen Sessel aufgerichtet und völlig klar gesprochen. Dann erhob sie sich und schlug meine Hand weg, als ich ihr helfen wollte.

»Sehen Sie! Es geht mir gut, Sie können also getrost wieder rüber gehen und Weihnachten feiern, Ihre Hausperle kocht doch sicher für Sie.«

»Meine Haushälterin ist nicht da, ich feiere allein. Aber Sie sollten jetzt nicht allein sein, in Ihrem Zustand.«

»Ich bin in keinem Zustand, ich habe getrunken. Darin bin ich geübt, es ist nichts Besonderes, also fort mit Ihnen, Hündchen und Frauchen kommen alleine zurecht. Rufus, komm her!«, sagte sie und tätschelte dem Dobermann den Kopf, er sah sie lefzenlächelnd an, seine Ohren hingen schlapp herunter und seine braunen Augen schworen ewige Treue für diese einzige Berührung.

»Nein, so lasse ich Sie nicht allein«, sagte ich, weil man nun einmal so etwas sagte in solchen Situationen. Zugleich fragte ich mich, ob es nicht besser war, Rufus und Roberta ihrem Schicksal zu überlassen. Doch da war es schon zu spät, denn die Frau grinste und sah mich herausfordernd an.

»Na gut! Zu mir oder zu Ihnen?«

Ich ignorierte den mit schwerer Zunge hervorgebrachten lasziven Unterton und antwortete: »Am besten ist es, Sie ziehen sich etwas an und kommen mit zu mir. Es gibt Rehrücken, wenn Sie mögen.«

»Oh, Rehrücken, welcher Caterer liefert denn am Heiligen Abend?«

»Ich koche selbst.«

Ihr lautes Lachen hallte durch die kaum möblierte, große Diele. Sie fing sich schnell wieder und huschte mit einem »Just a moment« die breite Treppe hinauf. Unschlüssig, ob er ihr folgen sollte, schaute Rufus hinter ihr her, entschied sich dann aber für mich. Er setzte sich auf seine Hinterbeine und hob die Vorderpfoten an, als wolle er mit dieser Süßer-Hund-Geste mein Herz gewinnen. Das Verdrehen meiner Augen war alles, was ich ihm zu geben bereit war. Dann schaute ich mich um und entdeckte einen alten Tennisball, der mutmaßlich einst leuchtend gelb gewesen war und nun als Hundespielzeug mehrfach eingespeichelt die Farbe eines alten Aufnehmers angenommen hatte. Zwischen Daumen und Zeigefinger nahm ich ihn auf und ließ ihn dann wie eine Bowlingkugel über den weißen Boden rollen. Rufus startete, bremste abrupt und rutschte mit seiner linken Flanke gegen eine weiße Tür, den Ball hatte er stolz mit dem Maul erobert. Mit tänzelnden Schritten kam er zu mir zurück, die Ohren nun erwartungsfroh aufgerichtet, und hielt mir das Spielzeug entgegen, offensichtlich, damit ich es für einen neuerlichen Wurf an mich nahm. Als ich mich nicht rührte, ließ er den Ball fallen, ich griff danach, und fast gleichzeitig schnappten seine kräftigen Kiefer wieder zu. Diese Prozedur wiederholte sich zweimal, dann hatte ich keine Lust mehr. Ich setzte mich in den kleinen Sessel, voller Hoffnung, dass diese Frau alsbald mit dem Umkleiden fertig war.

Es dauerte noch eine ganze Viertelstunde und unzählige Spielanimationsversuche von Rufus, bis Roberta von Rehmsbrunn die Treppe herab schritt, anders konnte man ihre langsamen, gewollt würdevollen Bewegungen nicht beschreiben. Ihre Kleidung stand im krassen Gegensatz zu ihrer gespielten Grandezza, sie trug eine ausgebeulte Breitcordhose und eine weite Strickjacke mit goldenem Reißverschluss im Stil eines Seemannspullovers, ihre Haare hatte sie mit einem dunkelblauen Tuch zusammengebunden. Ihre verschmierte Schminke hatte sie abgewaschen und keine neue aufgetragen, lediglich ihre kaum vorhandenen Augenbrauen hatte sie nachgezogen. Ihr Gesicht sah nicht mehr verheult, sondern nur noch alt aus. Eine verlebte Frau mit blonden Haaren.

»Wir können«, sagte sie.

»Und der Hund?«

»Bleibt hier, er hat eine Hundeklappe nach hinten raus in den Garten, ich habe sie direkt nach dem Tod meines Mannes einbauen lassen, um nicht ständig Gassi gehen zu müssen. Zuerst hatte ich es versucht, aber die dauernden Kommunikationsversuche anderer beim Anblick eines Hundes, sei es, weil sie selbst einen besaßen, sei es, weil sie gerne einen hätten, sei es, weil sie sich vor ihm fürchteten, sind mir auf die Nerven gegangen. Ich rede nicht gern mit Menschen, die ich nicht kenne. Gehen wir also?«

Wir hatten Mühe, von Rufus unverfolgt aus der Tür zu kommen, aber schließlich gelang es uns. Obwohl sie noch nicht in meinem Haus gewesen war, steuerte Roberta von Rehmsbrunn zielsicher nach rechts ins Wohnzimmer und legte sich auf die Couch, ihre schwarzen Segelschuhe ließ sie auf den Boden fallen.

»Sie kochen, ich entspanne mich, und wenn Sie fertig sind, rufen Sie mich einfach. Helfen möchte ich ungern, aber wenn es sich nicht vermeiden lässt, bitte, dann schaue ich nach dem Rechten, ich habe mich extra leger gekleidet. Zeigen Sie mal, was Sie drauf haben, und ob Sie Ihren Job wirklich so gut verstehen, wie Ihre Hausperle immer behauptet. Meine Putze ist voll der Anerkennung für den Herrn Nachbarn. Ich glaube, sie hätte es gerne, wenn ich auch irgendetwas Unstandesgemäßes zustande brächte, mit dem sie vor den anderen prahlen könnte. Aber mir fällt nichts ein, außer dieser Liaison mit meinem Chauffeur, die es nie gegeben hat. Er ist ein Kindskopf, der alles für mich tun würde, aber das beeindruckt mich nicht mehr.« Sie legte sich zurück, schloss die Augen und sagte dann, ohne sie noch einmal zu öffnen: »Ach, und noch etwas, ehe Sie beginnen: Trauen Sie mir nicht, ich lüge, wenn ich den Mund aufmache. Ich mag nicht verbindlich sein.«

Warum hatte ich mir diese Frau nur ins Haus geholt, ich hatte nichts mit ihr zu schaffen, und sie hätte sich mit einem Pistolenfeuerzeug wohl kaum das Leben nehmen können. Hinauswerfen konnte ich sie nun auch nicht mehr, also ging ich in die Küche und vertiefte mich in das Rezept. Ich briet den Rehrücken in einem Bräter von allen Seiten scharf an, belegte ihn mit Speckstreifen und stellte ihn anschließend in den Ofen. Während der gesamten Bratzeit musste ich das Fleisch immer wieder mit Brühe und Bratensaft übergießen, sodass ich nicht aus der Küche hinaus konnte – und auch nicht wollte. Außerdem musste ich mich um Kastanienpüree und Rotkohl kümmern, die ich als Beilage vorgesehen hatte. Nach über zwei Stunden war das Essen fertig. Ich war zufrieden mit dem Ergebnis und bat Roberta von Rehmsbrunn, die wohl die ganze Zeit geschlafen hatte, ins Esszimmer.

Als Getränk hatte ich eigentlich stilles Wasser vorgesehen, bot meinem Gast jedoch einen Rotwein an, den dieser dankend annahm und darauf bestand, ihn nur mit mir gemeinsam genießen zu können. Wir stießen an, sie verkündete, mich fortan zu duzen, auch wenn sie wisse, dass eigentlich der Ältere diesen Vorschlag machen müsse, aber über 60 seien wir doch irgendwie alle einfach nur noch alt. Dann kostete sie den Braten. Die beiden kunstvoll gezogenen Striche über ihren Augen zogen sich weit nach oben in ihre Stirn.

»Du kannst tatsächlich kochen. Ist Honig mit in der Sauce?«, fragte sie.

»Ja, ein wenig. Schmeckt man ihn so sehr raus?«

»Ein wenig, ich mag das sehr«, sagte sie und schaute mich dabei fast lustvoll an, zumindest kam es mir so vor, doch ich schob den Gedanken beiseite.

»Möchtest Du mehr Sauce?«

»Gerne«, hauchte sie, ich ging rasch in die Küche und füllte die dunkelbraune Flüssigkeit in eine kleine Kanne, eine Sauciere fand ich auf die Schnelle nicht.

»Es schmeckt sehr gut«, sagte sie, als ich wiederkam, goss noch etwas Sauce über den Rehrücken und schwieg für den Rest der Mahlzeit. Wann immer sie vom Wein trinken wollte, erhob sie das Glas als Aufforderung, mit ihr anzustoßen, und ich widersetzte mich nicht, es schmeckte mir, ich hatte beinahe schon vergessen, wie herrlich es war, zu einem Festmahl einen vorzüglichen Wein zu genießen. Sie aß gierig und suchte immer wieder meinen Blick, lächelte, wenn sie ihn fand, und dann hob sie das Glas und zwinkerte mir zu, als wolle sie mich ermutigen – nur wusste ich nicht, wozu. Ich fühlte mich von Mal zu Mal wohler und empfand ihre Gegenwart als angenehm, wahrscheinlich weil sie schwieg. Teller und Flasche waren gleichzeitig leer.

»Hast Du noch eine?«, fragte sie und klimperte mit den Rücken ihrer kurzen, grell rot lackierten Fingernägel an der Flasche. Ich stand auf, trug die Teller in die Küche und brachte eine neue Flasche mit, die ich am Tisch öffnete. Ihre braunen Augen sahen mich beinahe so an wie die des Dobermanns, als ich den Tennisball in der Hand gehalten hatte – freudig gespannt.

»Ich darf doch«, sagte sie und zog eine Schachtel Zigaretten aus ihrer Handtasche.

»Sicher, ich hole Ihnen einen Aschenbecher.«

»Dir!«, sagte sie mit ruhiger Stimme, die so gar nicht mehr betrunken wirkte, augenscheinlich war sie es tatsächlich gewohnt zu trinken und hatte sich im Griff. Beim Verlassen ihres Hauses musste sie das Feuerzeug aufgehoben haben, denn nun zündete sie sich die Zigarette mit dem Revolver an, ein albernes Bild. Den Rauch blies sie mir direkt ins Gesicht, eine schreckliche Unart.

»Ich hole Dir einen Aschenbecher.«

Ich brauchte einige Zeit, um ihn zu finden, und als ich zurückkehrte, hatte Roberta es sich schon wieder im dunklen Wohnzimmer bequem gemacht. Ich sah durch die geöffnete Flügeltüre, dass sie sich dieses Mal für den Lesesessel am Fenster entschieden hatte, bei ihr machte mir das nichts aus. Ich nahm mein Weinglas, ging zu ihr und stellte den Aschenbecher auf den kleinen Tisch neben sie, um mich dann ihr gegenüber auf die Fensterbank zu setzen. Sie schnippte die Aschesäule ihrer Zigarette ab und inhalierte den nächsten Zug tief.

»Ein seltsames Weihnachten, zum ersten Mal seit Jahrzehnten ohne Familie. Obwohl – im letzten Jahr war Odin schon tot, und ich habe den Heiligen Abend bei meinem jüngsten Sohn und seiner Frau verbracht, ich erinnere mich an nichts mehr, was in dieser Zeit passiert ist.«

»Zu Weihnachten? Da war er doch noch nicht gestorben, also man wusste es noch nicht. Nur verschwunden, oder?«, fragte ich.

»Für mich war er vom Tag seines Verschwindens an tot. Es machte keinen Unterschied, ich wusste, er war nicht mehr am Leben.«

Sie starrte hinaus. »Er war doch schon weg, bevor er starb, nicht mehr bei mir, und hat geglaubt, ich bin dumm genug, um nichts zu merken.«

Sie stockte, rauchte und trank, ohne zu reden. Ihr Blick ging auf die leere dunkle Straße. Seit ich sie kannte, war ich der Meinung gewesen, dass sie älter aussah als sie in Wirklichkeit war. Sie war Anfang 60, ihre vielen feinen Falten und die deutlichen Furchen, die sich um die Mundwinkel zogen, machten sie zehn Jahre älter.

»Hast Du Deiner Frau immer vertraut? Konnte sie Dir trauen? Wenn das einmal vorbei ist, bleibt Dir nur noch die Kontrolle, sonst wirst Du wahnsinnig, aber auch die totale Kontrolle führt Dich irgendwann unweigerlich in den Irrsinn. Ich wusste genau, was Odin tat, ich war über jeden seiner Schritte informiert.«

»Was hat er denn getan?«

»Er hat sich von einem blassen Jüngling den Schwanz lutschen lassen, das hat er getan!«

»Was für ein Unsinn! Wie kommst Du denn darauf?«, rief ich aus, als hätte ich ihren Mann gut gekannt und könne für seinen Leumund bürgen.

»Meine amour fou hat ihn für mich beobachtet, Odin ist zu diesem Bübchen gegangen.«

»Und hatte ein Verhältnis mit ihm? War Dein Chauffeur dabei?«

»Odin war immer für ein paar Stunden in der Wohnung des Jungen. Was hätte er denn sonst mit ihm zu schaffen gehabt?«

Rollenspiel spielen, dachte ich, schwieg aber, da ich es nicht für angebracht hielt, dieser angetrunkenen Frau Informationen über den Soziopathen zu geben. Mag sein, dass ihr Mann tatsächlich ein Verhältnis mit Sören hatte, dies erschien mir nach Heikes Erzählungen jedoch eher nebensächlich, für den Bankier war das Rollenspiel das Größte gewesen.

»Oft war wohl noch ein junges Mädchen dabei. Dann haben sie's zu dritt getrieben. Mit seiner Herzschwäche konnte das nicht gut gehen, und für mich blieb nichts mehr übrig. Es war so demütigend. Ich habe diesen jungen Burschen gehasst, der mir meinen Mann weggenommen hat, es hat ihn umgebracht, dieses schmutzige, kleine Verhältnis.«

»Was sagte denn die Polizei dazu?«, wollte ich wissen, konnte mir die Antwort aber schon denken.

»Ich habe ihnen nichts davon gesagt, ich sollte auch jetzt meinen Mund halten. Warum erzähle ich Dir den Mist? Wahrscheinlich hätte ich betrunken sein müssen, um den Schneid zu haben, den Behörden meine Niederlage zu offenbaren. Was hätte ich sagen sollen? Er wollte mich nicht mehr und hat sich einen Jungen geschnappt, für Geld gekauft, denn er konnte alles für sein Geld kaufen, und mich hat er zurückgelassen, wie ein abgelegtes Kleidungsstück, verblichen, ausgeleiert, nicht mehr modern. Das, mein Lieber, das wollte ich keinem erzählen. Ich habe meinen Stolz, auch wenn nicht mehr viel davon übrig geblieben ist.«

Sie wedelte mit der rechten Hand, als wolle sie ein Insekt verscheuchen.

»Ach, was rede ich für einen Unsinn, theatralisches Zeug von Stolz und Mut. Mein Privatleben geht die Polizei nichts an. Wenn sein Liebhaber etwas mit seinem Tod zu tun gehabt hätte, wäre man ihm schon auf die Schliche gekommen. Aber Odin ist doch letztlich an seinem schwachen Herzen zugrunde gegangen. Niemand hat Schuld, nur er selbst. Möge er in Frieden ruhen!«, sagte sie hastig und spülte das Thema mit einem kräftigen Schluck Rotwein hinunter. »Weißt Du, was komisch ist? Obwohl er mich hintergangen hat, fehlt er mir. Und Deine Frau?«

»Was ist mit ihr?«

»Fehlt sie Dir?«

»Schon. Ja. Natürlich.«

»Sie war so viel jünger als Du. Sie hätte noch nicht sterben dürfen, sie wäre eine schöne und begehrenswerte Witwe geworden – nach Deinem Tod, es war nicht fair, sie vor Dir sterben zu lassen, wer auch immer darüber entschieden hat.« Sie winkte mit ihrer freien Hand in Richtung Zimmerdecke. »Da oben sitzt ein Spaßvogel, der die Leute abmurkst, wenn es ihm gerade gefällt, und sich auf die Schenkel klopft, wenn wir hier unten dumm aus der Wäsche schauen, weil wir gerade noch etwas Wichtiges sagen wollten, als der Tod plötzlich dazwischen funkte. Gott und der Tod haben Logenplätze und amüsieren sich köstlich über das Stück, das der Herr selbst geschrieben hat. Er lässt uns allein mit unserer Schuld. Wir müssen sehen, wie wir damit fertig werden.«

Ich lächelte sie an, der Wein tat auch bei mir seine Wirkung, ich nahm, was sie sagte, mit Gelassenheit, denn es war nur das Gerede einer armen Witwe. Roberta zog das Tuch aus ihrem Haar und lächelte dann.

»Ich bin allein«, sagte sie leise. »Mein geliebter Mann hat mich zurückgelassen. Aber ich bin noch nicht tot. Wie wär's?«

Sie öffnete den Reißverschluss ihrer Jacke, darunter trug sie nichts als einen schwarzen Spitzen-BH, der der Fülle ihrer Brüste nur unzulänglich Herr werden konnte, ich sah wider Willen hin, und wieder erregte es mich, wenngleich mir doch überhaupt nichts an ihr gefiel, ich konnte nicht anders, stand auf und ging zu ihr hinüber, ich ließ meine Hand in den Büstenhalter gleiten und fühlte ihre warme, weiche Haut mit der unter meinen Fingerspitzen härter werdenden Brustwarze. Sie seufzte kurz auf und zog meine Hand wieder heraus, stand auf und führte mich zum Sofa, setzte sich darauf und bedeutete mir, stehen zu bleiben. Mit raschen Bewegungen öffnete sie meine Hose, ich drängte ihre Hand zurück.

»Ach, komm schon, es ist Weihnachten, und Du hast mir noch nichts geschenkt, nur ein Stück totes Reh«, sagte sie und zog mich neben sich auf die Couch.

Sie führte meine Hand zu ihrer Brust, ich küsste sie, ihre Zunge suchte sich ihren Weg in meinen Mund, wir legten uns nebeneinander auf die kaum einen Meter breite Sitzfläche, meine Hand tastete nach ihrer Hose, doch gelang es mir nicht, sie zu öffnen, Roberta übernahm es selbst. Ihre Finger glitten ein weiteres Mal in meine Hose und ich spürte zum ersten Mal seit über anderthalb Jahren, wie sich mein Glied versteifte, meine Impotenz schien besiegt von ein bisschen Alkohol und einer nicht mehr jungen Frau, die noch vor wenigen Stunden damit gedroht hatte, sich umzubringen und mich gleich dazu. Der Schmerz im Rücken wurde stärker, ich stöhnte auf, sie verstand es hoffentlich als Bekundung meiner Lust. Ich versuchte mich unter sie zu schieben, um auf dem Rücken liegend eine bequemere Haltung gegen den Schmerz einzunehmen. Roberta stand auf und entledigte sich ihrer Kleidung, anschließend zog sie meine Hose ein Stück herunter. Dann setzte sich auf mich.

Kapitel 13

in dem unser Held seine jüngste Erinnerungen loswerden will, jede Menge ungebetenen Besuch bekommt und sich am Ende doch geschlagen gibt.

Am ersten Weihnachtstag wachte ich spät auf, mein Kopf fühlte sich an wie unter einer schweren Glocke, durch die ich meine Umgebung nur dumpf wahrnehmen konnte. Ich lag nackt auf der Couch im Wohnzimmer und fror, weil mein Rollkragenpullover, den ich als Decke benutzt hatte, nicht viel gegen die Kälte ausrichten konnte. Mich langsam erhebend schaute ich nach einem Anhaltspunkt, der mir helfen sollte, mich an den späten Abend und die Nacht zu erinnern. Als mir alles wieder einfiel, schüttelte ich heftig den Kopf. Ich hoffte, dass mich die Schmerzen alles wieder vergessen lassen würden. Ich hatte mit meiner Nachbarin geschlafen, nicht weil ich sie begehrt hatte, nicht weil sie besonders attraktiv, jung, schön und unwiderstehlich war, sondern einzig und allein aus dem Grund, der Sensation meiner wieder erwachten Potenz Genüge zu tun.

Nachdem ich geduscht und einen Kaffee getrunken hatte, räumte ich Küche und Wohnzimmer so gründlich auf, dass alle Spuren der vergangenen Nacht verschwanden. Die Essensreste warf ich direkt in die Mülltonne vor dem Haus, ich konnte es drinnen nicht mehr ertragen. Der kalte Rehrücken roch nach Roberta, was natürlich völliger Unsinn war, aber mein verkaterter Kopf war nicht fähig, komplexe Zusammenhänge zu denken, und so musste ich mich von den spärlichen Botschaften des limbischen Systems treiben lassen, das nur bloße Sinneswahrnehmungen, jedoch noch keinen Kontakt zu anderen Hirnregionen zuließ. Während der Aufräumarbeiten hatte ich die Fenster in Wohnzimmer, Esszimmer und Küche weit geöffnet. Die Kälte machte mir weniger aus als der Geruch. Ich bildete mir sogar ein, mein Körper rieche nach Roberta, dabei hatte ich geduscht und alle Kleidungsstücke von gestern Nacht in die Wäsche getan – dem Impuls, sie wegzuwerfen, hatte ich widerstanden.

Als ich fertig war, überkam mich meine übliche Müdigkeit. Inzwischen konnte ich eine Nacht mit zu wenig Schlaf nicht mehr ohne weiteres wegstecken. Die Müdigkeit war mir zu einer ständigen Begleiterin geworden.

Ich hatte ohnehin nichts mehr vor – für heute und für den Rest des Jahres – also konnte ich mich ebensogut ins Bett legen und zum neuen Jahr wieder aufwachen. Nichts hilft besser gegen das Denken als der Schlaf. Kaum hatte ich mich hingelegt, war ich schon nicht mehr bei Bewusstsein. Dieser herrliche Zustand lässt sich ohne Drogen leider nicht über mehrere Tage ziehen, schon gar nicht, wenn er durch lautes Klingeln an der Tür jäh unterbrochen wird. Ich sah auf die Uhr und stellte fest, dass ich kaum eine Stunde geschlafen hatte. Mittlerweile war es vier Uhr, und draußen begann der trübe Tag, sich endgültig der Dämmerung hinzugeben. Ich wollte nicht aufmachen: Ich erwartete niemanden, ich hasste unangekündigten Besuch, ich hasste jeden Besuch, ich verfluchte Erika und Werner, die mich allein gelassen und damit alles Unglück erst ermöglicht hatten.

Der Unbekannte gab nicht auf, er klingelte weiter, als sei meine Anwesenheit daheim gewiss und meine langsame Reaktion womöglich nur einer neu entstandenen Schwerhörigkeit geschuldet. Oder was? Ich sprang auf, mein Kreislauf zog mich zurück aufs Bett, ich musste kurz warten, ehe der Schwindel nachließ. Die Klingel, eigentlich eine tiefe Türglocke, hatte sich schrill zwischen meine Ohren gesetzt, sie zuzuhalten war also zwecklos. Jetzt erhob ich mich langsamer, ich konnte gerade gehen. Während ich die Treppe langsam Stufe für Stufe hinab stieg, versuchte ich meine störrischen Haare glatt zu streichen, obwohl es, zum Teufel nochmal, völlig egal war, wie ich aussah, wenn Besuch kam, der nicht eingeladen war.

Ich riss die Tür auf. Vor mir standen Margarete und Uli, beide strahlten mich an, als sei ich die Freude ihres Lebens und sprachen wie aus einem Mund ein lautes: »Fröhliche Weihnachten!«

Den Wunsch zurückgebend, bat ich sie reflexartig, einzutreten und mir ins Wohnzimmer zu folgen, wo ich ihnen einen Platz auf meiner Couch anbot, deren Verwendungszweck sich für mich seit der letzten Nacht verändert hatte, ich würde mir eine neue kaufen müssen. Fürs erste jedoch reichte es, zwei sitzende Frauen (von denen eine mal ein Mann gewesen war) darauf zu platzieren, um das letzte Bild durch dieses neue zu ersetzen. Zwei Personen, die nicht an meinem Schwanz lutschen wollten und sich Bratensauce über die Brüste gossen, die sie mich ablecken ließen. Wieder wurde mir schwindelig.

»Kaffee? Tee?«, fragte ich.

»Kaffee«, antwortete das Duo.

»Gut«, sagte ich, ging in die Küche und schaltete die Lampe über dem Herd ein. Während der Vollautomat zwei Tassen füllte, fiel mein Blick aus dem Fenster direkt auf Roberta und Rufus. Die beiden hatten sich offensichtlich versöhnt und gingen nun in trauter Zweisamkeit spazieren. Der Impuls, mich zu ducken, kam zu spät, die blonde Greisin hatte mich bereits entdeckt und winkte mir mit den Fingern ihrer linken Hand zu, ihre rechte war fest um die lederne Leine des Dobermanns geschlossen. Meine Antwort war ein schiefes Lächeln, mehr schaffte ich nicht. Das Spiel ihrer Finger.

Nachdem ich eine weitere Tasse Kaffee aus dem Automaten gezapft hatte, ging ich mit einem Tablett zurück ins Wohnzimmer. Die Damen hatten das Sofa wieder verlassen, standen am Fenster und kicherten. Ich setzte das Tablett auf dem Couchtisch ab, der sich gestern als erstaunlich stabil erwiesen hatte, auch ihn würde ich austauschen lassen.

»Der Dobermann ist wirklich süß«, sagte Margarete, als sie mich bemerkte.

»So?«, sagte ich, mochte mich aber nicht zu ihnen ans Fenster stellen, ahnte ich doch, was dort zu sehen war, wenn auch nicht in welcher Position. Verdammt! Nichts Eindeutiges konnte ich mehr denken in Bezug auf dieses Weib, alles bekam durch eine an sich unbedeutende Nacht eine zweite, schlüpfrige Bedeutung. So etwas hatte ich früher als anregend empfunden, jede kleine Erinnerung an eine Liebesnacht hatte ein wohliges, kaum artikuliertes Seufzen hervorgerufen, in dem sich die Essenz der Lust in einem winzigen Punkt in meinem Bauch sammelte und sanft kitzelte. Dieses Mal war es ein Kratzen. Fingernägel über eine Schiefertafel.

»Kommen Sie, der Kaffee wird kalt!«, sagte ich, und setzte mich auf einen Sessel gegenüber der Couch, auf der ein kleines Paket lag. Es hatte die Form eines Buches und ich hoffte inständig, dass es sich nicht wieder um die Erklärung der Gemütslage irgendeiner Generation handeln möge. Die beiden trennten sich von dem Bild auf der Straße – offenbar schweren Herzens, denn sie wandten sich während ihres Rückzugs immer wieder albern kichernd um.

»Sie hatten mir irgendwann einmal erzählt, dass der Hund sich nicht artgerecht verhält, aber dass er Männchen macht wie ein Pinscher, ist schon sehr abartig«, sagte Margarete und ließ sich neben Uli aufs Sofa fallen.

»Er ist im falschen Körper geboren«, sagte ihre Freundin und beide brüllten laut los und konnten sich vor Lachen kaum mehr halten. Zwischen zwei Japsern stieß Uli hervor: »Operieren«, und kicherte dann weiter, während Margarete »Zum Pinscher verkleinern« gluckste. In diesem Moment muss ich reichlich dumm ausgesehen haben, denn nun wiesen die beiden auf mich und lachten nur noch lauter. Ihr Lachen hatte eine seltsam entspannende Wirkung auf mich, ja, selbst Uli wurde mir in diesem Moment ein wenig sympathisch. Dass ich überhaupt je etwas, das diese Frau betraf, als positiv empfinden würde, war ein Umstand, der mich selbst überraschte. Dass sie ihrer eigenen Geschichte offensichtlich mit Humor begegnen konnte, bewunderte ich – wie alles, was ich selbst nicht im geringsten beherrschte.

»Milch? Zucker?«, fragte ich, als es wieder stiller geworden war.

»Danke, wir bedienen uns schon«, sagte Margarete, nahm eine Tasse vom Tablett und goss sich Milch aus dem Kännchen hinein. Dummerweise hatte ich die kleine Kanne genommen, in die ich gestern die Sauce gefüllt hatte, natürlich war sie frisch gespült, aber Erinnerungen waren tensidresistent. Ich wandte meinen Kopf nach rechts und schaute zum Fenster hinaus in den Himmel, um kurz an

Regen, Dunkelheit, Endzeit und Untergang zu denken.

»Ist was?«, fragte Margarete.

»Ach, ich habe nur hinausgeschaut, weil ich es heute noch gar nicht geschafft habe, spazieren zu gehen, und jetzt ist es dunkel«, sagte ich.

»Wie haben Sie den Heiligen Abend verbracht?«, fragte Uli interessiert.

»Ganz allein und in Ruhe, so, wie ich es mir vorgestellt habe«, sagte ich seufzend.

»Wie schön«, sagte Margarete. »Meine Kinder waren gestern Abend bei uns, und wir haben uns nicht gestritten. Die beiden lieben Kleinen kommen nämlich in jedem Jahr, seit sie nicht mehr zu Hause wohnen, mit der wunderbaren Vorstellung heim, dass hier nicht nur ihre Mutter, sondern zugleich auch ewige Harmonie zu Hause sei. Es ist eine verkehrte Welt. Früher wollten die Eltern, dass alles schön und in Frieden abläuft zu Weihnachten, heute sind es die Kinder, die, noch nicht einmal 30 Jahre alt, schon von nostalgischen Nebeln umgeben sind.«

»Du übertreibst. Die beiden sind doch großartig«, sagte Uli und goss sich ebenfalls Milch in ihren Kaffee. Sie hielt mir das Kännchen fragend hin, und ich schüttelte den Kopf, mochte ich doch nicht mehr daran denken, wie Roberta ihrerseits Bratensauce über meinen Bauch gegossen hatte, um die Rinnsale dann mit ihrer Zunge zu verfolgen.

»Okay, also keine Milch. Schon verstanden«, sagte Uli. Ich hörte auf, den Kopf zu schütteln.

»Das Geschenk!«, rief Margarete aus. Sie nahm das Päckchen in die Hand und überreichte es: »Fröhliche Weihnachten!«

Vorsichtig entfernte ich die Bastschleife von der Verpackung und knibbelte dann umständlich das Klebeband ab, als wolle ich das Papier später noch einmal verwenden, alles nur, um nicht gierig zu wirken. Schließlich hielt ich tatsächlich ein Buch in meinen Händen, es hieß ›Das böse Mädchen‹ und war eines der späten Werke von Mario Vargas Llosa.

»Sie sind fast ein Jahrgang«, sagte Margarete. »Und er erinnert mich sogar vom Aussehen ein bisschen an Sie.«

»Er ist eleganter und größer und er hat mehr Haare«, sagte ich. »Ich habe ihn vor einigen Jahren zufällig in einem Restaurant in Frankfurt gesehen. Es war gerade Buchmesse, und ich hatte geschäftlich in der Stadt zu tun.«

Margarete nickte anerkennend. »Wie auch immer. Das Buch jedenfalls zeigt, dass man in jedem Alter zu höchsten kreativen Leistungen fähig ist. Sie kennen es hoffentlich noch nicht?«

»Nein, ich habe früher etwas von ihm gelesen, aber das noch nicht. Dankeschön, ich bin sehr gespannt. Danke.« Ich legte das Buch vor mir auf den Tisch und richtete seinen Bund parallel zur Tischkante aus.

Das nun entstehende Schweigen nutzte die Türglocke für einen neuerlichen Auftritt zwischen meinen Ohren. Ohne nachzudenken verzog ich das Gesicht zu einer gequälten Grimasse, zum zweiten Mal unangekündigter Besuch.

»Wollen Sie nicht aufmachen?«, fragte Margarete.

»Ich erwarte keinen Besuch«, sagte ich. Es klingelte erneut.

»Soll ich nachschauen?«, fragte Uli und machte sich bereits daran aufzustehen.

»Nein, ist schon gut«, sagte ich und erhob mich, um selbst zur Tür zu gehen. Vorsichtshalber schloss ich die Wohnzimmertür hinter mir.

Ich öffnete und fand mich im nächsten Albtraum wieder. Jakob Hutzenbach stand vor mir, begrüßte mich mit einem kräftigen »Fröhliche Weihnachten, alter Freund!« und hielt mir eine in tannengrünes Geschenkpapier gehüllte Flasche entgegen, vermutlich irgendein Whiskey, den er gekauft hatte, weil er teuer war.

»Guten Tag«, sagte ich und nahm die Flasche entgegen. »Danke.«

Eigentlich musste ich ihn nun hereinbitten. So etwas tat man, wenn Besuch kam, der einem außerdem noch ein Geschenk mitgebracht hatte. Ich zögerte, Jakob nicht. Er ging an mir vorbei hinein, zog seinen Mantel aus und hängte ihn neben die beiden Damenjacken an die Garderobe. Dann rieb er sich die Hände, sagte »Kalt heute« und schloss die Haustüre.

»Bekomme ich bei Dir einen heißen Grog?«, fragte er.

»Kaffee.«

»Auch gut«, sagte er, klopfte mir auf die Schulter und öffnete wie selbstverständlich die Türe zum Wohnzimmer. »Ah, Du hast Besuch. Damenbesuch. Wie schön!«

Der Mann im dunkelblauen Anzug ging forsch auf die beiden zu, sie erhoben sich, gaben ihm die Hand, stellten sich vor und alle drei setzten sich wieder, während ich mit der Flasche in der Hand zum Beobachter dieses merkwürdigen Tanzes in meinem eigenen Wohnzimmer geworden war. Die Gäste waren bereits mitten in einer Diskussion über das Wetter heute und das zu Weihnachten im Allgemeinen, als Margarete meine Reglosigkeit plötzlich auffiel.

»Herr Sielka, kommen Sie doch!«

Von diesem Weckruf aus meiner Starre erlöst, murmelte ich »Kaffee machen« und zog mich in meine Küche zurück. Die Maschine erledigte ihre Aufgabe wie immer perfekt und viel zu schnell. Ich nahm die Tasse, trug sie zum Tisch und setzte mich in den zweiten Sessel neben Hutzenbach.

»Alter Junge!«, sagte dieser nun. »Ich dachte, Du bist zu Weihnachten ganz allein, und jetzt treffe ich diese beiden bezaubernden Damen bei Dir. Sind Sie ehemalige Mitarbeiterinnen?«, fragte er die beiden.

»Nein«, antwortete Margarete lachend. »Gute Bekannte.«

»Ah, ja, schön. Ich dachte schon, mein bester Freund versauert hier alleine in seiner Villa. Immer nur die Hausperle und ihr Mann, das kann ja nicht gut gehen auf die Dauer, wie?!«

Margarete und Uli lächelten nur zustimmend, enthielten sich aber jeglichen Kommentars. Und ich sagte natürlich auch nichts. Mit wem ich meine Zeit verbrachte, ging ihn nichts mehr an. Er war nicht mehr mein Freund, ich wollte es nicht.

»Wo ist Deine Perle überhaupt?«, fragte er.

»Urlaub«, sagte ich.

»Was? Und Du musst selbst Kaffee kochen? Alle Achtung!«

»Kaffeevollautomat«, gab ich kurz angebunden zurück.

»Milch? Zucker?«, fragte Margarete und beobachtete mich aus dem Augenwinkel.

»Danke. Schwarz und stark. So wie Männer ihren Kaffee immer trinken sollten«, sagte Hutzenbach, schlug sich mit beiden Händen auf die Schenkel und schickte einen Lacher hinterher. »Hans und ich sind uralte Freunde, Bundesbrüder seit unserer Studienzeit damals in Aachen. Meine Güte, was haben wir alles für Sachen gemacht, uns die Nächte um die Ohren geschlagen, auch mit Mädels, natürlich, aber darüber niemals das Studium vernachlässigt, was, alter Freund? Erst die Arbeit, dann das Vergnügen! Und was für ein Vergnügen!«

Lächeln zur Antwort von den Damen, ein Brummen von mir, das Zustimmung oder Ablehnung heißen konnte, der Mann sollte es sich selbst aussuchen und dann gleich wieder verschwinden.

»Na ja, ist schon lange her. Aber wir haben uns nie aus den Augen verloren. Immer zueinander stehen! So heißt es auf unserem Wappen. Corpsgeist. Dazu stehen wir! Deshalb wollte ich heute auch nach dem Rechten sehen. Gerade zu Weihnachten sollte man nicht allein sein. Besonders wenn man nicht mehr ganz gesund ist. Da gerät man ins Grübeln. Das ist nicht gut!«

»Ich bin ja nicht allein«, sagte ich und wünschte mir nichts sehnlicher, als endlich meine Ruhe zu haben. Der Besuch der beiden Frauen war noch halbwegs angenehm. Mit der Zutat Hutzenbach wurde das Gericht aber sofort ungenießbar. Ein unangenehmer Geruch lag in der Luft, die beiden Seiten gehörten nicht in einen Topf, genauso wie Rehrückenbratensauce nichts auf meinem Bauch zu suchen gehabt hatte. Alles verkehrt.

Nun wurde es ruhig, nur Hutzenbachs schnaufender Atem war zu hören, unterbrochen von seinem Schlürfen am Kaffee. Die Blicke gingen unruhig hin und her, alle versehen mit einem debilen Lächeln der Ratlosigkeit. Ehe jemandem ein sinnvoller Wortbeitrag einfiel, gab die Türglocke der Runde ein neues Thema.

»Wer mag das sein?«, fragte Hutzenbach laut. »Hier ist ja jede Menge los!«

Ich sprang sofort auf (vor meinen Augen tanzten blitzende Sternchen) und verließ das Wohnzimmer, wieder zog ich die Tür hinter mir zu.

Begrüßt wurde ich dieses Mal nicht mit einem Weihnachtswunsch, sondern vom fröhlichen Bellen des übergroßen Pinschers Rufus. Sein Frauchen ruckte an seiner Leine, er setzte sich neben sie und sah grinsend zu ihr auf.

»Störe ich?«, fragte sie und ging an mir vorbei in den Flur. »Oh, so viele Jacken. Hast Du Besuch?«

Ich nickte, unfähig zu weiteren Reaktionen oder Bewegungen, denn alles Spurenverwischen war nun umsonst gewesen. Roberta war wieder da. Verzweifelt versuchte ich nun, mich zu erinnern, wie wir uns getrennt hatten. Hatte sie noch etwas gesagt? Hatten wir etwas vereinbart? Oder hatte sie, wie ich vermutete, mich einfach schlafend zurückgelassen, mir noch zärtlich einen Kuss auf die Stirn setzend, der sich bis zum Morgen in heftigen Schmerz verwandelt hatte? Da ich nichts tat, ergriff Roberta die Initiative und öffnete die Wohnzimmertür. Scheinbar fühlten sich hier alle zu Hause, nur ich nicht.

»Guten Tag, zusammen, frohes Fest!«, rief sie in den Raum.

»Kaffee?«, fragte ich monoton.

»Gerne.«

Rufus lief stummelschwanzwedelnd zu Hutzenbach, in dem er einen alten Freund wiedererkannte, wenngleich der ihm einst einen kleinen Spielkameraden genommen hatte. Offensichtlich war der Köter nicht nachtragend, im Gegensatz zu mir. Dabei wusste ich nicht einmal, was ich Hutzenbach nachtrug. Ach ja, die Zeugung eines korrupten Sohnes, das musste es sein. Während das Mahlwerk der Kaffeemaschine seine Arbeit tat und das Ergebnis an die Brühgruppe weiterreichte, hörte ich lautes Lachen aus dem Raum, der einst mein Wohnzimmer gewesen war.

Hutzenbach hatte sich zwischen die beiden Frauen auf das Sofa gesetzt, um den Sessel für Roberta freizumachen, ich stellte ihren Kaffee auf den Tisch und fragte: »Milch? Zucker?«

Sie lächelte fein und sagte: »Milch. Das Kännchen hat mir gestern schon so gut gefallen. Ich mach das schon.«

»Ich habe Frau von Rehmsbrunn gerade noch einmal die ganze Geschichte mit dem Pinscher erzählt, weißt Du noch, als Rufus sich den Kleinen geschnappt hat?«

»Chihuahua«, sagte ich mit letzter Kraft und ließ mich dann erschöpft in den Sessel zurückfallen. Mir blieb nichts anderes übrig, als den Dingen ihren Lauf zu lassen. Sollten sie ihren Kaffee trinken, sich amüsieren und dann alle wieder gehen!

Margarete setzte ihren Arztblick auf. Auch das war mir gleichgültig. Ich hatte nicht einmal mehr die Energie für einen ordentlichen Zusammenbruch. Auch die Hand, die sich nun auf meine legte, machte mir nichts aus. Offensichtlich glaubte Roberta, wir seien ein Paar, bitte. Während Hutzenbach unbekümmert weiter über den Chihuahua und seine Heldentat sprach, sahen Uli und Margarete sich grinsend an, als freuten sie sich über das späte Glück des greisen Mannes, der den gestrigen Abend mit seiner neuen Flamme verbracht und ein Geheimnis daraus gemacht hatte. Ich fühlte mich wie ein erlegtes Stück Wild und glaubte nun wieder, den Braten von gestern zu riechen.

Als Jakob Hutzenbach seine Geschichte mit verbalen Fanfaren beendete, nutzten Margarete und Uli die Gelegenheit, zum Aufbruch aufzurufen. Ich war froh, dass sie die unsinnige Inhaftierung Ulis unerwähnt gelassen hatten. So blieben uns allen unnötige Irritationen erspart. Die beiden bekundeten, nicht länger stören zu wollen, da sie nun einmal unangemeldet aufgekreuzt waren, sei es nur recht und billig, dass sie sich ganz schnell wieder von dannen machten. Hutzenbach bezogen sie in diesen Aufbruch ganz selbstverständlich mit ein, und ehe er sich's versah, hatte er auch schon seinen jägergrünen Mantel an. Man verabschiedete sich vom Hausherrn, winkte seiner, wie nun alle zu wissen glaubten, neuen Freundin im Wohnzimmer noch einmal zu und verschwand.

Rufus hatte es sich derweil auf dem Ohrensessel am Fenster bequem gemacht. Roberta blätterte durch das Buch von Vargas Llosa und hob den Kopf, als ich herein kam.

»Ich weiß, Du bist bestimmt nicht begeistert davon, dass ich hier wieder auftauche, das hast Du mir letzte Nacht deutlich zu verstehen gegeben.«

Hatte ich das?

»Aber ich dachte, vielleicht war das auch nur der Alkohol und Du hast Deine Meinung heute geändert. Wie sieht es aus? Was wird aus uns?«

Ich ließ mich in den Sessel neben ihr fallen, immer noch unfähig zu handeln oder zu entscheiden und antwortete wahrheitsgemäß mit einem nur geseufzten »Ich weiß nicht.«

»Das ist doch ein guter Anfang«, sagte sie lachend und stand auf. »Ist noch was von dem Rehrücken da? Ich habe nämlich einen Mordshunger!«

Kapitel 14

in dem unser Held zu Silvester Reißaus nehmen will, einfach nicht betrunken wird und viel Koriander genießen muss, ehe er auf den richtigen Geschmack kommt.

Beklemmung ist ein seltsames Wort, das ein ebenso seltsames Gefühl bezeichnet. Es ist tatsächlich so, als klemme etwas, es sitzt mit einem Mal fest, knapp unterhalb des Brustbeins, beim nächsten Atemzug zieht es hinauf zum Herzen und umschmeichelt die Kehle in trügerischer Sanftheit. Dann bleibt die Luft einfach weg. Beklemmung ist eine Art invertierte Sehnsucht, die ich nur selten empfinde. Es ist, als würde man sich nicht nach etwas sehnen, sondern als wäre es ein Entkommenwollen. Sich nicht hin-, sondern wegsehnen, das ist Beklemmung. Einer ihrer stärksten Auslöser ist bei mir die plötzliche Erinnerung an einen ganz bestimmten Zeitraum meiner Jugend, irgendwann in den frühen 50er Jahren. Sehe ich die für diese Zeit typischen Einrichtungsgegenstände – funktionale Möbel, alte Waschmaschinen oder Kühlschränke – überkommt mich eine emotionale Enge, von der ich mich auf der Stelle befreien möchte.

Sie scheint kein Phänomen meiner Generation zu sein. Vor Jahren hatte ich einmal ein Verhältnis mit einer Sekretärin aus meiner Firma, die gut 20 Jahre jünger war als ich. Auf einer Geschäftsreise kamen wir in ein Hotel, das im Design der 70er Jahre eingerichtet war. Meiner Begleiterin war es unmöglich, sich in diesem Hause länger aufzuhalten, geschweige denn, eine ganze Nacht darin zu verbringen. Sie fühlte die gleiche Art von Beklemmung, die ich von mir selbst kannte. Und ihr Mann, so erzählte sie mir später, empfinde fast körperliche Übelkeit, wenn er der Popmusik der 80er Jahre ausgesetzt war. Irgendetwas passierte mit uns in einer bestimmten Zeitspanne unserer Kindheit oder Jugend, das jenseits des Bewussten für immer eine verborgene Rolle in unserem Sein spielte und sich von Zeit zu Zeit in der verkehrten Sehnsucht Bahn brach.

Niemals hatte ich dieses Gefühl in Bezug auf einen Menschen

gehabt. Sympathie, Abneigung, Liebe, Hass – all das in allen Ab-stufungen empfand ich für oder gegen Männer und Frauen. Keiner hatte diese Beklemmung in mir ausgelöst wie Roberta es tat, wann immer ich mich im gleichen Raum mit ihr befand. Und so zog ich es in den wenigen Tagen nach Weihnachten vor, ihr aus dem Weg zu gehen. Obwohl wir uns darauf verständigt hatten, es miteinander zu versuchen – was auch immer ›versuchen‹ in diesem Zusammenhang heißen mochte.

Nach dem zweiten Weihnachtstag erfand ich Ausflüchte, schütz-te Müdigkeit vor oder ging einfach nicht ans Telefon, sofern ihre Nummer im Display auftauchte. Als sie mich doch einmal erreich-te und fragte, ob wir nicht gemeinsam Silvester feiern sollten, ent-schuldigte ich mich damit, bereits bei Toti und Fidelia eingeladen zu sein. Selbstverständlich verzichtete ich darauf, ihr den Vorschlag zu machen, mich einfach zu begleiten. Die Einladung meiner Arbeitge-ber hatte ich im Grunde nicht annehmen wollen, unter den gegebe-nen Umständen jedoch musste ich die Villa auf jeden Fall verlassen, um einem spontanen Besuch meiner Nachbarin zu entkommen.

Dabei wäre ich gerne in Ruhe in meinem Haus geblieben, das ich inzwischen tatsächlich als mein Zuhause bezeichnen konnte, nach-dem es in den letzten zwei Jahrzehnten eher den Status einer Basis-station gehabt hatte, in der man sich nur aufhielt, um zu schlafen und kurz zu essen und dann und wann wichtige Geschäftspartner zu empfangen.

Ich mochte das Alleinsein inzwischen sehr, Einsamkeit war mir fremd, ebenso wie Geselligkeit. Mir war, als hätte ich all die Jahre mein Leben mit viel zu vielen flüchtigen Beziehungen zu Menschen verbracht, die mir persönlich nicht wichtig gewesen waren – bis auf wenige Ausnahmen natürlich, allen voran meine Frau, wenn auch nur mit Einschränkungen. Vielleicht war mir das Gefühl, alleine zu sein, deshalb so angenehm: Zu echten Verbindungen, die nicht unter einem Win-Win-Aspekt bewertet werden konnten, fehlte mir die Fähigkeit. Ja, selbst meine Frau war ein »Gewinn« für mich ge-wesen – neben Schönheit und Jugend, die jeder alte Mann ab einem gewissen Einkommen an seiner Seite vorweisen konnte, wenn ihm danach war, hatte ich auch noch die Geistesgeschichte ihrer Familie gewonnen. Wie erbärmlich war ich damit umgegangen!

Ich ging hinauf ins Schlafzimmer, um zu schauen, was ich am Abend anziehen konnte. Nachdem ich einige Möglichkeiten durchgegangen war, entschied ich mich für die Kombination, die ich bei meinem ersten Essen mit Margarete im Zantes getragen hatte. Doch ließ ich die Krawatte weg. Die sandfarbene Jeanshose war mir am Bauch inzwischen zu weit, an den Beinen fiel es nicht so sehr auf, ich zog den Gürtel einfach enger. Es entstanden tiefe Bundfalten, die dort eigentlich nicht hingehörten. Der graue Pullunder fiel locker über das rosafarbene Oberhemd. Im Spiegel sah ich einen ungepflegten, alten Mann, etwas zu nachlässig gekleidet, unrasiert, hager, hohle Wangen, der Haarkranz um die Glatze in alle Richtungen abstehend. Ich zog Pullunder und Oberhemd aus, rasierte und frisierte mich, benutzte ein Eau de Toilette, das Gesa mir einst ausgesucht hatte. Ich wollte nicht auch noch wie ein alter Mann riechen.

Ausgerechnet jetzt überkam mich wieder die Müdigkeit. Ich musste schlafen, wenigstens ein paar Minuten, dann würde es schon wieder gehen. Zum Glück hatte ich noch etwas Zeit.

Ich legte mich auf mein Bett. Sofort war ich wie bewusstlos, doch war mein Schlaf ereignisreich. Roberta – natürlich, wer sonst – setzte sich auf die Bettkante, ihre Nähe war mir angenehm, das machte mir Angst. Ich versuchte, mich aufzusetzen, wusste ich doch, dass dies nur ein Traum war und es ein Leichtes sein musste, ihn selbst sofort zu beenden. Doch war ich unfähig, mich zu bewegen. Robertas Hand strich über meine Wange, ihre Berührung war unerträglich zärtlich, sie lächelte mich milde an, ein Lächeln, das nicht zu ihr passte, so sanft und gütig, so liebevoll und nachgiebig, so – schön. Ihr Blick suchte meine Augen, die wie wild hin und her rollten und sich nicht einfangen lassen wollten. Langsam senkte sie ihren Kopf, bis unsere Lippen sich beinahe berührten, mein Herz schlug wild, mir wurde heiß und kalt, es war unfassbar erregend und unglaublich abstoßend. Ich stöhnte auf. – »Soooooo«, sagte der Trainer zu mir,

»jetzt können Sie wieder aufhören, es ist zu anstrengend für Sie, Herr Sielka.« Hinter ihm hatten sich ein paar Menschen in Trainingskleidung versammelt und schauten mich neugierig an. Ich lag auf einer schmalen Bank, über mir eine Langhantel, die es bei Fitback gar nicht gab, gerade hatte ich sie mit letzter Kraft in der rostigen Halterung abgelegt. An ihren Enden fanden sich nicht etwa die üblichen Stahlscheiben, sondern jeweils eine akkurat gebundene, rosafarbene Krawatte. Ich wollte fliehen, doch konnte ich nicht aufstehen. Ein großer Mann in einem hautengen, schwarzen Overall, der jeden seiner wohlgeformten Muskeln glänzen ließ, tippte dem Trainer auf die Schulter und sagte aufgeregt: »Hanteln verboten! Auf den Müll damit!« Der Trainer überlegte. »Es ist sein Rückgrat. Gelbe Tonne. Wiederverwertung. Der erste Hauptsatz unserer Thermodynamik lautet?«, rief er aus und hob den rechten Zeigefinger. Die Umstehenden antworteten mit einem monotonen Singsang im Chor: »Energie kann nicht verloren gehen./ Sie verändert nur ihre Form./ Nichts kann aus Nichts entstehen./ Von nichts wird nichts gebor'n.« Der Trainer ließ die Hand wieder sinken und nickte zufrieden. Ich schaffte es irgendwie, mich aufzusetzen, musste weg, diesem Irrsinn entkommen, endlich aufwachen. »Bleib tot, Hans, Du bist das Nichts«, sagte eine Frau, deren Gesicht mit einem Schleier verhüllt war, ich erkannte sie auch so, meine Frau. »Das ist Dein Ende. Ich lebe. Du bist tot.« Ich fiel wieder auf den Rücken, schlug die Hände vors Gesicht, die mir augenblicklich mit großer Kraft wieder von den Augen gerissen wurden. Robertas Lippen auf meinen. Ich schrie und wachte auf. Ich wollte keinen Moment länger liegen bleiben. Im Aufstehen schüttelte ich meinen Kopf, versuchte diesen Traum loszuwerden, konzentrierte mich auf das, was ich jetzt tun wollte: zu dieser Party gehen. Nur an diese Party denken, an nichts sonst.

Es war bereits nach acht und ich war nass geschwitzt. So konnte ich unmöglich bei den Akutas auftauchen. Schnell zog ich meine Unterwäsche aus, ging unter die Dusche und suchte danach einfach irgendwelche Kleidungsstücke zusammen, Gastgeber und Gäste würden ohnehin keinen Wert auf eine besondere Garderobe legen.

Was hatte ich doch früher für rauschende Feste, für große Bälle und fantastische Feuerwerke erlebt! Das war vorbei, und es war mir recht. Eine schwarze Stoffhose, ein grauer Rollkragenpullover und ein leichtes Wolljackett reichten vollkommen. Um kurz vor neun erreichte ich das skurrile Haus meiner Arbeitgeber.

Bei meinem Eintreffen waren schon viele Gäste da. Ein junger Mann, den ich nicht kannte, hatte mir die Tür geöffnet, mir gezeigt, wo ich meinen Mantel ablegen konnte und mich dann alleine stehen lassen. Ich ging durch die Tür in die offene Küche. Ein kurzer Blick zeigte mir, dass ich bis auf die Gastgeber, Margarete, Uli und Heike hier niemanden kannte. Einige Gäste hatte ich schon einmal im Zantes gesehen, aber nur wenige Worte mit ihnen gewechselt. Fidelia stürmte auf mich zu und begrüßte mich mit einer langen Umarmung, dann schob sie mich ein wenig von sich weg, ließ ihre Arme jedoch auf meinen liegen und strahlte mich an.

»Was habe ich gehört?«, sagte sie, und ohne zu sagen, was es war, fuhr sie fort: »Das freut mich so für Dich!«

Wieder umarmte sie mich und drückte dabei noch fester zu. Als sie mich losließ und ich wieder in ihr Blickfeld kam, hatte ich mich für ein leicht verlegenes Lächeln entschieden, das mir weitere Nachfragen ersparen sollte. Vergebens.

»Du hättest sie ruhig mitbringen können. Aber sie hatte bestimmt schon etwas anderes geplant, was? Alles ein bisschen kurzfristig.«

Fidelia legte ihren Arm um meine Schulter, was ihr bei ihrer Größe keine Schwierigkeiten bereitete, und schob mich durch die Gäste.

»Also, hier haben wir, wie Du siehst, das Büfett aufgebaut, Du kannst einfach zugreifen. Iss, was Du magst! Aber Du musst unbedingt Totis gefüllte Weinblätter probieren – eine neue Kreation – und ihm sagen, was Du davon hältst, also, wenn sie Dir schmecken, sonst umfahre das Thema weiträumig. Daneben liegen übrigens meine Weinblätter, die üblichen also, nur so zum Vergleich. Er wollte es so.«

Sie zwinkerte mir zu und stieß mit dem Zeigefinger kurz in meinen Bauch.

»Herrschaftszeiten!«, entfuhr es ihr sehr bayrisch, und ihr griechisches Antlitz wirkte auf einmal recht grob. »Du bist noch dünner geworden, an Deinen Rippen hätte ich mir den Finger brechen können. Bist Du verrückt? In diesem Falle, vergiss meine freundliche Aufforderung zu essen, was Du möchtest. Iss bitte von allem etwas! Etwas mehr.«

»Ich esse genug. Mach Dir keine Sorgen! Zu Weihnachten habe ich einen Rehrücken gemacht. Der hätte Dir auch geschmeckt.«

»Ah, ich sehe, Du versuchst Dich jetzt an den schwierigeren Gerichten. Möchtest Du auch mal abends kochen?«

»Nein, mittags reicht mir vollkommen. Ich bin kein Koch, nur eine Küchenhilfe.«

Sie steckte sich eine Zigarette an. Ich war augenblicklich an Roberta erinnert, die mir den Rauch gerne mitten ins Gesicht blies, eine Unart, die davon zeugte, dass ihr die einfachsten Gepflogenheiten gesellschaftlichen Zusammenlebens fremd waren – und das als Bankierswitwe! Sie wusste sich nicht zu benehmen, glaubte aber wohl, durch dieses pseudolaszive Verhalten meine Zuneigung gewinnen zu können.

»Entschuldige bitte, stört Dich der Rauch? Du schaust so entsetzt drein.«

»Nein, das ist völlig in Ordnung.«

»Heute haben wir ausnahmsweise das Rauchen im Haus erlaubt, obwohl Toti es nicht leiden mag, aber er wollte nicht, dass ein Drittel der Gäste andauernd im kalten Garten stehen muss. Ach, was möchtest Du eigentlich trinken? Heute doch sicherlich mal ein Glas Wein. Wir haben einen hervorragenden Vidiano aus Kreta. Eine Rarität.«

Sie nahm, ohne meine Antwort abzuwarten, eine Flasche aus dem Weinkühler, goss einen Schluck in ein kleines Glas und ließ mich probieren. Der Wein war wirklich vorzüglich, sie deutete meine anerkennende Mimik richtig und füllte das Glas fast bis zum Rand. Sich selbst nahm sie auch eines.

»Zum Wohl, mein Lieber!«, sagte sie und stieß mit mir an. »Auf

Dein erstes Jahr bei uns und auf viele weitere!«

Eine ältere Dame tippte Fidelia auf die Schulter, wandte sich entschuldigend an mich, da sie ihre Tochter unbedingt entführen müsse, ein Disput mit dem Schwiegersohn.

»Moment«, sagte Fidelia, »zuerst möchte ich ihn Dir vorstellen. Das ist Hans Sielka, unser Mittagskoch, Du weißt doch, ich habe Dir von ihm erzählt. Hans, darf ich Dir meine Mutter vorstellen, Maria Gunstlmeier.«

»Sehr erfreut«, sagte ich und gab der Dame die Hand. Sie musste ungefähr in meinem Alter sein, vielleicht etwas jünger, vielleicht so alt wie Roberta, dachte ich, und nahm einen kräftigen Schluck Wein. Die Mutter hatte nicht halb so viele Falten wie meine Nachbarin, überhaupt wirkte die bayerische Dame deutlich frischer mit ihren roten Wangen. Die Haut ihres Dekolletés war zart und nicht von zu viel Sonne gegerbt. Sie lebte sicherlich viel gesünder und achtete auf sich, wie es sich für eine Frau in diesem Alter meiner Auffassung nach gehörte. Überhaupt pflegte sie anständige Umgangsformen, hatte kein so loses Mundwerk wie die Dame Rehmsbrunn. Das merkte man sofort, und das zeigte auch ihre Antwort.

»Ebenfalls erfreut, ich habe schon einiges von Ihren Kochkünsten gehört, nur das Beste natürlich«, stellte Fidelias Mutter fest und wandte sich dann wieder an ihre Tochter. »So, jetzt musst Du aber mit in den Wintergarten kommen. Toti und ich sind uneins über den Namen einer Pflanze. Ich sage, es sei eine Palmenart, er aber behauptet steif und fest, es sei Ilex aquifolium, das ist doch Unsinn, oder?«

Im Weggehen hörte ich Fidelia sagen, sie hätten beide recht. Sie schaute sich noch einmal entschuldigend zu mir um. Die beiden sahen sich ähnlich, die Schönheit der Tochter zeigte sich in einer letzten Andeutung auf dem Gesicht der Mutter. Hätte ich zwischen den beiden wählen sollen, hätte ich mich für die jüngere Ausgabe entschieden. Eindeutig. Doch weder Fidelia noch ihre Mutter standen zur Wahl. Es war wohl nur ein letzter Versuch, meine Geschmackssicherheit noch einmal auf die Probe zu stellen. Sie war vollkommen intakt, alles in Ordnung, meine Ur-Instinkte funktionierten. Die Evolution setzt sich immer durch, und die ist selbstverständlich darauf angelegt, die eigenen Gene zu erhalten und zu verbreiten, und das geht nun einmal nur mit fruchtbaren Frauen. So ist das, seit es Menschen gibt. Männer sind so, seit es Menschen gibt. Das ist natürlich.

»Herr Sielka, schön Sie zu sehen«, sagte eine dunkle Stimme neben mir. Uli sah mich unverwandt an. »Alleine hier?«

»Ja«, sagte ich und trank mein Weinglas leer, um es gleich wieder zu füllen.

»Schade. Und? Die restlichen Weihnachtstage gut überstanden?«

»Ja, sehr gut. Es war ruhig, so wie ich es wollte. Und bei Ihnen?«, fragte ich, um der Konvention genüge zu tun und Interesse für einen Gesprächspartner zu zeigen. So gehörte es sich.

»Ich habe gearbeitet. Der Wanderführer, Sie erinnern sich.«

»Und sind Sie gut vorangekommen?«

»Nun ja, ich habe ein wenig gebummelt. Im Februar fliege ich nach Mallorca. Kennen Sie die Insel im Februar?«

»Nein«, sagte ich und mochte ihr nun nicht mehr zuhören. Mit dieser Insel verband ich nichts Gutes. Meine Frau war dort ums Leben gekommen. Das reichte mir vollkommen, um noch einen guten Schluck Wein zu nehmen und auf seine Wirkung zu hoffen, aber nichts passierte.

»Januar und Februar ist die Zeit der Mandelblüte. Ein Traum. Ich werde einige Strecken aus meinem Wanderführer noch einmal gehen, damit ich sehe, ob alles stimmt. Ich übernachte in einer Finca zwischen Andratx und Estellencs, Ses Fontanelles, für Wanderer ein Paradies. Wie steht's? Mein Angebot gilt noch, möchten Sie mitkommen?«

»Ach, nein, vielen Dank. Wandern ist nicht mein Fall. Und außerdem muss ich arbeiten«, sagte ich.

»Wie Sie meinen, schade. Aber wenn Sie nicht weg können ... – Ich kann das schon verstehen«, sagte sie und grinste mich unverschämt an.

Wahrscheinlich glaubte sie, ich wolle wegen Roberta nicht verreisen. Dabei war es von vorneherein absurd anzunehmen, ich könne eine Reise mit Uli auch nur in Erwägung ziehen. Mit ihr hatte ich nichts zu schaffen, ohne Margarete hätte ich diese Person nicht einmal kennengelernt und ihr niemals geholfen, aus der Untersuchungshaft zu kommen. Wieso glaubte sie bloß, ich könne sie sympathisch finden? Wieso glaubten alle diese unattraktiven Frauen, ich hätte etwas für sie übrig? Roberta war nicht anders. Sie unterstellte mir, ihr gegenüber Gefühle zu hegen. Ich lachte kurz auf bei dem Gedanken. Gefühle, ja, Gefühle waren es, aber wohl kaum die Art, die diese Dame sich von mir wünschte.

»Sie lachen? Hab ich etwas Falsches gesagt?«

»Wie? Nein. Ich war nur gerade gedanklich woanders.«

»Kann ich mir vorstellen.« Wieder dieses impertinente Grinsen.

»Sieh an, der Herr Sielka!« Margarete war zu uns gekommen, und ich leerte mein Weinglas erneut. »Wollten Sie nicht ursprünglich in Ruhe Silvester feiern? Ich meine, Toti habe so etwas gesagt.«

»Ich hatte mir die Sache offen gehalten«, sagte ich.

Wie schön wäre es doch, jetzt in Ruhe zu Hause zu sein und einfach ins Bett zu gehen und den Jahreswechsel zu verschlafen. Dorthin sollte ich gehen, nach Hause. Stattdessen hatte sich das Weib aus dem Nachbarhaus in mein Leben gedrängt und mich zu dieser Feier getrieben und meinen Blick in den ungewöhnlich weiten V-Ausschnitt von Margaretes Pullover geführt. Ihre Brüste waren fest, soweit ich das erkennen konnte, im Gegensatz zu den ausladenden Beuteln Robertas, die ich das zweifelhafte Vergnügen gehabt hatte, berühren zu müssen. Jene wohlgeformten Brüste, die sich mir nun darboten – wenn auch nur angedeutet und in meiner Vorstellung vervollkommnet – wären eher der Liebkosung wert gewesen, und doch hätte ich sie in diesem Moment unter keinen Umständen anfassen mögen, auch wenn Margarete mich dazu aufgefordert hätte. Ich mochte es mir nicht einmal vorstellen, sie zu halten oder zu küssen, es war uninteressant. Ich stellte fest, dass mein Glas leer war, als ich es wieder ansetzen wollte.

»Und Ihre Freundin haben Sie nicht mitgebracht?«, fragte Margarete. Nun grinsten mich beide Frauen an, doch konnte ich ihnen die Antwort schuldig bleiben.

»Hans, was machst Du denn hier? Wolltest Du nicht alleine zu Hause hocken, Alter?«, fragte Heike und hakte sich bei mir ein.

»Ich habe es mir anders überlegt. Bist Du alleine hier?«, fragte ich und sah mich um, ob ich Sören in irgendeiner Ecke entdecken konnte, aus der heraus er das Treiben ignorierte. Dabei fiel mein Blick auf die frisch geöffnete Flasche Wein direkt neben dem Weinkühler. Ich nutzte die Chance und füllte mein Glas.

»Sören steht nicht auf Partys und so, ich gehe später rüber zu ihm. Wir schauen uns das Feuerwerk zusammen vom Dach aus an. Aber vorher wollte ich unbedingt was essen und ein paar nette Leute treffen. Schüttest Du mir auch noch was ein?«

Sie hielt mir ihr Glas hin.

»Was hast Du Weihnachten gemacht?«, fragte sie und löste damit dummes Gekicher bei Uli und Margarete aus. Sie waren unerträglich. Aber offensichtlich hatten sie Heike noch nichts von ihrer Begegnung mit Roberta erzählt, und ich wollte das hier jetzt nicht nachholen.

»Ich habe einen köstlichen Rehrücken zubereitet«, sagte ich und erklärte ihr ausführlich, wie teuer das Fleisch und wie lang die Schlange beim Metzger schon am frühen Morgen gewesen sei, um dann detailliert zu berichten, wie ich die Speisen gewürzt und gekocht hatte. Sie hörte interessiert zu, oder tat zumindest so, und während wir uns unterhielten und auf andere Rezepte zu sprechen kamen, tranken wir reichlich von dem guten Wein, die Flasche hatte ich erst gar nicht wieder abgestellt. Ich hatte das Gefühl, je mehr ich davon trank, desto nüchterner wurde ich, also füllte ich mein Glas erneut. Margarete hatte zunächst argwöhnisch geschaut, doch auch ihr schien meine Nüchternheit aufzufallen. Ob sie mich anschaute oder nicht, interessierte mich im Übrigen nicht, sie erinnerte mich nicht mehr im Mindesten an meine verstorbene Frau.

Sie und Uli hatten inzwischen wohl begriffen, dass das, was sie für meine neue Beziehung hielten und in Wirklichkeit weniger als nichts war, hier kein Thema sein würde. Ja, vielleicht hatten sie auch endlich erkannt, dass wir keine engen Freunde waren und sie nicht das Recht hatten, mit mir vertraulich zu tun. Aber das war unwahrscheinlich. Geld schweißt zusammen, und ich hatte ihnen für ihre Verhältnisse ein schönes Sümmchen geliehen.

Heike sagte etwas, ich hörte sie nicht. Ich sah ihre schmale Hand das Weinglas halten, eine sehr junge Hand, mit glatter Haut, winterweiß, die Adern darunter waren kaum zu ahnen. Ihre Fingernägel waren nicht allzu lang und mit einem taubenblauen Lack überzogen. So etwas trug man wohl heute, nicht mehr dieses kreischende Rot, das alte Frauen wie Roberta benutzten, um von den Altersflecken auf den Händen abzulenken. Hände, die mir sanft über das Gesicht gestreichelt hatten und die ich in diesem Moment zu fühlen glaubte. Dieses Gefühl raubte mir den Atem.

Heike stieß ihr Glas an meines. »Prost, Hans, was ist los mit Dir? Du starrst so seltsam vor Dich hin. Muss ich mir Sorgen machen?«

»Zum Wohl!«, erwiderte ich. »Nein, alles in Ordnung, ich bin nur etwas müde.«

»Senile Bettflucht!« Heike lachte.

»Nein, Heike, das ist etwas anderes«, warf Margarete ein. »Das ist, wenn Herr Sielka früh aufsteht, also aus dem Bett heraus flieht, vor sechs Uhr oder früher, und nicht, wenn er abends hinein fliehen möchte. Aus welchen Gründen auch immer.« Grinsen.

Normalerweise hätte es mich gestört, wenn Margarete einen schlechten Witz auf meine Kosten machte, der zudem auch noch mein fortgeschrittenes Alter thematisierte. Und, ehrlich gesagt, ich suchte sogar einen Moment lang nach dem Reflex einer Verletzung, die mir nur zufügen konnte, wen ich so begehrte, wie ich Margarete begehrt hatte. Hatte ich das wirklich? Da war nichts. Die Frauen lachten, ich lächelte, als Toti zu uns stieß.

»Hans, herzlich willkommen! Schön, dass Du doch die Zeit gefunden hast. Es ist nicht gut, immer alleine zu feiern. Obwohl ich gehört habe ...« Grinsen, Schulterklopfen.

»Was hast Du gehört?«, wollte Heike wissen, die mir reichlich angetrunken vorkam.

»Nichts«, sagte ich laut und brachte die Grinser damit tatsächlich zum Schweigen. »Ich dachte, ich schaue mal auf ein Glas Wein vorbei. Also, ich bleibe nicht so lange.« Nach Hause. Am liebsten wäre ich sofort nach Hause gegangen.

»Was? Aber doch bis zwölf, oder?«, fragte Toti.

»Mal sehen.«

»Du musst unbedingt die Dolmades probieren, die von der linken Platte da vorne. Siehst Du sie? Probiere sie und sag mir, wie sie Dir schmecken. Ich muss kurz in den Keller und neuen Wein holen. Ich bin gleich wieder da.«

»Was hat er nur mit diesen Weinblättern?«, sagte Heike. »Ich musste sie auch schon probieren. Na ja, sie schmecken wie gefüllte Weinblätter, nur eben mit einer Überdosis Koriander, habe ich zu ihm gesagt. Das war falsch. Habt Ihr's gesehen? Er sieht mich nicht einmal mehr an. Mit diesem Korianderüberfluss in seinen Dolmades wird er nie ein echter Grieche. Da schafft es Fidelia noch eher, sie sieht wenigstens ein bisschen so aus, und sie hat die Weinblätter perfekt drauf. Dafür bekommt sie in jeder Gyros-Bude Applaus.«

»Gyros-Bude ist nicht gerade Totis Anspruch«, warf Margarete ein.

»So mein' ich das doch nicht, Mensch! Ich wollte nur klar machen, dass sie damit bei echten Griechen durchkommt, Toti mit den Koriander-Rolls aber nicht.«

»Er ist ja auch ein Niederrheiner. Seine Ärpel mit Schlaat sind unerreicht«, sagte Uli.

»Klingt schräg, was ist das denn?«, fragte Heike.

»Kartoffelpüree mit Endiviensalat, Essig, Speck ...«

Das Rezept interessierte mich nicht. Denn ich hatte beschlossen, die Dolmades zu meinen Fluchthelfern zu machen, schob mich durch eine Gruppe fröhlicher Gäste zum Büfett, nahm eines der Weinblätter und kostete. Heike hatte recht, sie schmeckten stark nach Koriander, nach sonst nichts. Obwohl ich das Kraut sehr gerne mochte, spülte ich den Geschmack mit dem restlichen Wein hinunter und stellte das leere Glas auf dem Büfett ab. Meinen Plan, die Party nun unauffällig zu verlassen, durchkreuzte Toti, der plötzlich hinter mir stand und mich erwartungsfroh ansah.

»Und?«

»Lecker.«

»Das ist alles? Ich meine, sie schmecken doch nicht so wie immer. Also, wie die auf der rechten Platte, oder?! Und die auf der rechten Platte sind lecker. Vielleicht findest Du noch ein anderes Wort für diese hier. Denn sie schmecken anders und können dann wohl kaum mit dem gleichen Wort bedacht werden.«

»Gut! Ja, sie sind wirklich gut. Also, ein bisschen zu viel Koriander, würde ich sagen, aber ich kenne mich da nicht aus.«

»Zu viel Koriander«, wiederholte Toti. »So, so. Du kennst Dich nicht aus? Und ich dachte, Du bist so ein Feinschmecker, der oft in teuren Restaurants gegessen hat.«

»Also, Feinschmecker ist jetzt aber übertrieben. Ich würde sagen ...«

»Nein, nein, nein«, sagte Toti und wedelte mit den Händen vor seinem Gesicht herum, als wolle er einen Schwarm Mücken verscheuchen. »Seien wir ehrlich! Du hältst Dich für einen Mann mit Geschmack, der weiß, was wirklich gut ist. Ein Gourmet, oder?! Dann musst Du Dich doch auskennen. Mir liegt sehr viel an Deinem Urteil. Also frei heraus!«

»Sie schmecken mir sehr gut.«

»Zu viel Koriander?« Seine Augen verengten sich zu Schlitzen, sein Kopf neigte sich leicht zur Seite, er verschränkte die Arme vor der Brust.

»Nur eine Idee.«

»Du musst mit Deiner Meinung nicht hinterm Berg halten. Wir sind erwachsene Menschen und können offen miteinander umgehen. Sei ehrlich!«

Ich saß in der Falle und versuchte, durch den Verzehr eines weiteren Weinblatts Zeit zu gewinnen. Während ich kaute, schielte ich nach oben, als dächte ich intensiv über den Geschmack des Speisebreis in meinem Mund nach, der mir herzlich egal war, wie mir überhaupt alles hier immer gleichgültiger wurde und ich das dringende Bedürfnis verspürte, jetzt endlich nach Hause zu gehen. Ich nahm ein weiteres Weinblatt und dann noch eines. Ich kaute und schaute wie ein schielender Idiot weiter zur Decke. Ich machte ein brummendes Geräusch, das man mit viel Wohlwollen für einen Laut der Zustimmung halten konnte, alles nur, damit ich nichts sagen musste, ich wusste schon nicht mehr, was ich hätte sagen sollen und worum es eigentlich ging. Wieder steckte ich mir eines der dunkelgrünen Röllchen in den Mund. Dieses Mal zerdrückte ich es zwischen Zunge und Gaumen, so weich war es. Ich atmete tief durch die Nase ein, als könnte ich so den Geschmack noch intensivieren. Doch was ich hier tat, wusste ich nicht, ebenso wenig wie mir einleuchtete, warum mich der Mann vor mir zunächst herausfordernd, dann nervös, dann besorgt, dann kopfschüttelnd anschaute und dann endlich aus meinem Blickfeld verschwand.

Denn während ich schielte und schmeckte und mich unbemerkt von den anderen auf den Weg machte, kam mir der Gedanke, dass das, wonach ich mich sehnte, wo ich mich hin- und nicht wegsehnte, mein Zuhause, sich tatsächlich gut fünfzehn Meter nach rechts verschoben hatte, sah ich doch nicht die Türe meiner Villa vor mir, hinter der die Ruhe eines Abends ohne all diese Menschen auf mich wartete, sondern den Eingang des Nachbarhauses, an dem ich bar jeder Beklommenheit schließlich den Klingelknopf drückte und das Bellen eines Schoßwachhundes ertönte.

Roberta öffnete die Türe. Roberta mit den dünnen, blondierten Haaren. Mit dem zerfurchten Gesicht. Mit den hängenden Brüsten. Mit dem ledernen Dekolleté. Mit den leicht glasigen Augen. Mit den vom Rauchen gelben Zähnen. Mit dem ordinären Benehmen. All dies versuchte ich so sehr zu sehen, dass meine Augen beinahe schmerzten und konnte es doch nicht entdecken und gab auf.

»Du?«

»Ja, ich.«

»Ist die Party schon vorbei?«
»Nein.«
»Warum bist Du hier?«
»Zu viel Koriander?«
»Aha.«
»Kann ich bitte reinkommen?«
»Das weißt Du doch.«

Kapitel 15

in dem unser Held zur Kunst und zur Liebe zurückfindet, beides wieder verloren gibt und sich schließlich in den Tod schreiben will.

Mit dem Ende meines Lebens als Vorstandsvorsitzender hatte ich auch alles andere hinter mir gelassen, was meinen Alltag bis dahin bestimmt hatte. Einladungen zu gesellschaftlichen Ereignissen hatte ich ignoriert, sie waren ohnehin weniger geworden, und seit ein paar Monaten war ich ganz von der Liste der Menschen gestrichen worden, die man in dieser Stadt unbedingt einladen musste. Keiner vermisste mich. Es interessierte mich nicht.

Auch meine Liebe zur Kunst war nach meinem vollständigen Rückzug stark abgekühlt. Manchmal blätterte ich in alten Katalogen, Ausstellungen besuchte ich nicht mehr, der Blick in die Fenster der einen oder anderen Galerie auf dem Weg zum Zantes war das einzige, was ich von aktueller Kunst noch wahrnehmen mochte – wenngleich ein Stadtviertel, das nur noch das kommerziell Erfolgreiche präsentierte, ein sehr verzerrtes Bild bot.

Erst mein Zusammensein mit Roberta änderte das grundlegend. Zunächst weigerte ich mich zu glauben, dass wir eine Beziehung führten, wir standen irgendwie in Beziehung zueinander, ja, ab und zu übernachteten wir im gleichen Bett, schliefen miteinander, trotzdem wehrte ich mich gegen den Gedanken, mit ihr zusammen zu sein, so wie man mit einer Partnerin oder Ehefrau zusammen ist. Wir wollten es miteinander ausprobieren, befanden uns demnach im Versuchsstadium.

Immer wenn wir nicht zusammen waren, zum Beispiel beim Kochen für den Mittagstisch oder beim täglichen Spaziergang, sagte ich mir nach wie vor, dass ich sie doch eigentlich weder besonders attraktiv noch überdurchschnittlich sympathisch fand und beschloss, dem Ganzen, das in meinen Augen gar nicht angefangen hatte, bald ein Ende zu setzen. Doch auch diese Vorstellung wollte

mir nicht recht behagen. Nach und nach musste ich es mir eingestehen: Wenn ich meine Zeit mit ihr verbrachte, fühlte ich deutlich
mehr als die Gleichgültigkeit, die meinen Zustand seit dem letzten Klinikaufenthalt kennzeichnete und die ich zugleich unserem
Verhältnis unterstellte. Das, was zu fühlen ich für richtig hielt, war
nicht das, was ich wirklich fühlte. Diese Erkenntnis ließ ich nur
langsam und mit allerlei Ausflüchten verdünnt in mein Bewusstsein tröpfeln, hoch konzentriert hätte ich sie nicht vertragen können.
Und so kam Roberta mir immer näher, ohne dass sich an unserem
Verhältnis äußerlich etwas änderte. Anfang Januar hatte ich meinen
Geburtstag zwar so gut es ging ignoriert, doch war mir mein Alter
durchaus bewusst: Mit 74 Jahren hielt ich es für abwegig, eine dau-
erhafte Beziehung zu einer neuen Frau einzugehen. Dauerhaft gab
es jetzt nicht mehr, so dachte ich, und wusste zu diesem Zeitpunkt
noch gar nicht, wie richtig ich damit lag.

Nach ein paar Wochen wollte sie sich nicht mehr damit zufrieden
geben, sich nur in meinem oder ihrem Haus mit mir zu treffen. Eines Morgens verkündete sie, sie wolle mit mir ausgehen, ins Restaurant, ins Kino, ins Theater oder zu Ausstellungen. Sie hatte auch
schon die erste gemeinsame Unternehmung ins Auge gefasst: den
alljährlichen Rundgang durch die Kunstakademie.

An einem Samstag im Februar machten wir uns auf, um, wie
wir feststellen mussten, mit Hunderten anderen Besuchern in das
beeindruckende Gebäude der Akademie zu drängen. Vor der Türe
hatte sich bereits eine lange Schlange gebildet, und es wurde nur
die Anzahl an Personen hineingelassen, die das Haus gerade verließen. Um hier keine Fehler zu machen, hatte der Wachdienstmann
am Eingang einen kleinen Zähler in der Hand, den er jeweils dann
betätigte, wenn jemand herauskam. War eine ausreichend hohe Zahl
erreicht, ließ er die entsprechende Zahl neuer Besucher hinein und
klickte dabei wieder sein Zählgerät.

Ich hoffte, niemandem zu begegnen, der mich kannte, und zog
meinen Kopf, der mit einem breitkrempigen Hut bedeckt war, zwischen die Schultern. Ganz anders Roberta – ihre Stiefel hatten hohe

Absätze. Sie überragte mich fast um Haupteslänge und hielt eine neugierige Rundumschau, während sie sich eine Zigarette anzündete.

Schließlich beugte sie sich zu mir herunter und fragte leise: »Was sind das denn bloß alles für Leute hier?«

»Eltern, die schauen möchten, was ihre Kinder den ganzen Tag an der Uni machen. Kunstinteressiertes Publikum, das hofft, hier etwas jenseits ausgestellter Museumskunst entdecken zu können, und das auch noch, ohne Eintritt zahlen zu müssen, das ist ganz wichtig. Kunst soll nichts kosten, darin sind sich die sparsamen Kleinbürger mit den jungen Gegnern des Urheberrechts in einer ungewollten Koalition einig. Ach ja, und natürlich Galeristen und Sammler, die sehen wollen, welcher Künstler schon Marktreife erlangt hat.«

»Marktreife? So kann auch nur ein Industrieller sprechen. So etwas sagt man doch nicht bei Künstlern. Also wirklich, Hans!« – Sie schüttelte den Kopf und blies scheinbar endlos Rauch aus Mund und Nase, doch es war nur ihr Atem, der in der eiskalten Luft kondensierte.

»Ich sage es, wie es ist«, gab ich zurück. »Ich will nicht behaupten, dass jedem Galeristen die Leidenschaft für die Kunst fehlt. Aber sie müssen ihr Geld verdienen. Und wenn sie einmal wirtschaftlich erfolgreich waren, ein junges Talent entdeckt und ganz nach vorne gebracht haben, wollen sie es immer wieder sein, weil es so viel Spaß macht, Erfolg zu haben und eine Menge Geld zu verdienen. Es ist wie ein Spiel, und die Künstler gehören dazu. Sie sind Marken und ihre Werke Produkte, die einen Marktwert haben. Seit der Finanzkrise ist Kunst als Anlageobjekt noch viel beliebter geworden. Wohin mit dem übrig gebliebenen Geld, wenn schon Aktien, Fonds und Immobilien im Portfolio sind? Da bleibt eben noch die Kunst. Die Investoren verlassen sich auf die erfolgreichen Galeristen wie auf einen Hedgefondsmanager, das Werk ist Nebensache, die Wertsteigerung zählt.«

Roberta schüttelte den Kopf und sah sich wieder um. Ich folgte ihrem Blick. Eine Gruppe älterer Leute stand abseits der Schlange rechts vom Eingang und teilte sich eine Flasche Sekt, es waren wohl ehemalige Studenten ganz alten Semesters, die sich anlässlich des Rundgangs wiedertrafen, denn einer von ihnen rief nun: »Austrinken! Und dann schauen wir mal, was unsere Nachfolger so zustande bringen.« Sie unterschieden sich in ihrer sehr legeren Kleidung von den anderen Besuchern. Roberta schaute sich die Runde interessiert an und schien ihrer Unterhaltung offen weiter folgen zu wollen. Ich stieß sie an und schüttelte den Kopf.

»Was ist denn?«

»Nicht so auffällig. Du starrst sie an.«

»Tue ich das? Das ist mir gar nicht so aufgefallen«, sagte sie und lachte.

Die Schlange schob sich um rund zwanzig Leute näher zum Eingang, ich zählte die Daumenbewegungen des Wachmanns mit, wir hatten den Vorraum erreicht, Roberta nahm einen letzten Zug und steckte ihre Zigarette dann in den mit Sand gefüllten Behälter neben der Tür.

Jedes Mal, wenn ich die Akademie betrete, atme ich tief durch, der Geruch von Leinöl und Terpentin, der die Eiskellerstraße selbst schon vor dem Gebäude durchzieht, löst bei mir ein Gefühl von Heimat aus. Obwohl ich meine kläglichen Versuche in der Malerei bereits mit dem Ende meiner Schulzeit zusammen mit dem Wunsch, hier zu studieren, als sinnlos aufgegeben hatte, besuchte ich diesen Ort stets, als sei es eine Rückkehr in die Vergangenheit – eine, die hätte stattfinden können.

Wir passierten das Pförtnerhäuschen und traten direkt in den ersten Raum auf der rechten Seite. Das Gebäude war im 19. Jahrhundert extra für die Kunstakademie errichtet und auf die Anforderungen der Künstler ausgerichtet worden. Die Fenster in den fünf Meter hohen Räumen reichten fast bis zur Decke und boten so ausreichend Licht. Von außen war das Haus im Stil der Neorenaissance ein imposantes Zeichen für die Bedeutung der Kunst in dieser Stadt. Ich war immer schon überzeugt davon, dass man es genau deshalb so prachtvoll ausgestattet hatte: als Verpflichtung, Kunst und Künstlern einen breiteren Raum zu geben, als man es sonst in der rheinischen Provinz oder in echten Metropolen erwarten konnte.

Und es hatte ja auch funktioniert, die Akademie hatte großartige Künstler hervorgebracht, noch heute zog sie diese als Lehrkräfte an, die als Professoren wiederum vielversprechende Talente hierher lockten und sie am Beginn eines langen Weges begleiteten. Doch genau das erwies sich so manches Mal als Problem, wie ich feststellte, nachdem wir durch fast alle Räume im Erdgeschoss gegangen waren. Statt sich an ihren großen Vorbildern zu reiben, schienen die Schüler diesen vor allem folgen zu wollen. Arbeitete eine große Professorenkünstlerin mit Stoff, so taten es ihr die Studenten ihrer Klasse gleich, konzentrierte sie sich auf photorealistische Malerei, so dilettierten die Schüler ihr hinterher. Ein seltsam amateurhaftes Epigonentum, das allenfalls Schnäppchenjäger begeistern konnte, die nicht in der Lage waren, sich das Original zu leisten und mit einer Kopie des Nachwuchses Vorlieb nehmen konnten. Vielleicht war hier auch eine Generation am Werk, die keine echte Opposition zu ihren Eltern erlebt hatte. Rebellion, die der Kunst nicht selten zu einem großen Sprung verhilft, suchte man hier vergebens.

Wir machten uns auf den Weg ins nächste Stockwerk, die abgetretenen Steinstufen der langen Treppen konnte ich nur langsam hinauf schreiten, meine Kondition war noch schlechter geworden. Roberta musste immer wieder auf mich warten.

»Du bist ein alter Mann. Selbst ich mit meiner Raucherlunge bin schneller oben. Wozu lebst Du bloß so gesund?«, fragte sie und lachte. Dann schaute sie besorgt. »Oder bist Du ernstlich krank?«

»Nein«, keuchte ich, als ich die letzte Stufe geschafft hatte. »Ich bin gesund, das haben mir die Ärzte erst im Herbst bestätigt, topfit.« Ich musste wieder zu Atem kommen, ehe ich, immer noch aus der Puste, weitersprechen konnte: »Prima Blutwerte, Herz und Kreislauf normal, keine verstopften Adern, keine Auffälligkeiten an den inneren Organen. Nichts, was meine leichte Schwäche erklären würde. Also komm, lass uns weitergehen. Ich werde überleben. Da vorne geht's in den nächsten Raum.«

»Da steht schon wieder so ein Mensch, der die Liste mit seinem Smartphone fotografiert.«

An jedem Eingang war ein DIN A4-Blatt angebracht, auf dem die Namen und E-Mail-Adressen der Studenten vermerkt waren, deren Werke in diesem Raum ausgestellt wurden. Scheinbar schrieben die Galeristen nur noch ungern und fotografierten stattdessen lieber, das ging schneller, trotzdem blockierten sie dafür immer wieder die Eingänge zu den Räumen.

»Sie sollten QR-Codes darauf drucken«, sagte Roberta.

»Was?«

»Diese schwarz-weißen Quadrate, die jetzt immer öfter auf Anzeigen und Plakaten sind, mein Chauffeur war ganz verrückt nach den Dingern. Du hältst das Handy drüber und schon öffnet sich irgendeine Internet-Seite, oder ein Film wird abgespielt. Das müsste doch auch mit diesen Adressen funktionieren«, sagte sie und schob sich hinter dem fotografierenden Galeristen vorbei, der ihr böse hinterher schaute, weil das Bild nun verwackelt war.

»Mag sein«, sagte ich, irgendwann hatte ich den Anschluss an die neuesten digitalen Entwicklungen verloren und beabsichtigte nicht, ihn je wieder zu finden. »Hat Dein Chauffeur auch einen Namen? Du nennst ihn immer nur ›mein Chauffeur‹?«, fragte ich beiläufig.

»Paul.«

»Oh, wie der letzte Geliebte meiner Frau«, rutschte es mir heraus. Sofort presste ich die Lippen zusammen und verfluchte meinen allzu vertrauten Umgang mit ihr.

»Aber es war nicht mein Chauffeur, oder?«, fragte sie mit einem schiefen Lächeln.

»Nein. Und damit ist genug darüber gesagt.«

Ich stellte mich vor eine Skulptur aus Glas und gab vor, sie intensiv zu betrachten, sah aber in Wirklichkeit durch sie hindurch, und das gleich im doppelten Sinne. Sie stellte den Kopf eines Wildschweins dar, das sein Maul zum Schrei weit aufgerissen hatte. Überhaupt war dieser Raum mit auffällig vielen Tierdarstellungen bestückt, wie ich nun bemerkte, vornehmlich Kreaturen in freier

Wildbahn – als Skulptur, Zeichnung, Fotografie oder Gemälde.

»Kennst Du die beiden da hinten?«, fragte Roberta und wies mit dem Kinn in Richtung Fenster, vor dem zwei Menschen standen, einer schaute zu uns herüber, der andere hatte uns den Rücken zugekehrt und sah aus dem Fenster. Tatsächlich kannte ich sie und wollte auf der Stelle den Raum verlassen, doch da kam eine der beiden Gestalten auch schon auf mich zu, die zweite blieb am Fenster stehen, es war auch besser so. Eine Konfrontation von Sören und Roberta konnte unangenehm werden. Ich wusste nicht, ob sie sein Gesicht kannte, ob Chauffeur Paul Fotos gemacht hatte, wollte es aber auch nicht darauf ankommen lassen.

»Mensch, Hans, was machst Du denn hier?«, fragte Heike und umarmte mich zur Begrüßung. »Da hätten wir auch zusammen gehen können. Mit Dir ist es hier bestimmt spaßiger als mit Sören. Du weißt ja, wie er sein kann.«

Aus dem Augenwinkel meinte ich ein nervöses Zucken um Robertas Mund wahrzunehmen.

»Wieso ist er überhaupt hier? Ich dachte, er hasst die Akademie«, sagte ich und schaute ganz kurz zu meiner Begleitung, deren eisiger Blick auf Sörens Rücken gerichtet war.

»Ich habe ihn überredet. Aber ich glaube, er bereut es schon wieder. In jedem Raum läuft er sofort zum Fenster und sieht hinaus.«

Jetzt löste sich Roberta von meiner Seite und ging langsam hinüber zu dem riesigen Fenster, vor dem Sören sich in seinem schwarzen Mantel als lange, dunkle Gestalt abhob. Ich sah ihr unruhig nach und zog Heike unsanft in die gleiche Richtung.

»Was ist denn?«, fragte sie.

»Das ist Roberta von Rehmsbrunn. Schnell!«, flüsterte ich. Heike erblasste und folgte mir hastig. Kurz bevor Roberta bei Sören angelangt war, hatten wir sie eingeholt.

»Darf ich Dir meine Kollegin vom Mittagstisch vorstellen?«, sagte ich mit einer etwas zu hohen Stimme, »Heike Lichtenberg. Heike, das ist meine Nachbarin ...« – ich hielt kurz inne, suchte nach einer passenden Bezeichnung und setzte hinzu: »... und gute Freundin

Roberta von Rehmsbrunn.«

Heike grabschte nach Robertas Hand und schüttelte sie kräftig, während diese weiter wie gebannt auf Sörens Rücken starrte.

»Das freut mich aber sehr, dass wir uns kennenlernen. Ich habe schon von Ihnen gehört«, brachte Heike gehetzt hervor.

»Was immer Sie gehört haben, wenn es von dem Menschen kam, von dem ich glaube, dann war es ein Dreck, was Sie gehört haben«, entgegnete Roberta und sah Heike nun direkt in die Augen.

»Margarete und Uli ... Sie erwähnten ... also sie haben gesagt, dass Sie zu Weihnachten auch bei Hans waren. Das habe ich gehört«, stammelte Heike.

»Still, Mädchen, still!«, hauchte Roberta. Man konnte sie durch das Gemurmel der anderen Besucher im Raum kaum hören. Ihre Hand glitt aus Heikes Hand und bewegte sich zu Sörens Schulter, stockte jedoch, kurz bevor sie sie berührte. Einen Moment lang stand sie ganz still da. Ihr Gesichtsausdruck wechselte von kaltblütig zu resigniert. Sie zog die Hand zurück und schaute nach unten, kaum merklich schüttelte sie den Kopf.

»Er war es ja nicht«, sagte sie dann ganz leise, »beinahe hätte ich es selbst geglaubt, ich dumme Kuh.«

Sie zögerte, sah mich kurz an und dann wieder auf den Boden. Mehr zu sich selbst als zu mir sagte sie: »Was spielst Du für ein hässliches Spiel mit mir, Hans Sielka?«

Ohne uns noch einmal anzusehen, drehte sie sich um und ging.

»Was war das jetzt? Wieso kennt sie ihn?«, fragte Heike.

»Ihr Chauffeur hat Odin beschattet, und er hat offenbar auch Fotos von Euch gemacht«, sagte ich und starrte zur Tür, durch die Roberta verschwunden war. Ihre letzten Worte hatten mich getroffen. Ich hatte Angst, dieses dumme Missverständnis könne sie so schnell aus meinem Leben hinausfegen, wie sie hereingekommen war. Was auch immer sie nun glauben mochte, würde ihre Wut auf mich nähren – ich fühlte, wie mir Panik die Kehle zuschnürte. Zugleich erschreckte mich dieses Gefühl: Ich hatte eine unfassbare Angst etwas zu verlieren, das ich doch eigentlich gar nicht hatte besitzen wollen.

Erst jetzt drehte Sören sich um und schaute von Heike zu mir und zurück. »Können wir gehen oder möchtest Du noch in einen anderen Raum?«

»Das ist voll krass«, brüllte Heike ihn an. Um uns herum wurde es ruhiger. »Seine Alte war hier, und sie hat hinter Dir gestanden, und Du hast nichts mitbekommen! Mensch, Sören, manchmal könnte ich Dir so eine reinschlagen, Du Penner!«

Sie sprach aus, was ich dachte, wenn auch mit anderen Worten, ich musste schmunzeln – bis sie weitersprach.

»Und Du? Was stehst Du hier rum? Warum gehst Du ihr nicht hinterher? Ich dachte, sie ist Deine gottverdammte Freundin, Mann! Was ist bloß mit Euch los? Starrt Löcher in die Luft und redet klug daher, und begreift nichts, aber auch gar nichts. Los, Hans, ihr nach!« Heike stieß mich an der Schulter in Richtung Ausgang. Die kunstinteressierten Düsseldorfer, jungen Studentinnen und Galeristen freuten sich über die Sonder-Performance Aktionskunst, die wir aufführten.

An der Tür blieben wir stehen. Sören war uns hinterhergeschlurft und glotzte mich von oben herab aus farblosen Augen an, die keine Spur von Verstehen zeigten. Was er dann sagte, bestätigte meinen Verdacht: »Kunst bleibt euch Kunst, und alles Ungestüm des Geistes rührt nie an euer Leben. Den Tag, an dem die Meister eurer Kultur dies begriffen hätten wie ich, würden sie euch, wie ich, allein lassen mit euren wilden Tieren.«

»Was? Was soll das?«, fragte Heike laut. »Spinnst Du jetzt völlig? Was redest Du für einen Mist?«

»Er zitiert«, sagte ich. »Mann.«

»Mann? Thomas Mann? Was soll der Scheiß?«

»Heinrich«, sagte ich.

»Das interessiert mich nicht! Jetzt ist keine Zeit fürs Rumquatschen. Geh endlich und such sie, alter Mann!«

Ich ging weiter in Richtung Treppe und lief sie so schnell ich konnte hinunter, immer wieder gefährlich nahe daran, mit meinen glatten Ledersohlen auf den abschüssigen Stufen auszurutschen.

Kurz bevor ich unten war, kam es zu einem Stau, weil mehrere Studenten sich auf die Stufen gesetzt hatten. Ich stieß meinen Vordermann mit dem Ellenbogen zur Seite, achtete nicht auf seinen Protest und lief weiter in Richtung Ausgang. Dort verstopfte ein Menschenpfropfen die Türe, ich schob mich durch die Hinaus- und Hineindrängenden, rannte zur Tür hinaus und stand nun wieder vor dem Hauptportal in der kalten Februarluft. Nervös blickte ich mich um, völlig außer Atem, unschlüssig, in welche Richtung ich gehen sollte, bis mir jemand von hinten auf die Schulter klopfte. Mit einem Ruck drehte ich mich um und sah in Robertas Gesicht, in dem sich keine Regung zeigte.

»Da bist Du ja! Warum bist Du so schnell weggelaufen?«, fragte ich.

»Ich glaube nicht, dass Du derjenige bist, der hier Fragen stellen sollte. Du weißt doch sehr genau, wer diese beiden Komiker sind und was sie mit mir zu tun haben, oder?«

Ich nickte.

»Gut. Oder nein, nicht gut, nichts ist gut. Als ich Dir von Odin und dem Jungen erzählt habe, da wusstest Du, von wem ich spreche.«

Ich versuchte, etwas zu sagen, doch sie hob ihre Hand.

»Du hättest es mir sagen müssen.«

»Wir haben nicht mehr darüber gesprochen«, sagte ich kleinlaut.

»Und das war ein Grund, es zu verschweigen? Was weißt Du? Und was hast Du mit ihnen zu schaffen? Hast Du ihre Dienste auch in Anspruch genommen? Bedienen sie alle alten, gut situierten Herren in dieser Stadt? Das ist ekelhaft.«

Roberta griff in ihre Handtasche und holte ihr Zigarettenetui hervor, sie zitterte und brauchte mehrere Anläufe, ehe sie den ersten Zug nehmen konnte.

»Warum sagst Du nichts? Steh doch wenigstens dazu!«

»Aber es gibt nichts, wozu ich stehen muss. Es ist doch alles ganz anders. Wir sollten das nicht hier besprechen. Komm, wir suchen uns ein Taxi, das uns nach Hause bringt, und dann werde ich es Dir erklären.«

Ich griff nach ihrem Ellenbogen, sie schüttelte mich ab, folgte mir aber trotzdem zum Durchgang, der zur Hauptstraße führte. Binnen weniger Minuten saßen wir im Taxi. Roberta starrte die ganze Zeit schweigend aus dem Fenster, während der Fahrer versuchte, mit mir ins Gespräch zu kommen. Offensichtlich hatten wir einen Wagen der Firma erwischt, die sich Freundlichkeit auf die Fahnen geschrieben hatte, eine echte Alleinstellung in einer Stadt, die es in puncto schlecht gelaunte Taxifahrer früher durchaus mit Berlin hätte aufnehmen können. Doch seine Freundlichkeit perlte heute an mir ab, und ich war froh, als wir in unsere Straße einbogen und ich uns mit einem Zwanzigeuroschein aus dem Taxi befreien konnte, über die Hälfte war Trinkgeld.

Roberta steuerte sofort auf ihr Haus zu, und mir blieb nichts anderes übrig, als ihr abermals hinterherzulaufen. Merke Dir, mein Sohn, Frauen und Straßenbahnen läuft man nicht hinterher, hatte mein Vater einmal zu mir gesagt, und ich hatte mich mein ganzes Leben lang daran gehalten. Straßenbahnen hatte ich früher nie genutzt und Frauen waren zu mir gekommen, bis ich in den Ruhestand ging und ich beschlossen hatte, ein anderer zu sein als ich war. Wie dämlich ich mir vorkam, als ich nun hinter dieser schlecht gelaunten Alten ins Haus trottete! Ich hatte das nicht nötig.

»Geh schon mal ins Wohnzimmer. Ich hole nur kurz zwei Gläser. Du trinkst doch sicher einen Whiskey mit, oder?«, fragte sie und verschwand in der Küche, ohne meine Antwort abzuwarten.

Ich ließ mich auf einem der beiden Loungechairs nieder, die nebst Fußbank am Fenster zum Garten nebeneinander standen, streifte meine Schuhe ab und legte die Füße hoch. So unpassend das in diesem Moment auch war: Für einen kurzen Augenblick stellte ich mir vor, wie sie hier mit ihrem Mann gesessen hatte, und es machte mich eifersüchtig. Damit wir uns woanders hinsetzen konnten, wollte ich gerade wieder aufstehen, da kam die Hausherrin herein, knallte zwei schwere Gläser auf den Tisch zwischen den Sesseln, nahm eine Flasche vom Barwagen und füllte die Gläser zur Hälfte mit der bernsteinfarbenen Flüssigkeit. Noch im Stehen nahm sie einen kräftigen Schluck und setzte sich dann auf die Kante des anderen Sessels.

»Leg los!«

»Dein Mann hatte kein Verhältnis mit den beiden«, sagte ich, und ihre Antwort war ein ungläubiger, abschätziger Blick. Wenn sie mir das schon nicht glaubte, wie würde sie dann erst auf das Rollenspiel reagieren? Trotzdem sprach ich weiter. Und je mehr ich redete, umso entspannter wurde sie. Als ich von den Skizzen erzählte, die ich bei Sören gesehen hatte, lehnte sie sich in ihrem Sessel zurück und schloss die Augen. Ich bot ihr an, ihr eine der Skizzen zu zeigen, zum Beweis, dass alles, was ich erzählte, auch der Wahrheit entspreche. Sie schüttelte den Kopf und forderte mich auf, weiter zu reden. Ich hatte mich entschieden, ihr alles zu sagen.

»Dieses Rollenspiel muss ihm viel bedeutet haben«, sagte ich. »Doch dann hat er sich wohl eines Abends damit übernommen. Du hattest Recht, er ist bei Sören gestorben.«

Roberta lachte laut auf. »Wahrscheinlich wusste der Junge nicht, wohin mit der Leiche und da hat er sie ...«

»Stopp, stopp, stopp«, sagte sie und winkte mit der rechten Hand. Die Aschesäule der Zigarette fiel auf ihre schwarze Hose, sie wischte achtlos darüber, ein hellgrauer Streifen zog sich quer über ihren Oberschenkel.

»Ach, Hans, Du glaubst, dass dieser Junge etwas damit zu tun hat? Vor einem Jahr hätte ich mich noch darüber gefreut. Aber die Polizei ist nicht drauf gekommen. Natürlich, sie wussten ja auch nichts vom Rollenspiel. Meine Güte, Rollenspiel! Wie lächerlich das ist! Aber es passt, es passt so gut. Sein Gerede vom germanischen Gott Odin, meine Güte, ich habe kaum hingehört, so idiotisch war das. Bankchef reichte ihm wohl nicht, er musste Gott sein, unerträglich. Aber jetzt ergibt es einen Sinn, wenn auch nur einen Schwachsinn.«

Wieder lachte sie auf, dann trank sie ihr Glas in einem Zug leer. »Du irrst Dich, Dein, wie nennst Du ihn? Soziopath? Er hat Gott nicht sterben sehen. Ich hatte das zweifelhafte Vergnügen. An diesem Abend war er gegen 10 nach Hause gekommen, und ich wusste, wo er gewesen war. Ich war es leid, so zu tun, als wüsste ich von nichts, ich habe ihn zur Rede gestellt, und das hat ihn aus dem Leben befördert. Er ist umgefallen. Einfach so.«

Roberta starrte auf den Parkettboden vor sich und fuhr leise fort: »Da hat er gelegen, die Augen weit aufgerissen, und war einfach tot. Weg. Und ich war so wütend auf ihn. Er hat mich betrogen und nicht den Mut gehabt, es zu gestehen, und als ich dann endlich soweit war, mit ihm darüber zu sprechen, ist er gestorben. Meine Wut war so groß, dass ich kein bisschen Trauer empfinden konnte. Vielleicht schützte ich mich mit der Wut auch nur vor dem Schmerz des Verlustes. Jedenfalls wollte ich Rache. Doch an einem Toten?«

Sie sah mich an, als suche sie meine Zustimmung, ich wusste nicht, wozu und wartete ab, ahnte aber schon, was nun kommen würde. Und es kam. Roberta von Rehmsbrunn hatte nach dem Ableben ihres Mannes, das sie als persönlichen Affront genommen hatte, beschlossen, sich an seinem vermeintlichen Geliebten zu rächen, da der Gatte nicht mehr zur Verfügung stand.

Sie hatte Chauffeur Paul kommen lassen und mit ihm gemeinsam einen Plan geschmiedet, dessen Unsinnigkeit nur ihrem damaligen Schockzustand zugeschrieben werden konnte. Die beiden schafften Odins Leiche in den Keller. Am nächsten Tag meldete seine Frau ihn als vermisst. Da sie nicht sofort handeln konnten, mussten sie den Leichnam haltbar machen, bis sich eine Gelegenheit ergab, ihn zum Haus des Geliebten zu schaffen und der Polizei dann einen anonymen Tipp zu geben. Der Chauffeur machte sich im Internet schlau, und so entstand die abstruse Idee der Mellifikation, um die sich der Fahrer im Keller kümmerte, anschließend verfrachtete er den Leichnam hinter den Holzstapel an der Rückwand der Garage zum Garten hin, wo er in eine dicke Kunststofffolie gehüllt einfror. Während Roberta mir all das erzählte, lachte sie immer wieder über ihren Plan, der schließlich grandios gescheitert war.

Der Chauffeur hatte Sörens Haus und die beiden Nachbarhäuser ausgekundschaftet und schließlich beschlossen, die Leiche über

Feuerleiter und Dach in die Wohnung zu transportieren. Eines Nachts in jenem schneereichen Januar waren sie aufgebrochen und mit Hilfe einer einfachen Scheckkarte in das Haus zwischen dem der Akutas und dem, in dem Sören wohnte, eingedrungen. Hier, so hatte es der Chauffeur herausgefunden, war es ein Leichtes, unbeobachtet in den Hinterhof zu gelangen, da die Wohnung im Erdgeschoss unbewohnt war und gerade renoviert wurde. Die Feuerleiter war eine breit angelegte Treppe, zwar vereist, aber frei von Schnee. Natürlich mussten sie möglichst leise vorgehen, um niemanden durch ihre Aktion zu wecken.

Zu diesem Zweck schlich der Chauffeur die Feuerleiter hinauf und befestigte am oberen Geländer einen Flaschenzug. Dann stieg er wieder hinab, vertäute die Mumie, ging erneut hinauf und zog sie Stück für Stück empor. Roberta war ihm vorsichtig über die Treppe gefolgt, und beide hievten den Leichnam auf die obere Plattform, wo sie ihn gegen das hüfthohe Geländer lehnten und mit einem Seil fixierten, bevor sie die Vorrichtung für den Flaschenzug wieder entfernten. Diesen wollten sie anschließend an der Laufrostanlage befestigen, die sich über die Dächer aller drei Häuser zog und an der sich auch das Ausstiegspodest von Sörens Dachfenster befand. Dort sollte der Leichnam gefunden werden.

Alles klappte wie am Schnürchen, bis in der Dachwohnung direkt über ihnen das Licht anging. Genau an diesen Fenstern hätten sie jedoch vorbei gemusst, um bis zu Sörens Wohnung zu kommen. Sie warteten, doch das Licht ging nicht mehr aus. Es dämmerte bereits, die drei standen immer noch auf der Feuerleiter, zwei frierend, der dritte in Honig und Binden gehüllt und am Geländer festgebunden. Um nicht erwischt zu werden, mussten Roberta und ihr Komplize nun den Ort des Geschehens verlassen. Wenn sie Glück hatten, würde niemand die Leiche entdecken, und sie könnten in der nächsten Nacht wiederkommen, um sie weiter nach oben zu bringen. Und selbst wenn jemand aus dem Fenster schaute und das seltsame Paket entdeckte, würde man es nicht mit der Witwe in Verbindung bringen, sondern vielleicht schon auf den verschrobenen Künstler im Nachbarhaus kommen. So machten sich die beiden unentdeckt davon.

Der Rest ist bekannt: Am darauffolgenden Tag frischte der Wind stark auf, die Mumie war dem Sturmtief nicht gewachsen, das Seil nur unzureichend befestigt, und so fiel Odin schließlich vom Himmel in den Wintergarten der Akutas.

»Und die Polizei war nicht einmal in der Lage herauszufinden, dass Odin ein ständiger Besucher in der Nachbarschaft gewesen war, sonst hätten sie den Jungen gleich verhaftet. Stattdessen lochten sie nach Monaten irgendeine Unschuldige ein«, sagte Roberta kopfschüttelnd.

»Heike hat gesagt, er habe immer sehr darauf geachtet, dass niemand sein Gesicht sah, wenn Sören ihn in seinem Taxi zum Spiel abholte. Man kann der Polizei keinen Vorwurf machen. Zumal Sören auch gar nichts mit seinem Tod zu tun hatte«, gab ich zu bedenken.

»Niemand konnte etwas für seinen Tod. Statt Rache nehmen zu wollen und meinen liebeskranken Chauffeur in die Sache mit hineinzuziehen, hätte ich einfach nur einen Arzt anrufen müssen, er hätte Tod durch Herzversagen festgestellt und alles hätte seinen normalen Gang genommen.«

»Das wäre wohl besser gewesen«, sagte ich und nahm ihre Hand.

»Ich sollte zur Polizei gehen und alles aufklären.«

»Das kannst Du natürlich tun, aber wer hätte etwas davon?«

»Ich, damit ich mit der Sache abschließe.«

»Und Dein Chauffeur? Ich weiß nicht, welchen Straftatbestand Ihr mit Eurer Aktion erfüllt, in jedem Fall so etwas wie Irreführung der Behörden, Vortäuschung einer Straftat oder was weiß ich. Jedenfalls mehr als grober Unfug. Ihr habt die Polizei beschäftigt, es sind Kosten entstanden, Du müsstest bezahlen, Dein Chauffeur und Du wärt vorbestraft. Ich sehe ehrlich keinen Sinn darin, zur Polizei zu gehen. Lass es doch, wie es ist. Spende lieber etwas Geld für eine gemeinnützige Organisation, wenn Du unbedingt Abbitte leisten willst.«

»Was denn? Für ein Kinderheim, Obdachlose oder die Arbeiterwohlfahrt?«

Roberta zog ihre Hand weg und steckte sich eine Zigarette an. Sie rauchte und schwieg. Ich lehnte mich in meinem Sessel zurück und schaute in den Garten. Zwei große Kastanien am Ende des Grundstücks waren die einzigen Bäume. Rings um die große Rasenfläche waren Beete angelegt, die zum Frühjahr wieder neu erblühen würden, jetzt lag der Garten in der winterlichen Dämmerung trist und kraftlos da. Roberta drückte die Zigarette aus, richtete sich auf und sah mich an.

»Glaubst Du nicht, dass ich für meine Schuld bezahlen muss, für diese Dummheit? Denkst Du, ich sollte weiterleben wie bisher? Von einem anderen würde ich verlangen, sich zu stellen. Ich hatte es von Odin verlangt, als er starb. Ich denke, man muss zu dem stehen, was man getan hat, sonst frisst es einen auf.«

»Spende etwas für eine Organisation, die sich gegen den Einsatz von Streumunition stark macht. Das ist auch eine Art, für Schuld zu bezahlen, wenn auch nicht für Deine eigene.«

»Sehr amüsant ist das nicht, mein Lieber.« Sie schüttelte den Kopf. »Vielleicht sollte ich wenigstens mit Sören und diesem Mädchen sprechen. Wenigstens bei ihm sollte ich mich entschuldigen.«

»Sich bei Sören zu entschuldigen für etwas, das Du ihm antun wolltest, ist, glaube ich, ziemlich zwecklos. Nicht, dass er es nicht verstehen würde, aber er wüsste damit nichts anzufangen, er lebt in seiner eigenen Welt, ist zwar kein Dummkopf, findet aber wenig Kontakt zu dem, was wir als normales Denken bezeichnen würden. Lass die Sache auf sich beruhen!«

»Könntest Du das? Es auf sich beruhen lassen? Ich glaube, es war doch eigentlich nichts anderes als das Gefühl, selbst an seinem Tod schuld zu sein, dass mich in diesen Wahnsinn getrieben hat. Hätte ich ihn nicht bedrängt an jenem Abend, würde er vielleicht noch leben.«

»Das ist doch Unsinn«, rief ich aus. »Er hatte ein schwaches Herz, oder?«

»Ja, schon, aber ...«

»Dann lass es gut sein, Roberta! Es ist nicht mehr zu ändern. Du trägst keine Schuld an seinem Tod, und niemand ist zu Schaden gekommen. Lass es doch, wie es ist.«

»Wie war das bei Dir?«, fragte sie und beugte sich über die Lehne ihres Sessels zu mir herüber.

»Wie war was bei mir?«, fragte ich, trank von meinem Whiskey und sah sie kurz an.

»Bei Deiner Frau. Sie ist bei diesem Unfall gestorben. Hast Du Dich nie gefragt, ob Du es hättest verhindern können, wenn Du bei ihr gewesen wärst?«

»Nein.«

»Du antwortest schnell.«

»Weil es so ist.«

»Wieso war sie überhaupt alleine unterwegs?«

»Wir sind nicht oft zusammen verreist. Ich mache mir nichts aus Segeln. Wir haben uns unsere Freiheiten gelassen.«

»Wie das klingt, unsere Freiheiten gelassen! Hast Du sie denn nicht geliebt?«

»Doch. Und damit ist es gut. Ich habe keine Lust, darüber zu reden.« Ich stand auf und ging ein paar Schritte in den Raum, sodass ich ihr den Rücken zukehren konnte.

»Ich weiß nichts von Dir, Du redest nicht über Dich, außer über Deinen Job beim Mittagstisch, man kann mit Dir hervorragend über Rezepte sprechen, aber was wirklich in Dir vorgeht, davon weiß ich nichts.«

Roberta war ebenfalls aufgestanden und legte ihre Hand sanft auf meinen Arm.

»Da gibt es nicht viel zu wissen. Ich bin Witwer, Vorstand im Ruhestand und Koch. Fertig.«

»Es ist ja nur so, dass ich mich in Dich verliebt habe«, sagte sie ganz leise. »Ja, ja, es klingt dumm in meinem Alter. Aber es ist nicht zu ändern. Als Du mich vor meiner Tür aufgegabelt hast und Dich von mir hättest erschießen lassen ...«

»Es war ein Feuerzeug«, wandte ich ein, ihre Nähe wurde mir zu viel.

»Aber Du wusstest es nicht, Du hättest Dich erschießen lassen. Warum?«

»Ich wollte helfen«, sagte ich und machte mich von ihrem Arm los. »Es ist Zeit. Ich möchte gehen.«

»Was redest Du? Wofür ist es Zeit?«

»Roberta, Du siehst unser Verhältnis offenbar ganz anders als ich. Weißt Du, die Sache mit der Liebe, das kann ich so von mir nicht sagen. Es ist nett mit uns, ja, aber Liebe? Nein! So weit würde ich nicht gehen. Und deshalb ist es besser, wenn wir das Ganze einfach sein lassen.«

Ich ging zur Tür, sie folgte mir, hielt mich fest und sah mir in die Augen, solange ich es zulassen konnte. Wie hatte das passieren können? Gerade noch sprachen wir über ihren Mann. Und jetzt wollte sie über uns reden, über eine Form von Uns, die mir fremd war, und die ich nun, am Ende meines Lebens, auch nicht mehr kennenlernen musste. In diesem Augenblick waren meine Gefühle für Roberta nicht mehr greifbar, ich kann es nicht anders beschreiben.

Als sie die Ausstellung am Nachmittag so plötzlich verlassen hatte, hatte ich Angst, sie verloren zu haben, so wie ich sie jetzt verloren gab, ohne etwas dagegen tun zu wollen. Denn sie hatte recht, sie kannte mich nicht, und darauf baute man keine Liebesbeziehung auf. Würde sie mich kennenlernen, wäre es mit der Liebe auch nicht mehr weit her. Sie mochte sich schuldig fühlen am Tod ihres Mannes, doch war sie es nicht wirklich. Im Gegensatz zu mir. Ich hatte meine Frau umbringen lassen, aus niederen Beweggründen, wie es so treffend heißt, aus der Laune eines egomanen Mannes heraus, der sich in seinem Leben gestört fühlte, ich war eine Bestie, die kennenzulernen sich nicht wirklich lohnte.

Deshalb trennte ich mich von ihr. Ich verließ ihr Haus und schwor mir, es nicht mehr zu betreten. Ich fühlte mich elend, ich weinte die ganze Nacht hindurch, immer wieder unterbrochen von Augenblicken der Stille, in die ich hineinhorchte, um herauszufinden, ob es nicht jemand anderes war, der da sein Schicksal tränenreich beklagte. Ich hatte nie so um eine Frau geweint, die ich selbst verlassen hatte und verfluchte mich nun in meinem Schmerz dafür, diese alte Frau zu lieben, an der ich nichts fand, an der nichts war, was Frauen für mich so anziehend gemacht hatte, die zu alt und zu hässlich war. Weinte ich vielleicht doch um meinen verlorengegangenen guten Geschmack und nicht um eine Liebe, deren Vergeblichkeit ich selbst konstruiert hatte?

Was war ich doch für ein dummer, alter Mann geworden, von seiner einstigen Position ins Nichts gespuckt, von einem kleinen Tumor, der keine Auswirkungen hatte, zum ewigen Patienten gemacht, unfähig, sich auf eine letzte Liebe einzulassen, die ihm etwas hätte bedeuten können. Was, wenn all dies nichts anderes war, als meine Sühne für das schlimmste Verbrechen, mit dem doch alles begonnen hatte? Aus meiner Kehle befreite sich ein schrilles, das Weinen verdrängende Lachen eines Irren. Ja, was dann? Dann konnte ich doch ebenso gut allem ein Ende setzen.

Nachtrag
Ostersonntag, 8. April

Ich, Hans Sielka, geboren am 4. Januar 1938, bekenne mich hiermit schuldig am Tod meiner Frau, Gesa Leyenbriefer-Sielka. Die Geschehnisse, die dazu geführt haben, versuche ich hier am Ende meiner Aufzeichnungen so wahrhaftig wie möglich in aller Kürze zu schildern, obwohl meine Kräfte schwinden.

Die Sache begann während eines geschäftlichen Aufenthalts in Spanien vor nun bald zwei Jahren. Ich wurde auf offener Straße ergriffen und in ein Auto gezerrt. Zwei maskierte Männer sperrten mich in ein kleines Zimmer im Nirgendwo. Sie sagten, mir würde nichts geschehen, da meine Frau sicherlich bald zahlen würde.

Ich verbrachte eine schlaflose Nacht in der Gewalt der Verbrecher und hatte viel Zeit nachzudenken. Dann machte ich ihnen klar, dass sie den Falschen entführt hatten. Zum einen würde meine Sekretärin bald unruhig werden und nach mir suchen. (Das war gelogen, denn nachdem ich meine Geschäfte erledigt hatte, wollte ich noch ein paar Tage ausspannen, und frühestens mit dem Beginn der nächsten Woche wäre mein Verschwinden aufgefallen.) Zum anderen, so gab ich zu bedenken, sei meine Verfügungsgewalt über mein Vermögen deutlich höher, was der Wahrheit entsprach. Ich sei also bezüglich des Geldes ihr Ansprechpartner, nicht meine Frau, die gerade selbst ein paar Tage Urlaub machte und folglich nur schwer zu erreichen sei. Nicht einmal ich wusste, wo sie sich aufhielt. Meinem Versprechen, ihnen nach meiner Freilassung das Geld zu geben, trauten sie selbstverständlich nicht. Doch die Aussicht auf einen höheren Betrag brachte sie auf die Idee, meine Frau zu entführen. Denn sie wussten, wo sie sich befand. Am nächsten Tag wurde ich freigelassen. Man habe nun meine Frau entführt und würde mir weitere Anweisungen geben.

Die Entführer hinterlegten in meinem Hotel ein Flugticket für mich, damit ich zum Ort des Geschehens reisen konnte, um dort alles Weitere zu regeln. Ich flog nach Mallorca und nahm ein Zimmer im Hotel Borrasca, in dem auch Gesa abgestiegen war. Auch in dieser Nacht konnte ich kaum schlafen, ich machte mir große Sorgen um meine Frau, ich hatte sie nicht in diese Lage bringen wollen.

Am nächsten Morgen traf ich beim Frühstück auf den Kontaktmann der Entführer, Paul Gerhard. Ich war entsetzt, enttäuscht, verwirrt, ließ es mir jedoch nicht anmerken. Er war der Geliebte meiner Frau und ein hochrangiger Manager meines Unternehmens. Eine Beziehung zu einem meiner Mitarbeiter einzugehen, verstieß gegen unsere Regeln. Diese Begegnung änderte alles. Ich war nicht mehr bei Verstand, wie gerne würde ich das sagen können. Doch es stimmt nicht. Mein Verstand arbeitete perfekt, kühl und gnadenlos. Ich reiste ab und zeigte den Entführern damit, was ich von der Sache hielt.

Gesa musste gewusst haben, dass ich nicht zahlen wollte, da ich angesichts ihres Verrats keinen Anlass sah, ihren Retter zu spielen. Zudem war ich grundsätzlich nicht erpressbar. Ihre versteckte Drohung, die sie schließlich im Entführer-Video aussprach, war nichts weiter als der Versuch zu überleben. Sie sagte nur einen Satz: »Wir wissen viel voneinander«, und damit war tatsächlich alles gesagt. Zuerst hatte sie mich mit einem meiner Mitarbeiter, einem Untergebenen, betrogen und nun versuchte sie, mich unter Druck zu setzen. Auch von ihr, so beschloss ich in diesem Moment, ließ ich mich nicht erpressen. Hätte ich nachgegeben, hätte unsere Beziehung eine neue Qualität gewonnen. Die Vertrauensbasis, so habe ich damals wirklich gedacht, wäre für immer zerstört gewesen.

Noch unentschlossen, wie ich der Situation begegnen konnte, erhielt ich unerwartet Hilfe von meinem Assistenten Reginald Hutzenbach, der an diesem Abend in meinem Büro war. Er unterstützte mich selbstverständlich ohne Wenn und Aber, versprach er mir, wir, so sagte er, wir dürften uns nicht erpressen lassen. Ich gab ihm freie Hand und ging nach Hause. Am Ende war Gesa tot, Hutzenbach hatte ihre Ermordung in Auftrag gegeben, in meinem Namen. Er hatte das Lösegeld unter der Bedingung gezahlt, dass man meine Frau verschwinden lassen sollte. Schließlich, so argumentierte er, habe

Gesa wirklich zu viel von mir gewusst. Die Entführer ließen sich auf die Forderungen ein. Alles lief reibungslos. Nie wieder habe ich etwas von meiner Frau gehört. Auch die Entführer meldeten sich nicht mehr, obwohl die zwei Millionen Euro, wie ich erst später von Hutzenbach erfuhr, Falschgeld waren. Im Anschluss an diesen Coup fingierte er den Segelunfall meiner Frau auf dem Ijsselmeer. Mein Leben konnte wie gewohnt weitergehen, hatte ich gedacht. Ich habe mich geirrt.

Seit über vier Wochen bin ich nun in der Klinik, und die Ärzte können mir nur wenig Hoffnung machen. Dr. Margarete Steinfeld kümmert sich rührend um mich, wenn sie im Haus ist. Es ist erstaunlich, wie selbstverständlich ich ihre Zuneigung nun als Ausdruck freundlicher Sympathie hinnehmen kann. Wie gut ist es doch, zu schwach zu sein, um an alten Dummheiten festzuhalten. Auch Sören schaut manchmal vorbei. Ich habe ihn gebeten, mit keinem über mich zu reden. Und er hält sich daran. Er möchte tatsächlich mit Heike zusammenziehen, raus aus Flingern Nord, in einen anderen Stadtteil, sagt er, nach Derendorf vielleicht, er brauche mehr Luft zum Atmen. Ob Heike weiß, was sie sich damit antut?

Allen anderen Freunden habe ich Besuchsverbot erteilt. Ich brauchte das letzte bisschen Kraft, um alles aufzuschreiben. Jetzt reichen meine Kräfte selbst dafür nicht mehr aus. Die Kladde ist fast voll, und es gibt nichts mehr zu sagen. Nach meinem Tod soll Roberta von Rehmsbrunn diese Aufzeichnungen erhalten.

Roberta, hätte ich Dich am Ende nicht geliebt, dann hätte ich nicht geglaubt, ein anderer geworden zu sein – aber leider im falschen Körper, der doch so viel mehr ist als nur eine äußere Hülle. Du bist die einzige, der ich noch eine Erklärung schuldig geblieben bin. Dafür, dass ich noch zu sehr im Leben eines anderen gefangen war, um ein neues mit Dir beginnen zu können. Verzeih mir, wenn Du kannst.

Kapitel 16

in dem unser Held einen letzten Befehl erhält.

Das Taxi hielt direkt vor dem Eingang des kleinen Hotels. Die Deutsche stieg sofort aus, der Fahrer hätte ihr gerne die Türe aufgehalten, denn ihr Trinkgeld war mehr als fürstlich gewesen. So blieb ihm nur, ihre kleine Reisetasche aus dem Kofferraum zu holen und sie bis zur Rezeption zu bringen, ein Service, den er sonst nur Einheimischen angedeihen ließ. Er hatte seine Prinzipien. Die Dame, denn nur als solche konnte man sie bezeichnen, hätte eigentlich in das Hotel auf der anderen Seite der Bucht gehört. Ihre Reisetasche kostete ein Vermögen, sie war Luxus gewöhnt und den fand man im Borrasca nun wirklich nicht. Unschlüssig, ob er ihr vielleicht doch einen Tipp für einen besseren Aufenthaltsort geben sollte, blieb er neben ihrer Tasche stehen und sah sie prüfend an.

»Gracias«, sagte sie und bedeutete ihm mit einem Nicken, dass sie seiner Dienste nicht mehr bedurfte. Als er gegangen war, blickte sie sich unschlüssig um, denn die kleine Halle mit der Rezeption war menschenleer. Sie schaute hinaus und sah auf der anderen Straßenseite eine Gruppe von Menschen um kleine, runde Kaffeehaustische sitzen, die sie zusammengeschoben hatten. Die Terrasse, die zum Hotel gehörte, war von einem weißen Metallgitter eingefasst, dahinter ging die Felswand direkt steil nach unten, doch wohl nicht sehr tief. Die Frau schob ihre Sonnenbrille in die blonden Haare, sodass die tiefen Furchen um ihre Augen zu sehen waren. Langsam, wie um nicht aufzufallen, ging sie hinaus vor das Hotel, ihre Reisetasche hatte sie hinter den Tresen geschoben. Aus der Handtasche fischte sie eine Zigarette und zündete sie an. Dann schlenderte sie über die Straße und betrat die Terrasse in sicherem Abstand zu den Leuten, die sie nicht zu bemerken schienen. Am Geländer angekommen, nahm sie einen tiefen Zug.

Die Aussicht auf die Bucht machte auf sie den gleichen Eindruck wie auf jeden, der zum ersten Mal hier stand: Es war einfach atemberaubend schön. Doch wandte sie sich gleich wieder um und beobachtete die laut schwatzenden Menschen. Sie verstand kein Wort, denn sie sprach nur Deutsch und ein wenig Englisch. Trotzdem wusste sie, dass hier etwas gefeiert wurde, die Leute waren ausgelassen, zwei Frauen stießen gerade mit Cava an, eine ältere Frau in der Kleidung eines Zimmermädchens trank Rotwein wie Wasser. Direkt neben ihr saß ein kleiner Mann, der sie anhimmelte und neuen Wein ins Glas schüttete. Ihr gegenüber saß ein glatzköpfiger Hüne, der aussah wie ein Held aus Tausendundeine Nacht. Gebogene Hakennase, schwarze Augen, ein scharfkantiges Gesicht. Er unterhielt sich mit einem alten Mann, unter dessen tiefen Schlupflidern kaum mehr Augen zu erkennen waren.

Hätte man die Dame nun gefragt, ob sie mit einem der Anwesenden bekannt sei, so hätte sie es rundheraus verneint. Sie waren ihr so fremd wie die Sprache, die sie sprachen, die mal wie Französisch, mal wie Spanisch klang. Doch als die jüngste Frau in der Runde, sie mochte wohl auch schon über 40 sein, zu ihr hinüber sah, war das beiderseitige Erkennen schnell erledigt. Freuten sie sich? Oder waren beide nicht gleichermaßen schockiert, sich zu begegnen? Wie konnte das sein? Oder irrten sie sich?

Die Dame jedenfalls hatte nicht damit gerechnet, so schnell ans Ziel zu gelangen. Sie hatte, um ehrlich zu sein, ein ganz anderes Ziel vor Augen gehabt, ja, vielleicht sogar eines, das nicht zu finden war. Sie wusste angesichts dieser eigentlich undenkbaren Entwicklung nicht recht, was sie sagen sollte.

Und auch ihr Gegenüber, jene Frau, der das Erkennen soeben heftig in die Glieder geschossen war, blieb reglos beim Anblick der Dame. Das Ganze dauerte so lange, bis keiner der Anwesenden mehr sprach und jeder zwischen der Sitzenden am Tisch und der am Geländer Lehnenden hin und her schaute. Irgendetwas musste passieren. Das heisere Pfeifen der alten Straßenbahn, das von der Hauptstraße herüber klang, gab das Signal zur Bewegung. Oder war es nur ein Zufall, dass Roberta von Rehmsbrunn sich ausgerechnet jetzt vom Geländer löste und zu dieser Frau hinüberging, die eigentlich nicht mehr existierte? Hätte sie das gleiche auch ohne die Straßenbahn getan? Vielleicht ein paar Sekunden später?

Nun stand sie vor der anderen, die aufgestanden war, um ihr einen Schritt entgegenzukommen, einen Schritt, nicht mehr, denn mehr würde heißen, die eigene Existenz sofort außer Frage zu stellen, doch eigentlich war sie längst nicht mehr die, die ihr Gegenüber zu erkennen meinte. Und doch ließ sich ihre Identität nicht einfach so leugnen. Sie war wohl mit der Erkannten identisch. Eine verzwickte Lage, nur durch ein paar klärende Worte zu entspannen.

»Ich hätte nicht geglaubt, Sie hier zu finden. Ich hätte überhaupt nicht geglaubt, Sie irgendwo finden zu können. Es kann doch nicht so einfach sein«, sagte Roberta.

Für die Angesprochene waren das keine klärenden Worte, im Gegenteil, jetzt musste sie bei all der ohnehin schon aufgestauten Verwirrung auch noch verstehen, dass und warum die andere nach ihr gesucht hatte. Denn es konnte gar nicht sein, dass jemand nach ihr suchte.

»Was wollen Sie hier?«, fragte sie.

»Ich glaube, wir sollten uns in Ruhe unterhalten.«

»Ja. Das sollten wir. Gehen wir ein paar Schritte!«

So gingen Roberta von Rehmsbrunn und Gesa Leyenbriefer-Sielka nebeneinander zum Strand d'en Repic in Port de Sóller und schickten sich an, die Bucht zu umrunden.

Roberta machte den Anfang und berichtete über das, was sie hierher gebracht hatte, über die Aufzeichnungen von Hans Sielka, die sie eigentlich erst nach dessen Tod hätte erhalten sollen, doch die ihr ein Pfleger, für den ein tiefes Koma gleichbedeutend mit dem Tod war, schon vor zwei Wochen überreicht hatte. Sie hatte sie gelesen, und da sie für den, der das geschrieben hatte, im Moment nichts mehr tun konnte, hatte sie beschlossen, den Hinweisen in den Aufzeichnungen nachzugehen. Wie zum Beweis für deren Existenz zog sie nun eine DIN-A5-große Kladde aus ihrer Handtasche und öffnete sie kurz, damit Gesa die Handschrift ihres Mannes erkennen konnte. Roberta fasste den Inhalt nur in groben Zügen zusammen, ließ aber nichts Wichtiges aus und endete mit dem Schuldeingeständnis des Autors. Diese Seite schlug sie auf, um ihrer Zuhörerin die zittrige Schrift des Mannes zu zeigen, der kurz darauf ins Koma gefallen war.

Als Gesa dann ihren Teil der Geschichte vom Anfang bis zum heutigen Tag erzählt hatte, waren die beiden bereits zum zweiten Mal gemächlichen Schrittes um die ganze Bucht gegangen. Gesas Leben war durch eine List ihres jetzigen Mannes und einiger Freunde gerettet worden.* Sie hatte nicht nach Hause zurückkehren wollen und sich hier mit neuem Namen, neuem Mann, neuer Arbeit und neuen Freunden eine zweite Existenz aufgebaut.

Ihrem ersten Mann trage sie nichts nach, was nicht heißen solle, dass sie ihm verziehen habe, er sei ihr so gleichgültig wie jemand, den sie nicht kannte. Sie wünsche ihm nicht einmal Leid oder Tod, ja, seinen heutigen Zustand bedaure sie sogar ein wenig, und seine Veränderung in den letzten zwei Jahren sei geradezu unglaublich, doch all das gehe sie im Grunde nichts an, auch wenn das in den Ohren von Roberta vielleicht herzlos und kalt klinge.

»Sie wollen keine Gerechtigkeit?«, fragte Roberta von Rehmsbrunn. »Sie wollen weder ihren Mann noch seinen Helfer Hutzenbach vor Gericht bringen?«

»Was meinen Mann angeht, so sagen Sie doch selbst, dass er wahrscheinlich bald sterben wird. Und Hutzenbach? Natürlich wünsche ich ihm nichts Gutes. Aber alles wieder aufrollen? Nein. Ich bin mit meinem Leben zufrieden und möchte nicht, dass sich daran etwas ändert. Niemand wird nach mir suchen, der nicht die Aufzeichnungen meines Mannes in den Händen hat, ich bin im Ijsselmeer ertrunken. Alles soll so bleiben, wie es ist. Ich hoffe, Sie können das verstehen und werden mich nicht verraten.«

»Nein. Das werde ich nicht. Der einzige Mensch, dem ich von Ihnen erzählen würde, ist nicht mehr in der Lage, es zu hören. Die Wahrscheinlichkeit, dass er wieder aufwacht, ist sehr gering. Ich war vor drei Tagen noch einmal in der Klinik und habe mit Dr. Steinfeld gesprochen, sie sagte, seine Werte hätten sich im Koma zwar verbessert, aber das sei bei weitem kein Zeichen einer möglichen Genesung.«

Wenn man an dieser Stelle ganz genau in Robertas Augen hätte sehen können, vielleicht mit einer Lupe oder einem speziellen optischen Gerät, so hätte man den Funken Hoffnung erkannt, der darin leise flackerte. Aber mal ehrlich, es war nicht wirklich realistisch, an die Heilung eines Mannes zu glauben, der in den letzten Monaten immer weniger geworden war. Zumal in diesem Alter! Es musste schon eine Menge Liebe im Spiel sein, um noch einen Strohhalm zu sehen, nach dem man greifen konnte.

Während die beiden Frauen den kleinen Hügel zum Hotel hinaufstiegen und Gesa ihre ehemalige Nachbarin einlud, in ihrem Haus zu übernachten, kneteten eintausend Kilometer Luftlinie entfernt zwei unermüdliche Hände behutsam einen unansehnlichen Körper, der nur noch aus Haut und Knochen bestand. Doch die Hände wussten in diesem Augenblick, dass der Bauch wieder erstes Fett angesetzt hatte, dass sich Leben regte, in einer alten Hülle freilich, aber doch stark genug, um zurückzukehren. Die Hände tasteten über den Rücken und waren zufrieden, als sie die entspannten Muskeln an der Lendenwirbelsäule spürten, dann wanderten sie noch einmal zum Bauch zurück, tasteten die Rippen ab und massierten schließlich vorsichtig alle inneren Organe, froh darüber, diese ohne störendes Muskel- und Fettgewebe erreichen zu können. Wie an jedem Tag beendeten sie ihren Dienst mit einem sanften Klaps kurz oberhalb des Bauchnabels.

Romanowa deckte den Patienten behutsam wieder zu und blieb noch einen Moment lächelnd neben ihm stehen, dann verabschiedete sie sich mit einem Nicken. Im Hinausgehen drehte sie sich noch einmal um: »Komme morgen wieder. Dann wachen Sie bitte auf!«

*siehe »Piraten in Port de Sóller«, 2012

Vielen Dank!

Ich schreibe Bücher viel zu schnell. Wenn ich zum ersten Mal mit ihnen fertig bin, sind sie es in Wirklichkeit noch lange nicht. So war es auch bei diesem Werk, das ich nun vor mehr als anderthalb Jahren abgeschlossen hatte und seither lesen ließ und immer wieder selbst las. Dass es bei diesem Buch bis zur Veröffentlichung so lange dauerte, lag auch daran, dass ich nach Fertigstellung beruflich etwas eingespannt war. Gleiches galt (und gilt) für Lektorin und Umschlaggestalterin. Trotzdem ist es mir hoffentlich schließlich doch gelungen, viele der Anmerkungen der Test-Leserinnen und -Leser mit in das Buch einfließen zu lassen und es so etwas besser zu machen.

Für Unterstützung, Kritik, sachdienliche Hinweise, Inspiration und Zuspruch bedanke ich mich sehr bei Regina Cordruwisch, Anna Maria Deisenberg, Gisela Döntgen, Maria Engels, Barbara Hayck, Thomas Hochgeschurtz, Bettina Kandora, Nicole Kegler, Christiane Kemper, Petra Ellen Koschinski, Alessandro La Rocca, Melanie Quade, Justine Quick, Nicole Schönbeck, Shabnam Shabany sowie Birigt und Gianni Vitale. Ohne sie wäre der Roman auf jeden Fall schlechter geworden. Das sei all jenen gesagt, die bis hierhin gelesen haben und die Geschichte nicht mochten, sich gelangweilt haben und sich jetzt vielleicht gar über die verschwendete Zeit ärgern: Es hätte alles noch viel schlimmer kommen können.

Natürlich danke ich auch den vielen anderen Menschen, die mich seit meiner Geburt inspirieren, ohne es zu wissen oder gar zu wollen – ich wusste es ja selbst nicht. Trotz dieser Inspiration, die ohne Zweifel ihren Einfluss auf die Geschichte hatte, sei an dieser Stelle erwähnt, was für fast jeden Roman gelten kann: Ähnlichkeiten mit lebenden oder bereits verstorbenen Personen sind wahrscheinlich nicht zufällig, jedoch weder beabsichtigt noch für das Lesen der Geschichte in irgendeiner Weise relevant.

Ebenfalls im Buchhandel erhältlich:
Piraten in Port de Sóller, Roman, Taschenbuch, 264 Seiten,
ISBN 978-3737503877 (auch als E-Book)